月关

著

逍遥游

精修典藏版

⑤

十年缘

XIAO
YAO
YOU

浙江文艺出版社
Zhejiang Literature & Art Publishing House

第一章
轮 回

李鱼、李伯皓、李伯轩，三个人回到了西市。

西市重新开张了，原本拥塞在各处门口的商贾、客人纷纷往里走。

挤在这熙攘人群间的李鱼三人，当然就听到了他们七嘴八舌的议论。

有人说，西市里走了水，烧毁了一大片商铺，他的家就在西市左近，看到过那大火和浓烟，一直烧到今天早上呢。

于是就有人担心、有人兴奋起来。担心的是商贾，谁也不知道是不是自己的店铺遭了殃。兴奋的是百姓，如此一来，或者可以淘到很多便宜东西呢。但是，他们再急，也快不起来，因为所有的人都是此时刚刚涌进西市，人太多，肩并肩，人挨人，只能缓缓随人流而行。

又有人说，西市里遭了贼，一大早就来了好多捕快，还有官兵，抬出了七八具尸体，可见昨夜这里曾经遭遇过一场大战。于是又有商贾担心，他的店有没有遭了劫。

昨夜西市一把火，几家欢乐几家愁啊。

其实，这些人没有一个清楚昨夜西市里究竟发生了什么，究竟死了多少人。只是，原本每天准时开市从不耽误的西市，今天竟然破天荒地闭市了大半天之久，不禁令附近的一些老居民产生了些许联想。

这种情形，虽然罕见，却也不是决然没有。附近的一些年老居民想起，曾经也出现过类似的情形，那还是十年之前。

"十年前，西市里也曾有过类似的一幕。那一次，是我第一次站在这里，也是这么看着外面。那时这里的门窗还不是这个样子，又过了三年，才由杨思齐改建过的……"

常剑南摩挲着窗棂，若有所思地望着窗外，楼下街上，商贾与客人并肩而行，渐渐散向不同的道路，脚步匆匆。

"那时的你，军伍之风尤盛。谁也不认为，一个有头脑、有手段的军汉，会成为这里的主人！"

常剑南身后传来一个懒洋洋的女人的声音，有些低沉，微带沙哑，透着一种绵绵的磁性，只听在耳中，就令人觉得无比销魂。

一个美妇人斜斜倚着室中一处雕花的隔栏，淡淡的紫色衣衫，像一阕瘦瘦的词，又或者净玉瓶中一枝绽放正艳的粉桃花。

她静静地靠在那里，脸上带着一丝惆怅，人没有动，但你一眼看去，却感觉她好像全身上下每一处都在动，那是一种难以言喻的味道。尤其是她的眼睛，就那么懒洋洋地眦着，并没有眯起，但就是给你一种媚眼如丝的感觉。

看到这个女人，你才知道什么叫女人味儿。

看到这个女人，你才知道女人味儿不是嗅出来的，而是看出来的。

这样一个令男人们梦寐以求、求之不得的尤物，活色生香地站在那里，常剑南饶有兴致地看着的，却是楼下蚂蚁般忙碌匆匆的芸芸众生。

常剑南笑了笑，道："我若说，我自己当时都没想过，你信不信？"

"我信！"女人动了，款款地走近来，她只是正常地行走，没有刻意地强调女性胴体的柔美，但就是给人一种袅袅娜娜的感觉，腰在动，髋在动，腿在动，胸……似乎也在动。

她在几案前坐了下来，拈起酒壶，给自己斟了杯酒，红唇就玉杯，小口地一抿，动作优雅得无可挑剔。

"我只是没想到，我是曹韦陀的枕边人，你居然不杀我！配合你给予曹韦陀致命一击的，也是我。对我这样一个脑有反骨的蛇蝎女人，你居然还敢委以重任，一直让我担当西市第三梁。"

西市四大梁，主管经营的是乔向荣，主管人脉的是王恒久，主管建造的是杨思齐。只有第三梁，替常剑南打理他那富可敌国的巨大财富的第五凌若，一直没有抛头露面。

想不到，竟然是一个绝色尤物。

幽兰露，如啼眼。无物结同心，烟花不堪剪。她似乎娇弱，又似乎充满了昙花一般神秘的韵味，无论你用怎样美好的词语去形容她，似乎都不嫌过分。

即便是以妖娆妩媚而闻名的绛真楼第一美人儿戚小怜，与她相比，风情都要弱几分。那种内在的沉淀与积累，那种岁月的发酵与丰富，是一个小女娃儿所无法企及的。

"你擅理财，曹韦陀在的时候，实际上就是你在替他打理财务，当时，我刚刚把西市拿到手，手里只有兵，同样求贤若渴，所以人尽其用罢了！"

"我连自己的男人都敢坑，你就不怕我再坑了你？"

"呵呵，如果我告诉你，我并不是疑人不用，而是详细地调查过你，我知道你的底细，你会不会觉得我这个老大，其实胸襟也不是那么的宽广了？"

第五凌若微微地眯了下眼，明明只是审慎与警觉的表现，却像是一只波斯猫儿被主人轻轻抚摸了一下头般慵懒，说不出的迷人。

"你本是良家女，曾经遇到一个男人，一见钟情，自此种情。本以为你嫁他娶，从此长相厮守，却不想曹韦陀竟横刀夺爱。他既有权又有钱，他的钱多到能买走父母对女儿的爱，他的权也能改变质比金坚的情……"

"你不要说了！"

第五凌若的削肩止不住地发抖，眼中已然蕴起一抹雾气。

天知道当年发生的一切，是何等深沉地伤害了她，以致时过境迁，今时今日里提起，她仍然情难自控。

常剑南叹了口气，道："我必须得说，不说，就没有机会了，我已时日无多，你知道的。"

第五凌若柔美的双手紧紧地攥起，晶莹的肌肤下，指节撑得发白："我知道你快死了，你不用整天像诅咒自己似的一遍遍提起。而我的事，与你死不死毫无关系，也用不着提起！"

常剑南怔了怔，慢慢地转过了身，凝视着第五凌若娇美无俦的容颜。

十年前，她还是一个十五岁的及笄少女，十年后，她是一个风韵无穷的少妇，她的肌肤依旧吹弹可破，岁月在她身上，似乎只是扫去了她眉宇之间的稚嫩，除此之外，似乎没有留下丝毫痕迹。

常剑南缓缓地道："你错了！我不是在颓丧地诅咒自己，而是迫不及待地欢喜期待着，因为这样，我就能快些去陪她了。这许多年来……"

常剑南伤感地望了眼终南山的方向："她一个人，一定寂寞得很！"

常剑南又慢慢转向第五凌若："还有你的事，虽然与我死不死没什么关系，但我还是要说，因为我若不说，等我死后，这个秘密就再也没有人知道了。"

第五凌若冷笑："秘密？不就是生身的父母为了钱，给自己的亲生女儿下了药，乖乖送给一个恶棍蹂躏吗？不就是一个曾经与你海誓山盟的男人，因畏惧于人家的权势，乖乖放弃了那个绝望地等着他来拯救的薄命女子吗？除了丑陋，只有恶心，有什么好说的！"

常剑南看着她，慢慢走过去，在几案对面坐了下来。

"时间过去很久了。我没见过你那位情郎，甚至连他的名字都不知道。不过，他的事，我倒还有些印象。"

第五凌若一双明媚的眼睛瞪着他，眸中有杀气。

她本来已决心永远忘记那个男人，但是常剑南偏偏揭开她心底的伤疤，让她流血。

常剑南轻轻点了点头："凌若，我不知道，继续瞒着你，对你来说，是一种幸运抑或不幸，但这真相，你有权知道的。"

第五凌若一掌拍在桌上，咬牙切齿地道："你究竟想说什么？"

常剑南脸上露出一丝无奈的笑容，轻轻地道："别把男人都想得那么坏。我有多爱她，你知道！你爱的那个男人，一样这样爱着你。"

第五凌若依旧冷笑："是吗？所以我费尽心机，为他保留清白。而他却负了我，畏于曹韦陀的权势，拿了曹韦陀赏赐给他的钱远走他乡。如今他已经儿女满堂了吧？偶尔会想起我来，心怀歉疚吗？哈！"

"我知道，风情万种如你，还是一个处子，任何人都想不到。就算当初知道你不曾被曹韦陀玷污的人，也以为你早成了我的禁脔。"

常剑南笑了笑："当时曹韦陀内忧外患，败迹渐露。而你显露了你精于理财的天赋，他那时恰恰需要这么一个人。虽然尤物难得，但是保住江山，才有美人，这个道理他懂，所以他没有强迫你！

"我也知道，你竭力为他理财，展示你的本领，让他器重你，依赖你，从而不敢强占你，是为了等你的情郎来救你。你很聪明，甚至为此攒下了一大笔钱，收买了曹韦陀的一些亲信，安排好了一切……"

"可是那个猪狗不如的东西……他出卖我！他不相信我们逃得掉，他居然掉过头来出卖我……"

第五凌若的眼睛红了，晶莹的泪珠噼里啪啦地掉下来，如大珠小珠落玉盘，再也不复方才的优雅与矜持。

常剑南有些内疚地轻轻摇头："他没有！他没有逃！他依约回来找你了！"

第五凌若整个脸都凝滞在那儿，吃惊地看着他："你说什么？"

常剑南用力点点头："你的男人，没有抛弃你！更没有背叛你！这是我，在审讯曹韦陀的遗党时，得到的消息！"

第五凌若像风中的花儿一样簌簌地发起抖来，她努力地撑着桌子，想要站起来，全身却已毫无力气，就像她当年喝下母亲亲手为她烹的汤，身子酥软成泥的时候。

"你……你说什么？"

"他依约前来，要和你远走高飞。但是，他被曹韦陀的人发现了，他怕连累你，被曹韦陀发现你的背叛，所以没敢赶往与你约定的地点，而是引开了追兵，把所有的事揽在了自己身上。"

"你……你……他怎么样了？"

第五凌若这回连声音都颤抖起来。

"他死了！"

仿佛一记大锤，狠狠地锤在第五凌若的心上，她曾经碎过的心，登时再度成了碎片。

常剑南轻轻摇头："不要问我，他的骨骸埋在何处。我不知道，没有人知道，或者……是被曹韦陀的人喂了狗，你知道，曹韦陀喜欢用这种手段对付反叛他的人。而对你，他当然愿意用你的情郎已然背叛了你的消息来消灭你的情意！"

"我……我……"

第五凌若的身子摇摇欲坠，已经将要昏倒。

常剑南道："我先前没有告诉你这件事。因为我觉得，你恨男人，不相信男人，从此无情无欲，或许……能为我做一个更称职的掌财人。可是，人是会变的，我老了，也快死了，也许是人之将死，其言也善吧……"

常剑南感伤地笑了笑："斯人已逝，骨骸业已化为尘土了。节哀吧！"

第五凌若咬紧了牙关，狠狠一掌向常剑南搧来，常剑南没有闪躲，就那么默默地看着她。

受到这个消息的强烈刺激，第五凌若此时竭尽全力的一掌，其实是慢到了极点，弱到了极点，那指缘刚刚挨到常剑南的脸颊，她就昏了过去。

常剑南凝视着昏倒在榻上的第五凌若，轻轻地道："原谅我，对不起！"

"情形好像不对啊！"李伯皓看了看西市署门口进进出出的捕快，有些疑惑地道。

为了避免更大的影响，西市已重新开始营业，但东篱下一带，善后工作仍在继续，官府的人也还未全部离开。

李鱼也犹豫了一下，道："走，先进楼里打探一番！"

他们转身折向了东篱下，东篱下一楼大堂里的伙计们都在拾掇桌椅，忽然看见李鱼出现，手中的桌椅掉了一地。

他们震惊地看着李鱼，李鱼也在狐疑地看着他们："怎么一副见了鬼的表情？昨夜这儿究竟发生了什么？"

李鱼知道这些伙计所知有限，马上向二楼走去。待他三人一走，那些伙计马上震惊得窃窃私语起来："李老大，就这么优哉游哉地出现了！"

"他昨夜发动了那么大阵仗的战斗，杀得尸山血海，这一大早的，就跟没事人儿似的出来了？"

"这气魄，啧啧啧……"

"他居然就带了两个侍卫，我真是服了他了！"

"这倒没啥，王大梁都完蛋了，西市任他横着走了，带不带人的有什么关系？只是这官府的人都还没走，他就敢出来！"

二楼，一个伙计肩上搭着毛巾，从长廊走来，陡见李鱼，啊的一声尖叫，赶紧捂住了嘴巴。

李伯轩按捺不住了，道："我说，你怎么跟见了鬼似的？"

那伙计忙不迭地点点头，急忙又摇摇头。

李鱼道："乔大梁可在楼上？我要见他！"

那伙计赶紧抬手指指楼上。

"谢谢！"

李鱼点点头，领着李伯皓和李伯轩向楼上走去。

三楼，就是四梁办公所在了。只是杨大梁平时不来这里，乔大梁此刻闭门不出，不知道在筹划什么，王大梁已经自尽了，所以三楼来来去去的办公人员也都屏住呼吸，踮起脚尖，一个个跟清明时节的游魂似的。

李鱼三人上了楼，正要走向乔大梁的房间，只听吱吱呀呀一阵响，从三楼通往楼上楼的升降梯房打开了门，四梁之中唯一一个应该还算正常的第五凌若，跟游魂似的飘了出来。

通向各处的通道间，那些办公人员都站在那儿，正呆滞地看着李鱼一行三人，忽然看见第五凌若神思恍惚地飘出来，不禁更加吃惊："这是……西市四梁，不会都出问题了吧？"

第五凌若两眼呆滞，游魂儿似的往前走，忽然娇躯一晃，肩头撞在墙上，脚下不稳，就要跌倒。

李鱼并不认识她，眼见一位姑娘神思恍惚的，赶紧上前搀了一把，道："姑娘，你没事吧？"

第五凌若飘忽的眼神抬起来，忽然看清了李鱼的样貌，禁不住一声尖叫！

二楼那位伙计听到三楼传来的尖叫，登时松了口气："你瞧，惊讶的也不止我一个，三楼的伙计一样惊讶！"便怡然自得地继续打扫各处雅间去了。

"不可能！他不是死了吗？就算没死，也绝不可能一点没变，为什么他和十年前一模一样！我在做梦，我一定是思念过甚，产生了幻觉！"

第五凌若紧紧地抓住李鱼的手臂，虽然她不会武功，但此刻紧紧地攥住李鱼的手臂，竟尔令李鱼觉得手臂生痛。

"姑娘？姑娘？"

李鱼正在纳闷，这里怎么会有一位如此失态的美貌女子？一时之间，他心中甚至生出些不太健康的联想：常老大贪色好欲，强占民女……

第五凌若被他的声音唤醒了："不是做梦！那就是……人有相像了。只是，这个男人，和他长得太像了，简直……一模一样！"

第五凌若迅速恢复了理智，她深深地凝视着李鱼，仿佛看到了曾被她爱过一阵子又恨了一辈子的情郎。只是泪水在迅速凝聚，模糊了她的眼睛，使得她想看清这男人，都成了一种奢望。

第五凌若的人跑了过来，试图搀起她来："大梁，您怎么了？小的扶您起来！"

李鱼听他们一说，才知道这个美貌女子竟是他一直不曾见过的西市第三梁。李鱼吓了一跳，连忙礼貌地想要掰开第五凌若的手指："姑娘，请放手！"

李鱼几乎是一根一根地掰开了她的手指。第五凌若慢慢低下头，两颗泪珠无声地落下，打在他的手腕上。突然，第五凌若看到了李鱼系在腕上的宙轮。

"那是……那是他的饰物……"

第五凌若这一天之内所受到的刺激，实在比她这一辈子受到的打击都多。她张了张嘴巴，想要说话，可骤然受到强烈刺激，嗓子一时竟然失声了。她只是颤抖地指着李鱼腕上的宙轮，嘴唇翕动了几下，就身子一软，再度晕厥了过去。

第二章
波浪

李鱼和李伯皓、李伯轩到了乔向荣乔大梁的房门前，却只从小厮口中得到一句："大梁不在。"

再要多问，那小厮便闭上了嘴巴，不肯再说一句。能在这层楼里做事的人，哪怕只是一个端茶递水的小厮，都生了一颗七窍玲珑心，如今这个时刻，多说多错，多做多错，他们都谨慎得很。

李伯皓不耐烦道："咱们直接去见常老大吧！西市闹成这个样子，他可不能做缩头乌龟啊！"

这句话大不敬，但那小厮眼观鼻、鼻观心地站在障子门门口，仿佛没听到。

李鱼摇了摇头，只说了一个字："等！"

越过灶台上炕那种不知分寸的事，李鱼是不会干的，他的人生，可没有这对宝贝兄弟的底气，所以骨子里还是很知道进退的，虽然有些行为显得极为狂悖。

李鱼站在乔大梁门口的时候，乔大梁正站在常老大的门口。

他静静地站在那儿，缓缓地吞吐着呼吸，想让呼吸平稳下来，心跳变缓下来，但是偏偏一番努力之后，心跳变得更快，呼吸变得更急促，根本无法做到镇静自若。

常老大门外那两排侍卫虽然枪一般杵在墙边，没有发出半点声息，但是乔向荣心中很清楚，恐怕所有的人都在看他，甚而对他的失常有些讶异。

算了，既然无法做到心如止水，那就……

乔向荣伸出手去，猛地拉开了障子门，大步闯了进去。

常剑南正在喝茶。良辰跪坐在他身左，手中拿着一把小蒲扇，正在轻轻扇着红泥小炉的炭火。美景跪坐在常剑南身侧，一双小拳头正轻轻地捶打着常剑南的大腿。

常老大高卧榻上，正端着一只白瓷的小碗儿，呷着茶汤，看到他进来，只是撩了撩眼皮。乔向荣气咻咻，一进来就单膝跪地，顿首道："乔向荣向老大请罪！"

常剑南睨着他，忽然笑了笑："何罪之有？"

乔向荣垂着眼睛，不敢与他对视，沉声回答道："属下与王恒久争斗，给西市惹下了大麻烦，故而向老大请罪！"

常剑南没有说话，只有轻微的呷吸茶水的声音，过了半晌，听到咔的一声轻响，那是茶碗搁到几案上的声音，常剑南的声音随之响起："你们都是我的老兄弟，也都是我的左膀右臂，有什么事如此化解不开，非要拼个你死我活？"

乔向荣道："老大，我知道，这是我的错，如果……我早点请老大定夺，就不会……"

他沉默了一下，扬起头："但是，属下没有选择！"

常剑南扬了扬眉："哦？"

乔向荣道："从王恒久向属下发难的那一刻起，属下除了一战，就已没有其他选择了。"

常剑南咀嚼了一下这句话，点了点头："不错！你若退让，便是自掘死路！你若请我调解，就是示弱于人。所谓树大招风，这一次你示弱了，下一次生出野心向你挑战的人将会更多，天知道哪一天就会阴沟里翻船。该立的威，是要立的！"

乔向荣感动地道："老大懂我！"

常剑南叹了口气，道："其实你们的阵仗闹得这么大，我又怎么可能不知道。你知道，我为何一直袖手不理吗？"

"垂死之人，又怎么会在意这些事情？"

这句话只在乔向荣心中一转，却不敢说出来。

常剑南凝视着他，笑了笑，道："我西市，一梁一柱，一桁一檩，全都是靠自己的本事打上来的。如果我强行插手，暂时可以弹压下去，但……治标不治本。何况，我也需要……知道你们之中，谁最能干。"

说到这里时，常剑南脸上终于露出一丝伤感。

乔向荣脸上没有任何表情，心里却是咽的一下，变得无比激动。常老大说出这句话，是不是意味着已经选定了他为接班人？呵呵，也只能选择他了吧，王恒久一死，他已经没有第二选择了。

乔向荣忽然想到了李渊，那位大唐太上皇当初的心情应该也是这样的吧？

"我刚才，召见了第五凌若！"

常剑南又说话了，乔向荣打起全副精神，认真地听着。

常剑南道："她是个好'管家'，精于术数之学，刚及笄之年就能弹压住西市上上下下诸多账房，叫人心服口服，这十年来，更是我的莫大臂助。她现在年岁也不算大，还可以做很多年。你和恒久这一闹，我这架子都快垮啦，你们俩，可别再闹生分了。"

乔向荣知道他这是在交代后事了，而这时只管听着就好，不管是答应或者有所疑问，都是很不妥的。所以他闭紧了嘴巴，甚至连头都不点，只管听着。但脑海中却不自觉地浮现出了那位绝世尤物妖娆的模样。

乔向荣并不好色，但不好色只是不沉溺于色，却也不至于厌色，对于这样一位绝世尤物，他一样极有兴趣，就像他对金钱、权力、身份、地位的兴趣；绝世尤物，本就属于你拥有财富、权力、地位的一个象征。没有金钱、权力、身份、地位，又怎配拥有这样一个媚到了骨子里的妖精？

所以，以前，她是常老大的禁脔，而将要继承常老大一切的自己，也应该继承她。那样的话，倒不妨让她继续做西市的大管家，嗯……是做我乔向荣的大管家。

"这对丫头，乖巧可爱，东篱下就是她们的家，以后也会是！"

听了常老大这句话，乔向荣脸上绷紧的线条也变得柔和起来，虽然没有露出明显的笑意。

这对长相甜美、乖巧可人的孪生姊妹，他也很喜欢的。常剑南就算不特意交代，他也会把她们留在身边。他的年纪也不小了，有这样两个充满青春活力的美少女每天给他暖床，他相信自己会变得更有活力。

当然，他会把她们当成女儿一样宠的。

常剑南拍了拍良辰的小手，自嘲地一笑："你看我，啰里吧唆，不知所云。不过，除了这些，我也不知道该向你交代些什么了。"

他的眼神中透出一股奇怪的神韵："因为旁的事，我不用交代，相信你都会做得很好！"

乔向荣谦卑地垂下头，依旧未敢说一声"是"，但显然已经默认了他的交代。

常剑南仰起脸，拈杯的手搭在膝上，痴痴出神良久，向他挥了挥手："事情闹得很大，官府那边要安抚下来，恐怕要付出不小的代价。这件事，你去解决！"

这一次，乔向荣终于应了一声"是"。

常剑南又道："恒久一直负责我西市的人脉经营。你要解决这件事，光有钱不行，还得花得出去，所以恒久那边的人脉关系，从现在起暂由你接手，一并负责了吧。"

这是传位！

老大这是明明白白地传位了，而且是等于已经开始实施了。

乔向荣激动得难以自已，情不自禁地顿首："是！"

常剑南笑了笑，道："恒久一定藏了些只属于他自己的人脉，他一死，这些人脉也就断了，这是没有法子的事。不只是我们，所有的人，总会利用便利，替自己做些事的，水至清则无鱼……"

这句话，乔向荣又无法回答了。

常剑南自顾自地点了点头："我有些乏了，你去做事吧。"

乔向荣恭谨地应了一声"是"。

乔向荣轻轻拉开障子门，走出去，再将障子门轻轻拉上，长长地吸了一口气，忽然觉得心情无比平静，呼吸悠长而平稳，心跳缓慢而有力，浑身充满了力量的感觉。

那条甬道并不窄，可是因为两边肃立着许多的侍卫，每次从这中间走过，他都有些压抑感。但此刻迈步向他们中间走去，那种奇怪的压抑感突然消失了，乔向荣竟尔有种闲庭信步的感觉。

房间里，良辰、美景两双美目在障子门拉上的那一刻，不约而同地定在了常剑南身上。两个美少女都是一脸的狐疑。

"老大，你刚刚在说什么呀，神神道道跟交代后事似的，好奇怪！"

"啐啐啐！你个乌鸦嘴，别胡说八道。不过，老大的话，真是听不懂呢。"

常剑南笑了笑，道："你们两个鬼丫头，不需要你们懂的事，懂来干吗？"

美景白了他一眼，丝毫没有对主人的觉悟。

她们自从来到常剑南身边，就被他当成弟子一般教养、指点，学习时很严厉，但平时又极宠溺。她们从小无父无母，在她们心里，早把这个常老大当成了父亲一般看待，而且她们觉得和常剑南也确实情同父女，所以对他虽然敬爱，却无惧怕之意。

美景道："人家才不稀罕懂。对啦，听说昨儿打得那么热闹，都是李鱼干的呢，这个家伙，真是太能惹事了。姐，一会儿咱们瞧瞧那小子去？"

"不许去！"

常剑南脱口而出。

良辰、美景不约而同地嘟起了嘴，良辰不高兴地道："为什么，最近老是不许我们出去，楼上楼一共就这么大地方，腻味死啦。"

常剑南道："我快要病死啦，你们两个臭丫头，多陪陪我都不行？我这人有那么腻味吗？"

良辰、美景两双美眸同时瞪大起来，绷紧小脸，惊愕地看着常剑南。

良辰伸出一根手指，小心地戳了戳常剑南结实的胸肌，认真地道："喂！你结实得跟一头大牯牛似的，你还说你生病了，你骗我们的吧？"

常剑南忽然哈哈大笑起来，道："当然是骗你们的。这么容易就信了。"

美景没好气地拐了他一下，负气转身道："都快被你吓死了，没点正形，不理你了。"

"嗳！"

常剑南拍拍她的香肩，美景肩头一扭，不肯回头。

常剑南道："跟你们开个玩笑嘛，别那么小气。咳！我不许你们出去，是因为现在的情形实在太乱了，大梁少了一个，大柱少了两个，不知多少人眼巴巴地盯着这空位子呢，你们两个是我身边的人，你们这时出去找李鱼，旁人会怎么看？会怎么想？"

良辰、美景毕竟是常剑南亲手教导出来的，一听这话就知道她们这时出去接触任何人，都会令这个庞大商业帝国的人产生诸多联想，解读多了就会产生诸多误判，天知道会不会因此又惹出乱子。

所以两个丫头对视了一眼，便蔫巴巴地应了一声："噢，知道了！"

……

常剑南把两个小丫头禁足于楼上楼，究竟是不是担心山头林立的部下们产生误判与解读，无人知晓。但有一点他说的是对的：此刻，无数人在观望、在打听、在串联、在觊觎。

其中尤以凌约齐、郭子墨和楚清最为忙碌，派人打听消息，互相之间串联，琢磨走动上层，进行各种自保，打探其他人动向，忙得不亦乐乎。

其实不只是他们坐不住了，就连一向置身事外的两个女大柱桃依依和安如，这时也不禁凑到了一起，分析局势，商量对策，巴望着能更进一步，又或者拉个与之关系相近、资历也够的人进八柱序列，增强她们这一派的力量。

与此同时，更多的人在盯着他们，要知道，不管他们是上位，还是因为与倒台的王大梁走得太近而下台，都意味着他们原来的位子要空出来！不，不仅仅是一个位子！

一人得道，鸡犬升天！

不管他们谁上位，都会大肆提拔亲信！然后呢，被提拔上去的那些人也会依样画葫芦，继续提拔他们的班底。所以，不知有多少机缘将出现，不知有多少晋升机会将出现。

如果他们之中有人下台呢？那就更是普天同庆啦！上边倒他一个，下边就要层层垮台，他的嫡系，他嫡系的嫡系，他完全不知道不清楚不认识的他嫡系的嫡系的嫡系……一倒一大片，那又将给多少人提供机会？

所以，整个西市王朝，都在狂热的骚动之中。

如果说，昨夜西市的那场混战，可以比作一个暗夜之中血腥猎场的话，那么此刻的西市，则是一个没有硝烟的、杀人不见血的更大猎场，无数人闻风而动，在扮演猎人的同时，也成了他人眼中的猎物。

此时此刻，站在第五凌若面前，被她紧紧盯着的李鱼，感觉自己就像一个猎物，而且是一条已经被摘了腮、除了鳞、剔了腥筋、剥了鱼皮，削成一片片的，整齐码放在盘子里，旁边还备了一碟新磨芥末，即将被人大快朵颐的鱼！

第三章
试戏

"年龄?"

"二十!"

"姓名?"

"李鱼!"

"何方人氏?"

"利州!"

"家庭状况?"

"父,李老实。母,潘氏。家父已于七年前过世。"

"身高,体重……算了,这个我看得到。"

一番很诡异的问答。

问话的是个风情万种的美人儿,可是看她忽而充满希冀,忽而有些落寞,忽而无比紧张,忽而大失所望的神情,李鱼不禁有些担心,这位西市四大梁之一的第五凌若姑娘,可别是患了失心疯?

第五凌若也在看着他,模样、胖瘦、高矮,甚至声音,似乎都和那个人一模一样,但是……这不可能啊!如果是他,十年岁月,怎么可能不在他身上留下一丝痕迹,最重要的是,这个人不认识她。

第五凌若看得出来，他不是伪装，他那茫然、奇怪甚而有些同情自己这个"疯婆子"的眼神绝非作假，他真的不认识自己。而且，他说的名姓、籍贯、身份等也不会有错，他已经坐到十六桁之首的位置，常老大那里一定已经调查过他的底细。

李鱼正等在乔大梁的门口，莫名其妙地就被一个小厮唤进了第五凌若的签押房，还没等他问个缘由，第五凌若就是一连串的发问，弄得李鱼莫名其妙。

第五凌若绕着李鱼转了两圈，明明就是他，可是为什么名字不对、年龄不对、家世不对，除了长相，什么都不对？可若不是他，为什么他的腕上也有那么一枚式样很古怪的饰物？

第五凌若这十年来见过的宝物多了，但从未再见过一枚与她的情郎腕上所系饰物风格、款式相同甚至相近的。

十年，仅仅十年啊，就算是他的儿子，也不该长这么大的。就算是容貌酷肖，难道那罕见的腕饰也能恰好相同？第五凌若不相信世间有这种巧合。

她忽然站住脚步，盯着李鱼，一双妩媚的眼睛微微地眯了起来。

眼波如水，指的就是她这样的眼睛，当她幽幽地望着你的时候，你仿佛就会感觉到，她正低声向你倾诉着缠绵入骨的情意。当她眼神凌厉地瞪着你的时候，你也会有一种霸气的惊艳。

而当这样一个女人，向你微微眯起眼睛的时候又会怎么样？就像一双弦月，能紧紧系住你的眼神，让它不舍得离开半分。可惜，那只是一刹那，片刻之后，她就闭上了眼睛，只能看到她吹弹可破的脸颊上，两排整齐漂亮的睫毛。

"现在，我说，你照着说。"

"啊？"

"就冲你贱！"

"啊？"

李鱼大惊，房间里只有他们两个人，突然就听到这么一句话，这个漂亮女人，只要勾一勾手指，就不知有多少男人愿意像只谄媚的狗狗，摇着尾巴凑到她裙边去，不至于如此地饥渴吧？

第五凌若睁开了眼睛，有些气恼，有些羞恼，显然一看他那蠢样儿，就知道他会错了意。

第五凌若一字一句地强调："重复我的话！"

李鱼惊讶地看着她，结结巴巴地道："重复……你的话？"

"对！"

"就冲你贱？"

"对！但不要用疑问的语气，重说！"

"就冲你贱。"

"这回对了，语气再加重点！"

"就冲你贱！"

"这回不错！不过，语气不对。想象一下，你现在很得意，你在用这句话逗弄一个未谙世事的小姑娘，那时候应该是什么语气？再来一遍！"

"呵呵，就冲你贱！"

"不对！"

"嘿嘿，就冲你贱！"

"不对！"

"哈哈，就冲你贱！"

"不对！"

"嘻嘻，就冲你贱！"

"是叫你向我发贱，不是叫你不男不女地犯贱，重来！"

"就冲你贱！"

"要有起伏，'就'字和'冲'字之间，要拉开一些！"

"就……冲你贱！"

"不是这样，要带点贱兮兮的感觉！"

李鱼悻悻地道："第五姑娘，你是不是应该先给我说说戏，在我说这句话之前，我和要对戏的那个人，是一种什么关系？我们两个的人物设定是什么样的？在什么样的情况下，我说的这句话。情绪的拿捏与把握，应该是和当时的环境、人物关系相和谐的，不了解这些，我演技又不好，很尴尬的。"

第五凌若又瞪起了眼睛："叫你说，你就说，哪来那么多废话？我现在闭上眼睛听，你用你想得到的各种语气，反复跟我说，直到我听到口吻最符合的。开始！"

"第五姑娘，虽然你是大梁，我连大柱都不是，但是士可杀不可辱……"

"啪啪啪！"

第五凌若轻轻拍了三记手掌，左右两边的墙壁突然就变成了一道门户，从两边分别挪进来两座肉山，往那里一站。

本来极宽阔的房间，李鱼登时生起一种极度的压抑感，有些让人窒息。

四个女人，极肥硕的女人，眼睛都瞪得铜铃一般，她们正活动着手腕，那手腕估计比李鱼的大腿也细不了多少。

这是四个女相扑手，长安市上怎么能没有相扑手？李鱼逛道德坊勾栏院时，就曾经见过一对女相扑手角逐，她们腾身飞扑的时候，整座台子都在震荡，害得李鱼一度担心那舞台随时会垮掉。

而眼前这四个女相扑手，其吨位和当时表演的两个女相扑手相比，至少大三倍。

李鱼咽了口唾沫："识时务者方为俊杰，我说！"

第五凌若似笑非笑："够贱！"

李鱼敢怒而不敢言地道："不过，好歹我也是有头有脸的一号人物，我……咱们这儿发生的一切，第五姑娘你可千万不能说出去！"

第五凌若淡淡地道："就你有头有脸？我不要名声的吗？少废话，说！"

"就冲你贱！就——冲你贱！就冲——你贱！就冲你——贱！就……"

第五凌若闭上眼睛，仔细地听着，从她不时细密眨动的眼睫毛，可以看出她很紧张。李鱼不紧张，李鱼很羞愤。这叫什么事儿啊，你是大梁又怎么样，也不能你发神经，我就得陪你发神经啊，本公子卖身不卖艺的啊！

李鱼越说那语气越不对，第五凌若终于失去了耐心。

她睁开眼睛，看着李鱼，道："闭嘴！你根本不认真说！"

李鱼马上闭紧了嘴巴。

第五凌若道："你腕间有个饰物，拿给我看看。"

李鱼脸色一变，马上退后一步，警惕地看着她："你说什么？"

第五凌若一见他如此警惕，如何还不知道那件饰物一定有什么特别的门道？她马上伸出手："交出来！"

虽然那东西李鱼很少用上，但有了这东西在手，李鱼就等于拥有了在这个世界上的最大作弊器，因此岂能交与他人？他可是连母亲潘氏甚而小吉祥都不曾说过的。

李鱼又是一退，变色道："第五姑娘，那东西虽不值钱，却是我爷爷的爷爷的爷爷传下来的传家宝，不能示人的。"

四座肉山向中间一挤，李鱼这回真的要窒息了。四只大肉掌往他肩上一搭，任他有通天本事也使不出来了。

李鱼大急，口不择言道："不能看的，不能看的，那饰物是我李家的传家之物，我奶奶传给我娘，将来传我媳妇的，第五姑娘，瓜田李下，避避嫌啊。实不相瞒，我有狐臭……"

见李鱼如此紧张那腕上饰物，第五凌若愈加起疑。她记起，当初那人也是特别在意他腕上的东西，还时常独自一人时把玩，被她发现时便支吾过去。那时她也未曾放在心上，此时看他紧张模样，第五凌若顿时起疑，那东西，究竟有什么用？

想到这里，第五凌若吩咐道："给我夺下来！"

四个女相扑手立即动手，李鱼生怕她们那大手把那宙轮一把捏碎了，虽然这天外来客制造的玩意儿，照理说不该这么脆弱，但不怕一万，就怕万一呀。

李鱼赶紧道："别别别，小心些，我说，我说，我好好说还不行吗？就冲你贱，就冲你贱，我就冲你贱……"

"哗啦！"

障子门被拉开了，乔向荣乔大梁居中，李伯皓、李伯轩两兄弟分列左右，三个人张口结舌，目瞪口呆。

就见室内四个胖大妇人擒着李鱼，正在撕扯他的衣服，李鱼就像被网起来的一条小鱼儿，竭力挣扎着，一边抻着脖子冲第五凌若喊："就冲你贱！就冲你贱！"

而第五凌若呢，粉拳紧握，杏眼圆睁，娇躯微微前倾，一副恨不得冲上去亲手扒他衣服的模样。

"这什么情况？"

乔财神有点眼晕，第五姑娘想睡男人，还用这么费劲吗？

看到门口三个人，第五凌若也是一怔，李鱼回头看见，兴奋大呼："乔大梁！伯皓、伯轩，快来救我！"

李伯皓和李伯轩还真不把什么大梁大柱大把式的放在眼里，立即纵身跃进室中，按剑喝道："放人！"

乔向荣一愕之后，也知道室中这一幕不可能是他第一印象中的猜测，虽然心下好奇，但此刻显然不是一探究竟的时候。

乔向荣皮笑肉不笑地道："凌若这是在干什么？李鱼是老夫的人，打狗，也得看主人吧？"

乔向荣在为李鱼帮腔，可是他这句比喻放在饶耿饶大桁的身上，或许人家甘之如饴，在李鱼听来，就不大舒服了。不料，比李鱼更不舒服的，居然是第五凌若。

第五凌若冷笑道："弹指之间，灭了赖大柱，逼死王大梁，西市成了战场，死伤无数，自己却能全身而退，这份本事，就算你乔大梁也做不到吧，如此人物，在你手下，居然只是一条狗？"

乔向荣涨红了脸庞，一时说不出话来。他言下之意其实是，就算是我养的一条狗，你要打，也得看我面子吧，更何况是我的人呢？但是被人家揪住了话头儿，这时怎么解释？就算解释清楚了，也露怯啊。

第五凌若忽地摆摆手，让四个女相扑手放开李鱼，袅袅上前，帮李鱼整了整衣领，向他嫣然一笑："李大桁，我对你，可是欣赏得很呢！有没有意思改换门庭啊？你若肯投到我的门下，那就是我一人之下，万人之上，如何？"

乔向荣气得鼓起了眼睛："当众挖墙脚？这也太肆无忌惮了吧？"

李伯皓和李伯轩两兄弟则一齐望向李鱼，顿生高山仰止之感："这也就通道上扶了一把而已，就把一个这么漂亮的女人迷得神魂颠倒了，李鱼，真一代人杰是也！"

李鱼赶紧退了几步，躲到乔向荣背后，这才悻悻然道："不敢高攀。在下与第五姑娘素不相识，还请高抬贵手，莫再纠缠！"

李伯皓、李伯轩两兄弟齐齐看向李鱼："如此活色生香的一个美人儿，我们都有点动心了，这厮居然这么能装？小心遭雷劈啊！"

第四章
秘 密

素来对男人都不屑一顾甚而有些病态仇视的第五凌若，忽然对李鱼产生了难以名状的兴趣，竟在光天化日之下把他唤到自己房中意图不轨，李鱼坚贞不从，她便命令四个高手擒住李鱼，想来一个霸王硬上弓。

以上这段消息，由李伯皓原创，李伯轩润色，兄弟二人共同负责宣发，很快就在西市传扬开来。

其实很多人都不知道西市有四梁八柱这种架构，这是行内一些上层人士才清楚的架构，而即便是这些上层人士，很多也并不认识第五凌若、杨思齐这种比较低调的高层。

不过，这并不影响这种消息的劲爆传开，毕竟沾了粉色的花边消息，便总是广大人民群众所喜闻乐见的。而且这次的戏码居然是女对男，这种新奇的人设，更是令这出戏耳目一新。

消息在西市不胫而走，继而通过西市商贾和顾客之口向全城传播开来，这时候这个故事其实已经和李鱼以及第五凌若的故事没有任何关系了。

如果说原本的故事还只是在误解的基础上进行的发挥，那么现在保证故事的主角本人到了都不会觉得这故事当中有任何一丝情节是影射他们的。

广大人民群众热情参与、集体创作，最终形成了一个什么样的故事，没有任何人可以确定。

不过，幸好常剑南就住在西市，而且他就像是结网于西市的一只巨型蜘蛛，哪怕这只巨蛛天年将尽，它的耳目一样灵通，它的手脚依旧强劲有力。所以，常剑南听到了一个比较贴近原著的版本。

这时，已是李伯皓、李伯轩两兄弟传出这个消息的第二天了。

这个消息之所以滞后了，是因为涉及目前西市的三把手。服务于四大梁的那些人，个个都成了精，谨言慎行、不留话柄是他们一贯的存身之道，谁会去跟人嚼这个舌根子？

更何况，在四大梁中，第五凌若是最低调的一个，几乎不为外界所知。即便知道她存在的，大多也把她定位成常剑南的大账房，如同那些大梁、大柱身边的账房，可楼上楼的人却很清楚，她有多狠。

现在服务于第三楼的人员中，资历最老的几个，听他们当初的老前辈们说过，因为第五凌若的美貌，曾经不乏一些茶余饭后以她为目标一逞口舌之快的人。其结果是，这些人的下场都很惨！真的很惨……

那些前辈通常说到这里时，就已脸色苍白，双眼露出惊恐游离的光，不肯再说下去。所以，现在那些吏员所知道的故事，也就到此为止了，他们始终不知道那些前辈的前辈究竟经历了些什么，虽然那历史并不久远，最多也不过就是十年前。

他们只知道那些人的下场很惨、很惨、非常惨。这已足以令他们对第五凌若保持了足够的敬畏感。楼上楼的吏员们几乎以一年半最多两年一次的频率大量更新着，所以后来人连这件事都不知道了。

他们只是刚到楼上楼做事，就发现他们的前辈们对第五凌若有一种由衷的敬畏感，于是这敬畏感便像生物的遗传基因一样传给了他们。所以对于第五凌若，他们连名字都不大敢提起。

所以，常剑南反而是听到这消息较晚的一个人。常剑南听了这消息也很好奇，虽然他的顽疾就快要发作了，已经是一个数着日子过日子的人，依旧难免生起好奇心。

他不相信第五凌若会犯花痴，那么……

难道，她这是头一回看到李鱼？而李鱼就是她的那个情郎？不可能！岁数对不上，十年前，李鱼才十岁，第五凌若怎么会喜欢一个毛都没长齐的小男娃儿，她又没有恋童癖。

难不成，李鱼与她的那位情人酷肖？这是最接近正确答案的一种揣测了。但是，就算李鱼长得很像她的情郎，她可以厌憎他，也可以觉得很亲切，总不至于一见面就迫不及待扒人衣裳吧？

常剑南很好奇，真的很好奇，可作为一向高高在上的老大，怎么可以自降身价去打听这种纯属八卦的消息？他必须得端着，以保持上位者的城府，这是身为上位者必须付出的一种代价。

有些大众娱乐，他们是无福参与的。

当然，他们能享受的娱乐，大众也是没有能力享受的。因为，没有那个条件。

比如此刻，常剑南其实正在处理公务，有关第五凌若的花边新闻，他听听也就算了，注意力很快又集中到了自己的工作上。

他的桌上，摆着三种不同质地的纸：桑麻纸、竹纸、羊皮纸。

每种质地的纸各代表着一种意思。

桑麻纸是阅后即毁，竹纸是短暂存留，羊皮纸是长期归档。

至于其重要性……其实能以纸质方式送到常老大面前请他阅览的，就没有一个不重要的，但是当然也没有一件是迫在眉睫的。真正迫在眉睫的消息，会有专人亲自向他呈报。

而在这些都很重要的消息中，阅后即焚的消息代表的虽然不一定是最重要的，但显然对保密性的要求最高。

常剑南先拈起了那张竹纸，看着不大，也很薄，展开来却是长长一张。

常剑南只看了几行，就轻轻皱起了眉头。

这是他的手下遵照他的吩咐，对李伯皓、李伯轩两兄弟所做的一番调查。

一个大限将至的父亲，一双如花似玉的女儿，做父亲的岂会不操心自己的身后事，不牵挂她们未来的归属？李伯皓、李伯轩一进入西市署，就进入了他的视线，常剑南顿时关注起了他们。

其实对常剑南来说，要为一双爱女找个才貌双全、品学兼优的好儿郎做丈夫，并不难。难的是，他有两个女儿，将来两个女婿能像两个女儿现在一样相亲相爱，把权力和财富都拿来共享吗？

如果他们彼此生了异心，会不会自己的一双孪生女儿也受其影响终成反目？一想到有朝一日她们姊妹俩反目成仇，一生杀人无数的常剑南心头就有说不出的难受。

所以，他在立下的遗嘱中，向女儿们透露了他就是她们亲生父亲的秘密，并且以父之名，立下了唯一的规矩：良辰、美景，共许一夫！

实际上，在睥睨自傲的常剑南心中，并不认为这是二女共许一夫，而是二女共享一夫，这个男人其实是要入赘的，他的作用仅仅是为常家传宗接代，不教他的一双宝贝女儿枕席凄凉，并且避免姊妹俩情感生分，仅此而已。

但李伯皓、李伯轩两兄弟的出现，给了他另一种可能。

可是，一看这资料，他就失望了。

他要找兄弟俩容易，找孪生兄弟也容易，但要家世门第比他更高，因此不会觊觎他留给一对宝贝女儿的财富，且都未成亲的兄弟就特别难找了。

陇西李氏，无疑是般配的。但在常剑南的想法中，那得是李氏的旁支别门。可是调查结果显示，这对兄弟居然是陇西李氏嫡支宗门，那就没得考虑了。

因为，门阀世家很高贵。就算李世民堂堂皇帝想嫁女儿过去给人家当儿媳妇，都得赔着笑脸提着小心，生怕人家嫌弃你的血统不够纯正，你的家世不够悠久……

试问，如此情形之下，人家对皇家都挑三拣四呢，常剑南哪有资格跟人家攀亲戚？正妻是别想了，就算给人家做妾，也得乖乖上门生育儿女，侍候丈夫，岂能容得她们在西市逍遥。

常剑南只看了出身谱系，见李氏兄弟确系陇西李氏嫡宗后人，就没再看下去，他默默地叹息了一声，把这张纸抛进了红泥小炉。

随后，他拿起了代表着阅后即焚的桑麻纸。

那张桑麻纸上没有字，只画了一幅图。

纸很薄，光线透过纸张，从背面映出来，可以看到上边只是几条很简单的线索，只是画工拙劣，运笔也不纯熟，有的地方线条深，有的地方线条浅，根本看不出它是什么东西，隐隐约约，像两条鱼。

看着那跟顽童似的画工，常剑南笑了："这厮自幼从军，大字不识一个，画出这么个狗屁不通的东西来，还煞有介事地叫我阅后即焚，我就是把它张贴出去，谁能明白它是什么意思呢？"

说是这么说，常剑南还是用两根手指拈起那张画，把它丢进了火炉中。

张二鱼，东市之主。

比起西市王常剑南，东市要安定得多。

毕竟，东市没那么大，也没有那么多的江湖势力，只专做高档奢侈品。在这里开店的，也都是大有背景、来头的人。

比如许多皇室中人，乃至皇亲国戚，都会以管家的名义，在这里开一家店铺，赚些利润贴补家用。

这种地方，怎么容得下不安分的江湖势力打打杀杀？

所以，张二鱼娶的是前任东市署市长的女儿，做了东市署市长的女婿，后来又按部就班地接了他的班，成为东市之主。

他不需要像常剑南那样谨小慎微，处理那么多层面的麻烦。因为那些皇室中人、皇亲国戚、权贵人家，也不容许他们的产业处在那样一个动荡的环境之中，所以他很清闲。

如果把东市和西市比作两个湾，那么西市就是浑水湾。水源浑浊，鱼也多，虾也多，还有不少凶恶的大鲶鱼纵横其间。

而东市，则清水涟涟，芙蕖朵朵，顶多有些鳞片亮闪闪的巴掌大的鲢鱼悠闲地在莲叶之下着泡泡，嬉戏人生。

所以，当年曾为平阳公主麾下骁将的张二鱼，这些年来生活得很太平。有一房娇妻，偷养了两房小妾，时不时还去平康坊里偷偷腥，养了三个孩子，两儿一女，生活优渥舒适，人也渐渐发福。

当初一身肌肉块垒，迷得前东市王之女神魂颠倒的那个健硕男儿，现在仿佛一尊佛，一尊慈眉善目、肥头大耳的佛。他现在有个绰号，就叫"老佛"。

老佛袒着胸怀，笑眯眯地看着坐在面前的财神："乔兄，你我各居一市，虽近在咫尺，闻名已久，但是见过的次数，却是屈指可数呢。"

乔向荣警惕地看着张二鱼："却不知老佛相召，所为何事呢？乔某，可是西市的人，咱们东西两市，一向井水不犯河水……"

张二鱼打断了他的话："可你还是来了，不是吗？"

乔向荣沉默了一下，坦率地道："不错！因为，我……"

"你好奇！你不知道我为什么要找你，又担心错过什么重要的消息，所以你还是悄悄来了，并没有告诉你们西市王常老大。"

张二鱼一针见血，乔向荣的老脸不禁一红，也坦然道："没错！我的确好奇，老佛相邀，能为何事？我相信，老佛不会闲极无聊，找乔某说些不咸不淡的小事。"

"那当然！我找你，必有惊天动地的大事相商，你应该明白这一点！"

张二鱼拈起杯，呷了口茶，笑问道："你看我东市如何？"

"富庶繁华！"

"但不及西市多姿多彩，财富、权势，也差了许多！"

张老佛一脸悻悻然，胖脸有些耷拉下来："我总觉得，我只是各大宗室子弟、皇亲国戚、权贵勋贵们派驻在东市的一个大管家，曾经，我可是百战沙场的一员悍将啊，你看看我现在……"

张老佛拍了拍自己的大肚腩："人生失去了梦想与追求，就是这般下场。"

他这一拍，连胸带肚，都荡漾起来。

乔向荣想笑，却又忍住，但嘴唇的线条，还是悄悄地向上扬了起来。

"我腻烦这样的日子了……"

张老佛的眼神有些怅然、有些憧憬："我想做点事，静极思动啊！"

乔财神皱了皱眉，谨慎地道："老佛要做事，何以找上乔某？"

张二鱼瞟了他一眼，神秘地一笑，微微向前倾身。

通常这时候，就是大反派吐露大秘密的时候，所以乔向荣很配合地凑了上去。

张二鱼轻轻地道："你知道，良辰、美景，是常老大的什么人吗？"

第五章
算 计

乔向荣从东市离开后，就已是一副浑浑噩噩的模样。

"良辰和美景，是常剑南的亲生女儿！"

"东篱下就是她们的家，现在是，以后也会是！"

想到张二鱼的话，再想到常剑南说过的话，乔向荣的双拳紧紧地攥了起来。

他并不怀疑张二鱼的话，张二鱼没有理由、没有动机来骗他，而且张二鱼主动提出，愿意配合他行动，攫取西市这个聚宝盆。

从张二鱼的话中，他感觉得出张二鱼对常剑南的嫉恨。

的确，当初从军，他在上！后来从商，他在上！

凭什么？就连他本就在人之下的乔向荣，都不甘心久居人下，何况张二鱼如今也是一方之主，却始终被常剑南压着风头，他甘心才怪。

这么多年来，东西两市几无联系，常剑南和张二鱼这对袍泽素无来往，也证明了这一点。

而且，对于常剑南和良辰、美景的关系，其实他早就有点奇怪了。最初他以为这是常剑南寻来的一对为他暖床的极品小美女，但后来越看越不像。

一生杀人无数的常老大，居然会如此宠溺一对小女子，把她们视为己出，乔向荣一直觉得有些出人意料，现在他总算明白了，原来这依旧是情理之中的事情。

张二鱼知道良辰、美景是常剑南的女儿，但他不知道常剑南很快就要死了。

乔向荣知道常剑南很快就要死了，却不知道良辰、美景是常剑南的女儿。

这种感觉很好，两个人的消息并不对称，这让他觉得，与张二鱼的合作更多了几分把握。

车子回到了西市，乔向荣掀开了轿帘，眺望着远处巍峨耸立的东篱下，喃喃自语："常老大，我本希望，我们西市王，能有一任得善终，也算为后来人立一个榜样。为何你贪心不足呢？这一世，该享用的，你都享用过了，还要梦想着把这基业传给你的后人，凭什么？凭什么啊！"

他把帘子放了下来，抿紧了嘴巴，在心底里说出了一句话："如果有一天，你死不瞑目，不要怪我，那是你自找的！"

乔向荣的唇边，慢慢逸出一丝凉薄的冷笑。

……

"唤李鱼来！"

乔向荣一回到自己的房间，就吩咐下去。

很快，李鱼就从西市署通过内部门户赶了过来。

"坐吧！"

乔向荣微笑着，示意小厮给他斟了杯茶。

"老夫没有看错你，你做得很好！"乔向荣满面春风，"不过……"

他脸上微微露出难色，道："你立下如此大功，老夫却不知该如何赏你啊！"

李鱼扶膝道："这是属下分内之事，怎敢当大梁赏赐。"

乔向荣摇头道："有功则赏，这才是老夫的分内之事。只是……"

乔向荣叹息一声，道："其实，老夫是想扶你成为八柱之一，而且是八柱之首的！洪辰耀，那老匹夫尸位素餐，毫无作为，怎比得了你？可是你锋芒太露，老大有些忌讳你的张扬。老夫好说歹说也不成，唉……"

李鱼挑了挑眉毛，有些抑制不住地惊喜："太好了，老子马上要走的人了，这要是身居高位，那一举一动就更引人注目了，升不上去才好，真是好极了。"

乔向荣见他"怒极而笑"，心中更加喜悦，李鱼的确锋芒太露了，不过，越是这样，这口刀用起来才越得心应手啊！

乔向荣一脸替他惋惜的表情："其实授人以鱼，不如授人以渔，可是老大不同意，老夫也没办法。你的功劳，老夫会记在心里，早晚会对你有所补偿。这一次，呵呵，老夫穷得只剩下钱了，所以，也只能赏你钱了。"

李鱼一听，心中更是大喜，钱好啊！这东西能随身带走，这真是刚想打瞌睡，就有人送枕头。只不过，刚才不够深沉，已经有些露出喜色，这时得端着点儿。

于是，李鱼脸上一副波澜不惊的模样，顿首道："乔大梁赏识之恩，属下铭记在心。"

乔向荣从袖中摸出几张纸，往李鱼面前一推："拿去，这是老夫赏你的！"

那几张纸本是卷着放在袖中的，往外一掏，它们就打开来，李鱼放眼一瞧，顿时大失所望。

乔老大你是财神还是盖房子的，怎么一套一套又一套的就是送房子啊？

不过转念一想，他也没有办法，毕竟真弄上几十车大钱或者几箱金银的情况实在不多。

而乔大梁的赏赐又不低，用房契来赏赐再方便不过。

"唉！我马上要走的人了，主要是不好及时脱手啊！而且现在卖房子，也太引人注目了些！看来，我只能先过户，最好别过到我名下，等我离开，过个三年五载，没人注意时再卖掉！"

李鱼失望地想着，将那几张房契收好，再向乔大梁施礼："大梁重赏，属下不敢辞。今后，唯有尽心竭力，为大梁效力！"

这番说辞，乔向荣很爱听；他那失望的神情，乔大梁更喜欢看——有野心，才能为他所用。

他不惜血本，重赏李鱼，又说压制他上升的是常剑南，目的就是揽他为自己所用，对常剑南生出不满。

不过，这毕竟不是他培养多年的心腹，有些打算，现在还是不能对他说的。

乔向荣抚须微笑，微微一顿，又道："对了，你和第五凌若是什么关系？"

李鱼苦笑起来："属下与她，素不相识。"

乔向荣蹙眉道："那么……"

李鱼摊手道："属下也不明白是怎么回事，第五姑娘将我唤进她房间，就问我姓名岁数身世籍贯，又让我学着她的词儿说话……"

除了最后关于宙轮的一段，其他的李鱼都说了。说假话，很容易叫人戳穿。七分真，三分假，那就真真假假、虚虚实实，很难判断了。

乔向荣捻着胡须，若有所思："呵呵，其实……凌若很不错，那是一个真正的绝色美人儿，你年轻有为，少年英俊，说不定你和她，还真能成就一段佳话。"

李鱼苦笑道："大梁说笑了，不说属下已经有了正室，第五姑娘断无给我做小的道理。再说这彼此相差悬殊的身份，就算属下以正室之位相待，也不够资格迎娶第五姑娘啊！至于说为人面首，堂堂男儿，岂有此理！"

乔向荣微笑道："呵呵，顺其自然吧！你好好干，我很看好你，只要老夫全力栽培你，也许用不了多久，你就会从仰望第五姑娘，变成叫她仰望于你，那时所谓门户地位，孰高孰低，还很难说呢。"

咦？这话……

李鱼还没理出个头绪，乔向荣已摆了摆手："你去吧，好好做事！"

李鱼忙道："是！"

李鱼起身，又是一礼，退后几步，出了房间，待那障子门关上，他转身穿靴，脑海中不禁又想起了乔向荣这番话。

叫第五凌若仰望于我？那除非我成了西市之主，又或者，取代你乔老头儿，成为第一梁，这怎么可能？啊，忘了，还有一个王恒久，难不成，乔大梁有意栽培我取代王恒久的地位？

西市多年经营，阶级稳固，架构清晰，我表现再出色，也没有如此火箭般升迁的可能吧？他究竟是什么意思？

送走了李鱼后，乔向荣的大账房很快就进了他的房间。

同民间所以为的大账房不一样，西市四梁八柱的大账房，实际上除了替他们管钱，还兼具幕僚长的职能。也只有李鱼这位空降兵出身的西市署市长，和他的大账房没有建立起这种默契关系，所以他从不找大账房议事，他的大账房也从未自作多情地以为自己已是人家的幕僚长。

乔向荣的大账房进入内室，便垂手站定。

乔向荣沉默良久，诡异地一笑："我的暗影铁卫，根本就尚未动用一兵一卒，元气未伤。现在看来，我已是常老大之下，实力最强的人了。"

那大账房哑声道："大梁本就是常老大之下第一人哪！"

乔向荣摆摆手，道："今日，我得到一个非常惊人的消息！"

大账房有些讶然，乔大梁的消息情报，都是由他掌握，乔大梁从哪里得到了重要情报，而他居然不知道的？

但是，乔大梁随后说出的话，令他马上抛弃了这个疑问，他被惊住了。

过了许久，大账房才道："大梁，这消息可靠吗？"

乔向荣沉声道："百分百地可靠！"

大账房变色道："这么说……"

乔向荣道："没错！常老大显然是想把基业传给他的一对宝贝女儿。我说他对良辰、美景视如己出呢，呵呵，桃依依和安如两个女人进位成为八柱，还有于福顺的空缺始终没人替补，如此种种，显然都是他为自己的女儿铺垫呢。"

大账房沉吟道："提拔两个女人进位大柱，以便成为辅佐良辰、美景的左膀右臂。八柱有了空缺，包括原来的于福顺，还有现在的赖跃飞，却并不提拔人上位，是为了等良辰、美景上位，提拔亲信，加恩于人？"

乔向荣冷笑："你以为，还有第二个原因？"

大账房道："那……咱们怎么办？常老大如此安排的话……"

乔向荣摆了摆手，脸上又露出了骇人的微笑："这两个女大柱，我未必现在就动手除掉，不然，就打草惊蛇了。不过，其他几个大柱，我得现在就着手拉拢，等常老大一死……"

大账房会意地道："大梁说得是，若论根基，良辰、美景怎么与大梁相比。若是再拉拢几个大柱，得到他们的支持，这西市王的宝座，断无旁人坐上去的道理！正好，现在各大柱都人心惶惶，凌约齐、郭子墨还有楚清，这两天频频向大梁示好，您看，是不是找机会接见一下，亲近亲近？"

乔向荣徐徐点头。

大账房道："八柱之首的洪辰耀，现在少华山游玩，要不要也派人去……"

乔向荣摆手打断了他："那个老匹夫，素无大志，也无本领，把他排在八柱之首，只是常老大为了照顾这个追随他多年的老军，此人不堪大用，而且，我也不放心他。"

大账房颔首道："我明白了，那么，我去安排凌约齐三人，这两日分别与大梁会晤。"

洪辰耀打了个大大的喷嚏，揉了揉鼻子。

这少华山遍布石墙、寨门、石井、石炕、暗门等景物，古拙坚固，乃隋末瓦岗反王王伯当举旗聚兵之所。

少华山主峰由三个并立紧连的山头组成，称为东峰、中峰和西峰。东峰除与中峰一狭窄的连接处外，几乎都是笔直的岩石，仿佛一巨柱拔地而起。中峰为少华山绝顶，西峰略低于中峰。

东峰、中峰、西峰紧紧相连，其长二千多米，最宽处只有十几米。南边是深不见底的绝壁，北边是攀登艰难的陡坡，山势异常险峻。

峰顶灌木丛生，松柏摩天，白云缭绕，怪石矗立。站在山巅上环顾，北有渭水如带，蜿蜒东去，东看太华山耸立云端，巍峨挺拔，南见万山起伏，直达天际，西望风烟万里，迷茫无涯。

风景固美，只是风大了些。

一见洪辰耀打了喷嚏，温柔的妾室五娘忙从丫鬟手中接过披风，给他披上。

洪辰耀从风口处走下来，在一块背风的大石上坐下。

五娘在他旁边款款就座，柔声道："阿郎接到长安传来的消息后，就独立风头，若有所思，可是长安出了大事？"

洪辰耀笑了笑，道："不出我所料，确实出了大事。而且，这事还没完！"

五娘黛眉一蹙，道："阿郎身为八柱之首，这个时候，不需要回去吗？万一常老大见怪……"

"妇人之见！"

洪辰耀笑了，他莞尔摇头，沉默有顷，忽然道："五娘啊，常老大当初闯西市，麾下三百壮士，俱是退伍老军，你可知道，为何只有我，成为八柱中人？"

五娘嫣然道："自然是阿郎骁勇善战，深受常老大器重！"

洪辰耀嘿嘿一笑，捏了一把她的粉颊，道："这小嘴儿，真个乖巧！"

洪辰耀敛了笑容，沉思地道："你说得不假，却又不对！"

五娘好奇道："哦？"

洪辰耀缓缓地道："最初，我在常老大麾下与他人并无两样，就是一个普通的兵丁，何以我后来出人头地？"

他轻轻吁叹一声，道："那时候，我们打仗，经常要攻打城池！而攻打城池，那沿云梯第一个往上爬的，叫作梯头，梯头通常都是死得最快的。所以很多时候，军士们会在攻城的前一天，就商定明日由谁做梯头。抓阄、猜拳，还有血气上来就自告奋勇的。要是实在没人，队正就会指派。而我，每次都主动要求做梯头。"

五娘赞佩地道："阿郎神勇！"

洪辰耀嘿了一声，道："如果我神勇，现在早就化为一堆枯骨了，都没人给我殓尸。其实，这做梯头想长命，也是有办法的。"

五娘好奇地看着他，洪辰耀道："你爬上去，上边滚木礌石就会砸下来，你爬到了墙头，刀枪剑戟就会刺上来，甭等到那一步，你站不稳了，被滚木礌石挨到了，立即一个翻身就掉下去了。"

五娘听得目瞪口呆。

洪辰耀道："掉下去，你就别起来，趴那儿装死，装受伤，等别人的尸体掉下来，还能给你当个肉盾。等打完了仗，天也黑了，再'气息奄奄'地爬回去。这样久了，每次攻城，你都是冲在前头，大将军肯定会注意到你，觉得你无比勇敢，就会提拔你，你死的可能性就更小了……"

五娘嗫嚅着，不知道该怎么说才好。洪辰耀所说的这一切，她实在是想恭维都无从下嘴啊。

洪辰耀拍了拍她的大腿，道："以前，我是坚决不肯说的，男人，要脸面啊。现在年纪大了，也想开了，活着，才是最重要的。再说，你以为这般投机，就毫无风险？你第一个攻城，箭矢全是向你来的，滚木礌石全是向你砸的，并不是每一个人都那么好运躲得过去，又有机会装死的。"

洪辰耀沉默了片刻，唏嘘道："向死而生，那是真正的勇士。我知道，我做不到。但我自问，也不是个怯懦之辈，只是，当生的机会只有一次的时候，我不想让给别人罢了！"

洪辰耀回望长安方向，轻轻地道："现在，又要爬城头了。我年纪大了，已经做不了梯头，我知道，如果我鸡贼一些，再去当一回梯头，一旦成功，我就能更进一步。不过，我洪辰耀没有那么大的野心，小富即安，我这人……知足！我只要守着你们，守着儿孙，守着自己的家，就够了！"

五娘的眼圈儿红了，轻轻偎进他的怀里。

洪辰耀抚着她的肩膀，轻声道："是不是，有些失望？"

五娘在他怀里轻轻摇头："不！英雄，让别的男人去做吧，我只要我的男人活着！"

这时候，一个青衫人健步如飞地攀上了山巅，洪辰耀看他装扮，就晓得是常老大派来的，他甚至认识这个人，因为这人也是常老大带进西市的三百兵弁之一，只不过他当时还是新兵，岁数也不大，才十四岁。

洪辰耀推开五娘，走上去，脸上的笑容有些紧："老大……要我回去？"

那人点点头，又摇摇头："老大下了军令！"

洪辰耀悚然一惊，自从离开军队，老大几乎再未用过军令这种称呼，这意味着必须无条件执行。上一次郑重声明这是军令，还是他们参与对付曹韦陀的一战时。

洪辰耀下意识地并起了双腿，挺直了腰杆。

那人一字一句地道："老大说，洪辰耀你个缩头老乌龟，就乖乖趴在少华山上看你的风景吧，我不叫你，你就别回来。但我叫你的时候，敢晚回一刻钟，你就提头来见!"

洪辰耀一听,就双腿发抖,险些站立不稳。他怕的是,常老大居然洞悉了他的用心!常老大是从这次他的少华山之行发现的,还是当年他做梯头的时候就已经发现了?

他不知道!

所以,怕得要死!

第六章
问题

李鱼究竟是不是他？

李鱼怎么可能是他？

李鱼为什么这么像他？

一个个问题，快把第五凌若逼疯了。

她不仅拿到了东篱下调查李鱼的全部详尽资料，而且动用自己的力量，以八百里快马传递的惊人速度，从利州传来了一个大活人——狗头儿。

"你说小神仙？那可是我们利州府的大名人！嘿，想当初他喂任刺史喝金汁，这事至今传扬于地方，人人津津乐道啊，哈哈！你知道吗，那可是我奉小神仙之命，亲口……啊不，亲手给任刺史喂下去的。"

狗头儿眉飞色舞，这可是他可以给儿子、孙子、子子孙孙传颂下去的传奇。

"什么？什么时候认识小神仙的？那可久了，打从穿开裆裤的时候，我们俩就认识，还一块和泥巴呢。哎，那时候哪知道小神仙后来那么了得，据说在终南山得了奇遇，一下子就能掐会算，知过去未来了。"

狗头儿很配合，没用钱，没收买，一见凌若大美人儿，就像见了谪仙子似的竹筒倒豆子，全说了。

第五凌若缓缓地道："那么十年前呢，你们十岁的时候，也都在一起？"

狗头儿道："是啊，天天玩在一起。我们还一起去老张头家偷盗，到刘寡妇家偷看她洗澡呢。嘿嘿，小孩子嘛，好奇，其实那时毛都没长齐呢，也没啥色心，叫你见笑。"

第五凌若闭了闭眼，再缓缓张开："那后来呢？我是说，他离开利州，去了哪里？"

狗头儿脸上露出一丝小市民特有的狡黠："仙子姐姐，这可不是咱想瞒你，你想啊，小神仙是得罪了当地权贵外出避难呢，哪会把去向告诉我这个小人物？不过，我听说哈，任刺史太有势力，小神仙担心躲到哪儿都能被他找到，所以要去一个极远的地方，去哪儿来着，哦！对了，好像是比吐蕃还远的地方，叫大食啊还是什么的地方？"

第五凌若凝睇着狗头儿，唇角渐渐逸出一丝叫男人一见便为之神魂颠倒的笑意。

明明对方在她眼中就是一个蝼蚁般的小人物，他也确实是，但他终究是一个万物之灵的人，不会一直受人摆布，不会一直受人控制，他有他的情感，也有他的道义。

第五凌若缓缓点头："带他下去！"

刚刚还露出那么点人模样的狗头儿一个恶狗抢食，不等第五凌若反应过来，就扑到了她的膝下，一把抱住了她的小腿："不要杀我啊！我知道的都说了啊！仙子姐姐抬手，仙子姐姐开恩啊！我狗头儿不值得脏了你的手，我就是个屁，我就是一坨屎，仙子姐姐你饶命啊……"

一把鼻涕一把泪的狗头儿被一个胖大的相扑妇人用两根手指一提衣领，像提一只小猴子似的提了出去。

第五凌若在狗头儿呼天抢地的凄厉哭叫声中，淡淡地吩咐另一个胖大妇人："善待他，好酒好肉，只莫放了他！"

那胖大妇人答应一声，也欠身出去。

第五凌若向前走出两步，手工精造的高筒小牛皮靴跟儿并在一起，显得小腿挺拔，曲线极其优美。

她看得出，那个狗头儿是真的吓着了，他是真的以为自己要处理掉他，可他扑过来抱住自己求饶的时候，双手甚至还趁机在她小腿上上下滑动了几下。明明以为自己马上就要被人给宰了，还不忘占人便宜，这种痞赖小人……

第五凌若又好气又好笑，情不自禁地又想起了那个人。

他，怎么会认识这样的人物？

不对，他认识这样的人物有什么稀奇，他本来就是一个这样的人，哪怕死到临头，都不知道怕。

第五凌若唇边露出一丝甜蜜的微笑，慢慢又化作凄凉的一声长叹，美眸饱含感伤之意。

理智告诉她，李鱼不是他！

眼睛告诉她，李鱼就是他！

他，究竟是不是他？

时不我待！

乔大梁很着急。

常老大现在看着依旧是一头威猛的虎，但是他那虎躯之内，却有一个病魔，很快就要把他的生命力吞噬得一干二净。

常老大一定在争分夺秒地处理善后事宜，力争在他死前为他的一双女儿留下一个铁桶江山。

乔大梁也必须得立即进行准备，准备应变。

但，常老大积威之下，他可以明目张胆地与王恒久争储君之位，他可以暗中策划常老大归天之后的兵变，但只要常老大还有一口气在，他就不敢反。

无关于彼此的势力较量，那是长期形成的一种气场的压制，就仿佛天敌般的存在。哪怕他就只剩下一口气，那平日充作他腹中食物的存在，也只能在他的眼神注视下，不敢妄动一步。

所以，他动用了他的暗影铁卫，不着痕迹地运动着，等待着那一刻。当常老大咽气的那一刻，当那双孪生姐妹将要登上王的宝座的那一刻，就是他发起暴动的时机，他将成为王的男人，让那两位女王小犬般雌伏在他的脚下。

距九月九只有十天了。

康班主、刘老大、华林已经纷纷向别人交卸了差事，去度过自己人生中最后的十天。

他们现在真是数着日子过日子了。

华林鼓起勇气，生平第一次走进了青楼的大门，然后喝得醉醺醺的，带着一脸的唇印摇摇晃晃地回了家，跪在他老爹面前号啕大哭一场。

晚上，他端了水，亲手给老爹洗了脚。第二天就让小妹子骑在他脖子上，带着去郊外放风筝了。

最后这十天，每一天他都排得满满的，每一刻，他都感受着那人生的滋味，不管它是喜、怒、哀、乐，似乎任何一种滋味，都是那样的回味无穷。

刘老大揣着他挣来的钱，去了城郊一处青山上，为他的妻儿修建了一座墓，还为自己购置了一副棺材，花钱请山下小村中一位耆老为他操办丧事，剩下这几天，他就在那小村中，与一班淳朴的村民，把酒话桑麻去了。

而康班主则回了道德坊，原勾栏院的所在已经被官府清理干净，准备将地皮重新划割出去，新的规划还没出来，他也不知道将来这里会改成什么样子。

康班主每日由他的二弟陪着，提着酒葫芦在那片空地上慢慢地走着，每走到一片空地处，眼前都仿佛重新看到了当初这里的样子。那儿是过道，这儿是舞台，旁边是锣鼓喧天，台下是观者如云……

"总有一天，咱们康家班得重新建起来。哪怕不是在这儿，就照着从前的模样……"

康班主就像个患了失忆症的患者，每每都只会向他二弟重复着这句话，心里满是对过去的缅怀，对未来的期望……

李鱼也在紧锣密鼓地准备着，时间快到了。

九月九，他就得死。

所以，他要走，走得干净利落，不至于叫官府缉捕，不至于叫故人耻笑，就得先"死"，一个已经死掉的人，当然不能再死一次，如此既能全其名节，又能安然远遁，岂不两全其美？

所以，在这迫在眉睫的时刻，李鱼忙碌地准备着，准备着如何去"死"！

可是，旁人偏偏不这么认为，总要用些对此刻的他来说毫无意义的事情来骚扰他。

西市第三梁第五凌若姑娘一大早就来了。

第五凌若是管理西市王钱财兼放赈的，跟他这个西市署市长没有任何业务关系。不过，这没关系，没关系可以找关系，第五姑娘一大早就来了西市署，理由是西市署三进院落挡了第五姑娘房间的光。

李鱼站在四合院里，看了看他那套平房建筑，再仰起脸儿来，看了看虽在三层，但因举架高，相当于六层宝塔高度的第五姑娘的房间，实在想不出自己的院子怎么会挡了人家的采光。

第五姑娘听了他的疑问毫不脸红，很淡定地表示，她说采光只是一个不那么恰当的表述，其实是李鱼的四合院就在她楼下，而且是三进的四合院，像一个"目"字，看着很不舒服，有种聚阴气的感觉。

于是，就风水问题和建筑问题，李鱼和第五凌若两个外行东拉西扯了一早上。刚把第五凌若姑娘送走，准备静下来考虑自己如何去"死"，李伯皓和李伯轩两兄弟又领来一百多号人。

这些人以陆希折为首，据说全都是奉李鱼之命，参与了西市大猎杀的那些江湖游侠，看得李鱼一脸蒙。

他虽然没数过，但当时在修真坊长安大酒楼里的英雄豪杰应该只有七八十人，经过突围一战、西市大猎杀一战，就算没有减员，也不应该反而增加了啊。

问题是李伯皓和李伯轩两个二货也说不清楚为什么人又多了。他们唯一记得住名字辨得出模样的就是表现比较活跃的陆希折。

而据陆希折说，之所以人多了，是因为许多好朋友在动手之前又去找了自己的好朋友，一个好汉三个帮嘛。

李鱼总不能因为人多了就食言，何况付的又不是他的钱，所以，一百多号人他都留下了，每个人都依约付了钱。

李鱼对众豪杰乱哄哄地慰勉了一番，众豪杰对他乱哄哄地表了一番忠心，然后大家就乱哄哄地各自散去了。

李鱼长长地松了口气，赶紧蹽到屏风后面，陈飞扬坐在台阶上，倚着通往东篱下的铁门，已经打起了瞌睡。

李鱼将他拍醒，陈飞扬一喜，赶紧擦擦口水："小郎君，你终于有空闲啦！"

李鱼急吼吼地打断他道："别说话，听我说！这一天狗屁倒灶的事太多了，没准儿一会儿还会有人来，真是不胜其烦。我问你，家里都安排好了？"

陈飞扬忙点头："是！大娘对杨家阿郎说要去郊外游赏散心，趁机带了吉祥姑娘、深深姑娘、静静姑娘出城去了，就在西城外三里溪候着，大车一共三辆，等小郎君你一到就走。"

"作作那里呢？"

"龙姑娘恐怕就要临盆了，现在不宜远行。遵照阿郎你的吩咐，龙姑娘只好留在长安待产。不过，龙姑娘已经安排好了人马，购置了大批货物，小郎君这里一行动，她马上就出发。在三里溪会合，便往陇右去。"

"哎，真委屈了作作，待我回头再向她赔罪吧。'杀手'准备好了吗？"

"准备好了，我找了四个人，是永阳坊里的四个赌棍。我说有个人欠了人家钱，想假死躲债，他们拿了钱，一口答应做得漂漂亮亮的。我给他们四个准备了伸缩刀，刀柄里塞了血囊，一碰身子刀刃就缩进去，血就流出来，绝对跟真的一样！"

"妙极，他们现在何处？"

"我在群贤坊给他们租了房子，只要招呼一声，他们就会去群贤、怀德两坊间的那个门口候着。小郎君的画像，我已经让他们记熟了。"

"甚好，你速去通知他们，我马上就去，等我到了门口……"

"他们就立即出手，小郎君就带伤逃跑，然后'跌进阴沟'。小的重金买了具尸体，穿上小郎君的衣服沉进去，那条阴沟脏水流速甚快，没个几天捞不起来，等捞起来……"

"嘿嘿嘿！"

李鱼奸笑三声，忙把笑脸一收，道："快去！我这就去西门口周围晃悠着，给你的人找机会下手。"

陈飞扬急忙答应一声，匆匆出去。

李鱼长吁一口气，绕回屏风正面，看了看房中环境，心中默默地念道："永别了，西市！永别了，千叶姑娘……"

"小李子！你在哪儿呢？"

"小李子……"

"谁这么没大没小的？"对"小李子"深怀怨念的李鱼大怒抬头，就见良辰、美景兴冲冲地闯了进来。

"哈！你果然在，我们趁老大午睡，赶紧溜出来了。这阵子，可给我们憋坏了，哪儿也不准我们去，快跟我们聊聊天吧，说说你近来干的精彩事儿。"

李鱼一脸呆滞地看着良辰、美景，失神片刻，才一脸凝重地道："大乱之后，人心不稳！老大信重，李鱼安敢不鞠躬尽瘁？这便得去十三街区巡视一番，两位姑娘对前几日的事情有兴趣，等我回来再说与你们听吧。"

美景不依道："不行不行，老大一醒，又该抓我们回去了，小李子，你就先陪我们聊聊天嘛！"

李鱼的唇角抽搐了几下："你们能不能先改改称呼？"

良辰笑嘻嘻地道："李小郎君多见外啊，小李子叫着亲切，这称呼是我们发明的，好听不？"

李鱼抚额无奈哀叹！

长安北城义宁坊，一个铁塔般的大汉骑在一匹比寻常骏马高大得多的乌骓马上，四顾一看，浓眉顿时一皱，沉声喝道："小子，你别是在带着铁某绕圈子吧？"

马前，一个牵马的闲汉顿时叫屈道："嗨，你这外乡客人，你不认得长安的道儿，可也不能胡说八道啊。你看我辛辛苦苦带你寻人，容易吗？你骑在马上，我可是凭着两条腿走路……"

那铁塔般大汉冷笑一声道："铁某本是去褚将军府打探我家主人的下落，那门禁说过，就在西市，相距不远。是你主动招揽生意，要带我去西市，如今，你带我从早上走到现在，分明在故意绕路，你当我是白痴吗？"

这铁塔般魁伟大汉正是铁无环，他一探手，就把那闲汉从地上提了起来，将他的脸儿凑到自己面前，沉声道："少耍花样，速带我去西市，我寻到了人，双倍赏你。若再绕，嘿！"

铁无环狞笑一声，就将那闲汉往马鞍上一按，那闲汉登时叫起来："别别别，硌得难受，胃快翻啦！"

铁无环沉声道："去西市！"

那闲汉苦着脸，伸手向马后指："回……回去，往回走！"

铁无环一拨马头，健马便掉头向回驰去，那闲汉在马鞍上像块破布头似的颠动着，一路惨叫连连。

第七章
杀手

李鱼好说歹说，最后祭出了大杀器，表示回头可以把深深和静静叫来，给她们表演吞剑和柔术，而良辰、美景则表示得让深深、静静陪她们打叶子牌，而且筹码由李鱼出，李鱼统统答应。

在李鱼做出一系列让步后，良辰、美景终于满意而归。李鱼看看因这两位姑娘一来，已经耽误了很多时间，急忙出门而去。

李鱼刚出房门，大账房就不知从什么位置蹿了出来，其行也如火，其定也如山，轻咳一声道："市长这是要出门吗？"

李鱼笑道："正是！"

大账房马上正色道："市长岂可如此大意，出门怎能草率。属下马上去叫人，须得卫护市长周全才成。"

前呼后拥的，我怎么被人"刺杀"？

李鱼赶紧道："不必，如今赖大柱、王大梁已经倒了，没人会对付我的。"

大账房道："马虎不得！我西市署上下前程，全系于市长一人之身。市长即便不为自己考虑，也该为大家着想啊。"

李鱼咳嗽一声，凑近了去，小声说道："今日出门，就不必叫人相随了，不方便……"

大账房看到李鱼抛来的眼神，心中顿时恍然。坊间都说，李市长与乾隆堂的那位俏掌柜，还有乾隆堂对门儿雪珑堂的俏妇人，都有些不清不楚的关系，这种事就不便表忠心了，出力也不讨好的。

大账房马上换了一副表情，微笑道："那么，市长自去便了，还是注意安全才好。"

李鱼点点头，快步走出去，一直出了西市署的大门，这才放下心来。总算没人节外生枝了，李鱼马上向西门走去。

西市的西门，毗邻长安城的金光坊，因为是进出西市的一道重要门户所在，同时也是进出长安城的一道重要门户所在，所以这里向来人潮如涌，进出熙攘，即便久经整治，也是不见效果。

李鱼混在人流中，漫步而行，到了西门附近，先绕去一旁巷中的阴沟处看了看。那里已经掀开了一排石盖板，散发着阴沟的臭气，一副将要疏浚的模样。

这条巷子是一排店铺的后门所经，只为方便店铺装卸货物，并没有客人行走，所以显得较为清静。其中一家店铺的门虚掩着，这是预备他逃来时快速闪入其中的。

为了保险起见，李鱼没敢用西市署的人来办这件事，毁诺逃命这种事也不好交代给准备慷慨赴死的康班主、刘老大等真正心腹，所以李鱼已然盘下了这家店，此刻是一家空店，前门也未开，只在其中一间房里准备了换用衣服、发套、胡须等化装用品。

李鱼一切检查停当，便向大道上行去，大摇大摆直奔西市大门。

西门大门口，那四个被雇来充当杀手的赌棍已经被陈飞扬唤来，此刻袖里藏着伸缩刀，正无聊地东张西望，瞧瞧这个大姑娘，看看那个小媳妇，一旦碰到个极品，便咳嗽一声，很是无私地共享给其他伙伴，四个赌棍一齐品鉴一番。

他们正忙得不可开交的时候，其中一人突然看到李鱼向他们走来，登时眼前一亮。李鱼没见过他们，他们也没见过李鱼，但李鱼的画像，看在重酬的分上，他们却是牢牢记在心里的。

做人怎么可以连自己的金主都认不出来？

那人低咳一声，小声道："正主儿来了！"

其他三人急忙顺着他的目光看去，马上也发现了李鱼。四人互相递个眼色，便悄无声息地分开，暗暗形成一个"口"字形的站位，等着李鱼走出大门。

此时，暗暗伴同着李鱼走出大门的其实还有三个人。

这三个人暗暗形成一个"品"字形的站位，将李鱼裹挟在他们中间，也在向西门外走。这道门外不远就是金光门，一旦得手，他们可以用最快的速度出城，并逃之夭夭，李鱼往这里来，简直是太配合他们了。

王恒久自尽了，临死之前留下遗命，吩咐身边硕果仅存的六个杀手替他完成一桩遗愿：杀掉李鱼！

这些杀手虽然是为钱卖命，却也不乏坚守的江湖道义。

这是雇主最后一个要求，所以，他们就该去为雇主完成！

六个人，平素来往，这三个人最为亲密，另外三人也最为亲密，所以他们很容易就分成了两伙，各行其是。

这三个人，选择了今天，选择了此时、此地。

李鱼走进了四个"杀手"的那个"口"，成了其中的那个"人"。

"口"中一"人"，那是个"囚"字。

但是伴同着李鱼走进去的，还有"品"字形站位的三个人，"口"中一个"品"，"品"中一个"人"，这字该怎么念呢？

"姓李的，你的死期到了！"

一个赌棍擎出了他袖中的刀，大喝一声，向李鱼扑去。

"杀人"的时候，要大声叫出对方的姓氏，这是他们的雇主对他们的要求。

"好！杀他的理由呢？"

"不需要，他得罪的人多！"

这是陈飞扬的回答。

赌棍这句话就是一个信号，他这一喊，其他三人同时擎出了袖中刀，站在李鱼左后背位的那个负责刺中第一刀，接着是前方左右两人逼近，以便使李鱼向右后方逃逸，从而逃进那条巷弄。

而接下来他们要做的事就简单了：一旦有人杀人，现场必然大乱。但是他们追杀李鱼而去，却不会有哪个胆大的敢追进巷弄中看热闹。届时，李鱼逃进店铺，他们则负责把藏在阴沟石下的尸体推进阴沟，然后逃离。

可是，现在情况似乎有变化了。就在他们发出一声大喊的同时，在他们前边，有三个模样很平凡、走路时很沉默的人突然也动手了。他们一声没吭，就向李鱼扑了过去，手中扬着锋利的匕首。

三个人，就像三条咬人的恶犬，或者说是像三条恶狼，三把匕首扬起三道寒光。

李鱼一见大喜："终于来了！表演得太专业了！谁说陈飞扬办事不靠谱？办事

不靠谱的看来只有狗头儿和李伯皓、李伯轩两兄弟！飞扬办事还是很给力的！"

李鱼马上配合做戏，大声惊叫道："有刺客！快来人哪！"

李鱼一边大叫，一边向旁边一闪，做出闪避的动作，但刻意地把左肩卖出去，等着那"杀手"一刀刺来。

但是，与此同时，铁无环也到了。

铁无环人高马大，且又骑在一头极雄骏的高头大马上，居高临下看得清楚。

他一听那声大喝，就看到了李鱼，面上刚刚露出喜色，就发现李鱼正陷入危机之中。一共七个人，七口刀，如丛山叠浪一般向李鱼扑去，这是要置他于死地啊！

"恩主休慌，铁某来也！"

铁无环一把抄起了被他摁在马鞍上的那个闲汉，"恩"字出口，那颠得七荤八素、喉头发紧，马上就要开吐的闲汉就被他狠狠地掷了出去，盘旋飞转着向李鱼身边扑得最近的刺客砸去。

"主"字出口，铁无环腰杆一挺，手在马鞍上一按，双脚从马镫里抽出来，整个人已跃上马背。

"休"字出口，铁无环双膝一弯，足尖一踏，那等可力负千斤的神驹竟也被他踏得双腿一弯，一声嘶叫，向地面趴去，而铁无环已然腾空而起。

"慌"字出口，铁无环已然凌空越过七八个满面惊慌的行人。

然后，铁某人便来了。

那刺客恶狠狠地扑向李鱼，却见李鱼惊慌一闪间，左肩破绽露了出来，登时大喜。

他们三个本是王恒久的人，很清楚李鱼之前与王恒久一派的斗争，也知道李鱼很多事，作为杀手，他们最关心并了解到的情况是：李鱼会武，武功不弱，很杂，尤其擅长寝技。

这个的确是很叫人头痛的事，如果李鱼倒头便是一个假摔，然后连滚带爬，双腿乱蹬，他们拿把匕首还真不容易迅速得手。

如今眼见机会来了，那刺客大喜过望，但是作为一个出色的杀手，他马上就利用眼角的余光注意到与此同时有人向他扑来。那杀手大骇，本能地先护己再伤人，侧身一退，振腕扬刀，望空一看。

"噗……"

那个闲汉在空中盘旋着，喷吐着，那杀手一仰脸，登时被糊了一脸，眼睛都看不见了。

"韭菜味儿……"

他刚想到这儿，那闲汉就砸在了他的头上，大胯重重地砸在他的额头。神力王铁无环那是多大的力气，只听咔嚓一声，那杀手整个脑袋就被砸得向后折去，脖子断了。

那闲汉摔在地上，骨碌碌地滚出几圈，天旋地转的，居然毫发无伤。

原本呈"品"字形裹住李鱼的三个人，左边那一口子已经完蛋了，原本站在正面的那位正背对铁无环，持刀向李鱼刺来，陡见如此一幕，顿时大骇，再听身后大喝，登时转身，刀随身走，扫向背后。

他这一招，反应不可谓不快，可惜背后那人不是从地面扑来，这一刀毫无威胁，铁无环凌空扑下，张开箕斗大的巴掌，狠狠一掌向他掴去。

这杀手正从左向右转，而铁无环却是动了右手，从右往左扇，这一较力，又是咔嚓一声，那杀手胸腹朝向金光门方向，而头在飞速旋转了一圈半以后，看向了与金光门相反的方向。

因为实际上是拧了两圈，脸上皮肤拉得那叫一个紧绷，这个杀手快五十了，脸上居然一点皱纹都不见了。

你怎么来得这么不是时候！

李鱼一瞧那"杀手"被铁无环做了拉皮手术，不禁急了，这只是我雇来的几个帮闲啊，你这一下子就杀了俩，破坏了我的逃跑计划不说，我这得赔人家多少钱啊！

"杀人啦！"

李鱼下意识地一声尖叫，其实肉疼的成分居多。

不过他背后那个杀手倒真是敬业，接连两个伙伴惨死，他居然眼都不眨，刀与臂一条线，依旧狠狠地刺向李鱼的后颈。

铁无环听李鱼一喊，豹眼含煞，大喝道："休伤吾主！"

他一个箭步蹿过来，把李鱼向旁边一拨，情急之下力气大了些，李鱼哎哟一声，腾云驾雾般飞了起来。

路旁一个十三四岁白白净净的小姑娘正蹲在那儿，摆了个筐子卖梨子，李鱼一屁股坐进了人家的筐子，把梨坐得稀烂，跟那小姑娘脸对脸，大眼瞪小眼。

铁无环一把将李鱼拨开，迎头向那杀手而去。

"噗！"

铁无环一把扣住了那人的肩膀，那人的刀刺在铁无环腋下，刀尖距铁无环的腋窝还差三寸，可惜，就是这三寸的距离，咫尺天涯……

第八章
求 死

铁无环抓住那刺客的肩膀，那刺客一连两刺，难及铁无环身体，腰一垫力，就想挣脱开去。铁无环轻蔑地一笑，五指一用力，只听咔吧一声，那刺客肩骨被捏得粉碎，惨叫一声，匕首落地。

外围四个假刺客举着做了手脚的伸缩刀，目瞪口呆地站在那里，一时间吓得两股战战。这……这怎么是真打啊？早知如此，给多少钱他们也不来啊。他们这时只想转身逃走，但双腿却像是定在了那里，动弹不得。

铁无环扭头向他们望来，一个假刺客猛地打了个哆嗦，胯间一热，尿了。

"不要动他们！"

李鱼这时也看见了四个呆若木鸡的刺客，登时明白这才是他等的正主儿，如此说来，方才三人竟是真刺客？

李鱼心中也是暗惊，但唯恐铁无环把这四人干掉，赶紧开口阻止。

铁无环一脚踹中那被他制住的刺客，使他彻底失去了行动能力，摔出一丈多远落在地上，然后抢上一步，将李鱼护住，道："主人，这四人……"

李鱼扫了那四人一眼，喝道："还不滚！"

陈飞扬早在人群里不断地向那四人使眼色、努嘴巴，这时再听李鱼一喝，那四个假刺客这才反应过来，马上怪叫一声，掉头飞奔而去。

陈飞扬嘘了口气，心知今儿这完美的逃跑之局是彻底完蛋了，赶紧暂时也避进了人群当中，追着那四个假刺客去了。

今日这事一出来，那四个假刺客恐怕很快就知道雇主的真正身份了，还得威逼利诱一番，叫他们管住嘴巴才行。

李鱼对一脸迷惑的铁无环道："老铁，此中情形十分复杂，你先别问。"

铁无环倒是干脆，重重一点头："好！"

这句话刚出口，他忽然把李鱼往身边一带，右手就探向腰间的铁刀，李鱼顺着他的目光看去，就见那倒地的刺客原本佝偻着身子虾子似的喘息，此时刚刚翻过身来，他只一翻身，便用完好的另一条手臂从腰间又抽出一把匕首。

铁无环只防着他向李鱼出手，却见此人倒转刀柄，刀尖对准自己的咽喉。

李鱼一见，骇然一惊，喝道："制止他！"

可惜铁无环未及出手，那刺客已然腕上用力，噗的一声，将刀刺进了自己的咽喉。

刺客信条：无论击中还是不中，皆远遁千里。一旦被俘，唯求一死！

这个刺客，显然是秉持着古刺客的信条与风范。

李鱼见他如此刚烈，怔了一怔，不禁也生起几分敬佩之意。

"李市长又出事啦！"

这消息在西市中不胫而走，没多久，李鱼又出事的消息就在西市闹得尽人皆知。现在的他，一时风头无二，连常剑南都不及他被人提起的频率高。

西市署里，李鱼好不容易把大账房等赶来表忠心的一众下属叫出去，这才拉着铁无环坐下，喜形于色道："老铁，你怎么来了？"

铁无环立即又站了起来，退后一步，向李鱼双膝下跪，双手据地，俯首道："承蒙恩主指点，铁无环家仇得报，族人已得妥善安置，铁无环心愿已了，特来寻主人，侍奉左右，以尽主仆之义！"

李鱼一呆，赶紧上前搀扶："不可不可，快起来。你我已兄弟相称，忘记了吗？"

铁无环不想动，那就如铁铸的一般，李鱼哪里拉得动他。

铁无环棱角分明的脸上露出一丝笑意，道："主人，那时铁无环还想着要回去报我部落之仇，以部落少酋长之身份，不好有所辱没，才高攀了恩主，且以兄弟论交。今心愿既了，便当履行主仆之诺，还请主人允准！"

李鱼哪里肯答应，奈何不管他怎么说，铁无环这种人却是一根筋的主儿，死活不敢再以兄弟论交。李鱼无奈，最后答应收他为部曲，铁无环这才答应。部曲属于半人身受控的部下，其实也算一种变相的奴隶，但是比起纯粹的家奴来地位又高了许多。

只不过，即便如此，铁无环也不以阿郎相称，而称其为主人。阿郎是家仆对自家男主人的称呼，称主人，显然是更近了一层，当然，自己的身份也就更低了一层。

李鱼拿这个性格执拗的汉子也实在没有办法，只好由他去了。

李鱼缘何遇到凶手，因何结怨，又为何放走了四个，铁无环其实心中全不明白，不过他既然以家奴自居，这些事李鱼想告诉他就可以告诉他，如果不想说他也没有资格询问的，这一来倒省了李鱼难堪。

李鱼刚问清他回辽东后的情形，乔大梁就派人来找他了。

李鱼忙叫人先安置铁无环，随即通过内部通道赶到乔向荣的房间。

乔向荣一见李鱼，便开门见山地问道："听说你在西门遇刺了？什么人干的？"

李鱼道："是！刺客死了三个，逃了几个，未得到活口，所以一时也弄不清他们的来历。官府已经把尸体运走，或许能查清他们的身份吧。"

乔向荣笑道："官府未带你回去问案？"

李鱼摊手道："我也正在奇怪。那个班头问明情况，便把尸体运走了，并未把我带去长安县，却不知是何道理。"

乔向荣已经利用他的关系调查过上次西市大战后官府缘何先是大动干戈，后来却不了了之的原因，隐约打探到似乎是庙堂之上某位举足轻重的大人物发了话，之后南衙禁军还遭到了彻底清查，更换了一批军官。

后来，他接手了王恒久负责的人脉资料，虽然最隐秘的一批资源随着王恒久的死去而断了，但是依旧由他接手了很多资源，从这些人脉资源，多少也能揣摩出对方的经营方向，从其中透露的一些蛛丝马迹，至少可以确定王恒久可能结交的是哪一方面的官员。

再结合这次受到整顿的官员派系，乔向荣揣测，应该是高层势力斗争的某一派系巧妙地利用这一事件向对手发难，乔向荣可不认为李鱼有资格认识庙堂之上的大人物，只能说，他是走了狗屎运，受惠于高层之争。

因此听李鱼这样一说，乔向荣哑然失笑，摆手道："官场是个很奇妙的地方，很多事情，不是能以常理揣测的。"

他沉吟了一下，又道："刺客来自何方，你无法确定？"

李鱼点头道："是！"

乔向荣微微眯起眼睛，道："你自利州来，与长安其他地方的势力也没有什么纠葛。此番行刺你的人，应该就来自我西市某一方的势力。"

李鱼生怕他发现自己想假死脱逃的事，忙故作认真，道："大梁认为，刺客是王恒久或赖跃飞的人？"

乔向荣淡淡一笑："大树已倒，猢狲散尽。想杀你的人，应该是还活着的人，而且是感受到你威胁的人，或者，是感觉你会影响他的利益的人！"

李鱼目光一凝，道："大梁是说？"

乔向荣微微抬起头，仰望屋顶承尘，若有所思地想了一阵，又收回目光，向他一笑："他们这次没有得手，一定还有下次，你自小心。现在猜测太多，并不是什么好事。让你多疑，打乱你的阵脚，应该也是对方行刺失败后的一种算计。"

李鱼听得好不郁闷，这么一说，等于没说，而且岂不是说，除了你之外，人人我都得提防？

望着李鱼告辞退出的背影，乔向荣唇角逸出一丝嘚瑟："这口刀，还有用处。却不知是谁按捺不住，想要对他下手。如此一来，李鱼想不紧紧抱住我这棵大树都不行。常老大，你什么时候死？等你一死，我的刀，就可以出鞘了！"

走出乔大梁房间的时候，李鱼也暗暗下了决心，本来他就要走，现在一个隐形的敌人藏在暗处，正在图谋他，那更是必须得走了。排除艰险，不怕困难，谁也别想挡住我的"求死之路"！

李鱼"一心求死"，只是他忽然发现，情形已不可控了。李鱼刚刚出了房门，忠心耿耿的大账房就带着一大票忠心耿耿的胥吏、贾师、税吏、肆长拦住了他的去路。

"市长，现在明明有人意图对你不利，切勿随意出入啊。"

"无妨，艺高人胆大。能杀我的人，还没有几个呢。"

"人有失手，马有失蹄，武功不足为恃。一个疏忽大意，那就危险了啊。"

"呃……其实真不要紧的，我……"

"某随主人去，谁敢对某的主人不利，呵呵……"

铁无环出现了，脸上带着淡淡的略显矜持的笑。他的一双腕上，有一双硕大的乌铁环，足有鹅卵粗细，不但正好遮住了他原本为奴时双手时常系着镣铐留下的疤痕和老茧，而且也是一对凶猛的重兵器。

李鱼一皱眉：坏了，怎么忘了还有一个老铁。有他盯着，我怎么"死"？

大账房仍不肯放弃："这也不成！只有千日做贼的，没有千日防贼的。正所谓百密一疏……"

李鱼道："大账房此言甚有道理！正因没有千日防贼的道理，所以李某才要出去，引蛇出洞嘛。"

司稽道："千金之子，坐不垂堂。就算要引蛇出洞，也没有叫市长做诱饵的道理。"

李鱼蹙眉不悦："照你这么说，李某就只能天天缩在这西市署里了，那还如何打理西市？"

司暴呵呵笑道："市长此言差矣，你看常老大，几乎不出东篱下半步，还不是运筹帷幄，掌控全局。"

李鱼道："我非常老大，常老大非常人，我……"

司关、质人异口同声道："市长乃我西市署之主心骨，岂可妄自菲薄！"

李鱼无可奈何，只好做出羞答答的模样，向他们使个眼色，压低了嗓门，用所有人都听得见的悄悄话道："实不相瞒，我要去乾隆堂，见见千叶姑娘，呵呵，你们懂的。"

李鱼露出一个是男人都懂得的淫荡表情，众忠心耿耿之属下齐齐恍然大悟。早听说市长与乾隆堂的杨姑娘有些不清不楚，果然……无风不起浪！

然后，廛人便正色道："市长，色字头上一把刀啊！"

司门眼珠一转，道："不若如此，小人这就走一趟，请千叶姑娘来西市署，如何？"

大账房道："这三进院里还有两间侧房不曾使用，只堆放了些杂物。老朽这就叫人打扫一下，置床安榻，再给市长签押房开一个角门，私密得很。"

李鱼被这群人弄得完全没了脾气，但他哪能在西市继续这样混下去啊，只有九天了！不出去，他怎么走？

这时候，前进院里刀枪闪烁，一大票江湖好汉蜂拥而来，领头的就是李伯皓、李伯轩和陆希折。

"市长要出去，何惧之有！我等俱陪侍在侧。某就不信，有哪个刺客能在我等眼皮子底下伤到市长一根汗毛！"

陆希折怀里抱着刀，一脸的冷笑。后边七十多条大汉，挤进院里的只有一半，院里的一半和院外的一半齐齐点头，蔚为壮观。

李伯皓得意地向后一指，道："我们一共七十四个人，护你出去，就算盖聂、豫让之流，也近不得你身子。"

李鱼现在只求能够出去，至于怎么"死"，且出去再说，便对大账房等人道："现在你们放心了吧？有这么多好汉护着我，走在外面比在这西市署里还要安全得多。"

大账房见状，只得让开一边，待李鱼向外一走，众好汉马上分开左右，等他走到中间位置，众好汉唰地一下又合拢起来，将他淹没在人群中间，前呼后拥，浩浩荡荡。

廛人望着他们离去的背影，提高嗓门，大声叹息道："恨不曾习得武艺，为市长鞍前马后，遮枪挡箭也！"

大账房等人马上纷纷响应，做痛心疾首状。

李鱼走出西市署大门，左右看看，再踮起脚尖前后瞧瞧，全是人头。

加上铁无环，一共七十五个人，把他护得严严实实，放眼望去，皆是人头，鼻中所嗅，全是汗臭。

李鱼伫立半晌，把李伯皓和李伯轩唤到面前，道："我今如此这般，各处行走实有不便，但西市署负有治理商市之责任，不可因此怠慢了。你二人在此，便是不挂职的市丞，是我的左膀右臂，带几个人，替我去巡视坊市吧，只有你们去，我才放心得下。"

李鱼这番熨帖的话，说得李伯皓和李伯轩两兄弟眉开眼笑。李伯皓拍胸脯道："小郎君放心，这事儿包在我们身上了，包管把这西市打理得路不拾遗、夜不闭户！"

李伯轩道："就是，我们兄弟平素只是不太认真，一旦认真起来，无事不可为！"

李伯皓把手一挥："走！"兄弟俩就从人群里挤出去了。

李鱼愕然叫道："你们带几个人啊！"

李伯皓头也不回，扬臂道："不必啦。人家想杀的人是你，我们兄弟俩又没事。"

李鱼皱了皱眉，又把铁无环拉到了众好汉中间。

李鱼小声道："老铁，我有一件很重要的事，托你去办。"

铁无环很干脆地道："主人吩咐，我不能去！现在有人试图对主人不利，铁某得时刻护侍身边才成。"

李鱼微笑摇头："此言差矣！我的性命，你就在意，我儿子的性命，你就不在意了？"

铁无环一呆，惊喜道："小主人？主人生了小郎君吗？"

李鱼咳嗽一声道："还没生，不过也快了，就这几天的事儿。你也知道，现在有人试图对我不利，我已经受到了严密的保护，可是作作……你也认得的，就是龙家寨的龙作作龙姑娘，现在却在经营雪珑堂，而且她不听劝，带着无情郎和负心汉，整天待在坊市里……"

铁无环才刚刚寻到李鱼一天，许多事还不清楚，听到这里，登时面有异色。

李鱼一看，赶紧解释道："老铁，你误会了，不是你想的那样，无情郎和负心汉是诨号，她们是作作身边的小丫鬟，一个十四，一个十五。个子娇小的那个是无情郎，高挑些的那个就是负心汉了。"

铁无环的唇角抽搐了几下，道："知道了。"

李鱼道："你看我身边有这么多人护卫，并不打紧。可作作那里……"

铁无环犹豫了一下，看了看四周，所有的人都在望着外侧，一脸警惕的模样，手还按在刀柄上，但耳朵都冲着他们两个，正竖着听八卦。

铁无环用力点了点头，道："好！主母和小主人的安危，就包在铁某身上了。铁某但有一息尚存，就绝不会让主母和小主人受到半点伤害。某这就去也！"

李鱼大喜，终于又赶走一个，李鱼忙道："你带几个人。"

铁无环瞟了众人一眼，微有不屑："不必，有铁某一人，足矣！"

李鱼不死心，又叫道："找个人给你带路啊！"

铁无环已然扬长而去，高声扬手道："雪珑堂！某记住了，自去打听便了，主人千万小心，谨慎为要！"

李鱼看看陆希折等人，此时都收回了微倾的耳朵，游目四顾，一副尽职尽责的模样。

李鱼暗暗叹了口气："这些人，我该怎样遣开才好。"

陈飞扬站在一个角落里，不断翘首向那群把西市署大门堵得严严实实的人看去，他心想："小郎君在里面吗？这副模样，我纵有天大的本事，也没办法协助小郎君去'死'啊，除非天降陨石……"

潘娇娇带着吉祥、深深、静静，此时已经从三里溪回了城。

李鱼离去之期已然不定，她们总是待在三里溪也不是办法，所以陈飞扬通知事先聘请的车把式和护卫，要他们把潘大娘一行人送回杨府。

几个女子到了杨府门前，就见四下里逡巡着许多魁梧大汉，一个个脸色不善，唬得行人远远就避了开去，见了她们的车子，也是马上上前拦住，见得是李鱼的母亲潘大娘和众女眷，告罪一声，依旧将车子里里外外检查仔细了，才让她们进去。

在他们检查车子的时候，潘大娘才知道，原来这些人都是李鱼和乔大梁派来保护杨府的，当然，主要是为了保护返回的她们。至于杨大梁，不管谁对西市有所图谋，应该都不会想要伤害这个完全无害的木头人。

潘娘子、吉祥和深深、静静走进客厅，竟尔生出一种亲切、温馨的感觉。毕竟她们在这里已经生活很久了，也一直把这里当成自己的家。

潘娘子四下看看，叹息了一声："还真有些不舍得走呢，要不是小鱼儿那事，便从此长居长安，又有何不好，何必非得去西北偏隅之地。"

她让吉祥和深深、静静把包袱放回房间，自己从腰间扯下汗巾，掸了掸衣襟，习惯性地往后院里走去。

后院里，杨思齐正拿着一把锯子，吱吱嘎嘎地锯着一件东西，锯一段，停下来想一想，手里比画几下，或喜或忧，便再锯几下。他旁边一张木案上放着半碗水，上边横了双筷子，筷子上还有半张饼。

忽然看到潘大娘，杨思齐茫然了片刻，问道："你出去了啊？早上我没看到你。"

潘大娘没好气地道："昨儿午后，我不是跟你说过要带三个丫头出去踏青吗？"

杨思齐啊了一声，轻拍额头，道："对啊，我想起来了。"

潘大娘瞪着他道："你昨儿晚上没吃饭？"

杨思齐摸了摸肚子，迟疑地道："好像没吃，我饿了。"

潘大娘没好气地看了看那半张饼："你早上也没吃吗？"

杨思齐道："早上吃了，又凉又硬，不好吃，还没菜。"

潘大娘忍俊不禁地道："就你这人，还吃得出好赖啊。"

杨思齐无奈地道："我只是钻研东西的时候魂不守舍罢了，又不傻。"

潘大娘扑哧一声笑了出来，道："我看哪，你跟傻子也差不多。好啦好啦，你先别忙活啦，坐下歇会儿，我马上去给你做碗饭来先垫垫肚子。"

杨思齐喔了一声，看潘大娘出去，欢喜地拿起锯子，刚要拉锯，想到潘大娘要他歇一会儿，便又放下锯，在长凳上坐了下来。

坐了片刻，杨思齐又茫然了：不干活，我干什么呢？

一会儿，锅碗瓢盆交响曲隐隐约约地传来，随风飘来的还有炝锅的葱花香味儿，杨思齐便怡然微笑起来，似乎这样安闲地坐着，什么都不想，也蛮有意思的。

他把双手拄在了木案上，嗅着香味儿，开始感觉到一阵阵的腹饥。等潘大娘一手端着蛋花汤，一手端着蛋炒饭匆匆走进后院的时候，杨思齐已经趴在木案上的刨花里睡着了，脸上还带着一丝孩子气的笑容。

倒数第九天，就这么无聊地过去了。

李鱼带着七十二个大高手，前呼后拥，拉风得很，不要说想去"死"，就算想碰个瓷儿都没机会。

傍晚的时候，李鱼无可奈何地去接了龙作作出来，二人登车，无情郎、负心汉跪坐车厢左右，铁无环领七十二贤簇拥前后，浩浩荡荡奔赴延康坊。

尚书左仆射、魏国公房玄龄傍晚歇工回府，车旁伴着一个小厮，前后各两名健仆相随，又有兵弁两名前方开道，行至朱雀大街，忽见迎面一辆清油车缓缓而来，帘儿高挑，车中一双青年男女并肩而坐，左右俏婢跪侍。

车子前后足足七八十人，明火执仗，前呼后拥，内中一个大汉尤其鹤立鸡群，铁塔一般，健冠群雄。仔细看那小郎君面目，毫无熟悉感觉，房公大惊，不知何方突生贵人，骇然旁顾左右道："如此威风，此何人也？"

那小厮急忙便去询问，随行护卫李鱼回府的那些游侠好汉大多都是好事之人，听人询问，傲然便答，毫不掩饰。

那小厮得了准信儿，忙赶回去报与房玄龄知道："阿郎，小的去打探过了，车中那小郎君乃西市中一个小吏。"

房公听罢，默然不语，两车相向而过，行出好远，房公方叹息一声，道："真小人得志也！"

第九章
消 息

"西市好像出了问题。"

"先生是说……"

"我不知道，说不清楚，只是一种感觉！"

苏有道夹着一把伞，打着一把伞，正给人去送伞。

"多助者得道。任何一股对太子保住储君之位有利的力量，我们都不能放弃。西市一向自成系统，针插不进，水泼不入，现在跳出一个李鱼来，他就是我们攫取西市的关键。这个人一定要保住，不能叫人暗算了他！"

"是！"

"通知陆希折，他们二十三个人，唯一的使命，就是保证李鱼的安全，如果李鱼死了，让他们提头来见！"

"是！"

伴行在苏有道旁边的那个油腻胖子盘着手串儿，一步三摇地走开了。

苏有道继续执伞前行，朱雀大街上人来人往，苏有道长身玉立，执伞而行，却似闲庭信步，飘逸之姿，令得不少妇人乃至男人都向他投来赞赏的目光。

"这个家伙，简直就是一条混江龙，他到哪儿，哪儿出事。"

"殿下说得是，仔细想想，还真是这样。幸好，这一次他的麻烦不在咱们身上。不瞒殿下，这段时日，老奴苦心经营，又在曲池一带，以组建龙舟队的名义，组建了五六支队伍，实则暗中培养的都是能为殿下效力的人。官府方面，老奴也在……"

"墨师做事，我自然是放心的。这些事，墨师你全盘操作就好。"

"是！那些不得志的军将、与前朝渊源极深的权贵，老奴……"

"二止，你告诉乔三、乔四他们，咱们一共派进去十八个人，这么多人要是还护不住一个人的安全，那他们就不用回来见我了。"

"喏！"

杨千叶转过头来："墨师说什么？"

墨白焰："嗯……没什么，老奴有所进展时，再向殿下禀报。"

"好，有劳墨师了。"

墨白焰和冯二止对视一眼，交换了一个无奈的眼神，走开了。

杨千叶走到窗口，推开窗子，街上行人如织，杨千叶忽地看到几个闲汉，站在对街檐下，正在闲聊谈笑，问题是他们谈笑间不时对着这边指指点点，忽然有人抬头看到杨千叶，登时两眼一亮，马上指给其他人看。

杨千叶退了两步，避开窗子，黛眉一蹙，疑道："街上那些闲汉，对我乾隆堂指指点点的做什么，他们又不是买得起我店中货物的模样，别是图谋不轨吧？你们平素提着些小心。"

一个伙计张了张嘴，欲言又止。

杨千叶睇他一眼："有事情？"

杨千叶店里的伙计都是墨白焰培养的死士，年岁不大，俱是青壮。听杨千叶一问，那人干笑两声，才硬着头皮道："是！那些人……咳！他们不是对咱们乾隆堂有所图谋，他们……他们是在评说姑娘您。"

杨千叶愕然道："评说我什么？"

那伙计一张脸皱成了包子，期期艾艾地道："这个……那个……西市署李市长前日想要出门，西市署门下担心他的安危，本来想使人跟从保护，可李市长说……说……"

"别吞吞吐吐的，说！"

"他说，他是要来乾隆堂见姑娘您，而且……不方便叫人跟着，西市署上百号人都听见了。所以，整个西市就都传遍了！"

"这个天杀的浑蛋！"

"昨儿个，西市署里还在后堂辟出两间房，安床置榻，说是……说是给姑娘您留的。这事儿是西市署大账房亲手操办的，坊市里现在也传开了。"

"李鱼……"

杨千叶牙根痒痒，切齿道："他怎么不去死！"

那伙计在心里翻了个大大的白眼，暗道："你刚还吩咐乔三哥、乔四哥务必保他安全呢。"

"天杀的浑蛋！什么倒霉事儿都能连累到我！"

杨千叶悻悻然："说来见我？我怎么没看见他？他怎么不说去见龙作作。碰到这种无聊事儿，就想起拿我挡箭了。"

那伙计心道："龙姑娘已经是大肚婆了，李鱼要说偷偷去见她，不好带人跟随，旁人也得信哪！"

那伙计便咳嗽一声，道："听说龙姑娘就要生了，可身子还灵便得很，天天溜达到店里来，听说，她说这儿舒坦，大概是不想待在杨府，嘿嘿，杨府里可还有三位姑娘呢，龙姑娘看着不烦才怪。"

杨千叶讶然道："这就快生了啊，我看看她去。"

杨千叶转身就下了楼，丢下那伙计风中凌乱："我的公主殿下，我是这个意思吗？我是在提醒您，他为啥不拿龙姑娘挡刀。而且提醒您，那李鱼花心得很，您怎么……您跑去串门子，这叫那些闲汉看见，指不定又要说啥呢，平素很精明的殿下，现在怎么……"

楼上楼，常剑南的房间。

常剑南批示着三种不同纸质的文件，良辰、美景坐在角落里叽叽喳喳地聊着天。

"听说李鱼又出事了？"

"太好玩了，这个人别叫李鱼了，改叫麻烦得了。"

"你说是谁想杀他？"

美景幸灾乐祸地道："他仇人满天下，那谁猜得出？"

"咳咳咳……"

常剑南忽然咳嗽起来，良辰扭头一看，连忙起身过去。一双穿白袜儿的小脚丫，踩在地板上，猫一般轻盈。

"老大，你喝呛了啊！"

良辰急忙从常剑南手中接过茶杯，轻拍他的后背。

常剑南脸色有些蜡黄，额头冒出了虚汗，他摆摆手，双手支着几案，从榻上站起来，虚弱地道："我……"

刚说了一个字，常剑南突然身子一晃，嗵的一声，整个身子重重地摔在榻上。

良辰惊呆了，手中的茶杯失手跌落："老大，你怎么了？老大！"

良辰急忙扑上前，美景也从角落里飞快地扑过来，两个姑娘吓得花容失色。

"老大，老大！"

常剑南双唇紧闭，脸色乌青，美景一握他的手，手指冰凉。美景急忙扭头，向外边吼道："快！马上去请孙神医！"

孙神医，孙思邈。

今年，孙神医已经九十三岁高龄了。

不过这个高龄，只是相对于其他人的寿命而言，实则这位老人家依然是手脚灵便，耳聪目明，仿佛壮年人一般。

而且，换一个人在这个高龄，早该颐养天年了，可是孙神医却刚刚从隐居的终南山被朝廷请出来，此刻就在长安医官署任职。很快，一辆牛车就驶出了医官署，吱吱呀呀地来了西市。孙神医被请进了东篱下。民间很多人都知道孙神医的大名，但是真正见过他的人却极少，所以孙神医进了东篱下，并没有几个路人看出端倪。

但是很快，东篱下自上而下，就弥漫着一种奇怪的压抑气氛。很多人依旧不知道发生了什么事，他们甚至不知道常剑南生了病，但是自上而下的压抑，他们却能感同身受，并且继续向他们的下一层传递着这种情绪。

山雨欲来，风满楼！

就在常剑南楼下的房里，一个胖大的女相扑手正向第五凌若姑娘汇报着："今儿早上，李市长说总有人意图对他不利，所以他就弄了把刀防身，为了拔刀方便，他没用刀鞘。"

"所以，他刺中了自己？"

"就刺破一层皮。他忘了身上带刀，弯腰的时候，刀刺中了自己。幸亏他手下一个叫陆希折的人反应机敏，一刀就削断了李市长的腰带，连袍子都削劈叉了，不过那人刀法极好，愣是没伤到他的屁股，不过，春光乍泄了，哈哈哈……"

"有时候很精明，有时候又很蠢。连这样子，都跟他一模一样啊！"

第五凌若的柔荑兰花般托住了白皙滑嫩的下巴，双眼妩媚地眯起，好像一只看到了小老鼠的猫咪，然后，就有另一个胖大妇人拉开障子门，气喘吁吁地闯进来："姑娘，常……常老大要不行了，孙神医已经到了！"

第五凌若一听，霍地站了起来！

乔向荣房中，大账房跪坐案前，乔向荣正与他微笑对话："李鱼那小子，真是我的一员福将。也不知道是谁，必欲置他于死地，结果这小子吸引了所有人的目光，正方便我行事。"

大账房微笑道："大梁说得是，咱们的人，老朽都已调动起来了。万事俱备，只欠东风！"

乔向荣道："这东风，就是常老大。待他一死，咱们的人马上行动起来，如果他的继承人是我，则还罢了；如果他有意欺骗于我，实则是把这位子传给他的女儿，哼！"

乔向荣刚刚冷哼一声，障子门就被拉开了，一个小厮站在门口，簌簌发抖："大……大梁，常老大突发重疾，连孙神医都被请来了。"

乔向荣一听，霍地站了起来，连面前的几案都被撞翻了，茶水洒了大账房一身，大账房连忙跟着站起，自袖中掏出一方手帕，急急擦拭。

乔向荣下意识地向前抢出几步，忽又顿住，回首看向大账房："东风已到，可以布局了！"

大账房一听，神色顿时也显凝重起来："大梁，双鱼那厢，要不要通知？"

乔向荣犹豫了一下，摇头道："不急，那只是我的一记备招，咱们的力量只要够用，就用不着引狼入室！"

大账房会意，点点头道："老朽明白了！"

乔向荣这才转身出去，通过升降梯上了楼上楼，迈步出去，就见前方丽影一闪，第五凌若刚刚闪进常剑南的房间，乔向荣马上也加快脚步，向前赶去。

房中，常剑南牙关紧闭，气息微幽，榻前坐着孙神医，手指搭在常剑南腕上，半晌轻轻抽回手，缓缓嘘了口气。

良辰急道："孙神医，我们老大怎么样？他没事吧？"

美景红着眼睛道："孙神医，是不是有人下毒害我们老大？"

孙思邈摇了摇头，缓缓地道："常先生早已病入膏肓，只是凭着他强健的体魄强行压制罢了。而今，病来如山倒，药石已无救矣！"

良辰、美景大惊失色，良辰失声道："这不可能，老大身子一向强健，而且我们俩就在老大身边，老大如果生了病，服药是瞒不过我们的。"

孙思邈看看她们，轻叹道："常先生患了肝疾脏毒之症，其实早在半年前，常先生请我延治时，就已知道自己患了绝症，那时他曾问我，药石是否可救。老夫医道有限，若施以药石，或可延寿一载。常先生听了，便让老朽为他保密，拒服药物。"

良辰、美景红了眼睛，泫然欲泣："为什么？"

孙思邈轻轻摇头："非常人行非常事，个中缘由，却非老朽所能知了。"

老人年近百岁，一生行医，阅人无数，个中缘由安能揣摩不出几分？只是这却并非他一个医者该替人道出的了。

良辰、美景身后，第五凌若轻轻叹了口气，道："我知道。"

良辰、美景回头，就看到第五凌若静静地站在她们身后，门口还站着乔大梁，两人的目光都投注在昏迷榻上的常剑南身上。

良辰颤声道："凌若姐姐，常老大为什么不肯救治？"

第五凌若轻轻地道："因为，他若服药，瞒不过的不仅仅是你们！"

如果服药救治，瞒不过的当然不仅是良辰、美景两姐妹，还是整个西市。仅从药味儿、药渣，服药的量和频率，就足以令有心人准确地判断出他的病情，甚至他的死期。

他不服药，即便旁人知道他生病，也不能确定他病到了什么程度，什么时候会死。他的躯体很强壮，仅此一点，就足以误导很多人。而被他亲口告知病情的四大梁，在虚虚实实之间，也不能确定他的寿元长短。

这样，他就可以在稳定整个西市的大局之下，做很多事情。让那海上，巨浪滔天；让那海底，不起微澜。而不至于翻江倒海，动荡到不可收拾的地步。

所有这一切，都是为了当他闭眼的时候，能够"闭眼"。

可惜，出师未捷身先死，他终究没能等到一切安排妥当的那一天，安心西去。

而他的所有苦心，他的一对宝贝女儿还完全不知道，她们甚至不知道这个被她们视为父亲的男人，真的就是她们的父亲。

所以，美景睁着一双懵懂的眼睛，含泪问道："我不懂，既然生了病，老大为什么要瞒着我们，要瞒着所有人？生病了为什么不吃药，究竟是为什么？"

第五凌若拍了拍她的肩膀，目光慢慢转向一旁的大账房。

常剑南的大账房站在角落里，脸上的皱纹原本就很密集，这时堆得更深了。他一直静悄悄地站在那里，始终一言不发，目光只是落在常剑南身上，有些悲凉，有些感伤。

他是一直追随常剑南的人，在军中时，就已追随常剑南。

他原本是个不得志的文人，是被强掳入军的，入军后成了一个军需官。

很多年后，常剑南解甲归田，他也跟着到了长安，再后来，他就成了常剑南的大账房。

他默默地站在那儿，轻轻地道："两位姑娘，常老大在半年前，就已写下遗书，一直由你们徐叔叔贴身保管。老大吩咐过，要等他过世之后，才可以把这封信交给你们。"

大账房说到这里，沉默了一下，扬声道："把徐震唤来！"

之前他说了一大串，声音还很平静，直到说这一句时，才忍不住地带着一丝颤抖。

"我在！"

一个老军已然出现在门口，很多年前，他是常剑南的亲兵，是他贴身的侍卫。

现在，依旧是。

他默默地走进来，单膝跪倒在常剑南榻前，两行老泪簌簌而落。

常剑南还没有死，但是不管是谁看他气若游丝、面如金纸的模样，都知道他活不久了。

更何况，连孙老神医都已说他无救，那他就真的是无救了。

徐震流着泪，从怀中哆哆嗦嗦地取出那封信，因为贴身太久，牛皮纸的外封都变得柔软了，还有贴身形成的弧度。

徐震低声道："老大吩咐，前三张，只能由两位姑娘看。最后一张，传示诸大梁、诸大柱！"

大梁，此刻只差一个杨思齐。

大柱，现在都候在下一层。

他们的王要归天了，每个人心中都有一种莫名的压抑，仿佛暴风雨将至的感觉。

良辰、美景心中升起一种很奇怪的感觉，她们不知道发生了什么事，但是知道一定发生了很了不得的大事。

她们，只是侍候常老大的两个小丫头啊，再如何受宠，也只是两个小侍女。为什么常老大的遗嘱要交给她们来看？为什么所有的人都在用一种很奇怪的眼神看着她们?

两人下意识地接过信，一对蟒首凑了过去，仿佛一朵并蒂的莲花……

乔向荣的脸色很难看。

从常老大的临终安排，他已经明白了常老大的心思。

常老大早就立有遗嘱，而且由他的亲信收藏着，在他弥留之际，只有良辰、美景可以先看，这一切的一切，已经把他的态度说得一清二楚了。

常老大，要把他的位子传给他的女儿，而不是他，乔大梁！

乔向荣的心，像是被放在沸油里煎着，但他的脸上，依旧没有一丝表情。

王恒久死了，杨思齐不管事，第五凌若只是常老大的"内管家"、理财人。四梁唯我独尊，没人可以和我争。

八柱，已经死了两个，还剩六个，其中两个半年前提拔上来的女流之辈，很显然是老大给良辰、美景安排的心腹，剩下的四人有一个是缩头老乌龟，逃到少华山避风头去了，剩下三个各怀异心，很容易收服。

十六桁中我至少能影响一半的人，而且十六桁之首的李鱼，也是我的人。常老大可以倚重的，只有他当初从军中带出来的一些老军，以及那些老军的一些部下。

但那些老军大多不擅经营，甚至大字不识，所以在西市，他们只是一群荣养的老人罢了，实际上没什么影响力，也没有什么实际的权力。

乔向荣盘算着，脸上绷紧的线条渐渐柔和下来，他看着那胸膛微微起伏，还有最后一口气，却滞留不去的常剑南，在心里一字一句地对他说："常老大，不要枉费心机了，你死了，我就是西市的王！你的女人，你的女儿，我都会接收过来，好好替你疼她们的！"

乔向荣的目光从第五凌若、良辰、美景的身上一一掠过，心中满怀着恨意。他恨常剑南对他的欺骗和抛弃，而这恨，他只能发泄在这三个女人身上。

良辰、美景在看信。

她们看到了一个凄婉的爱情故事。一个出身豪门的贵女，被许配给了另一个豪门的公子，这本是门当户对的一对。如果是太平盛世，或许他们的人生就是一个美满和谐的故事。

但是，他们经历了人生的坎坷。

大难临头时，那个豪门公子秉持着"夫妻本是同林鸟，大难来时各自飞"的原则，抛下娇妻，逃之夭夭了。

而他的娇妻，却不是一个柔弱女子，她带领一班家将，易钗而弁，潜赴乡野，招兵买马，在她举旗造反的父亲还不曾杀进关中时，她就在关中开辟了好大一块根基之地，拥有了一支强大的军队。

而在这戎马生涯中，她和她曾经的家将、今日的先锋，并肩作战，辗转南北，出生入死，同甘共苦，渐渐有了情感。尤其是有一次他们兵败与大部队失散，被迫躲进山洞的时候，孤男寡女，成就孽缘。

可是，她的身份，不容许她与那贪生怕死弃她而去的丈夫和离，下嫁于那个将军。世俗也不会容忍她在感情上的移情别恋，哪怕她是一个更胜须眉的巾帼大将军。

因为那一夕的缱绻，她有了身孕，但是丈夫远在战圈之外，这种事是绝不能传出去的，所以她用战甲掩饰日渐隆起的肚子，用养伤避过最后阶段众人的视线，然后，她生下了一对孪生女儿。

看到这里时，良辰、美景已然娇躯颤抖，不能自已了。

她们已然明白，那对女儿，肯定就是她们。

她们是孤儿啊！

她们本不知道自己的生身父母是谁。她们从小住在蓝田县，从懂事起，就住在那里，有一幢大宅子，有一个细心的内管家和一个老成的外管事打理府中的一切，可是她们没有普通孩子所拥有的一切。

没有父亲。

没有母亲。

无论问谁，她们也问不出真相。

忽然有一天，她们就被送进了长安城，送到了西市，送到了常剑南的身边。

她们第一眼看到那个魁梧如雄狮的男人时，心里是惧怕的，但很快，他的慈爱就令她们戒意全消。其实两个人脑子里也曾转悠过一个荒诞的念头：常老大这么疼我们，不会就是我们的父亲吧？

不过，这念头也只是在心里转转罢了，很快就被她们自嘲地抛开了：怎么可能？常老大在西市说一不二，如果我们是他的女儿，他有什么不能说的？他何必隐瞒？

现在她们知道了。

战争结束了，那个造反的父亲成了皇帝。

初为天子的他，需要各个世家高门的支持，不会容忍自己的女儿与曾经捐赠大批钱财资助他起兵的柴家分手，让他落一个薄待功臣的骂名。他也不能容忍百姓心中完美无瑕的女儿，有所瑕疵，让皇室蒙垢。

所以，在外人眼中，那仍是一对完美的夫妇。连那丈夫当初独自逃生的劣行，都被包装成了大义面前夫妻二人各自有所承担的佳话、美谈！

后来，她们的母亲与她的丈夫又有了几个孩子。

再后来，当初在军中时，她与麾下一员大将有染的传闻渐渐传到了她丈夫的耳中，然后，她开始承受无尽的精神折磨。

在战场上，所向披靡，令敌人闻风丧胆的她，却在家庭的冷暴力下，每日郁郁寡欢，直到这无形的折磨衍化成了真正的病痛，含恨而逝。她为她的家族牺牲了一辈子，只在临死的时候，才反抗了一回。

她把自己葬了终南山，葬了与她真正爱了一辈子的那个男人一夕缱绻的山洞里。而她丈夫那里，只是弄了一个衣冠冢。皇家得了体面，她丈夫得了体面，她独自在终南山上，守望着那座楼，守望着她的爱人。

看到这里，良辰、美景已是泪水涟涟。

常剑南一直小心地回避着他深爱的那个女人，却又暗中守候着她，不舍远离，又不敢靠近，生怕影响到她的一切，直到她死去。后来他深夜前去拜祭，却在暗中听到她贴身的侍女在灵前哭诉怨怼，说出她丈夫对她的种种折磨。

于是，已久不握刀柄的西市之王重新拿起了他的刀。

他，干掉了那个驸马，干掉了那个权重一时的皇室宠臣。

但是，天不假年，当年卧冰饮雪的战场生涯，常年抑郁的思念，让他也染上了恶疾，虽然他的躯体依旧强壮无比，但内脏的病变，却是他无法打败的敌人。

当得知这一切，他就开始筹备了。在去见他的女人之前，他要安排好他的一双宝贝女儿，才能放心地闭眼。

良辰、美景看到后来，已是哭作一团。

第五凌若的眼睛也不禁湿润了，虽然她恨常剑南瞒她这么多年，没有告诉她情郎"离去"的真相，但除此之外，常剑南真没有半点对不起她的地方。常剑南和那位传奇的三娘子之间的爱情故事，一样令她感动。

看到常剑南像个老人似的反复唠叨对女儿的安排，对她们的未来不放心，甚至考虑到有朝一日这对从一个娘肚子里一起长大的亲姊妹可能会产生利益纠纷，所以以父之名，对他的一对宝贝女儿提出一生中唯一一个请求，要她们共嫁一夫时，良辰、美景哭笑不得，先是扑哧一笑，旋即，心里更酸，心中更痛，泪水模糊了眼睛，哀伏于地，泣不成声。

最后一张纸，是对后事的安排了。

良辰、美景根本没看，信被她们丢到了一边，两姐妹扑到榻前，颤声唤了一句"父亲"就悲痛得再也说不出话。

两人抽泣着，许久，良辰才断断续续地道："阿爹，您放心，我和妹妹，会相亲相爱，一生一世，相互守候，绝不叫您担心。"

美景红着眼睛道："若违此誓，天诛地灭！"

弥留中的常剑南好像听到了这句话，他的眼角缓缓淌下一颗浑浊的泪珠，喉头咕哝了两声，身子一沉，咽了气。

不知道是肌肉松弛下来的缘故，还是什么旁的原因，他的神情变得无比安详，隐隐然似乎还带着一丝笑意。

他躺在榻上，看着对面的窗子，窗外是蓝天，蓝天上有白云，白云下是远方青翠如黛的山峦，那是终南山的一座山峰。

第十章 算计

"不好啦，李市长掉阴沟里啦!"

尖叫的是小乔。

乔三、乔四两兄弟，在李鱼的护卫队伍里，被称为大乔和小乔，虽说这两兄弟一点也不像江东美人，二十郎当岁的大小伙子，魁梧雄壮，阳刚气十足。

"不好啦，李市长被驴踢啦!"

这回说话的是大乔。李鱼会被驴踢一脚就装死？当然不是，这回不是他主动挑衅，是屡屡被救回，越想越来气，顺手在那驴屁股上拍了一巴掌，结果那驴也犟……

乔三、乔四两兄弟什么都好，就是喜欢一惊一乍的，这令李鱼很是头痛。

"不好啦，李市长吃坏肚子啦!"

这回说话的是大陆，陆希折。

李鱼弄了假药，想冒充食物中毒的希望也告破灭，当大陆端着"金汁"过来要给他洗胃的时候，李鱼的"食物中毒"马上不治而愈了。

用灌粪汤的方式洗胃，这个确实是有效的土方，其实就是为了催吐嘛，但这玩意儿也太恶心了，李鱼要是想吐，把手指伸进喉咙一样办得到，干吗要喝那五谷轮回之地的产物。

李鱼频频出事，李伯皓、李伯轩两兄弟听了也不放心了，急忙赶了来，李鱼见了不禁一阵绝望。

"不好啦……"

这回喊的却不是围绕在李鱼身边的诸多大汉，而是从西市署跑来的大账房。大账房跑得上气不接下气，那嗓子吊得比台上的优伶还高亢几分："常老大过世啦！"

"嘎？"众里寻"死"千百度，把自己折磨得狼狈不堪，偏偏一次次被那些难缠的小鬼拉扯回来的李鱼差点没噎死。想"死"的"死"不了，不该死的倒死了，这什么情况？

西市署这位大账房还是蛮称职的，很快就把已经传开的消息说了一遍。常老大半年前被查出患了绝症……为了顺利移交权力，他对病情秘而不宣，只告诉了最高层的四个人。今日辞世的经过，大账房打听得一清二楚。

李鱼听罢，愣在那里，呆呆半晌，才轻叹道："父爱如山啊！"

大账房及大乔、小乔、大陆等游侠豪杰一齐点头。只有李伯皓、李伯轩两兄弟不胜唏嘘。李伯皓叹道："我的爹，什么时候能像人家常老大一样慈爱啊。"

众人顿时向他们望去，难不成这里边还有什么不堪的童年往事？就听李伯皓叹息道："人家是父爱如山，我是父爱如山……体滑坡啊。从小到大，我做错了事，挨打！我弟弟做错了事，还是我挨打。"

李伯皓看向李伯轩："还是你受宠啊。人常说，老儿子，大孙子，老一辈的命根子。等我将来有了孩子，一定会抢回老爹的宠爱的。"

李伯轩茫然道："老爹很宠我吗？我不觉得啊。父爱如山，没错，咱爹就像一座山，杵在那儿，什么都不干，什么都不会干，就像山一样杵在那儿，一动也不动。"

旁边众人望着这对锦衣玉食、一生无忧、正事不干，唯有游戏人间方得情趣的少年，恨不得让他们把李鱼已经遭遇过的"掉阴沟""被驴踢""食物中毒"等一系列奇葩磨难，都遭受一遍。

李鱼赶回东篱下的时候，酒楼已经停业，一片缟素。

李鱼到了此处，也不觉受到感染，放慢了脚步，脸色凝重起来。

统御此地十年之久的常老大过世了，也许平时因为他的深居简出，坊间对他的印象不够深刻，但他的影响力是润物无声地渗入了整个西市的方方面面的，当他去世后，真正在他身边的核心人员，未必有多少悲伤、茫然，反倒是那些平时只闻其名、不识其人的普通商家，一个个人心惶惶，好像天要塌了似的。

三楼，乔大梁的房间。

乔向荣已经换了一身素淡的衣裳，腰间系了一条白带子，神色带着哀戚。

看见李鱼进来，乔向荣只向案前指了一指，没有说话。

李鱼走过去，在案前跪坐下来，扶膝望着乔向荣。

乔向荣沉默片刻，长长叹息一声，道："常老大健硕如虎，却英年早逝，人生，真是莫测啊。"

李鱼没说话，只是肃然看着乔大梁。

乔向荣很满意，眼前这个年轻人，很知进退啊。向常老大表忠心的事，的确没必要当着我的面来做，因为我才是他的老大。可惜了，这样的人才，本该重用的，将来必是我的得力臂膀。

但是，"谋朝篡位"，不好听啊，真要压服人心，也不容易。总要有个人出来承担这一切罪名的，而他，这个刚来东篱下，风头甚健，却没什么根基的人，是最好的人选。反正他一直就在做犯上的事，就让他犯上到底吧！

乔向荣想着，脸上露出一丝淡淡的笑意。

乔向荣道："常老大要把西市交给良辰、美景打理，良辰、美景是他的亲生女儿，这件事，你已经知道了吧？"

李鱼点点头，心里隐隐明白了什么。

乔向荣喟然道："常老大一腔慈父之心，我明白。但是他这么做，却大不妥。可惜老大已经归天了，否则，我一定会犯颜直谏，劝阻他的！"

李鱼拧了拧眉毛，试探地道："大梁的意思是？"

乔向荣轻叹道："西市，是一个小江湖，这小江湖里的风波险恶，未必就比大江湖里的少。两个不及双十年华的小女娃儿，压得住场面吗？常老大爱女心切，实则却是害了她们啊。一直以来，我西市之主能坐稳两年的都没有，直到常老大出现，这才一统江山。但是……"

乔向荣微微倾身，看向李鱼，目中寒意凛凛："大一统者，只是继往开来，其功在千秋，却不在当代。如始皇帝，如隋文帝，都是平定乱世，一统河山者，但他们，都是二世而终！真正受惠者，都是后来人！"

李鱼恍然，看着乔大梁，缓缓地道："那么，大梁是想做汉高祖呢，还是做我大唐的武德皇帝？"

乔向荣哂笑一声，摇头道："乔某何德何能，敢窃据西市之主啊。"

李鱼眉头一皱，道："除了大梁您，似乎东篱下也没人可以当这个家了呀。"

乔向荣微笑起来："不不不，乔某人可没有那个野心。我之所以不想让良辰、美景做这西市之主，是因为她们弹压不住，一旦上位，必酿祸乱，到时反而殃及她们的安危。同时，老夫经营这西市许多年，也不希望它进入'乱世'。所以，我想到了一个好办法。"

李鱼道："大梁请说，属下听命就是！"

这句话是必须要说的，乔向荣目光炯炯的，显然是在等他表态。

乔向荣果然很满意，抚须道："老夫之意，废西市之主，拆了四梁八柱十六桁的架构，设立长老团及核心长老团，核心长老团设八人，长老团则不限人数，只依其威望、能力决定。每三年一次，由长老团选出核心长老团八长老，核心长老团的人负责这三年的西市治理，如果有懒政者，三年后落选。至于这八人，有事公决，少数者服从于多数者。如此，良辰、美景也可列入长老，从而保得善终，你看如何？"

李鱼瞪着乔向荣，错愕不已。

乔向荣看着他错愕的样子，心中怡然不已。我用从西方大秦学来的这一招，给你画下这么大一张饼，不信你不上钩，相信这一条也能让其他人纷纷拥戴，凭此，我既可利用张二鱼弹压之前的不服者，又可在事后将他踢出西市，到时候，我大权独揽，自可应"众人所请"，升座为主！

如果乔向荣真有这种觉悟，或许，他能建立一个包含广阔的行会。

当然，凭着首创之功，他十有八九会成为会长，大权独揽，不过李鱼对此其实是赞同的。让良辰、美景这对漂亮可爱的姊妹花，变成索然无味的商业寡头，而且成为众矢之的，那样一幕，李鱼也不乐见。

想到这里，李鱼心中有了打算，略一沉吟，便道："大梁高见，发人深省，振聋发聩，只是不知大梁打算如何做？"

"如何做？"

乔向荣长长一声叹息，脸上露出悲天悯人的神色："我欲出言规劝，可想而知，良辰、美景岂会答应。老夫这番苦心，天地可鉴，所以，我也不怕被她们误会。我想如此这般……"

乔向荣微微倾身向前，道："常老大出殡之日，就是新的西市之主上位之时。新的西市王，是要替上一任西市王扶灵的，哪怕前任西市王就死在他的手上，这是我西市不成文的一条规矩。所以，良辰、美景两姐妹，必然会在出殡之日上位。"

李鱼目光微微一闪，道："那么大梁打算？"

乔向荣道："良辰、美景，身边自有忠于常老大的一班亲信。再加上那些荣休的老军，必然前来扶灵，人手不算少。你手中当有百余人？老夫把我的人手也全拨给你，俱是青壮，且先发制人，当可迅速控制局面。"

李鱼想了一想，道："常老大出殡之日，大开杀戒？"

乔向荣冷幽幽地道："常老大出殡之日不见血，来日西市，才会杀个天翻地覆。一个不死，我也不敢保证，所以，你需要迅速控制局面，尤其是控制住良辰、美景，只要她二人就缚，其他人就不会蠢动了。到时候，由不得她们姐妹不就范，如此一来，她们也许会恨我一生一世，但是有什么关系呢？"

乔向荣坦荡地一笑："我保住了她们的性命，我维护了西市的稳定。仰无愧于天，俯无愧于地，行无愧于人，止无愧于心，来日九泉之下见到了常老大，我也是坦坦荡荡的，常老大若是明事理，还要向我道一声谢。"

兵谏？

夺权？

以阴谋和流血的方式结束一个土皇帝的统治的人，真的会无私到去建立一个行会？

李鱼心中疑窦顿生。但他知道，此刻绝不可以露出一丝的犹疑，乔大梁既然把计划对他和盘托出，就不会不防着他一手。

第五凌若那样一个内管家一般的人物，身边都有几个极厉害的打手，乔向荣身边岂会没人？此刻他若露出半分异样，眼前这位满口"大慈悲"的乔大梁，恐怕就得痛下杀手了。

所以，李鱼心中一转念，脸上马上露出惊喜的神色："大梁计议周详，属下愿听命行事。只是，属下只是西市署之长，上边那几位大柱……"

乔向荣微微一笑，道："你放心，八柱已去其二，仅余六人，洪辰耀是半个死人，之前跑到少华山避风头去了，为常老大送行，他是得回来，可就凭这个惯会趋吉避凶的老乌龟，成不了什么大事。至于另外五位大柱，除了桃依依和安如，已尽皆投到我的门下。"

李鱼悚然一惊。

乔向荣捋须微笑道："你不用担心，之前除赖大柱，逼死王恒久，你出力甚巨，那几大柱不及你，等我重组西市，创建长老会的时候，你，一定是核心长老之一！"

李鱼又惊又喜，霍然起身，退后两步，向乔大梁纳头便拜："大梁如此看重，属下岂敢不为大梁效死冲锋！"

李鱼一边说着，一边窥视了一眼，起身退步的时候，由于角度的变换，已然看到糊纸的格栏后，隐隐约约有几道攥着长刀的身影。

乔向荣微笑点头："好好做，我不会亏待了你。"心中却想："常剑南不比他前几任西市王，他坐镇西市十年之久，已得人心，不找一个替罪羊，我怕弹压不住。说不得，只好拿你抵罪。你就放心地去吧，大不了，汝之妻、子，吾养之！"

李鱼走出乔大梁房间的时候，满脸的欢喜，脚步轻松，但是背脊之间，却有隐隐凉意。方才在房中，稍露异色，恐怕此刻他已身首异处了。

至此，他已根本不敢相信乔大梁所言的"好意"，他甚至猜测，乔大梁说要废西市之主，建立行会制度，都不是为了隐瞒自己的野心，只是想用一个冠冕堂皇的理由来替自己遮羞罢了。

良辰、美景……常老大……

还有那个疯疯癫癫地把他认作自己昔日情郎的第五凌若……

人孰无情？

对常老大，他有一分对枭雄的敬意，不想他的身后事无比凄凉。

良辰、美景，仿佛一对邻家的女孩，他不曾有过亵玩的心思，但难免有些亲近的意思，他不想她们遭遇不测。

对第五凌若，他避之唯恐不及。可他看得出她对她那位情郎的情意，而她是把他代入为她的情郎的。对一个痴痴爱恋着"你"的女孩，哪怕她只是把你当成了某人的替身，你能明知她有难，而袖手不顾？

出殡……七天之后。

掐着指头过日子的李鱼哭笑不得。

现在是倒数第八天，也就是说，如果他不想留下遗憾，那么他就得留在这里，撑到倒数第七天，解决良辰、美景的劫难，然后功成身退，在最后一天的太阳升起之前离开长安。

"哎，可惜我一旦逆转时空，已经改变的事情也会回到发生之前，宙轮啊宙轮，你看着威风得很，其实没什么用啊。咦？"

李鱼突然顿住了脚步，眼睛渐渐放出了光。七天后，常剑南出殡。四梁八柱十六桁，乃至上上下下大小头目，再加上西市商贾、各方关系，都得前来相送，届时的场面一定十分庞大。

李鱼此刻一出门就被百十号高级打手护拥着，别说人溜走了，连走个神都难，可到了那一天，这些人却都可以被他派遣出去，各自执行任务。也就是说，那一天，他李市长是不设防的。

不过，不设防他也不需要玩"假死"游戏了，趁着大乱，他想溜走还不是轻而易举？而他在溜走之前，还可以顺利解决西市的内忧大患。

李鱼想象着在一场大动乱后，良辰、美景顺利地坐稳了她们的位子，而他这个最大的功臣却莫名地消失，在所有人眼中，他都是已经死掉了，只是连尸首都找不到，那对小丫头会对他一掬伤心之泪吧？

说不定偶尔还会想起他的好来。

至于第五凌若……

李鱼暗暗叹了口气："挺好一个姑娘，思念成疾，都患了失心疯了。希望你早日康复，找到你的另一半，有一个美满的结局吧。"

这样一想，李鱼忽然就被自己感动了：我好伟大！

待到九月初八！

九月八，三法司乃至整个朝堂，都弥漫着一种奇怪的气氛。

去年九月九，皇帝一时突发奇想，延缓行刑，将死囚三百九十人，悉数纵放回家。如今一年已过，明日就是行刑之期，明日午时，他们会回来吗？

也许有人会的吧，重诺轻生的豪杰还是有的，不过，三百九十名死囚，不可能全都回来吧，一样米养百样人，不可能指望每一个人都重诺轻生，更何况他们原本就是囚犯，个个如此高尚，岂非成了圣人？

届时三百九十人回来个三五十人，皇帝这脸面……

所以，所有的官员，都在等待着明天结果出现的那一刻。天知道皇帝得知他一时开恩，结果是纵走了几百个杀人凶犯，需要官府满天下通缉时，是何等的难堪，会不会有人因此被皇帝迁怒。

不过，同朝堂上的官员们惴惴不安地等待着答案揭晓的情境不同，西市几乎没有一个人想起去年那班死囚。

西市正在为他们的王大办丧事。

四梁八柱十六桁，但凡健在的都来了，每个人都带了大批的手下，因为他们的手下也是常剑南的手下，送老大最后一程是分内之事。

当年追随常剑南来到西市的三百老军，也在子侄、仆从的扶持护拥下赶来了。

西市里但凡是有头有脸有名号的商家，也都由东主亲自出面，赶来送殡。

长安市上第一游侠聂欢带着他的红颜知己戚小怜，一身素净装束，微带戚容，出现在西市。

老佛张二鱼也从东市赶来了，与乔大梁四目相对时，两人互相投递了一个眼神。

眼看着老佛张二鱼身后齐齐整整的三百青衣健卒，乔大梁心中一块大石落了地。再想到为他卖力站台的张二鱼想来瓜分胜利果实，却未想到有了替罪羊的他，很顺利地就接掌了权力，完全可以把这个佛陀般的死胖子一脚踢开，乔大梁差点儿笑出声来。

一些与西市关系深厚，但囿于身份不方便出现的人，则送来了挽联，一时间，西市大街上白花花一片。

李鱼很急，他没想到作作姑娘如此能作，偏生赶在今天生孩子。

西市大局，他不能不亲自主持，可作作那儿他又放心不下。

稳婆已经请去了，铁无环负责安全，至于潘氏娘子和吉祥、深深、静静，则从昨儿下午开始，就又去"郊游"了。也幸亏她们昨儿下午就离开了，要不然听说李家要有后，恐怕老娘是绝不肯走的。

一时间，李鱼牵挂着乔大梁的发难、作作的生产、三里溪的老娘，一颗心都不够分了。所以，在旁人看来，站在十六柝之首的李鱼，就是一副魂不守舍的哭丧模样。

从礼部重金请来的白事司仪崔含秋看在眼中，不由得暗叹："瞧瞧，还得是这位，含悲不吐，分寸火候掌握得极好，比那些太过夸张的、强装哀容的，实不可同日而语。"

第十一章
陷阱

灵堂就摆在东篱下。

东篱下已停业七天，偌大一个厅堂，成了灵堂。

庄严，肃穆！

每天都有无数的人进进出出，而良辰、美景作为孝女要在灵前答礼，七天下来，业已憔悴不堪。

今天，是出殡的大日子，东篱下，乃至东篱下外接的几条主要街道上，白花花一片，俱是着黑戴孝的西市民众。

今天，西市停业一天。

今日站在东篱下大堂内的人，都是西市的重要人物，以及前来观礼的重要人物，比如张二鱼、聂欢。

虽然，西市也有官署，比如西市署实际上就归太常寺管辖，李鱼还担着一个不入流小官的职务，但今日在堂上的，都是在西市乃至长安道上举足轻重的人物，并无实际意义上的官府中人。

江湖，只是江山的一角。

这一角，却远离江山，哪怕实际上近在咫尺。

所以，尽管平素里在红尘中打滚的西市诸人，少不得与官府中人密切来往，但今日，江湖就是江湖，与江山无关。

"诸位！"

乔向荣一身皂衫，腰系白带，肃然越众而出。

四大梁中，他本来就排第一，是常剑南之下第一人，即便当时排名第二的王恒久威望日重，权柄实际上还在其上，但还没等撼动这个排名，王恒久自己就倒了，所以，他依旧是一人之下，万人之上。

而今，那一人已经倒下，放眼西市，已无人能与他比肩，直到新的西市之主登位。

而所有人都知道，新的西市之主已经诞生，而且不是一个，而是两个。

所有人也都知道，那两个人，是在同一个娘肚子里孕育成形，同一天降生人间，从小一起长大的孪生姊妹，俏媚可人，貌美如花。所有人也知道，常老大在传位给她们的时候，还立下了一个奇特的规矩：

她们姐妹俩，要么别嫁，要嫁就同嫁一人。

西市诸多自以为的青年才俊，为此曾痛心疾首，恨不曾早下手，取悦了常老大身边这对当时只是侍婢丫鬟般角色的小姊妹。不过话又说回来，当时不知道多少人以为这对姊妹花是给常老大暖床的枕边人，又哪敢打她们主意？

幸好，现在知道也不晚。

今日，良辰、美景花容惨淡。

不知多少"青年才俊"今日出门之前却是修眉描鬓，敷粉涂唇，精心打扮过的，有人还在发鬓上插了一朵小白花。

女要俏，一身孝。

男着孝，压得住的却不知有几人。

乔向荣一语出口，原本就极其肃静的大堂上顿时更加阒寂，静得一根针落到地上都听得到。

乔向荣极其陶醉于这种感觉，他静静地品咂享受了一下这"言出法随"的威仪滋味，这才放慢了声音，缓缓地道："西市，四万余商户，十余万商家，每日出入百万之众，乃长安第一大市，天下第一大市，亿万辎货流动至此，不可一日无人主持，今常老大已然驾鹤归去，须得再立新……"

乔向荣双目徐徐扫动，大堂上鸦雀无声。

乔向荣道："常老大留有遗嘱，将西市交由良辰、美景两位姑娘打理。我西市向来没有先主指定后主之循例，良辰、美景两位姑娘虽然慧黠，然而年纪尚小，威望德行，亦尚不足以服众，不过常老大治理西市逾十年之久，功绩显著，常老大的睿智与眼光，我等都是信服的，我相信……"

乔向荣说到这里，向李鱼淡淡地扫了一眼，按照他之前对李鱼的面授机宜，此刻该李鱼出面，"仗义执言"，向良辰、美景发起挑战了。

而他则会严厉呵斥李鱼，但"李鱼等人"不以为然，其中一些"激进者"则会愤然出手杀人，于是凌约齐、郭子墨、楚清等人在混乱之中也各执己见，愤然出手，场面当即失控。

等到乔向荣出面弹压，张二鱼作为常老大的袍泽故交出手干预之后，李鱼就会成为那只替罪羔羊被他杀掉，连开口申辩的机会都没有。

而他，则会忠心耿耿，依旧要执行常老大的遗嘱，但是，已经杀掉了桃依依和安如的凌约齐、郭子墨等人则极力反对，为了避免再度发生同室操戈的惨烈后果，张二鱼会提出建议，由他这位德高望重、地位本就只逊于常老大的人顺势上位，成为西市之王。

至于良辰和美景，心腹尽数被杀，孤立无援，而他则会慷慨地许之以第一大梁之位，由她们姐妹俩担任。

这第一大梁，就是他现在的职位，所有的人都是他的人，良辰、美景摆在那儿，只是一对吉祥物罢了。那时候，她们唯一的价值，就只是替他暖床了。而因为他的公道而得保安全且身居高位的她们，感恩戴德之下，主动迎合，服侍于他，也是大有可能的事。

这样，得到了统治西市十年之久，享有崇高威望的常老大一双宝贝女儿，同时也就继承了他的威望与民心，他这位新的西市之王，将稳如泰山。

"我相信！常老大的抉择必然是正确的。"

乔向荣说到这里，语气顿了一顿。

"可我不相信！良辰、美景，乳臭未干，又是女儿之身，凭什么能统驭西市群雄？"

这句话，本该由李鱼大声地说出来，东篱下随之一片刀光剑影。而他，将踏着常剑南死忠派的鲜血，登上王的宝座，以李鱼的人头，开创属于他的时代。

可是，没有回音。

乔向荣语气顿了一顿，大厅中鸦雀无声，乔向荣飞快地再瞟了李鱼一眼，就见李鱼满脸焦灼，不时回头张望，一副热锅上的蚂蚁模样。

"这个浑蛋！"

乔向荣猛地醒悟过来，一大早李鱼就告诉他说自己的女人要生了，他想回去看看。真是日了狗了，这种紧要关头，就算他老妈马上就咽气，也不能回去见那最后一面啊，结果看他现在魂不守舍的样子……

真是狗肉上不了台盘。

幸好，乔向荣为了以防万一，还有备用方案。

他又扫了凌约齐一眼，继续说了下去："我相信，常老大的抉择是正确的。我们会遵照常老大的遗命……"

凌约齐越众而出，大声道："我反对！"

乔向荣马上住口，看向凌约齐："你反对？"

凌约齐大声道："不错！乔大梁，西市这么大一份家当，试问良辰、美景两位姑娘小小年纪，德行威望都不足，凭什么服众？"

郭子墨也大声道："不错，我也反对！"

郭子墨越众而出，声音朗朗地道："这西市之主，不仅是一份权力与荣耀，还是一份责任与担当。须得老成持重、德行兼备的人，才能服众。乔大梁，如今常老大过世，理应由你顺位继承才是！"

"不错！凌大柱、郭大柱说得对！"

楚清也越众而出，三个大柱齐声反对，堂上顿时窃窃私语声起。毕竟，中下层的首领中，很多人都不知道会有这样的变故发生。

三个大柱都发话了，良辰、美景抬起带着泪痕的美丽眼睛，有些错愕。她们毕竟还年轻，一时不知该如何应对这场面。经验与手段，可以学习，阅历与城府，却必须要从幼稚浅薄起，用岁月来磨砺。

但是，只有他们三个声援是不够的，挑起导火索的人安排在李鱼的部下当中了，他们得混在那些三山五岳的游侠好汉当中，以李鱼的名义发动"战争"，他乔大梁才能既得名又得利，名正言顺地继承常老大的道统和女人，还有女儿！

所以，乔向荣微微蹙眉，好像不悦于三个"激进"的大柱的意见，他略一沉吟，看向李鱼，沉声道："李鱼，你也反对吗？"

李鱼回头向外张望着，虽然外边全是披麻戴孝的人群，除了一片白花花，还是一片白花花，也看不到什么旁的。乔向荣这一问话，他像是没有听见，还在焦灼地回顾。

乔向荣提高了嗓门："李市长，你意见如何？"

楚清站得近，拍了李鱼胳膊一巴掌："李鱼，乔大梁问你呢？"

李鱼茫然回头："啥?"

楚清恼道："乔大梁问你，同不同意。"

李鱼急忙点头："同意!同意!嗯?同意什么?"

如此庄严肃穆的场合，却有不少人忍俊不禁，失笑出声。

乔向荣脸都气黑了，沉声道："老夫问你，常老大遗言，由良辰、美景两位姑娘继承其位，你是同意，还是反对?"

李鱼把头点得跟小鸡啄米似的："同意同意，完全同意!"

凌约齐、楚清、郭子墨一派的人登时哗然，这跟他们事先得到的消息完全不同啊，乔向荣也惊呆了："你同意?"

李鱼用奇怪的眼神看着他："怎么?乔大梁不同意?"

第五凌若一双美目悄悄流转，似乎嗅到了什么危机似的，悄悄向后退了两步，而她后边八个女相扑手，跟十二连屏的肉屏风似的，齐齐向前一步，随时准备接应。

"李市长，小母鸡也能打鸣儿吗?"

乔向荣安排到李鱼人马当中的心腹首领王麻子兴奋得脸上的一颗颗麻子都快变成了烧饼上的芝麻，一碰就要掉下来的感觉。

什么叫机遇?这就叫机遇!

他不但遇到了机遇，而且还是千载难逢的机遇。

只要这时他以李鱼心腹的身份发动变乱，从而使得乔大梁顺利上位，他就是"从龙第一功"，他就可以从一个见不得光的死卫首领，一跃成为大桁，甚至大柱。

至于他此刻跳出来，也属"乱党"，应该被处决，即便顺利脱险，他这副特别有特点的容貌也很容易被人认出来的问题，他完全不担心，因为……他根本就没想那么远!

他只是灵机一动，突然福至心灵，觉得这对他来说，是一个难得的往上爬的机缘，生怕被别人抢了先，所以马上就迫不及待地跳出来了。他根本就没想过那么长远的安排。

"堂堂男儿，安能跪伏在一个女人的裙下?常老大的遗嘱算什么，乔大梁算什么，你斗垮赖大柱，逼死王大梁，合该为西市之主，我等愿受驱策，谁敢反对，老子第一个杀他!"

王麻子挥舞着他裹了素绫的刀，越说越是兴奋，一语既罢，挥刀就向旁边桃依依桃大柱序列中的一个头目劈头砍去。

一看首领动手了，安插在李鱼序列中的乔向荣的人纷纷出手，一时刀光剑影，血光四起。凌约齐、楚清、郭子墨的人登时也行动起来，一场混战，登时爆发。

第五凌若一退，再退，已被手下稳稳护住，八个胖妇人都手执沉重的镔铁降魔杵，虎视眈眈，不向其他人发起进攻，但一瞧她们气壮如山的模样，也没人敢向她们这边冲来找死。

第五凌若站在三百六十度无死角的肉盾中间，一双妙目却关切地盯住了李鱼。理智告诉她，那不是她的心上人，只是十分相似的一个陌生人。但感情，却不由自主地让她代入进去。

她不相信李鱼这么蠢笨，就凭他之前的种种行为，今天显然是夺位之争，既然李鱼这么说，一定也有相应的手段，那么，她只需静观其变罢了。

李鱼果然大怒，咆哮道："混账，你们是哪边的？来人啊，把这些吃里扒外脑生反骨的人全都给我拿下！"

李伯皓、李伯轩一声称诺，刺啦一声，先脱衣服，登时浑身珠光宝气，又变成了千眼魔君，晃得人眼花缭乱。

那些本就只擅长打乱仗、施闷棍、下黑手、撩阴腿的江湖豪杰登时如鱼得水，加入了战团。

不会武功、不曾密谋其事的人大多怪叫着躲闪奔逃起来，而有所准备的人则是各寻对手，捉对儿厮杀。

叱喝呐喊声中，张二鱼老佛一般稳稳地站着，当然，他能有如此风范，是因为身边足足九个高手，将他护卫得稳稳当当。

"乔大梁，常老大尸骨未寒，西市就生如此变故，相信他英灵不远，也不会瞑目。你看良辰、美景两位姑娘，年轻识浅，确难承当大任啊。为西市无数凭此养家糊口的兄弟考虑，你该急流勇进，果敢担当起来啊。"

他奶奶的，想既当婊子又立牌坊是不可能了！

乔向荣此刻把李鱼挫骨扬灰的心都有了，眼前乱成一团，他及时发声表态，对左右大局走势确实至关重要，他不说话，张二鱼就不好出手，这场混战谁输谁赢还不好说呢。

因为，他忽然发现，常老大留下的嫡系力量，并没有他想象的那么弱。以那些老军为例，他们在西市确实没什么影响力，每个月只是依时领俸罢了。但打斗起来，这些老军居然依旧颇有章法。

更可怕的是，他们每个人都领了几个子侄，或者几个随从家仆来，而这些人居然都懂军阵之法，虽然他们单人战力不强，却以他们跟从的老军为核心，组成了一支小小的军队，所用的也是军伍中相互配合的战阵之术。

就是简单的劈砍、挑刺，就是简单的远近搭配、上下结合，其威力却不逊于一个练过二十年武艺的单兵高手，再不增加力量，弄不好要翻盘。

想到这时，乔大梁也顾不得要那"牌坊"了，他马上大声道："为西市无数黎庶，乔某说不得也只好挑起这个重任了。良辰、美景，速速叫你们的手下放下兵器，否则，乔某就不客气了。"

站在灵前的良辰、美景气得美目大张，良辰怒喝道："休想！原来满口仁义道德，暗地里却觊觎西市之主宝座的人，是你！"

美景道："无耻之尤，西市绝不能落在你这种人手中，你心术不正！"

乔向荣冷笑一声："那你们就别怪我不客气了！来人啊，谁敢反对本大梁晋位，杀无赦！"

大厅中登时无数人应和起来，一时士气大涨。

乔向荣本不愿张二鱼参与过多，可是西市群雄如果死伤大半，他纵然得位，也是元气大伤。西市之所以外人针插不入，是因为它自身够强大，如果太弱了，外人都未必需要渗透，而是直接取而代之了。

所以，他必须得尽快结束乱局，只好向张二鱼拱手道："张老佛，说不得，还得请你施以援手，助我弹压平乱！"

张二鱼笑眯眯地道："路见不平，岂有坐视之理？何况常剑南与我有袍泽之旧。来人啊，助乔大梁一臂之力，胆敢反对乔大梁晋位的，给我杀！"

八柱之首的洪辰耀逃命功夫果然一流，他作为核心人员本来站得离棺椁灵位特别近，这时居然在四面八方的剑影刀光中，安全且顺利地溜到了门口。

张二鱼的声音传来时，他已经一脚踏出了门槛，听到这话，只回头看了一眼，摇一摇头，然后……就不见了。

张二鱼带来的人不少，他是来参加葬礼的，本不该带太多的人，但只有他多带人，谁也没意见。因为，他跟常剑南一样，原本是军中将领，到东市的时候，也带了不少老军，虽不及常老大三百精锐之多，也有两百上下。

这些人当然也算是常剑南的老部下，前来吊祭顺理成章，所以就来了。这些人即便不带子侄仆从，也有两百多人，一俟加入这厅中大战，登时成为一股主要力量。

忠于良辰、美景的老军和安如、桃依依的嫡系、李鱼的游侠军，登时被压制下去，力量最薄弱，但自保有余的第五凌若则带着她的人退到一角，保持中立去了。

就在此时，砰的一声巨响，正自混战的众人骇然望去，就见那棺椁的盖子翻滚着飞上了半空，重重地砸在举架极高的厅顶承尘上，震起一大片粉尘，又重重地落到地上，弹跳了两下，才停住。

棺中，常剑南依旧保持着双拳上举，天王托天的威武之姿，豹眼怒瞪，挺立其中。乔向荣吓得一声怪叫，身边大账房尖声道："诈尸啦……"

良辰、美景正持鸳鸯刀与人血战，见此情景，也不禁呆住。良辰颤声道："老大……"声音顿了一顿，又与美景珠泪欲流，齐齐唤道："爹?"

正准备躺在地上施展寝技的李鱼见此一幕，不由得暗叫："果然! 天上不会掉馅饼，只会掉陷阱! 乔大梁要坑我，常老大要坑乔大梁，这西市，处处是坑啊!"

常老大居然还活着，这一幕，把整个大堂内所有的人都震住了。混战的大堂迅速静寂下来，而大堂中的变化自然也被大堂外混战的人群注意到了。

虽然他们不知道大堂内发生了什么，但很显然，必有大事发生。所以，与东篱下最为接近的战斗者最先停了下来，观望声色。然后，依次是更远的所在。

"砰!"

常剑南一脚踢出去，给他用的棺椁，自然是上好的楠木，榫卯严整，比钉了钉子还结实，而且四角都箍有铜箍，就算用大铁槌，以大力士重击之，没有个几十下，也休想砸得开。

但常剑南只是一脚踢去，前方的棺木就被他踢得破裂开来，向前飞溅。前方，正是楚清及其一群心腹手下，不少人登时如遭利箭攒射，头面身上，碎木散布，惨叫着捂面倒下。

常剑南一步一步，就从那棺木中走了出来，威风凛凛，恍若天神。良辰、美景喜极而泣，流泪道："老大……阿爹，你还活着?"

她们终是叫习惯了，而且常剑南活着的时候，始终不曾与她们相认，所以这一声"阿爹"终是不如"老大"叫得顺畅自然。

乔向荣两股战战，直到他暴露了野心，而又见到了"复活"的常剑南，他才知道，积威之下，自己究竟有多惧怕常剑南，那是发自骨髓的恐惧。

也许，当他登上王者之位，再有个三两年养其心，雄其志，那时即便常剑南死而复生，他也已经拥有了至尊王者的气度涵养，不至于见之胆丧。但此刻还不行，那是气场上的完全压制。

乔向荣期期艾艾地道："老……老大，你……"

乔向荣尚且如此不堪，凌约齐、郭子墨等人可想而知，比他更加不堪，一个个两股战战，已经不由自主地哆嗦起来。

第五凌若见此一幕，冷静地打了个手势，她的人立即散开，向前呈现出半包围的姿态。

这就是站队了。

第五凌若并不知道常剑南假死，而且一见常剑南是假死，她马上也就清楚了：所有人都在常剑南的算计之下。如果她刚才有了野心，抑或投到乔向荣门下，此刻她也会成为常剑南必杀的目标。

幸好，她选择对了。虽然，她不及桃依依和安如两位大柱以及那些老军，是坚定站在良辰、美景一边，但此时表态，也还来得及。

她本也没想彻底站队，她没有向上爬的野心，那么保持相对独立的立场，对她来说，反而是更有利的。

常剑南微笑地看着乔向荣："你知道，我不反感旁人反对我的意见。但阳奉阴违，我是一定要严惩的。这是我平生第一次出远门，我很好奇，我想看看，有谁不听话，所以，我回来一趟。"

生与死，在常剑南口中，只是一次出远门。

美景破涕为笑："老大，你明明没病，偏要吓我们，回头非与你算账不可。"

这厢里，谈的是生与死，成与败；那厢里，人家父女之间说的却是鸡毛蒜皮，家长里短。偏偏越是如此，乔向荣等人心理压力更大。

静寂，很快就终结了。因为，洪辰耀出现在了大街上。洪辰耀是个老兵油子，老兵油子最懂得趋吉避凶，但这种油滑与畏死其实并不是一回事。

试想，一个敢于用死亡率最高的梯头来求生存的狠人，怎么可能是个胆小鬼。这种人其实对别人狠，对自己也狠，所以当这种人有所决断的时候，杀伐果决，绝对是个一等一的狠人。

他站在长街上，看着定格般站在那里的各方人马，陡然一声大喝："儿郎们！"

墙后边、房顶上、窗棂内，一个个人头攒动，一张张硬弓张开，同时一声轰然应诺，气壮如山。洪辰耀嘴角噙着一丝冷笑，那是久经杀阵的人，对生命的冷漠。

"杀！"

战场上，哪容得你啰里吧唆，洪辰耀的命令，简洁明了。

外边的人，都是更基层的人了，所以拥戴常老大的人，或只是来参加葬礼的人，手里边是没有兵器的，谁来参加葬礼还揣着那个？这也是明确双方身份的重要凭据。

因此，洪辰耀一声令下，那些箭手立即乱箭齐射，从各个角度，向那些手执刀剑，刚刚还杀得甚欢的乔大梁一派的人攒射过去，仿佛雨打芭蕉一般。

眼看着利箭嗖嗖地从耳畔、肩头掠过，那些无辜者和常老大的拥戴者一个个都吓呆了，乔大梁一派的人纷纷中箭倒地，毫无还手之力。

其中，也不乏惊慌失措，以为要被不分敌我一股脑干掉的人，仓皇尖叫，四处逃窜，结果反而误伤误死在流矢之下。不过，站在上首，按刀而立的洪辰耀眼都不眨一下。

这厢一动，更外围的人不明所以，也再次陷入混战。只有东篱下，依旧静寂无声。

打仗，还有比常剑南更擅长的人吗？尤其是，他当年可是跟着平阳公主，从无到有地建军，从弱到强地壮大，从打游击到正面硬抗大隋官兵，各种战法烂熟于胸。

乔大梁，一旦说到打仗，他那些所谓的战法战术、阴谋伎俩，都成了小孩子过家家。他一个做生意的，在战场上还没有一个参加过几次战斗的新兵有经验。

大街上，在收割生命！在一面倒地收割生命！

当每人一壶箭射光之后，所有的人都拔出了珍藏多年，依旧锋利无比的陌刀，冲了出去。

没有混战，没有哪个英勇者独自冲上去逞英雄，他们排着整齐的队伍，按着有条不紊的步伐，一步步踏进，手中陌刀上下起落，左右翻飞，当他们一步步碾轧过去之后，原地留下的只有残肢断臂，和根本没有武器，抱头蹲在地上欷欷发抖的无辜者。

今天，西市大歇业。没有外人，在场的所有人，都是圈内人，都是这个江湖中的人，今天的风浪是大了点儿，但，这就是江湖，他们必须学着适应。

"老……老佛……"

乔向荣战战兢兢地往张二鱼身边靠，试图谋得他的庇护。

西市至尊，他已经不敢想，但若有张二鱼庇佑，去东市谋个大账房的安逸位子，相信以他的能力，张老佛还是乐于任用的。

但是，就像他得了瘟疫似的，他只靠过去两步，张二鱼这个死胖子就退了足有七八步，两只胖手慌张地摇动，高声大叫："不关我的事！常老大，咱们袍泽一场，兄弟情深，我当然不想你身后基业就此毁去，可没有干涉你家务的想法。既然你还活着，你尽管处理你的家务事，二鱼绝不干涉，绝不干涉。"

常剑南冷笑一声，瞭了他一眼，虽然是极不悦的样子，但是权衡利弊，显然想尽快了结内务事，对这个一向不相来往的张胖子，并不想造成更激烈的对峙。

他们曾同在军中，曾为正副搭档，不过，关系并不友好。后来各据一个商业王国，因为同业竞争的关系，老死不相往来，关系就更加冷漠。

这是外界所有人，甚至他们两人身边许多心腹都认定了的事。

不过，没有人知道，张二鱼救过常剑南，常剑南也救过张二鱼，两人是生死之交，莫逆兄弟。关系冷漠，不相来往，只是两个人的一种默契。

给人一种两人关系不好，甚至很僵的印象，对他们彼此，都是一种保护。这一次，这种保护就发生了作用，常剑南想引蛇出洞，张二鱼爽快地答应帮忙，结果乔向荣这条大鱼一钓就上钩，果然毫不生疑。而且因为张二鱼的慨然相助，凌约齐、郭子墨等犹豫不决的"中间人"才果断站队，所有隐患，因此可以一朝解决。

所以，他们这种不和，还要继续下去。很显然，经过今天这件事，两个人的"隔阂"会更深。天下间只会有更多的人，认为两个人已成死仇。

这样，很不错！

第十二章
圆满

外面的战争，很快就结束了。

当洪辰耀率领一群老军以及老军以军阵之法训练出来的人，犁庭扫穴一般将站在乔大梁一边的人屠杀殆尽之后，外围那些小鱼小虾就自动自觉地放弃了抵抗。

东篱下，依旧气氛紧张。

郭子墨紧张得喉头发干，终于结结巴巴地插了句嘴："常……老大，属下……属下从没有背叛老大的意思。只是以为老大……去……世了，西市唯乔大梁最大，属下……"

"属下该死！"

楚清扑通一声跪了下去，号啕大哭："乔大梁势大，属下上有老母，下有妻儿，为一家人生计，不敢不从啊，求老大开恩，属下什么都不要了，只求老大开恩，释我一命……"

唯有凌约齐站在那儿，一动不动。

眼见二人一个推诿，一个狡辩，凌约齐长长地叹了口气："两位，起来吧！再怕死，早晚还是要死。再不想死，事到如今，你们以为，老大还会放过我们？别丢人现眼了。"

李鱼听了，不禁对凌约齐有些另眼相看了。

明眼人都看得出来，常剑南传位、假死、再活过来，所有这一切布局，都是为了引出不安定分子，把他们一网打尽，这时候的的确确用什么理由，都不可能打消常剑南的杀心，更何况他们的理由如此拙劣。

难得凌约齐看得透彻，倒是一条汉子。

常剑南没有理会这三人，而是转向乔向荣，饶有兴致。

"老乔，你不会武，上个楼都喘，但是，真正的人上人，向来是劳心者。劳心者治人，劳力者治于人。我从来都不曾小觑过你的能力，可惜，如果不是你的野心太大，你原本可以是良辰、美景最好的臂助。"

良辰、美景听到这里，脸色顿时紧张起来。

她们以为常老大所做的一切，是为了引出对他不忠的人，但是听这话音儿，他真的是在准备后事？此番出现，天神一般威武的他，难不成真的身患绝症？

乔向荣铁青的脸色渐渐恢复了几分血色，轻轻地道："老大，我西市，从来没有父子相继、世袭罔替的规矩。"

常剑南点点头，淡淡地道："没错！不过，也没有不能父子相继、世袭罔替的规矩。"

乔向荣道："西市庞大若斯，非庸者可治之。谁能保证，父传子，子传孙，子孙无不肖者？"

第五凌若忽然插话道："西市虽大，规矩早立下了，但能守成，便可长治久安。父子相袭，未必是最好的规矩，但是相对于之前每一任西市之主都要靠阴谋诡计、血腥屠杀上位所造成的损失和动荡来说，却是一种更好的规矩。"

乔向荣淡淡地睨她一眼："凌若姑娘此时才来表忠心，不嫌晚了些吗？"

第五凌若微微一笑："我不需要表忠心，常老大也不需要我的忠心。他只要知道，我没有野心，我就绝对安全。我之所言，确是发自肺腑。"

乔向荣长长嘘了口气，道："天命无常，唯有德者居之……"

常剑南道："何谓德？"

乔向荣针锋相对道："德就是德行、能力、威望。良辰、美景，一对小女娃儿，何德何能，可为西市主？"

常剑南哂笑："你算计这么深，赢的却是她们，这能力还不够吗？"

乔向荣怒道："那是因为，你在帮她们！"

常剑南不屑地笑道："不然呢？难道你是单打独斗？能有人帮，也是能力！我为什么帮她们不帮你，这就是她们的本事。"

唉！这个护犊子的常老大，不讲理啊！

李鱼听得很无语。

常剑南睥睨着困兽一般的乔向荣、凌约齐等人，轻轻摇着头："十年共事，我不想亲手杀了你们，你们自尽吧，我留你们一个全尸！"

郭子墨一声怪叫，撒腿就向外跑。

常剑南望着他狂奔的背影，一言不发，也不动。厅中其他的人也没有动，所有人的目光都只随着他狂奔的身影移动。郭子墨跑到了门口，郭子墨迈出了门槛，楚清眸中放出了兴奋的光。

但是，下一刻，刀光四起。

四道刀光匹练般一绞，然后，人就不见了，原本极魁梧的一条大汉，变成了四段残尸，大门的门槛有半尺高，所以仅能隐约看到门槛外有一堆什么物事，根本看不到人了。

厅中所有人顿时脸色一变，倒抽一口冷气。

常剑南很满意：洪辰耀这个老兵油子，办事就是靠谱。偏偏还是小富即安，无甚野心，这是自己留给两个女儿的一个很给力的帮手。

楚清像见了鬼似的，打了半天摆子，突然大叫一声，像疯了似的举起刀，向常剑南猛冲过去。

"唉！有什么用？"凌约齐无奈地摇头，眼睁睁地看着他冲过去，并没有配合他一起出手。

常剑南也没动，就那么微笑着看他冲过来，就像一个成年大汉，看着一个吃奶的三岁小娃儿，攥着他的小拳头，狠狠一拳打向自己的膝盖。

良辰、美景娇叱一声，一左一右交叉出现在常剑南的身前，鸳鸯刀左右一分，等着楚清撞上来。但是，楚清没能冲到她们面前。

还差着三步，良辰、美景耳根子一麻，各自听到嗡的一声，两支尺余长、可洞穿两层皮甲的劲矢，从她们肩头掠过，同时射进楚清的两眼，他的后脑露出两截锋利的箭头，身子被强劲的力量牵带着，仰面倒下，重重地摔在地上，又滑出了三尺远。

大厅中的人不由自主地哆嗦了一下。

常剑南根本没看楚清，他正微笑着看向凌约齐。

凌约齐苦笑了一声，对常剑南道："属下对老大，一向是敬佩的，如今更是佩服得五体投地了。老大希望我怎么死？"

常剑南手腕一翻，一个小瓷瓶就划着一道弧线飞了出去。凌约齐一探手，抓过瓷瓶，拔下塞子，放在鼻子底下狠狠地嗅了一口，喃喃地道："味道真不怎么样，用来下毒，怕是不成！"

凌约齐仰起了头，很光棍地将那瓷瓶里的液体一饮而尽，信手一丢瓷瓶儿，看了看常剑南，又看了看乔大梁，然后慢慢扫过其他人，第五凌若、李鱼……

"我，从来没想过。现在却在想……"

凌约齐已经站不住了，身子醉酒一般不断摇晃："我最多……爬到大梁而已。实际上……大梁需要的……不是能打，而是能力。我做不来，那我究竟为什么……要冒险？就算做得来大梁，有什么必要……冒险？"

凌约齐站立不稳，跌坐在地上，唇角已有白沫子溢出来，两眼发直，含含糊糊地道："为什么直到死……才发现……我、很、蠢……"

凌约齐苦笑着，缓缓倒在了地上，仰首望天，死不瞑目。

只剩下乔向荣了，所有的目光都看向他，不管是己方的，还是敌方的，那目光，都像是在看着一个将要咽气的人。常剑南默默地一翻手腕，又是一只瓷瓶出现在掌心。

常剑南道："十年同行，一路走好。"

"好，属下，先走一步！"

乔向荣不会武功，未必接得准，所以他走过去，从常剑南手中小心翼翼地接过瓷瓶，拔下塞子，自嘲地笑了笑，将瓶中液体一饮而尽，扔了瓶子，四下看了看，便向常剑南之前的棺椁走去。

棺椁已被踢开了一个口子，其他三面都完好无损。

乔向荣走进去，慢慢转过身，喃喃地道："常老大，其实，我是蛮尊敬你，也蛮佩服你的。这套棺木，是上好的金丝楠，你那一脚，就等于踢塌了长安市上一幢豪宅呢。"

乔向荣说完，就仰面倒了下去，直挺挺的，从那棺材破掉的口子，只能看到一双脚，靴子不错，做工精美，至少……二吊钱。

入郭登桥出郭船，红楼日日柳年年。君王忍把平陈业，只博雷塘数亩田。

争得什么？有什么好争？

众人的目光定在乔大梁的双脚上，还未抽回，常剑南已经淡定地看向已被隐隐围在中间的乔大梁、郭子墨等人的那些心腹身上。

"本来，你们生或死，现在已经没什么意义。可惜，你们能出现在这里，就是他们的心腹。你们死去，才能给后来人更多的警醒，所以，我想不出放过你们的理由。"

常剑南的话说得漫不经心，根本不像是决定着百余人的生死存亡。李世民要杀从全国集中上来的三百九十名死囚，都为之不忍，追思己过，而常剑南今日杀掉的人，何止三百九？

这，就是江山与江湖的区别。

仁者乐山，水无常势！

"不要做无谓的抵抗了，弃械而去吧。你们的家人，我西市负责照顾。"

常剑南说这句话的时候，三名老军领着近百手持劲弩的铁卫，从东篱下大堂内的三个方向，站成笔直的三排，一步步逼近。

而门口，洪辰耀提着血淋淋的已经钝掉的长刀，正冷冷地站在那里，在他身后，是整整齐齐足有三排的持弩劲卒。

"谁也别动，以免误伤！"洪辰耀举起了钝刀，说完这句话，就要钝刀一劈，喝令攒射了。这时候，就听外边一阵嘈杂之声骤然响起。

"还有漏网之鱼？"洪辰耀心中一惊，生怕常老大怪罪，赶紧旋身望去，就见五六个大汉迎面飞来，是被人撞飞的。紧跟着，一个铁塔般的大汉呼啸而来，洪辰耀还来不及劈出钝刀，那人已从他身畔呼啸而过，仿佛猛虎。

"主人！主人！铁无环给主人道喜，小主人降生了，母子平安！"铁无环根本没理会大堂上在做什么，兴冲冲地向李鱼道喜。

李鱼大喜："当真？果然？啊哈哈哈哈……"

李鱼飞快地迎上去，与铁无环错肩而过，一溜烟儿地跑了出去。

"主人，等等我！"铁无环赶紧叫道，"主人，等等我！"

铁无环追着李鱼跑了出去，整个东篱下，不管是要杀人的，要被杀的，还是旁边观礼的，所有人都目瞪口呆。

洪辰耀举着钝刀，慢慢转回身来，颊上的肌肉不受控制地抽搐了几下，干笑道："他动，就动了吧。人之常情，人之常情嘛，老大，你说是吧？"

李鱼一路急如风火，长街上刚刚结束战斗，很多人还持械站在街上，陡见一人狂奔而来，精神还没放松的众人立时扬起了刀枪，不过，只是虚惊一场，来人只有一个，手中也无刀，对他们严阵以待的样子视若无睹，就从他们身边飞掠而过，弄得所有人都惊疑不定。

雪珑堂。门外长街一片肃杀之气，雪珑堂内却是充溢着喜悦。

店里五个大账房，二十几个伙计，都认得这位真正的东家，一见他来，马上迎上前去，向他道喜："阿郎，恭……"

"喜"字还没出口，李鱼已经飞奔上楼了。

负心汉端着一盆微红的温水从房中出来，一见李鱼连忙笑脸迎上："呀！阿郎回来了，恭喜阿郎，我家姑娘给您生了个大胖小子呢。"

李鱼定了定神，向她点点头，向房中一指："我……能进去吗？"

负心汉抿嘴一笑："阿郎是此间主人，谁敢拦着。"

李鱼也是忐忑，听到这里，松了口气，迫不及待就往里边走去。

榻上，龙作作躺在那儿，有些虚弱，脸上的汗渍已经擦去，浑身洋溢着一种母性的光辉。小丫鬟无情郎正像一只勤劳的小蜜蜂似的，来来回回地也不知道在忙什么。

稳婆已经不见了，想是功德圆满之后，拿了赏钱离开了。

李鱼急急地东张西望："人呢？哪儿呢？"

龙作作瞧见他来，甜甜一笑，轻啐道："还能在哪儿，挂起来给你看吗，这儿！"

龙作作点了点下巴，李鱼这才注意到她身边隐隐露出褓褓一角。

褓褓外边又和龙作作合盖了一层被子，只露出一角，所以李鱼都没注意。

他赶紧走过去，腿上肌肉绷得很紧，脚落地却很轻，小心翼翼地，像怕踩了雷似的凑过去，探头一瞧，褓褓不大，里边只有巴掌大的一张小脸，闭着眼睛，抿着嘴巴，正在睡大觉。

"啊！"李鱼惊叹一声，"这么小！"

龙作作白了他一眼："人家疼得死去活来的才生下来，你瞧他白白胖胖的，哪儿小了，这要再胖一些，还不把人家疼死。"

龙作作这一说，提醒了李鱼，李鱼兴致勃勃道："是个男孩儿？我瞧瞧。"

"你小心些，别弄伤了他，都进秋了，可别让孩子着了凉。"

龙作作紧张地说着，却没阻止他的动作，只是下意识地用手臂环了一下，似乎想替那褓褓挡挡风。

褓褓打开了，光着屁股的小家伙胳膊腿儿藕节似的，刚一得自由，虽在睡梦之中，却马上蜷起双腿，举起一双小拳头，奋力地伸了一个懒腰，跟一只小蛤蟆似的蜷在那儿，依旧不睁眼。

胯下一只小雀雀，大刺刺地暴露在李鱼面前，龙作作看着那白胖胖的宝贝儿子，脸上喜悦的神情更甚。

"哎呀，哎呀，这小家伙……"

李鱼喜不自胜，想摸摸他，可一瞧那白嫩嫩的皮肤，生怕一摸就蹭掉了皮儿。想抱抱他，可胳膊腿儿虽胖乎乎的，但那小脚丫连他掌心都占不下，手指头细细的，小小的，生怕碰一下就折断了似的，于是李鱼就只伸出手，又缩回，只是口中啧啧连声，一种对生命的敬畏，油然而生。

门口，铁无环已经回来了，他静静地跪坐在门口，听着房中轻微的赞叹声、说笑声，脸上也露出了满足、温馨的笑。

"你看皇历，今天九月初八，黄道吉日。宜嫁娶、开光、祭祀、祈福、求嗣、开市……"

"求嗣！求嗣哪！咱们家小郎君，八字一定好得很。"

李鱼一进屋，无情郎就乖巧地退了出来，此时和负心汉两个人捧着一本皇历，正在那儿兴致勃勃地点评着。

铁无环微笑地听着，也替李鱼高兴。

但是，忽然之间，他却一怔：九月初八？那明天就是九月九了？

铁无环不期然地想起了去年离开龙家寨前，与李鱼"推心置腹"的那番话。

李鱼当时亲口告诉他，要回长安！要履行对皇帝的承诺，要回京受死！

明天就是九月九了，那恩主……

铁无环脸上的笑容渐渐敛去，侧耳倾听着房中动静。

房中，龙作作欢喜之后，忽然意识到李鱼不该出现在这儿，不禁脸色一变，压低声音道："你怎么还没走，不是说今天要趁乱隐遁吗？"

李鱼苦笑一声，摇头道："一言难尽！唉，你刚生了孩子，我就……我对不住你。"

"别说这样的话！"

龙作作握住了他的手，柔声道："多少军人，妻子在家生产时，甚至都不知道能不能见到他回来。多少商贾，也是一去经年，甚至一别十年、二十年，才得归来。我们，总比他们幸运得多，何况，分离是为了长相聚，我不会那么矫情的。"

为人母后，龙作作仿佛开了一窍，比起以前的骄纵，忽然通情达理了许多。

"今天东篱下发生了许多事，所以现在……是没办法了。我多陪陪你……"

李鱼俯下身去，宠爱地看了看熟睡的儿子，凑过去在龙作作的颊上轻轻一吻：

"辛苦你了，晚上我再布局，恰因今日出了事，我明日消失，也不会引人怀疑。"

龙作作的声音小，李鱼的声音大，坐在外边的铁无环，隐隐约约地听到了李鱼俯身去吻龙作作时说的话。

"你刚生了孩子……我对不住你。"

"今天东篱下发生了许多事……我多陪陪你……"

"恩主真是轻生重诺的奇男子！"

铁无环钵大的铁拳紧紧地攥在了一起，心怀激荡，不能自已。

对李鱼，他钦佩无比。他本就是一个重然诺、轻生死的义士，对于同道中人自然无比欣赏。

但是一想到小主人刚刚出生，他的父亲就要慨然赴死，他这辈子，甚至不能记得自己的父亲长什么样子，铁无环心中一酸，眼睛情不自禁地湿润了。

"多陪陪她，然后得去见见常老大，之后再以妻子刚刚生产为由回来，晚上寻个机会'失踪'。经过今日之乱，我的失踪一定会被认为是乔大梁的余孽动手泄愤，我的消失便神不知鬼不觉。只是无环这厮太犟，我若'死'了，他必誓死追随我的儿子，这要是来日陇右相见，多么尴尬。不成，得让作作想办法支走他，他这样一条好汉，也不能为人奴仆，终老一生。"

房间里，李鱼摩挲着作作的柔荑，暗暗地盘算着。

房间外，铁无环心中，一个大胆的念头也油然而生："恩主于我，有再造之恩。更因他的指点，我才得以洗刷血仇奇辱，复我铁骊部落，恩重如山，百死难还！九月九，授首受刑，这一劫，我替主人去挡！"

铁无环暗暗下定了决心："一命还一命，便不算主人失言背诺！既全了主人名节，又保了主人家庭圆满，这笔账，划得来！"

第十三章
父 亲

东篱下。楼上楼。

常剑南若有所思地从窗口俯瞰着楼下。

今天发生了那么多事，死了那么多人，但现在一切似乎已经恢复了平静。就连死尸和鲜血都无影无踪。

明天早上太阳升起，又是繁华热闹的坊市景象，也许终有一天这里发生的一切会慢慢传扬出去，还加了许多穿凿附会、夸大其事的传说，但那已经是很多年后的事了。

而现在，正是落日时分。

夕阳如火，仍旧喷薄着鲜艳的活力。

但是，日落西山，已是无法挽回的一幕。

此时的夕阳很美，但暮色很快会随之而来。

当你以为这暮色还会持续很久时，突然间红日西坠，暮色就来了，快得叫你措手不及。

"第五凌若料理善后，还是很合格的。洪辰耀那老东西，再加上桃依依和安如，做事也都心细。如此，我也就放心了。至于能打的，也许只剩下李鱼一个人了，不过不要紧，这小子，敢打、敢拼、敢任事，能撑得起来。十年内，你们可以信任、重用他！"

"那十年后呢？"

良辰忍不住问道。

"十年后，就是你们自己的事了。人心会变，神佛也无法保证，将来的他，还会不会如今日一般。所以，那需要你们自己去把握、去判断。当然，如果你们俩喜欢上了他，一起嫁给了他，那就没什么十年之说了。"

"他有妻子的，今儿连孩子都生了，人家才不嫁他！"

美景嗤之以鼻："啊！对了，既然老大是假死，干吗要像交代后事似的呀，你身子这么壮，再活一百年都容易得很。"

"是！我会……记档的……"

良辰的神色却有些哀戚，她肃然答应着，声音忽然有些哽咽，晶莹的泪水就在眼睛里闪烁起来。

她们俩，一母同胞，而且是孪生姊妹。其实不只模样相同，智商也是相差不多。她想得到的，美景也该想得到。之所以美景比她要天真一些、幼稚一些，不是先天的原因，而是源自后天。

从一出生，早降生一刻钟的良辰就被定为了姐姐，所以从小到大，虽然年纪完全相同，她仍然要承担许多姐姐才需要承担的东西，而这必然锤炼她的心性和智慧，因此显得比妹妹要成熟许多。

美景听她声音有些异常，诧异地扭头看了她一眼，眼见两行泪水从她脸颊上缓缓滑落，美景的脸色突然变得苍白起来。

美景颤声道："老大，你……你难道真的……"

"是的！"

常剑南慢慢转过身，肩上，挑着一轮红彤彤的太阳，那太阳，已经快要落山。

"我的确是诈死，但不是诈病。乔向荣、王恒久、赖跃飞等人，都是我的左膀右臂，如果我不是自知死期将近，而你们……镇不住他们，我不会出此下策。"

"爹……"

此前，彼此已经相认，但美景还是习惯性地叫他"老大"，听到这一句时，却忍不住潸然泪下。

"我撑到了今天，一直没有……服药、苟延残喘、缠绵病榻，那不是我常剑南该做的事。不过，我还是服过药的，这七天，装死的时候，我一直在服药。我大限将近了，央求孙神医给我开了一服药，可以催化潜力、吊住性命的药。而今天，我不必再服药了……"

常剑南的脸上，有一种回光返照的荣光。

他慈祥地看着良辰、美景，满是宠溺的神色。

他就要去了，但他并没有完全消失，他的骨肉、他的血脉，就是他生命的延续，他生存过的意义。

"你不要死好不好，我还没叫过你几回爹。孙神医既然有延续生命的药物，那就继续吃啊！"

美景扑过去，满脸惶急与恐惧。

常剑南抚摸着她的头，失笑道："傻丫头，说过是吊命的药了，那等虎狼之药，能用多久？况且……我这时死对你们才最有帮助。刚刚杀人立威，旋即由你们登位，这才有助于你们掌握大权。让我缠绵病榻，让别人眼看着一个令他畏惧的人，一点点变成一个连站起来的力气都没有的废人，直至咽气，他们的敬畏会消失，而那段时间并不长，一两个月，并不足以靠我的余威帮你们稳固权位，所以……"

"不！我不要权位！我一个女孩儿家，要那权位有何用？我只要我爹活着，我从小就没有父亲，如今好不容易才见到……"

美景泣不成声，良辰比她稳重一些，没有扑上去忘情地哭喊，但也泪流满面。

"傻丫头，可我，终究要死的啊，而且不会很久……但是你们的娘，已经等我等了太久、太久……"

说到这里时，常剑南的虎目当中，也是泪光闪烁。

他肩头的太阳，沉没了。

"乖！宝贝儿子，老爹是等不及让你睁开眼，第一个看到了。以后，我会好好陪你，多多陪你……"

经过半天的熟悉，李鱼总算有胆子触摸宝贝儿子那粉嫩嫩的脸蛋儿了，他用指背轻轻地滑过儿子幼嫩光滑的脸蛋，依依不舍，又看了龙作作一眼，握住了她的手："作作，苦了你。"

"没什么。你现在不走，我才担心呢。"

作作初为人母，说不出的温柔："我会尽快赶回陇右与你相聚的，你呢，该收收心了，可别再搞三捻四的了。等我回了龙家寨，要是发现你又勾三搭四领回家一大帮姐妹，我就亲手阉了你。"

有了儿子，似乎底气也更足了，龙大姑娘无比霸气。

李鱼觉得很冤枉，似乎……暧昧他是搞过的，但真没主动往家里领过人。

这话题引到了这里，可就有点尴尬了，李鱼不敢犟嘴，只好落荒而逃。

店门口，铁无环正静静地杵着。不再是滴水成冰，不再是赤裸双脚，不再是镣铐加身，如今的铁无环，比起当初气色好了许多。

"主人！"

看到李鱼，铁无环马上迎上前。

李鱼上次本来认定自己马上就要假死逃遁，所以并不在意他唤自己主人，谁料连连发生意外，拖延至今，这主仆身份似乎也无法解开了。

李鱼点点头："我回西市署，你还是守在这里，照顾作作母子。"李鱼生怕铁无环不放心他的安全，又要跟着回去，那他的逃跑大计就又要泡汤了。

明日死囚会报到，一旦他未到，立即就是全国通缉，那时想走就难了。有些他得罪过的人，即便没勇气向他出刀，那时也不会吝于向官府告一句话，他可不认为自己有能力与朝廷对抗。

所以，李鱼马上殷殷嘱咐："你知道，这是我第一个孩子，我看得比自己的命还重。只有你留在这里，我才放心！至于我，你不用担心，没人确定，我今晚是留在这里还是去哪里，也不会想到我此时会出门，即便有人心怀不轨，等他反应过来，我已到了西市署了，更何况，我也不是纸糊的。"

李鱼拍拍肩，赶紧出了门。

上头动动嘴，下边跑断腿。在常剑南看来，很容易解决的善后之事，其实不知道需要多少人去完成，此刻下边的人都在忙碌着，李伯皓、李伯轩带着西市署的人，也在各处忙碌。

不过，这些人不时出现在街头，倒是更增安全性。而这，似乎也是铁无环没有不放心地追上来的原因。

但是，李鱼在刻意地避着厮杀最激烈的几条大道，乘人不备，就钻进巷子，没多久，他就离工蚁般勤劳忙碌的那些人越来越远，周围的环境也越来越安静了。

李鱼已经重新拟定了行动计划，此时城门已关，但陈飞扬已经备了一条长索，藏在西城金光门左近的城墙下。只等他离开西市，天色更黑，便掩护他连夜出城。

即便今晚他就被发现失踪，彼时已经宵禁，西市诸人也休想找到他，明天太阳升起的时候，他已经护着如今藏在三里溪的老娘、吉祥和深深、静静，踏上了前往陇右的道路。

完美！

李鱼站在一条巷弄中，探头左右看看，再瞧瞧前边那堵坊墙，盘算着一个助跑，翻过坊墙，身后突然有人沉声道："主人，你就打算这么舍下主母和小主人，前往大理寺投案去吗？"

"无环？"

李鱼吓了一跳，他怎么追来了？

李鱼霍然转身，但是一个意外之后，紧跟而来的是另一个意外。

他从未想过铁无环会对他出手，但他只一转身，就看见铁无环并掌如刀，就跟人屠郭怒手中那口沉重的鬼头刀似的，狠狠一"刀"，向他肩颈处"砍"来。

"噗！"

李鱼晃了一晃，伸手想去摸自己腕上的宙轮，但只在意识中抬了抬手，整个人就直挺挺地倒了下去，倒在了铁无环一双强壮有力的臂膀当中……

第十四章
报 恩

旭日东升，整个长安城都像是镀上了一层金色的边。咚咚咚的鼓声唤醒了长安市民，这静寂了一夜的古城，重新焕发了活力。铁无环在西市大门打开的那一刻，昂首挺胸，走了出去。

刚刚开市，不管是百姓还是商家，全都是往西市里来的，只有铁无环一人，迎着洪水般的人流，义无反顾地往外走。虽千万人，吾独往矣！

他的心愿已了，恩还未报，替李鱼偿报一命，让他好好活下去，这就是铁无环此刻唯一的期望。有恩必报，这是铁无环的人生原则。

铁无环，是一个狼一般的北方男人。狼若回头，必有缘由。不是报恩，就是报仇！

他在陇右一回顾，是奔往东北，报仇雪恨。当他功成业就，完全可以留在部落里，做一个受人尊敬、权柄在握的一方王侯的时候，他却再次回顾，望向了长安。

他，要来报恩！

一座装布匹的仓库中，只有高墙上一眼透气用的通风孔向室内投射进来一束阳光。

整个仓库显得逼仄昏暗，李鱼静静地躺在布匹堆上面，四仰八叉，昏昏入睡。

铁无环没有束缚他的手脚，这是铁无环就近随便寻找的一处布庄的仓库，如果把李鱼绑在里边，而这家店生意不好，十天八天都不打开这仓库取货，岂不活活饿死了他？

但铁无环相信自己那一掌足以让他继续昏睡下去，早上的时候，铁无环本想再补一掌，但见李鱼睡得极香，想到这几天他忙于应付西市之变，睡眠本就不足，此时因这一掌熟睡，除非有人惊扰，否则应该不会太早醒来，铁无环便没有再补一掌，毕竟他那大巴掌，一个施力过甚，是真能伤人的。

但是，铁无环什么都考虑到了，就只忽视了从那大巴掌就能堵死的透气孔透射进来的阳光此时正好是照在李鱼脸上的。

九月九，天清气爽，阳光明媚。

但明媚的阳光直接照在眼睛上，即便是闭着眼睛，也是异常刺眼的，所以……本该睡得十分香甜，等到午时开刀问斩才醒的李大爷，醒了！

李鱼一睁眼，顿觉阳光刺目，急忙一扭头，避过那束光，意识这才渐渐清醒过来。

一俟想及自己昏倒前的遭遇，李鱼腾地坐了起来，定睛四下看看，忽然发现自己身上放着一张墨迹淋漓的纸，拿起一看，上边只有八个大字："我代君死，好好活着！"

简简单单八个大字，字迹并不漂亮，也未讲究什么音韵文风，却是看得李鱼眼睛顿生酸意。

他急忙抬头一看，从那投射进来的阳光察觉时间应该还早，立即从布匹堆上跃了下来，拔腿就往外跑，一边跑一边在心里咆哮："真是够了，老子根本不想死啊，你替我去死做什么？早知道就对你实话实说了，就算被鄙视又怎么样？真是死要面子活受罪啊……"

李鱼没有想过能不能半道截住铁无环，没有想过一旦追进了官府，固然是救回了铁无环，而他则再无生的道理。他只是拔开双腿，拼命地向外赶去，他有他做人的原则，他不能让铁无环替他死。

他可以蔑视皇权，可以质疑法律的公正，但不会动摇自己的底线、自己的良心，否则他就算活着，也要一生饱受良心的折磨。他从不是一个圣人，却是一个有底线、有良心的人！

长街上，三个刚从西城金光门走进来的男子并肩而行，向西市走去。

"尘埃落定的时候，就是一个人戒心最低的时候，所以，该是我们行动的时候了。"

"那三个家伙，太过愚蠢。那时动手，怎么可能成功?"

"算了，不要嘲笑他们了，不管怎么说，他们能忠于王大梁的遗命，舍生忘死，刺杀李鱼，就值得尊重。"

"嗯! 我们做杀手的，哪有什么蠢不蠢的，但凡干了这一行，不是杀人，就是被杀。这次成功，并不意味着下次还能成功，瓦罐难离井口破，大将难免阵上亡啊!"

"别说晦气话! 我们这次只要能全身而退，就凭王大梁给我们的钱，足以逍遥一生，从此不必执刀杀人了。"

说话的这三个人，扮成村夫的这三个人，就是王恒久临死前所授命的杀手中的三人。钱，其实早已付给他们了。如果要走，他们早就可以卷款逃走。但，他们也是有原则的人。

杀人，他们可以不择手段。但信用，于他们而言，重于泰山。尤其是那个雇用他们的人已经去世，对于一个死者，他们更加不能失言。

虽然有另外三个杀手之死为前车之鉴，他们仍然义无反顾。唯有杀了李鱼，他们才能安心带着王恒久给他们的钱，远走高飞，逍遥一世!

长安县。何县令掐指一算，他的任期还差三个多月。到了今年年底，他的京县县令任期就满了。京县县令难做，但一旦平安地挨下来，就必然高升。是做一方刺史，还是留守六部呢?

何善光很期待，但也因此更加忐忑。九十九拜都拜了，就差这最后一哆嗦了，可千万不要出什么乱子才好。

今儿九月九，是杀人的好日子，也是去年判了死刑的三百九十名死囚集中报到的日子。昨天，还一个人都没回来。

这也正常，谁会提前回来蹲大狱呢? 越是临近死亡，越是珍惜生命，在即将受死的头一天，人们总会狂欢、放纵一回吧?

幸好今儿一大早，陆陆续续就有死囚返回。这些死囚，居然真肯回来送死! 何县令惊诧之余，却也不禁暗暗感动，并为之自惭。

他始终以为，这些人不会回来，这何尝不是因为以己度人，他认为自己不会做这样的蠢事，所以认为别人也不会!

他是读过圣贤书的人，是一个聪明人，而这些犯了死罪的人，在他眼中无疑是蠢人。但这些蠢人此刻的行为，却让他这个聪明人都感到自愧不如。也许，因为头脑简单，所以他们的人格反而显得异常高大。

又有六七个人报到了，回来报到的人数已经接近两百人。接近一百人的时候，大理寺、刑部、察院派来探听风声的人已经回去禀报了一次，这时人数一过二百，那些人又马不停蹄地回去报信了。

就在这时，铁无环昂然走了进来："利州死囚李鱼，前来报到！"

铁无环说得气宇轩昂，不像是来送死，倒像是去从军。

人群中，康班主和刘老大已经到了，听到"利州李鱼"四字，立即惊喜地向狱友看来，但这一看，登时一呆。这是……李鱼？

"利州……李鱼……"胥吏迅速检索着档案，提起笔来准备记录。

档案上没有画像，只有简单的形貌描述。

而铁无环的外形实在太过显眼，和李鱼的差别实在太大。

那胥吏从未想过有人冒死，本也没想看那形貌描述，但是恰因为铁无环太过高大魁梧，站在面前仿佛鹤立鸡群，不禁扫了两眼，顿时一呆。

按档案上所载，这李鱼容貌俊俏，身材适中，清秀若处子的形象，眼前这人……这人明明肌肉块垒，壮若雄狮。

"怎么？"一个捕虞候察觉异样，走了过来，"有什么问题？"

那胥吏指了指档案，再看看那捕虞候，捕虞候一看档案，也是呆了，赶紧跑去对何善光耳语。

何善光听了也是诧异，急步过来仔细对照一番，讶然道："你是……利州李鱼？"

铁无环双手抱臂，威风凛凛："正是铁……铁骨铮铮，行不更名的李某！"

何善光捧着那档案，抬头看看人，低头看看字，这……究竟是谁？

铁无环笑了笑，缓缓地道："这位官老爷，相信死囚尽数返回，对朝廷而言，也是一桩关乎教化的大事，足以留美名于千载。某心甘情愿前来送死，断无人与我抢这生意的，天地不知，鬼神不觉，何如糊涂一回呢？"

何善光听到这里已然明白，不是档案记错了，或者张冠李戴了，这根本就是冒死。

何善光脸上阴晴不定，好生权衡了一番利弊，把心一横，咳嗽一声道："此人形貌似略有不符啊。不过，去年死囚在牢中囚禁，三餐不饱，这一年来放纵吃喝，形貌有所变化的人也是有的，你们要严格勘察，不枉纵一人，不放过一个！"

先给自己一旦事发好推诿他人埋了个伏笔，何大县令就施施然地走开了，心中已经把那给他找麻烦的捕虞候列进了永不提拔的清单，扔下那捕虞候和胥吏二人大眼瞪小眼。

远处，康班主和刘老大眼看着铁无环被套上枷锁押过来，二人的目光中难掩失望之意。

刘老大讷讷地道："李小郎君他……"

康班主摇了摇头，轻轻地道："人各有志，算了！"

长街上，李鱼拼命地奔跑着。

他一出了西市大门，就放开双腿，拼命地跑起来。一边跑一边左顾右盼，寻找脚夫。已经到了金光门附近了，照理说，这儿该有不少脚夫，可以租到代步的车子或骡子。

奈何这是一大早，脚夫们是不会这么早上工的，毕竟坊市才开门，这时候谁需要脚夫驮运东西或走远道儿？

李鱼汗流浃背，一半是跑的，一半是急的。这时候，那三个杀手迎面走来。

这三个杀手素来交好，虽然同属杀人，却是之前那三人常常走动，他们三人常常走动。

他们三个都姓朱，都是来自诸暨的同乡。祖上原系一脉，只是年代太过久远，只知道同姓同族，已经理不清彼此的亲戚关系。三人正商量着潜入西市，如何行动的事，忽然看到了奔跑的李鱼。

三人对李鱼的模样已经烂熟于心，便是化成灰都认得他，自然一眼就看到了。

"这……"三人先是莫名地一呆，旋即相互惊喜地一望。三人常年配合，早有默契，只这一眼，就互相明了对方的心意，登时先是一散，再是一合，像一张网似的，向李鱼兜了过去。

今天天气挺好，第五凌若姑娘的心情也挺好。

昨天死了那么多人，善后是个大问题。要安置那么多尸体，其实不是一件容易的事，尤其是要在不引人注意的情况下。但这些事，在第五凌若的处置下，仅用了一夜工夫，便全部解决了。

乘着步辇，走在回城的小路上，第五凌若身心轻松，踏着这条熟悉的小路，心思悠悠，不觉又想到了李鱼。

之前，整个西市都处在一种诡谲的气氛当中，她甚至没有多少机会弄清她心中的疑团。如今一切了结，西市将稳定下来，她有的是时间和精力，慢慢探他的底。

人生有几个十年？对一个美丽的女人来说，十年，更是无比珍贵的一笔财富。十年岁月，她都如此度过了，她有的是耐心！

前方，金光门在即！

"杀！"

三个杀手毫不犹豫，这样千载难逢的机会岂容错过？他们本是杀手，杀手最擅长的就是把握机会。所以，他们根本没有去思索李鱼为何会独自一人出现在这里，为什么会急急奔跑，就立即扑了上去。

"还来？"李鱼正是心急如焚的时候，陡见刺客袭来，不禁大怒，脚下立即加速，扑了上去。

"杀！"迎面的刺客一刀刺来，却扑了个空。李鱼一跤扑倒，撞向他的下体，因此一来，左右两名刺客也扑空了。

"噗！"从那刺客胯下钻过去的时候，李鱼抬肘，重重一击，那刺客惨叫一声。

其实那刺客并没有如此不济，正面交手的话，李鱼不但不可能如此轻易地击败他，甚而有可能被他击败，杀人毕竟是人家在行。但是，诸多的意外，让对方十成武功连一成都没发挥出来。

李鱼是被刺杀方，一个人突遭三人袭击，且对方有凶器在手，居然不逃反冲，这是一个意外。

冲过来了，却不攻对手上三路，而是直奔下三路去了，这又是一个意外。习武之人多少都会要点面子，谁会一出手，不等对手打倒，自己先趴在地上，滑着向前冲出，去钻对方的大胯？

但他没想到李鱼这厮拜了十八个师父，全是市井匹夫，撩阴腿、打闷棍的人物，跟着这么一群人，学的功夫又杂又乱，只计较实用与否，根本不考虑出手时的形象。

因此，只错愕了一霎，这刺客就阴沟里翻船了。

但，杀手毕竟是杀手，另外两名杀手反应也是极快，一见李鱼出其不意，将一个同伴打得佝偻于地，惨号不已，其中一个刺客立即追上两步，一刀刺向李鱼左肋。

李鱼侧身一扭，刀子刺破衣襟，刺啦一声，险险地贴着肉皮穿过。与此同时，另外一名刺客已然冲近，垫步拧腰，一刀力劈华山，当头劈下。

李鱼虽然急于赶向长安县，可也不能硬挡这一刀，便敏捷地向旁一闪，两个刺客步步进逼。李鱼今天是去投案的，当然不带武器，赤手空拳之下，二人又开始严防他的寝技，再不给他机会，李鱼只得且战且退。

这一番追逃搏斗，忙乱之间李鱼竟尔逃出了金光门，那长安大阜，城门极阔，守城士兵远远站在两边，三眼的门洞，相隔二十多丈，也不知是那守城小卒没看见，还是装作没看见，反正一团混乱中，李鱼和两个刺客追逃出了城，那守卒杵在那儿，还是一动不动。

李鱼气喘如牛，体力几乎耗尽，实在是无法坚持下去了。就在这时，李鱼却听一声娇叱："什么人，竟敢行凶？"

李鱼忙里偷闲，回眸一望，登时大喜："第五姑娘，快来救我！"

眼见李鱼跟一条小白鱼儿似的，在两片刀网下闪来闪去，第五凌若也是真着急了，登时喝令："放下步辇！"步辇刚一放下，第五凌若就冲了上来。

这一刻，她已完全忘记了自己还不确定李鱼与她的情郎有什么关系。但眼看着一个与他一模一样的人，在刀网下挣扎，她心中一急，就全然不顾了。

李鱼吓了一跳，慌忙避开一刀，大叫："你会武吗？你的女金刚呢？"

第五凌若身边八个女相扑手，个个都有以一敌十的本领。但是她们的体形太明显了，而第五凌若下乡，是办一件很秘密的事：弄一块地，挖一个巨坑，葬了那些尸体。

如果带着那些女相扑手，一定会引起村里人注意，给这善后工作带来隐患。所以此番第五凌若下乡，并未带那八大高手。但李鱼一语还是提醒了她。

第五凌若急急站住，将手向前一指，喝道："快救人！"

第五凌若身边两个抬步辇的，还有旁边一个侍候的小厮，虽然不是什么高手，可武功也还不错，而且三人都是带了兵器的，一听第五凌若吩咐立即就向刺客们扑去。

此时李鱼已是力竭，一见两个刺客忙于应付三人，心中一宽，双腿酸软，登时跌坐下去。

"你怎么样了，哪受伤了？"第五凌若急急扑上，扶住了他。

李鱼咳嗽了几声，喘息道："力……力耗尽了。"

第五凌若嗔怪道："你怎么得罪了那么多人，天天被人杀来杀去？"

李鱼苦着脸道："我哪里晓得。"

这时候，路上行人早已惊散，有那南来北往的行旅，见此一幕，要么掉头便走，要么加快步伐从路的另一侧通过，根本不敢向他们靠近。

但这时，远处却有一辆大车急驰而来，李鱼心跳气短，第五凌若全神贯注在他身上，两人都未理会，却不料那大车疾驰至近前，车夫猛地一提马缰停住，脸赤如血，目瞪如铃，扯过一张大网，就向二人撒来。

那人，正是被李鱼撞碎了蛋蛋的杀手。此时那杀手站在车上，两腿分开，跟一只蛤蟆精似的。

他是真恨极了李鱼，强忍着剧痛将他抢来的车上的渔网撒了下来。

李鱼和第五凌若一时不察，登时被网个正着。

那杀手从车上跳了下来，身子受这一震，下体传来难忍的奇怪痛楚，痛得他哆嗦着举刀仰天一阵号叫，然后目赤如血地扑向李鱼。他要死，也要拉上李鱼垫背。

"不要！"第五凌若和李鱼被罩在一张网下，眼见那刺客疯魔般一刀刺来，第五凌若想也不想，马上向前一扑，挡在了李鱼前面。

"噗！"刀，刺进了第五凌若的胸膛，李鱼惊呆了，他实在没想到，第五凌若在这关键时刻，竟然会替他挡刀。

那杀手随着这一刀也摔在地上，此时他胯下阴囊已经因瘀血肿胀成了一枚大寿桃，倒地时一挤压，砰的一声爆了，他几乎要痛晕过去，眼前一阵阵地发黑，根本站不起来了。

李鱼此时双手正保持挣扎着要撩开渔网的姿势，第五凌若挡在他的身前，由于这一扭动，使得渔网纠结，将二人的身子缠得死死的，李鱼的手缩不回来，两只手也无法合拢到一起去，宙轮就在腕上，却是触之不及。

"为……为什么……"另两个刺客仍与第五凌若的三个手下厮杀作一团，李鱼紧挨着第五凌若的背脊，颤声问道。

第五凌若脸色苍白如纸，缓缓回眸，向他一笑："因为，你……像他！"

李鱼颤声道："我真的不认识你，也不认识你的男人。"

第五凌若微笑地道："我知道，其实我早就该知道了，我只是想骗自己。"

她的身子摇晃了一下，轻轻地道："骗不过去了，那就死。上一次，他先我而死，这一次，我一定……要走在他前面。你……你不懂，死在后面的……那个人，最苦……"

两行晶莹的泪水缓缓爬下第五凌若的脸颊，她身子一歪，就在李鱼怀中断了气。

"不要啊!"李鱼也不知道，自己的心为什么疼得那么厉害，他的泪一下子就流了出来，哭得像个孩子。

那个胯下一滩鲜血的刺客，已经只剩下最后一口气，但他咬着牙，倔着骨，猛地抽出插在第五凌若胸前的刀，抓着渔网，缓缓向前爬着，狞笑着盯着李鱼的胸膛。

李鱼的身子一阵阵地颤抖，可是因为渔网的扭紧，再加上那刺客此时正抓着渔网向前爬，被渔网将手脚捆紧的他，根本挣扎不得。

李鱼望着含笑倒毙在他怀中的第五凌若，右手拦在她胸前，手定在了她的肩头，衣袖上翻，那澄蓝的宙轮近在咫尺，可手触不及，头也被渔网罩着，挪动不得。

李鱼的泪一颗颗落下去，落在露出的手腕上，渐渐向那颗澄蓝的宝珠滚了过去。

刺客摇摇晃晃地举起了带血的刀，想要对准李鱼的胸膛，这时，一片奇异的蓝色光晕，像佛光灵环般向天地间荡漾开去……

第十五章
十 年

　　李鱼的意识一阵恍惚，再清醒过来时，就见铁甲纵横，人吼马嘶，道路上行人不断，大包小裹，仿佛战乱中逃命一般。旋即，李鱼发觉自己气促气短，身上的擦伤和瘀痕还在，双手还保持着撑起渔网的姿势。而第五凌若和那些杀手统统不见了。

　　"我倒档了！"这是李鱼的第一个念头。旋即他就发觉了身体的疲惫与伤痕："不应该啊，时间倒退一天，我的一切状态也会回复到头一天啊，为什么身上伤痕犹在？还有，这官路上怎么这么乱？昨儿街上有这么乱吗？"

　　"快跑啊，太子谋反啦，晚了就跑不掉啦！"一个妇人抱着孩子，大哭着往前跑。

　　李鱼一听大吃一惊：李承乾造反了？

　　李鱼茫然站起，一把拉住一个闷头向前逃跑的读书人："劳驾，太子造反啦？"

　　"嘘！"那书生一惊一乍的，扭头看了一眼路上纵横驰过的铁甲骑士，低声叱道，"你疯啦，学那无知妇人！太子造反，也能喊得？这些，可都是太子的人！这李建成，国之储君，居然造反，必遭天谴！"

　　那书生说完，左右看看，甩脱李鱼，一头扎进了庄稼地。李鱼站在那里，目瞪口呆："李……李建成？这是哪一年？"

这时，一个尖嘴猴腮、混混一般的人物，跑到李鱼身边，看他站在那儿，好似吓傻了似的，再一瞧他腰间玉佩，眼珠一转，跑到他身边伸手一抓，一把揪下那玉佩，撒腿就跑。

"喂！你站住！"李鱼清醒过来，下意识地追去。那泼皮跑进了庄稼地，李鱼紧追不舍，堪堪跑到田垄地头，李鱼纵身一跃，一把将他扑倒在地。

那混混情急之下，自腰间拔出一把匕首，李鱼眼疾手快，反手一扪，那匕首反从泼皮脸上划过，刀头一点殷红，登时把那混混吓破了胆。

"别别别，我还你，我还你。"那混混没想到这个看起来失魂落魄的富家子反应如此敏捷，力气也比他大得多，马上举起玉佩，向他讨饶。

李鱼一把夺过玉佩，举刀欲刺，吓得那泼皮一闭眼，李鱼忽又顿住，瞪眼道："今年，是哪一年？"

那泼皮战战兢兢地道："什……什么？"

李鱼挥了挥拳头："今年，是哪一年？"

那泼皮有些惊讶地看着李鱼："武……武德七年啊！"

武德七年？李鱼迅速回想了一下，武德七年，李渊仍在位，太子李建成，秦王李世民……十年前！

那泼皮看他发愣，趁机一个鲤鱼打挺，将李鱼弹开，撒开双腿，一溜烟儿地逃开了。

这个富家子显然是有点精神不正常的，之前兵荒马乱的，他站在大路上不动，也不怕被过路的兵卒看不顺眼，一矛挑了他，此刻又问今年是哪一年。正常人谁会与疯子争斗，还是逃之大吉吧。

"武德七年？十年前？"李鱼站在高粱地里，茫茫然地思索，"怎么是十年前？难道……"

李鱼心中灵光一闪，突然明白了什么。他一直摸索不清楚这宙轮究竟有多少功能，如今看来，用血液，是能让时光倒退二十四小时的，但是用泪水……宙轮似乎有着不同的辨识功能，因此让他倒退了十年时光。

不！不对！不是时光倒流！这是穿越时空！真正的穿越时空！

他身上的瘀痕，是"倒档"前留下的，如果是时光倒流，他就不应该出现在十年前，因为这时大唐的世界还没有他的存在，身上也不应该还有十年后的伤痕。

血液，时光倒流！

泪水，时空穿梭！

我该怎么回去？李鱼正胡思乱想着，忽然又是一阵急促的脚步声起，然后是一个女人哎哟一声。李鱼心中一动，慢慢向前移动着，小心地拨开高粱叶子，避免发出沙沙声。

看到了，庄稼中间是一条小道，此刻正有一双男女奔跑至此，想是躲避兵荒马乱。那女人看身材，风姿绰约，纤腰欲折，极是动人，但脸上却缠着白布，蒙住了眼睛，只露出翘挺可爱的鼻子，和一张嫣红可人的小嘴儿。

她刚刚摔倒在地，被那男人扶起来。那男人年近弱冠，是个年轻人，眉眼倒也英俊，此刻满面惶急。

"你没事吧？"

"没事，只是摔了一跤！"

年轻人四下看看，松了口气："我们避开大道了，乱兵顺官道下去了，我们安全了。"

那蒙着眼的女子听了也松了口气，惊喜道："真的？太好了。唉，今天真的晦气，本想到长安城里寻郎中治眼睛，谁晓得会撞上这样的事。"

那年轻人握住姑娘的手，深情款款地道："你别怕，有我在呢。不管天塌地陷，不管洪水滔天，只要我一息尚存，就绝不会让你受到伤害！我会一生一世保护你，用我的生命守护你！"

少女有些动情，反手也握住了他的手："张威哥哥……"

那年轻人见少女被他感动，脸上露出暗喜的神色，微微噘起了嘴，便向少女唇上偷吻过去。少女芳唇润泽，微微翕动，显得极是诱人。偏又双眼被蒙，根本不知道他的嘴唇正向自己凑过来。

这时一阵沙沙声响从庄稼地里传来，那不是风吹庄稼发出的舒缓沙沙声，而是什么东西在急速靠近，李鱼身在庄稼地里，又看不见什么东西，心中尤为戒惧，立即从庄稼地里跳了出来。

"啊！"那年轻人发出一声比女人还女人的尖叫声，纵身向后一跳。李鱼这时右手持匕首，刀头有血，胸前也有染自第五凌若的殷红血迹，看来极是骇人。

其实李鱼却是被那年轻人的尖叫声吓了一跳，他匆匆回首看了一眼庄稼地，赶紧挥舞着匕首厉声恐吓道："闭嘴！老子乃江洋大盗人屠郭怒，杀人越货，无恶不作，你不想死的话……"

李鱼"就赶紧闭嘴"这几个字还没出口，那"张威哥哥"就把姑娘往李鱼怀里狠狠一推，借这一挡，撒腿就跑。李鱼下意识地接住那位目盲的姑娘，还未及说话，那"张威哥哥"已经兔子似的逃之夭夭了。

"张威哥哥，你……你……"那少女极是慧黠，一开始还叫了一声，但马上就明白，大盗当前，她所钟情的那个男子为了逃命，把她做了救死的盾牌。刚刚他还信誓旦旦，顷刻间就弃她如敝屣，这叫人情何以堪啊？

少女又气又急，酥胸起伏，脸庞涨红，片刻工夫，蒙眼巾就湿了一片，显然那年轻人的临阵脱逃，真的伤了她的心。她虽个性坚强，没有崩溃号啕，可伤心却是难免的。

李鱼一手扶着那少女，另一只手却持着匕首，谨慎回顾。只见黑影一闪，噌的一声，从庄稼地里蹿出一头黑猪，撒开四蹄，向前狂奔而过。李鱼呆了一呆，这才明白不知道是哪个逃命的人赶了猪出城，结果不知何故，那猪受惊，蹿进了庄稼地。

李鱼刚刚松了口气，马上手上一疼，痛得他大叫起来："啊——"

就见那少女抓着李鱼的手，一口小白牙正狠命地咬着，可惜李鱼皮糙肉厚，她根本咬不动。

"放手，放手！你这疯女人！"李鱼一手持匕首，又不好去敲她脑壳，只好用力挣扎，总算挣脱了手，一瞧手上，已经咬出了一个圈。

李鱼恨恨地道："你咬我作甚，我不是歹人，刚刚只是吓你们的。你……"

这时就听庄稼地里有人吼道："在那边！"

又有人道："不像猪叫啊！"

"过去看看！"

李鱼吃了一惊，他不明白十年前的今天究竟发生了什么，却知道现在乱兵处处，趁火打劫者也多，在不明敌我前，还是先躲避一下为好。

李鱼立即一拉那少女，低叱道："快闭嘴！兵荒马乱的，我带你先躲躲！"

那少女目不视物，也分不清眼前此人是不是贼，更不确定庄稼地里的人是不是贼，无从选择之下，只好被他拉着逃进一旁庄稼地。

"蹲下，快！"李鱼按着少女肩头，让她蹲下。那少女甚有心机，依言蹲下，心想："这人忙昏了头，忘了捂我嘴巴。待我听得外边是良民的话，便马上大声呼救！"

李鱼按着少女肩头，微微探头向外张望，就见几个持戟仗刀的军士从庄稼地里走出来，东张西望一番，其中有人懊恼道："不见了啊！这上哪儿找去。"

另一名军士道："算了，左右不过是头肥猪罢了。且不理会它，跟着将军一路杀下去，财帛美女，唾手可得。"

马上就有一名军士兴冲冲地道："不错！前方镇上黄员外家三个女儿，个个如花似玉，这要是能睡上一个，快活过神仙了。"

"走!"

几个军卒兴冲冲地向大道上走去。

那少女蹲在地上，听到这里暗吃一惊，心道："果然是乱军，幸亏我没叫。这么说来，眼前此人真的不是大盗？要不然，他真是什么人屠的话，方才早把我杀了，也不至于留我性命，也不好说……万一他是见色起意，又或者想绑票勒索……"

少女正胡思乱想着，李鱼眼见那些人都离开了，松了口气，低下头来。这才发现少女就蹲在他身前，被他按着肩膀。李鱼暗自一窘，赶紧弯腰挽她起来，小声道："好了，那些乱军已经逃走了。"

少女慢慢站起，道："却不知郎君是哪里人氏，方才……为何那般说话？"

"呃……我是……我叫……我姓杨，名冰，冰清玉洁的冰。乃江南钱塘人氏，原想到长安来求个营生。初到长安，也不晓得这里发生了什么事，兵荒马乱的，慌不择路，才逃到这里。方才听得庄稼地里有沙沙之声，唯恐你们乱喊引来什么，所以才胡乱恐吓，姑娘放心，在下并不是歹人!"

姑娘听他语气吞吐，心中登时疑心更甚，暗想："我现在目不视物，你当然怎么说怎么好。一个人哪有连姓甚名谁都还要支支吾吾的，分明是有意骗我。而说到他的冤枉，却是如此流畅，只怕真是江洋大盗，惯会说谎了。"

李鱼道："却不知姑娘你，姓甚名谁？实不相瞒，在下初到宝地，无处落脚，正好送姑娘你回去，也好暂有个落脚之地。你不用担心，房资饭费，我会付的，你摸摸看，这是上好的美玉，我囊中还有金银。"

李鱼抓起姑娘的手，让她抚摸自己腰间玉佩。

姑娘心想："此人说他远自江南来此谋生，居然身怀美玉，囊中还有金银，自相矛盾，不可相信！必是掳人钱财的大盗无疑了。我家中只有父母双亲，若真引了此人去，掳我家钱财事小，我爹娘可是很看重钱财的，必不舍得被他掳走，万一打斗起来，伤了他们……"

这人既然盗亦有道，并不淫辱妇女，自己就暂无人身安全之虞，不能引狼入室，害了父母。想到这里，姑娘顿起隐瞒之心，遂楚楚可怜，凄然答道："小女子姓武，名唤武凌儿。奴从利州来，因患眼疾，本欲往长安寻名医诊治，谁料……"

姑娘说到这里，嘤嘤哭泣起来，心中却是暗自得意："我说远些，省得你打我家主意。我不说我叫第五凌若，第五这姓儿罕见，被你听去，没准就真寻到了我家，我身上既无钱财，又是个目不视物的'瞎子'，对你这大盗毫无用处。这兵荒马乱时节，大家自顾不暇，你赶紧弃我而去吧！"

咦！还是个老乡！老乡见老乡，两眼泪汪汪啊。瞧这"盲女"年纪不大，身材却好，皮肤幼嫩，这兵荒马乱的，我若不管，其下场会有何等凄惨？

李鱼侠义心肠顿起，虽然自己现在也是两眼茫茫，不知去处，却是无论如何，不能对这少女弃而不顾了……

第十六章
归路

武德七年，天下纷纭，大事频仍。白简羌和白狗羌，在这一年附唐了。白兰、高丽、突厥、吐谷浑则遣使朝贡。军神李靖进兵丹阳，辅公祏弃城而走，之后被俘受死。唐军分道攻辅公祏余部，辅公祏起兵被平定。

高开道的部将张金树杀了高开道降唐，北方割据势力又少了一个。总而言之，这一年的大唐，顺风顺水的，所以皇帝李渊也是兴致大发，跑到仁智宫避暑去了，这一待就是几个月。

这仁智宫在长安北面的铜川，距长安并不近，所以李渊留太子李建成镇守长安，李世民和李元吉随同前往。

结果，长安发生了兵变。今次之乱，源于李建成的心腹杨文干。杨文干原是东宫宿卫，今为庆州都督。

杨文干常将招募的悍勇之士送往长安，充入李建成的太子六率。而李建成也常将兵器铠甲给杨文干送去，壮大他的实力。表面看来，这只是派系山头的问题，对自己的嫡系，上位者总是要多加照顾的，原也没有什么。

不过，就在李渊在仁智宫优哉游哉地度假的时候，东宫属臣朱焕和桥公山突然跑到仁智宫向皇帝告发，说太子李建成正密谋造反呢！

李渊闻讯大惊失色，马上双管齐下，一面下旨说思念皇儿，要李建成到铜川仁智宫来见他；一面派司农卿宇文颖到庆州，想兵不血刃地把太子李建成的心腹杨文干做掉。

可司农卿宇文颖也有自己的盘算，他到了庆州后，并没有按照皇帝的吩咐干掉杨文干，反而把皇帝的打算告诉了他。杨文干为了自保，起兵造反了，李渊闻讯焦头烂额，急忙派钱九陇和杨师道进击杨文干。

但这二人却是久战无功，无奈之下，李渊派出了天策府上将军、秦王李世民。

这，就是此刻正在发生的事。而李鱼，此时却一个猛子扎了进去，溯流而上，将要亲历这一段历史了。

李鱼拖着跌跌撞撞的第五凌若逃了一阵，眼见如此行走不快，唯恐再被乱军撞见，便绕到第五凌若前面，蹲低了身子，道："快，我背你走！"

李鱼握着第五凌若的手腕，示意她趴到自己背上。这对一个女孩儿家来说，趴到一个陌生男人的背上，是一件难为情的事情，第五凌若心中颇不情愿。

不过，一则她也清楚事急从权；二则她更清楚，如果这杨冰真是歹人，此时更不宜触怒了他；三则，他若真有歹意，也无须让自己爬上他的后背，这样可不好轻薄，所以匆匆一权衡，便答应下来。

李鱼无心轻薄一个少女，双手只搭在她腿弯里，将她往背上一驮，不过几十斤的少女身子，轻盈得很，他立即迈开大步，向前走去。第五凌若见他果然守礼，倒是安心许多。

李鱼向前行出两里多地，身上虽伏了一个人，却也并不十分疲惫，眼见前边出了高粱地，再往前去是一片高及大腿的豆田，李鱼谨慎地先向左右看了看，远近未见有乱军和逃亡百姓，这才加快脚步向前走去。

第五凌若暗自焦急，这人背着她，也不知要往哪里去。有心指点道路吧，可刚刚说过自己远道而来，在此地应该人地两生才对。不说话吧，他若是歹人，不自己逃命，非要带着我做什么？要说他不是歹人，自己眼下双目不能视物，万一上当……

第五凌若正自纠结，忽然远处一阵喧哗，远远一群人厮打着出现，越来越近，看双方衣饰，应该都是军人，却不知分别属于谁的人马。李鱼大惊，趁着双方混战，无暇他顾，拿出吃奶的劲儿来，撒腿就跑。

他这一跑，背上的第五凌若被颠得上下起伏，登时大急，惊道："郎君要做什么，为什么跑这么快？"

李鱼气喘吁吁道："不跑就来不及了。左侧豆田里有官兵争斗，你这丫头若落到他们手中，后果不堪设想。"

第五凌若道："我又不曾作乱，官兵争斗，我怕什么？"言外之意，你是贼，你才怕官兵。

李鱼道："愚蠢！乱军如匪，一头猪他们都想分而食之呢，你一个妙龄少女，还不被他们啃个干干净净。"

第五凌若大是不服，这是闹兵变，又不是闹大饥荒，怎么会有人吃人，而且还是官兵？转念想了一想，才明白他说的"分而食之、啃个干干净净"是什么意思，不禁嫩脸一热。

她侧耳听了听，确有兵器碰撞之声，知道他没说谎，这才安下心来。

只是，李鱼这一奔跑，她就无法保持比较分开的距离了。胸口一下下撞到他背上，也不知李鱼注意到没有，反正第五凌若小姑娘是窘得桃腮飞红。

这一奔跑，李鱼也扶不住她的膝弯了，双手沿着她的膝弯，不时向上滑去，直到托住翘臀，这才将她稳住。

"咦？这小妮子年岁不大，倒是生了个蛮丰满的屁股，浑圆结实，手感极佳。"

李鱼猛一耸腰，双手用力，将她向上托了一把，双手托住柔腻结实的一双大腿，片刻工夫，复又滑到臀上。一边胡思乱想着，一边背着她逃命，李鱼跑得上气不接下气，遐思绮念，自然也无暇顾及了。

第五凌若被他灼热的手掌靠在娇嫩的肌肤上，这一下下地摩擦，不禁面红耳赤，羞窘之下，有心推却，一手揽了他的脖子，一手想去推开他按在臀上的手，手掌一翻，却触及了他的手腕。

李鱼用来串住宙轮的丝线经过长期反复摩擦，早就已经快要磨断了，这时用力较大，登时断开来，第五凌若伸手摸去，恰那丝线断开，她一张手，却是把宙轮握在了手中。

第五凌若呆了一呆，心念一转，立即将那枚宙轮握在掌心，收回手来，环住了他的脖子。

"噗！"李鱼把第五凌若往地上一扔，自己马上也倒了下去。方才这一阵，实在是耗尽了气力，此时终于逃到了一个相对隐蔽和安全的所在，便再也站不住了。

不过，他也不是那么不怜香惜玉，地上是有稻草的。正是秋收时节，这儿是在一处河边，路边有几堆打稻谷堆下的稻草，人摔在上面，倒也柔软。

李鱼本想找个山神庙或者土地庙来着，这一道儿跑下来，他还真见到了一处土地庙，只可惜小得连他的屁股都塞不进去。

"呼哧！呼哧……"李鱼喘了半天，这才稍稍匀了呼吸。

第五凌若感觉自己摔在稻草堆上，登时暗自警觉，趁李鱼不备，悄悄藏好了宙轮，又拔下发髻上的钗子，藏在了袖中："郎……郎君，这是哪儿，你带我来这儿做什么？"

"这是……我也不知道，是一片稻田边，也不知农家远近，应该附近有村庄吧。"

李鱼瘫在稻草堆上，仰望着湛蓝的天空，天空中白云朵朵，他的心比天上的白云还要悠悠无着："你别担心，我真的不是坏人，你的家虽远，好歹还知道归去的路，我现在，都不知道该去哪儿了。你眼睛不好，可至少问着路可以回家，我就算问路，也没人知道怎么走啊……"

李鱼此时真的是悲从中来。一眨眼就回到了十年前，问题是，他不知道怎么回去啊！吾心安处是故乡，这里，绝不是他可以安心的所在。

他能安心地重活十年，与十年后那些曾经荣辱与共、曾经情深义重的人形同陌路吗？他做不到，可他，该如何回去？

天目神女啊，你好歹把它的功用说给我听，然后再逃命去啊，现在这样靠我自己摸索着，我几时才搞得清它究竟怎么用？你还活着吧？没有被大反派抓到吧？你要是能此刻回来……

李鱼沮丧地想："唉，怎么可能，指望三目天女此时回来的机会，渺茫得还不如我自己摸索呢。"

李鱼想着，下意识地向手腕上摸去，这一摸，李鱼登时一惊，原本就跑得毛窍张开，浑身燥热，这一下子，真的是冷汗涔涔，顷刻间汗透重衣："宙轮！宙轮不见了！"

"我的宙……腕饰！"李鱼把大袖翻开，仔仔细细找了一遍，又浑身上下拍打，怕是绳子断了顺着袖筒滑到了身上，当最终一无所获的时候，又赶紧趴在地上搜起了稻草堆。

第五凌若听着窸窸窣窣的声音，明知故问道："郎君，你在找什么？"

李鱼一边翻着地上的稻草，一边急急答道："腕饰，一个球状腕饰，本来系在我腕上的，不见了。"

第五凌若道："那东西……很珍贵吗？"

李鱼道："当然，那东西……那是……家母传给我的，是我李家的传家之物，虽不值几个钱，但祖先所传之物，岂容遗失？"

第五凌若听了心中一宽，这东西对他既有大用，那就好办了，有此物在身，他若对自己心怀歹意，危急时刻，还可以用来威胁他。

李鱼翻找一阵，全无那宙轮的踪影，额头都急出汗来。

平时那宙轮就系在腕上，因为体温传导过去，浑然一体，久而久之，常常都忘了它的存在。但这时真的失去，才意识到它对自己是多么的重要。

如果此时是在十年后还罢了，老娘、吉祥、作作，所有的朋友都在身边，大不了失去一个关键时刻可以保命的宝物，可此刻失去了它，那就意味着，他必须要从这时开始在大唐世界的旅程。

他和吉祥，和作作，和铁无环，和所有亲近的人，都不可能再重复曾经的一切，他将展开一段全新的人生，而他将要付出的代价，就是他之前的一切。

"掉在路上了，一定是掉在路上了。"李鱼喃喃地说着，幸好他逃开的路并不复杂，赶紧回去，应该找得到。李鱼立即拔腿就跑，临走之前还不忘好心地叮嘱："我回去找，你别乱跑，我一会儿就回来。"

"嗳！"第五凌若答应一声，侧耳倾听着李鱼跑开的脚步声，唇边渐渐逸出一丝得意的笑。看来那东西对他真的很重要呢，他竟然因此寻了回去，那自己就可以逃走了。

李鱼沿着来时的路，一路低头寻找着向前奔去。渐渐地，远方已经可以看到那交战的双方，居然还在厮杀，不但在路上厮杀，交手过程中辗转腾挪的，还有人杀到了豆田中。

李鱼暗急，这种情形，如何靠近，一旦被人发现，死在乱军之中，岂不冤枉？如果说，原来他还有宙轮傍身，可以"重活一回"，现在宙轮已失，那可真是危险至极。

可是，宙轮是他回到未来，重见亲人的唯一机会，他又不可能放弃。李鱼灵机一动，立即矮身钻进了一旁的豆田中，贴着地，匍匐前进，从侧方看着走过的路，没有，没有，还是没有……

渐渐地，已经能听到惨叫声和厮杀声，李鱼知道已经距交战的双方近了，再往前去恐怕会被他们发现，只好在豆田中静静地趴着，一动不动，等着那些人离开。

兵器交击声渐渐消失了，但人还没有走，李鱼听得到他们的交谈声。过了一阵儿，有两个人越走越近，李鱼骇然，可这时一旦动弹，反而更易被人发现，只好暗暗祈祷着屏息趴在那里。

上天仿佛听到了他的祈祷，脚步声停住了，隔得并不远，他都能听清对方的声音，但是只要对方不是刻意望来，这豆田还是能掩饰他的身形的。

只听一个声音道："上将军，敌人全被歼灭了。"

旋即又听一个清朗的声音道："好！若非其中有人认得我，原也不必尽歼之。看来，我还是尽快离开为宜。叔宝，你逐一检视，莫留一个活口，随后依旧游弋于周围，咱们的目的，是让父皇废了他的太子之位，一旦真让他控制了长安周边府县，原本没有野心的，也难免会滋生野心，那就弄巧成拙了。"

上将军？大唐开国，有几个上将军？

天策上将位列亲王、三公之上，仅次于名义上的文官之首三师。

李世民已经位列秦王、太尉（三公之首，主管全国军事）兼尚书令（尚书省长官，宰相之首），封无可封，故特设此职位，并加领司徒（三公之一，主管全国教化），同时仍兼尚书令。

因为当时百官之首的三师空缺，所以天策上将李世民已是事实上的仅次于皇帝李渊和皇太子李建成的第三人。

况且他称另一人为叔宝，哪个叔宝？秦琼吗？却听那叔宝笑道："上将军放心，程知节守东面，我守西面，只放开东北两方向，他敢向东北两方纵兵，就有进袭铜川，危及皇上的'意图'，到时，他就是浑身是嘴，也说不清了。"

上将军笑道："最好如此。我不想杀他，如果此番能令父皇废了他的太子之位，幽禁为废太子，那是最好，否则整日里受他算计，一个大意，难免着了他的道儿。"

叔宝道："上将军仁慈。这天下，是上将军相助皇上亲手打下来的。太子何德何能坐享其成，这江山，理应由上将军您来继承。"

李鱼听到这里，心中暗想："没错了，没错了，程知节就是程咬金。这上将军就是李世民，原来老李家在闹家务事。"

却听李世民轻叹一声道："其实这么说，有些委屈了太子。论才干本领，其实他并不弱于我，只不过，他是储君，征战沙场、领兵打仗这种事，本来就不可能让储君去做，所以这战功，他想抢也抢不了。"

秦叔宝道："可是上将军……"

李世民又道："可你要知道，兵马未动，粮草先行。我领兵征战四方的时候，辎重粮草、兵器甲胄，这些事都是谁在做？都是太子！要调度这些事，何其不易，更何况那时天下纷乱，我父皇所拥不过太原之地，要筹措调度足够的粮草辎重，又不至于天怒人怨，何其不易？但这些事，于太子而言，却游刃有余，太子持政之才，由此可见一斑，其实我也是很佩服的。"

李世民说到这里，沉默了片刻，轻轻叹道："可惜，他有他的功，我有我的功，而皇位只有一个。他若登基，能不能放过我，我不知道。我李世民，绝不会把自己的性命，寄望于他可能的怜悯。所以，须得先下手为强！"

秦琼讷讷道："是！末将……晓得了。"

秦王忽地哈哈大笑，随即甲胄声响，想来是他拍了拍秦琼的肩膀："你不要多想。我这么说，只是对你推心置腹，故而出公允持正之言。即便太子的才干远超于我，这皇位，我也是绝不相让的！"

李世民忽然提高了声音，十分自信地道："我相信，我会是一个好皇帝！我不负这天地，不负万千黎庶，不负我心中壮志，那就只好有负于太子哥哥了！"

李鱼听得暗惊，万没想到，今天竟然能听到这样一个大八卦，一个足以让他掉脑袋的大八卦。

从李鱼此刻所听到的情况来看，李建成利用职务之便，壮大自己亲信应该是真的，而此事却被李世民利用了，策反了那两个告黑状的东宫属臣。

李鱼大气也不敢喘，伏在豆田里静静地听着，身上汗水涔涔。

李世民和秦琼商量已毕，马上启程离开了，秦琼送走秦王，便去号令部卒再做最后的检视，不管死没死透，将那尸体尽皆再补一刀，以防万一。

这个时候，哪有可能还等在那儿找宙轮，稍有不慎，马上就得送了性命，无奈之下，李鱼立即趁着这个机会原地倒回，倒退着爬出十几丈远，这才转了个身，匍匐前进，沿着已经蹚出的一溜扑倒的豆田迅速离开。

李鱼远远离开豆田，这才猫着腰小跑而逃，待他赶回河边那几堆稻草堆旁，已然不见了那"武凌儿"的身影。李鱼一呆，诧异叫道："武姑娘？凌儿姑娘？"

小小几堆稻草，一览无余，李鱼绕行几匝，依旧不见"武凌儿"身影，正讶异间，忽见河边鹅卵石中有一只绣花的鞋子。李鱼走过去，捡起鞋子看了看，那鞋子很新，难不成"武凌儿"过了河？

李鱼正欲蹚水过河，忽又心中一动，疑窦顿起。他扔下鞋子，慢慢走回稻草堆旁，仔细看了看，微微地眯起了眼睛。

这时候，远远的豆田那边的战场清扫已接近尾声，一个士卒走到一边，正欲解袍方便，忽然看到了地上一个人形的压痕，顿时一惊，顺着那压痕一看，长长一溜压得平平实实。

那士兵也忘了小解，登时大呼起来："将军，将军，不好啦，您快来看！"

第五凌若趴在草堆上，屏气凝息，安静地藏着。

"应该能瞒过他的吧？我在河边丢了只鞋子，还蹚到对岸，往岸上撩了些水。他见了第一反应，就是我蹚水过河了，要追也会往对岸追的。"

第五凌若小小得意着，对自己的手段甚是满意。她有资格得意，一个年方十五岁的小姑娘，眼睛又不能视物，在这种情况下，居然靠摸索着周围环境，迅速设下这么一个局。而且在一片黑暗中，她还要准确地记住自己走过的方位，然后退回的时候向上游走出一段距离，再登岸返回，避免在原地留下回来的痕迹。如此种种，心思可谓缜密至极了。

但是，她刚刚想到这儿，就听窸窣一阵响，稻草被搬开了，然后翘起的娇臀上就被狠狠地抽了一巴掌，打得她屁股一下子都麻了。

李鱼刚刚丢了宙轮，心情奇坏，这小妮子防范心还这么重，躲进了稻草堆，李鱼一把掏开稻草，看她鸵鸟似的一头扎在稻草里，屁股翘在空中，实在是气不打一处来，这一下真不是拍的，而是抽。

第五凌若疼得哎哟一声，下意识地一跳，脑袋顶了头顶的草堆上。李鱼没好气地一抓她的腰带："滚出来！"

一个及笄之年的小姑娘能有多重，李鱼气怒之下用力又大，提着腰带，把个哈腰翘臀的第五凌若生生从草堆中提了出来，往地上一丢，瞧那掏出的草洞倒真是不小，想是她为了在里边呼吸方便。

第五凌若趴在草堆上，被他这一摔弄了个七荤八素，眼冒金星，静了片刻，才稍稍喘匀了气息，只觉臀尖上酸麻难禁，忍不住怒道："你要干什么？"

李鱼怒道："我好心救你，你说我要干什么？居然把我当坏人防范！若不是为了救你，我怎么会丢了宙……丢了我的家传宝物！"

第五凌若暗暗松了口气："看来那腕饰对他真的很重要，如果他意图对我不轨，我就可以凭此物要挟他了。"

这样一想，第五凌若宽心起来，气壮地问道："你真不是歹人？你真的是好心救我？"

李鱼道："当然！你哪只眼睛看见我对你起了歹意？"

第五凌若道："我……我就是看不见，所以才不放心！"

李鱼一想，也是。此时不比太平时节，而且他刚出现时，扮的还真是歹人模样，这小丫头目不视物，要是就听自己说了几句，便对自己信任无疑，那不是成傻大姐了吗？

"唉！算了，和她一个小丫头片子有什么好计较的，可我的宙轮……如果一会儿官兵走了，回去寻回还好，若是被他们捡走，我要如何回去？"

虽然李鱼现在即便手握宙轮，也不知道如何回去，可是此物既能把他送到十年前，自然也有能力把他送回十年后，慢慢摸索，总能摸索到办法的。然而没有了宙轮，这个希望就彻底断绝了。这样一想，李鱼沮丧地一屁股坐在了稻草堆上。

第五凌若正趴在草堆上，感觉到稻草一沉，李鱼坐到了身边，吓得她一下子蜷起了身子。她的一只鞋子被丢在了河边，只穿一只反而碍事，便丢进河中顺水漂走了，这时白生生两只天足，沾着些草茎，湿了的裙摆也贴在小腿上，露出曲线优美的两截小腿，再加上她此时蜷曲的动作，着实可人。

可李鱼往草堆上一躺，枕着两条手臂，怅怅然地望着天空，毫无欣赏之意。

第五凌若小猫儿般弓着背，紧张地等了一阵，却只听到李鱼有些沉重的呼吸，对自己之前的犹疑终于渐渐释去。她小心翼翼地问道："那东西，对你真的很重要呀？"

李鱼心若死灰，没有理她。第五凌若暗暗撇了撇嘴，心想："看起来他真的不是坏人了，不过，什么破腕饰啊，这么看重，跟死了爹似的。我这么一个千娇百媚的小美人儿就趴在他身边，他都跟个睁眼瞎子似的！"

第五凌若正考虑要不要取出宙轮，还给这个睁眼瞎子。睁眼瞎子忽然一下子坐了起来，侧耳一听，第五凌若感觉到动静，又有些害怕："你……你做什么？"

李鱼急道："噤声，有人来了。"

李鱼赶紧起来，向稻草堆后探头一瞧，就见一个个官兵，手持长枪，从那收割过的稻谷地里，间隔三步行一人，前后无数行列，徐徐而来，杀气盈霄。

李鱼大吃一惊："不好！出事了！快！快躲起来！"

第五凌若疑心道："什么人来了？"

李鱼道："官兵，大批的官兵。没空说了，快躲起来！"

第五凌若大喜，道："官兵来了怕什么？难不成你真是歹人？"

李鱼道："你懂个屁！没空说了！"李鱼一提第五凌若的胳膊，跟拎小鸡崽儿似的就把她拎了起来。第五凌若张嘴欲呼，李鱼眼疾手快，一把捂住了她的嘴巴，一头就往草堆里扎去。

这种情形，换了谁都要认为李鱼确有问题了，第五凌若更是视此为唯一逃命机会，拼命地挣扎，李鱼恼极，将她打横儿扛进了稻草堆，自己也往里一钻，沉声道："这里是太子的地盘，那些官兵是秦王的兵，你既然这么聪明，用屁股想，也该知道有问题。想死你就喊！"

李鱼说罢，松开捂着她嘴巴的手，用背顶着她的小肚子，往里胡乱地掏稻草堵塞洞口。第五凌若果然生疑："你……你这么说，是什么意思？"

李鱼道："我刚刚回去寻找失物，听到了一个不该知道的大秘密。他们定是发现了我的痕迹，赶来杀人灭口了。"李鱼说着，已经将洞口匆匆封好。

他用背顶着，又不敢太用力，免得将稻草堆顶开。第五凌若上身渐渐下滑，李鱼这时坐进来封好了洞口，结果第五凌若就头下脚上，横在了里面。

第五凌若感觉裙摆滑落，又气又羞："放我……起来，我的裙子……"

李鱼扭头看了一眼，两只白生生的秀气小脚丫就杵在自己脸颊边上。

李鱼低声道："想活命就别动，忍耐片刻！"

这时，就听外面有人高声禀报："将军，前方有一条小溪！"

旋即就听一个浑厚的声音道："继续搜索，一定要找到那人！"

这时又有一人大喝："草堆搜一搜！"

"喏！"随着这一声大喝，一支雪亮的长枪噗的一声插进了稻草堆，从第五凌若的两只脚中间插过去，紧贴着李鱼的脸颊，吓得李鱼两眼一突，眼珠子差点儿掉下来。

"嚓嚓嚓！"又是一连几枪刺进了稻草堆，李鱼和第五凌若亏得是一个坐着、一个倒着，有几枪刺得高了，险之又险地贴着他们的身子插了过去。

李鱼吓出一身冷汗，含胸收腹，尽可能收拢身体，这一下与第五凌若，可真个成了前胸贴后背。

第五凌若此时大头冲下，头歪扭着垫在稻草上，身子斜扬向空中，胸腹部贴着李鱼的后背，两腿叉开扬在空中，两只脚因为害怕，都微微有些蜷缩。而李鱼坐在地上，右肘抵在第五凌若的颊上，左手托举着洞顶塌下来的一蓬稻草。

这时又是一枪扎进来，李鱼身子猛地一颤，左臂肘一抬复又一沉，第五凌若马上就跟抽筋似的颤了两颤。

原来，李鱼左臂一沉，肘尖正抵在凌若姑娘胸前。第五凌若整个身子都僵了，她双腿抽筋似的抖颤，只是本能的自然反应，实际上她现在不但身子僵住了，连思维都僵住了。

被人轻薄若斯，虽说没有旁人看到，可也没法活了。洞中昏暗，无人看见，一抹赤红，不知从何处泛起，然后迅速地向上爬去，从脖颈、下巴、脸颊、额头，真的是一层层地浸染上去，直至第五凌若的整张脸赤红如血。

"我要杀了他，我一定要杀了他！"第五凌若哆哆嗦嗦地想。可惜她两只手现在都张开着，想探手去摸袖中的金钗刺他一下都办不到。

这时，李鱼的臂肘又轻轻地抖颤了两下，第五凌若这回真不能忍了，就算外边的士兵真是要杀人灭口的，她也宁可与李鱼同归于尽。

第五凌若张口就想大呼，只是方才受惊过甚，一时有些失声。不等她恢复声带功能，忽然感觉身上有些温热之感。这是……血？他受伤了？

第五凌若这才明白方才李鱼为何会身子一颤，原本半举的胳膊又为何会压在自己身上。其实，她所没有看到的是李鱼的应变之速。

李鱼被锋利的枪尖刺中了手腕，他忍痛不动，避免了被使枪的人察觉。但是在那士兵抽枪的一刹那，李鱼手腕一翻，抓起衣袖"追"了上去，将那枪尖用布裹着擦了一把。

那士兵只当是草堆受过雨，潮湿黏滞，并不多心，枪尖抽出，粗浅一看，依旧闪亮，未见血迹，当然不会认为刺中了人。若非李鱼这种应变的急智，就算他能忍着不呼疼，还是要被人发现的。

"嚓！"又是一枪刺来，角度还是差不多，但高低略有不同。

李鱼终于明白，外面并不是几个士卒在用枪刺探稻草堆中是否有人，而是一个个大兵行进过程中，顺手就往这里边刺上一枪，刚才受这几枪，也就意味着已经有几排士兵从稻草堆旁走了过去。

既然是这样，没用了！李鱼方才看得清楚，至少十多排的士兵，一定会有那么一枪是他绝对躲不过去的。既然早晚是死，与其这样恐惧地等着那枪不知从哪个方向刺来，是刺中他的眼睛还是嘴巴，莫如出去送死。

"我出去……"李鱼长长地吸了口气，用低哑的声音道，"你就躺在地上，一动不动，活的机会，尚有一线！看你福气吧！"

第五凌若呆住了，怔怔地"看"着眼前这个男人，由下而上地"仰视着"，如观一尊佛。

李鱼身子一倾，就要冲出去了，但是一声大喝，忽然把他定在了原地。

"有人！"

"在河那边，快追！"

大队的官兵迅速向小河冲去，毫不犹豫地冲下了河，向对岸扑去。

对岸与这边不同，这边是一片缓坡，坡上是沙土和鹅卵石，而对岸，是一片一人多高的立坡，坡上野草藤萝，垂蔓下来，汲于水中。

此时，张威张公子正趴在那野草藤萝中，探头向这边看来。

张公子一向垂涎第五凌若姑娘的美貌，再加上第五家境虽然平凡，其父却有功名，也算是清贵之家，而且第五姑娘随其父学习，精于术数之学，这可是最擅理财的贤内助啊。

张家做着许多生意，规模不大，却杂而广博，恰好需要这么一个可心称意又可靠的"大账房"，所以张威公子是很属意于她的。

因之，这一次第五姑娘被蛇咬了，余毒未清，双目失明，需要定时进城诊治拿药，张威就热情洋溢地抢过了这个差事，本想着先取悦了小姑娘，再顺势向其家里提亲，谁料偏偏遇上"太子谋反"。

张威逃了一阵，自觉当时有些太过惶恐了，也不知道第五姑娘下场如何，就算是死了吧，回去后总得向第五家有个交代啊。

于是，张威公子犹犹豫豫地又转了回来，可他到了河边，却又胆怯起来，迟疑地不敢过河，正拨开藤萝杂草观望这边动静，忽然看见大群官兵。

传说，狍子之所以被称为傻狍子，是因为它是一种好奇心奇重的生物，哪怕你一枪轰到它屁股底下，被它侥幸逃脱了，你都不用走，就在原地等着，这货觉得安全了以后，一定会急急忙忙赶回来，想看看究竟发生了什么事。

那是一种神奇的生物。张威公子也是！

张威是被扮贼的李鱼吓走的，可不知道这些官兵的来路，身为良民，看见官兵，自然不会畏惧，他刚刚站起来，想着过来向官兵们打听一下是否曾救下一位眼盲的姑娘，却不料那官兵一看见他，便是一声大吼，旋即就有人张弓搭箭向他射来。

张威公子吓了一跳，他本就胆小如鼠，马上转身飞逃。那些官兵接了严令，务必斩杀那个有可能窃听到了重要谈话的人，一瞧他出现的地点、出现的方式、逃跑的模样，马上认准了他，立即追了上去。

正路过稻草堆的士兵已经发现了目标，自然也不会穷极无聊，再去捅稻草堆一枪，立即争先恐后，向对岸扑去。

稻草堆中，正欲起身的李鱼呆住了，静了半晌，听周围动静，料想那些官兵已经全部离去，这才轻轻拨开一道缝隙。

结果，入目的是最后一批士兵，有的叠着罗汉，正把同伴搭上对岸，有的站在岸上，用枪杆将下边的同伴拉上去，然后一刻不停，喧喧嚷嚷地向远处追去。

李鱼也不晓得是哪位好汉恰好出现，救了他们一命，等那河沿下最后一批士兵都爬上去跑远了，这才拨开草丛，回头一看，第五凌若还大字形侧躺在稻草洞里，便没好气地道："还不出来！"

第五凌若似乎这时才察觉他已离开，急忙哦了一声，慌忙往外爬，行动之间，只觉下体湿黏，知道那是李鱼的血，一时倒不觉嫌弃，反而有些感动。

她从洞里爬出来，抿了抿唇，怯怯地道："你受伤了？"

李鱼向对岸张望了几下，又跑到稻草堆左右看看，再回来时，就见第五凌若跟一只小牝犬似的跪趴在地上，正小心翼翼地向面前一块泥土发问，李鱼的唇角忍不住抽了抽，道："我在这里！"

听见李鱼说话，第五凌若脸上一糗，好在本就一张精致的巴掌脸，绷带遮住了一半脸庞，只露出一张小巧的嘴巴、一只小巧的鼻子，有糗色也不至于被人看得清楚。

第五凌若听音站起，对李鱼道："我们现在怎么办？"

"走啊，难道在这儿等死？"李鱼一把拉过第五凌若，拔腿就走。第五凌若这回乖巧得很，乖乖跟着李鱼逃走。

秦琼的兵过河追去了，要逃只有三个方向，沿河向上游逃，沿河向下游逃，又或者向来时的路逃。李鱼想也不想，逃的正是来时的路，他仍不死心，想着要沿途找回他的宙轮。

"你……你是怎么发现我的啊？"第五凌若一边被他牵着手逃，一边期期艾艾地问。对一个自诩精明的小姑娘来说，轻易被人识破阴谋，是件很丢脸的事情。

李鱼道："很简单啊，你眼睛不管用，居然可以逃得无影无踪？一个瞎子试探着走向河水，一定会非常小心，一步步挪着前行，怎么可能在慌乱中弃下一只鞋子？再说，你从利州来，并不熟悉这里的地形，你知道那河水是深是浅，居然敢下河？"

第五凌若听了大为气馁："我……以为自己想得很精细了，想不到……居然漏洞百出。"

李鱼一边抻着脖子，在自己已经搜过一遍的路上继续不死心地搜寻着，一边咳嗽一声，道："当然，这只是我发现你藏在稻草堆里以后反推出来的。"

第五凌若大为诧异："反推出来的？"她精于术数之学，反推的意思她是明白的，但她不明白的是，李鱼如何获得了结果，继而反推出了这些疑点。

李鱼道："如果你能看到对岸的情形，就会明白，我为什么知道你没逃进河里。"

第五凌若虚心求教："我现在看不见东西，为什么？"

李鱼道："对岸，是一人多高的陡立土坡，没人帮忙，就算是我，也爬不上去，你怎么可能上得去？所以，你还莫如什么踪迹都不留下，说不定我会怀疑你沿河溜走了，你刻意制造过河的假象，反而让我一眼看穿。"

第五凌若大为懊恼："原来是这样……"继而一想，原来不是她太蠢，是因为她此刻患有眼疾，看不清东西，导致做出了错误的计划，倒是有些开心起来。

"嗯！"第五凌若闷哼一声，细嫩的脚掌踩在地上，有些敏感和微痛，虽然都是土路，但并不平坦，而她一双雪白纤秀的脚，脚掌幼嫩，又不是常常下地劳作的妇人，脚上有硬茧保护，走起来极不舒服。但第五凌若性子很要强，始终没有呼痛叫苦。

李鱼的步伐很快，只是照顾她眼盲，所以走得较慢，但是随着她的速度不断减慢，李鱼便有些不耐烦了。他扭头看了第五凌若一眼，刚要说话，注意到她白生生一双脚儿，是赤裸着踩在地上。

因为怕硌碰时的痛楚感，她微微踮着脚尖，在努力跟上自己的速度，李鱼到了嘴边的话又咽了回去。

"来，我背你吧！"李鱼拉住第五凌若，第五凌若想起刚刚在他背上的窘态，忸怩道："我……我能走。"

"快上来，少说废话！"李鱼弯腰于前，在她大腿上拍了一巴掌，第五凌若乖乖地向前一扶，双手搭住了他的肩膀，李鱼双手一托第五凌若的大腿，就把她背了起来。

"第……二次被他背着呢。"少女的关注点永远有些特别，只有触动她心思的东西，才是她最关心的。李鱼在抻着脖子一边走一边扫视着路面，寻找着宙轮，而第五凌若双手搭在他的肩上，却是浮想联翩。

"好宽的肩膀，他一定很有力。"

"声音这么清朗，长得一定不难看。"

"看他迈步这么矫健，跟我家那头大骡子似的，双腿也一定很强壮。"

"啊！他的手臂受伤了，都没包扎……"

第五凌若有心探手去摸他托着自己身体的手臂，但又怕碰痛了他，犹豫了一下，还是放弃。

"记忆里好像只有小时候被父亲背着，逛过一次花灯呢。"第五凌若悠悠地想着，一种安全感油然而生。沉默了片刻，她忍不住道："方才，真是对不起，我……把你当成了坏人。"

李鱼一边左顾右盼，一边随口答道："没什么，好女孩，就该为人谨慎，轻易就相信一个人，是要吃亏的。何况你不能视物，就更该小心。对了，你的眼睛，还能治好吗？"

"是啊是啊，我是不小心被一条毒蛇咬了，然后……"第五凌若的脑筋转得很快，可想说余毒未清，忽然记起自己曾说自己是远从利州来的，若说是余毒未清，在当地救治就好。如果说当地治不了，那么这路远迢迢，等她赶来长安，那余毒早沁入骨髓了，还谈什么祛除。

所以，第五凌若马上改口："惊慌之下，逃跑时绊了一跤，伤了脑袋。蛇毒是清除了，可眼睛却因此受伤。其实我现在也不是完全看不见，只是只能看很近很近的东西，眼神很弱，所以来长安寻访名医。"

"原来如此。"

第五凌若在他背上悄悄地吐了吐舌头："总算瞒过去了。"

不过，连她自己都没意识到，为什么要向李鱼解释这么多，怕他真把自己当成了治不好的瞎子？他又不是上门求亲的，跟他解释这么多干吗。

"方才弃你而去的那个男人……不是你家兄长吧？"

"不要提那个浑蛋！"

一听他提起张威，小姑娘立即满腔怒气："他是我家邻居，总是向我献殷勤，人家觉得他长得不难看，为人也礼貌，还读过书，谁知道却是个懦夫，胆小如鼠，真是可恶！"

李鱼打个哈哈，道："第一先说长相，你们女人哪，就这么在乎长相？我跟你讲，找男人，要讲究内涵。长相那东西，靠不住的。就算他英俊得一塌糊涂，同床共枕两个月，也就司空见惯了。要长相厮守，靠的可不是这个。"

第五凌若趁机道："你这么说，是不是因为你长得很丑？"

"只是相对于我的美貌，我的内涵尤其突出。"李鱼虽在忙于寻找他的宙轮，也不忘替自己吹嘘一把。好胜心对少男来说，一样是种本能。

第五凌若小大人似的叹了口气："我现在看不见东西，只能体会你的内涵了。"

李鱼负着第五凌若向前走，左顾右盼，第五凌若等了一会儿，不见李鱼接口，忍不住道："你不问我，有没有体会到你的内涵吗？"

李鱼道："你体会到什么了？"

"你这人，挺男人的！身子也很壮！嗯……暂时就这么多。"

第五凌若说到壮，趁机手上加了把力，捏了捏李鱼结实有力的肩膀。咳，谁说只有男人会揩女人的油，其实女人对男人英俊的脸蛋、壮硕的胸肌、有力的臂膀，一样有兴趣。

但是第五凌若这一捏，就察觉了李鱼前探的动作，顿时敏感地问道："你在找什么？"

李鱼道："找我遗落的那件东西。"

第五凌若吃了一惊："你疯啦，那东西就这么重要？不赶紧逃命，还在找？"

李鱼道："我必须得找到它，如果不然……我就再也回不去我的故乡，也见不到……我想见的人。"

"怎么会……"第五凌若实在想不通一个腕饰，就算是家传的，怎么就能决定他去哪儿，见到什么人。不过，她本来听说李鱼在找这东西，又已确认他是个好人，都想交出来了，听了这话，却又悄悄地打消了主意。

"他找到那个腕饰就要走了吗？也是，长安现在这么乱，他一个外乡人，怎么会愿意待在这里。不过……怎么也该等我眼睛好了，让我看看你的样子吧。"

第五凌若捏了捏卷在她衣带中的宙轮，悄悄地想。

第十七章

前缘

　　长安城外，近官道处，一片榆树林中。李鱼和第五凌若坐在地上，大口喘息了半天，这才调匀了呼吸。

　　两人一路寻找，连方才来不及寻找的一段路面也看过了，依旧没有宙轮的踪影。

　　李鱼一时万念俱灰，但至少人还活着，总不能就此自暴自弃。何况身边还跟着一只小拖油瓶，以李鱼的性格，没有就此弃之不理的道理，所以强忍焦灼的心情，想着先寻一安全所在，再做打算。

　　结果，两人先是在逃跑的乱民之后，碰到了一伙城中出来的官兵，两人蹲在路旁庄稼地里，未等判断出这些人是否安全，秦叔宝就领兵杀过来了。他们的意图就是把太子的势力"软禁"在城中，阻止其进一步扩大。

　　秦叔宝已经宰了那个偷听者，那厮身材修长，两条长腿，倒是真能跑。但他腿再快，也快不过弓箭，已经被乱箭射得刺猬一般。了却了这件心腹大事，一群人便又杀回长安城附近，暗中游弋阻击。

　　李鱼怕成为池鱼，只好拉着第五凌若继续逃命，到了这片榆树林深处才算歇息下来。

　　"我……我们……为什么……要进城啊？"第五凌若娇喘连连，声音还有些停顿。

李鱼道："兔子不吃窝边草！太子不管反没反，是不会坐视自己的大本营一团糟的。所以，眼下要说安全，还是城里最安全。"

第五凌若很是不服："那还有这么多的百姓往外跑？"

李鱼道："战乱一起，百姓们哪想得到那么多？再说，如果这战事持久的话，那么守在城中就会苦不堪言了，所以及早避之，确是上策，不过……"

李鱼向远处高大的城墙望了一眼，轻轻地道："这场乱局，绝不会持久。不会出现封门守城，粮食耗尽，城中居民易子而食的惨剧的。"

第五凌若撇撇嘴，她是聪明人，所以很看不惯有人在她面前扮神机妙算相，不过……谁叫自己现在依赖于他呢，在人屋檐下，怎能不低头的道理，她也懂。

其实，第五凌若此时已经相信李鱼是好人，也想对他说出实情了。但是，说出实情，他会不会因为自己一再的不信任拂袖而去？再说，第五凌若的家距城数十里，来时是乘的车，但是因为战乱，张威携她弃车而走，此时无论如何是不能靠着双腿走回家去的。

而城中那位郎中，是她的一位远房表叔，多少沾亲带故，平时不便寄宿其家，此时若要求助，对方还是会应允的，所以如果李鱼判断无误，进城也未必不妥。想到这里，第五凌若便默认了李鱼的主张。

第五凌若道："可是现在城内城外杀得厉害，咱们怎么进城？"

李鱼道："放心，城里不知道城外情形，不会一直派兵出来。而城外的游骑志在堵截城内的兵，也不会胡乱对逃难的小民下手。这一仗打完，双方一定会撤离战场，我们便可趁隙进城。"

李鱼说到这里，又复站起："时间差不多了，你老实待在这里，我去看看情形。"说罢，起身就走。

第五凌若纳罕地扬起下巴，道："你放心留我在这里？你不怕我又逃掉？"

李鱼头都没回："我救你一次，就仁至义尽了，何况是两次了。再一再二不可再三再四，你又不是我老婆，想要作死的话，我管你死不死！"

"这个瞎子！"第五凌若仰着小脸，风中凌乱，"这个睁眼瞎子！嗯……一定是布匹包住了脸庞，他看不到我的美貌。本姑娘的姿容，迷倒多少年少……"

不过，第五凌若虽然自恋，却不自负，想到这里，又长长叹了口气，耷拉下了肩膀。生死关头，谁管你美不美啊，拖着她这么个累赘，换谁也是性命要紧啊，张威迷她迷得神魂颠倒，生死关头，还不是弃她而去？唉，英雄气短，美人……也气短啊！

李鱼去了不过片刻，就匆匆赶回来了，兴冲冲地道："快！双方大战结束了，趁这间隙，咱们赶快上路。"

第五凌若听了也是一喜，下意识地伸出小手，被李鱼一把握住，将她牵了起来。二人从林中穿过，重新回到路边，李鱼再度打量一番，就见地上尸横处处，有官兵，也有被殃及的百姓，路上已经不见行人。

第五凌若看不见，紧张地侧耳听着，问道："怎么样？"

李鱼道："没有人，可以上路。等一下！"

第五凌若刚要起身，闻言又是一愣："怎么？"

李鱼道："此时进城，我固然安全，你却未必。"

第五凌若一呆："这是何道理？"

李鱼道："我是男人，你是女人，而且看起来蛮漂亮的。战乱一起，法度全无，那些官兵手中有刀枪，难免为所欲为，天知道谁会打你主意，到时我如何护得你周全？"

第五凌若一听大喜：这个瞎子，怎么发现我的美貌了。不过……此时看来，美貌确实成了累赘。她是李鱼的累赘，美貌是她的累赘，可她此时离不开李鱼，而若让美貌离开她……毋宁死！

第五凌若急急一想，欣然道："我有办法了！"

李鱼大喜："什么办法？"

第五凌若道："我弄些淤泥，把脸涂脏了如何？"

李鱼嘴角抽了一抽，道："这等想当然的主意，就是你的好办法？眉眼五官、身材体态，人家全看得到，涂了泥，谁都看得出那不是本来肤色，能唬人吗？"

第五凌若焦急起来："那怎么办？"

李鱼眼珠一转，道："扮男人！"

第五凌若一呆，讶然道："扮男人？"

李鱼说到就做，道："你别动，等我一下，我去去就来！"

第五凌若哎了一声，李鱼已飞快地跑开。

第五凌若侧着脑袋，警觉地倾听着，可也听不到什么声息。

李鱼寻到一个身高胖瘦与第五凌若相仿的少年，那少年被人打破了头，当即就倒地毙命了，衣服不曾玷污。李鱼迅速扒了他的衣裳，土拨鼠似的左右看看，大道上没有行人，忙又溜了回来。

"快，这是一套少年人的衣裳，你快换上。喏，就一件外袍，你的里衬内衣注意掩饰一下。"

衣服被塞进手中，第五凌若待着没动。

李鱼焦急催促道："快呀，还犹豫什么？"

第五凌若期期艾艾地道："你……你不走开，我怎么换？"

李鱼翻了个大大的白眼儿，懒得与她分辩，便道："好，那边有片灌木，我先躲去后边，你换好了叫我！"李鱼一边说，一边原地踏步，脚步渐渐放轻，直至没有了声息。

第五凌若侧耳听着，待听不到声音了，轻轻咬了咬嘴唇，还是宽解起了衣带。李鱼就在旁边看着，却不知她那衣带中就藏着他求之不得的宙轮。

第五凌若内里一身雪白的小衣，其实肌肤露不了多少，只是体态更加明显，说她体态曼妙吧，还带着些少女的稚嫩清纯。说她尚未长开吧，但长腿细腰、翘臀酥胸，又初见规模。那种少女和成年女性相间的美丽味道十分诱人。

第五凌若宽去了外衣，摸索着又拿起腰带，将小衣系住。方才举臂脱袍时，小衣向上一滑，性感香脐也是若隐若现，小蛮腰颇为诱惑，这时衣带一系，却再无春光乍泄了。

她把头发打开，梳了个马尾头，钗子自然是揣了起来，然后第五凌若又摸索着拿起李鱼给她的那件男式外袍，小心地穿起，这儿抻一抻，那儿拽一拽，习惯性地整理着妆容。

李鱼等啊等啊，实在忍无可忍了，忍不住道："成了，不用收拾了，邋遢些更好！"

第五凌若一声尖叫，下意识地双臂抱胸，惊骇道："你……你根本没走？"

李鱼翻个白眼儿道："没长开的小雏儿，有什么好看的？我都懒得看，别太当回事儿啊。"

"你……你……"第五凌若又羞又气，娇躯发抖，"你怎么这么贱啊！"

李鱼心情正糟，也没好口气给她："我就这么贱，你要不要跟我走呢？我跟你说，你再捯饬下去，打扮得太漂亮了，万一碰上个喜欢兔爷儿的，你就要倒霉了，到时我也救不了你。"

第五凌若俏脸发烫，听声辨位，飞起一脚："无耻，你怎么就这么贱！哎哎哎……你干什么？"

李鱼眼疾手快，一把抄住了她的足踝，顺势抱起第五凌若迈步就走。第五凌若被他一抱，登时心中如小鹿乱撞，整个人蜷在他怀中，害怕地道："你快放开我，我要喊了。"

"你喊个屁呀，这儿一个活人都没有，你喊破喉咙，也不会有人来的。"李鱼说着，把她抱上大路，往地上一蹾，没好气地道，"用不用我牵着？"

第五凌若讶异道："没人？那我这衣服……"

李鱼道："死人身上扒来的啊！"

"啊！"第五凌若又是一声尖叫，本来通红的小脸瞬间雪白，急急地就要把衣服脱掉。

李鱼道："脱吧，最好把内衣也脱掉，光天化日之下，光不溜秋的，那才好看。"

第五凌若马上停手，气得哆嗦："你……你好贱！"

经这一番逗弄，李鱼郁闷的心情好转许多，虽然知道她看不见，还是下意识地向她扮了个鬼脸："就冲你贱！"

这句话一出口，李鱼突然一呆，阳光之下，看着那张羞窘难堪的面孔，突然有种天旋地转的感觉：难道……难道……她是她？

李鱼紧紧地盯着第五凌若，可此时的第五凌若蒙着双眼，只露出鼻子、嘴巴，再加上女大十八变，十年后的第五凌若是明艳妩媚的轻熟女模样，此时这般看着，实在是连轮廓都无从比较。

李鱼定定地看她半晌，才轻轻一牵她的手，道："走吧。"

第五凌若跟着李鱼的脚步乖巧地向前走去，二人贴着路边，以便碰到乱军时可以及时避入树林或庄稼地里。第五凌若忐忑不安地道："真不用把脸涂黑吗？"

李鱼道："泥巴也好，炭灰也罢，涂在脸上，与肤色相去甚远，人家一看就知道做了手脚，反而更引人注意。"

"哦！"既然确认了李鱼不是坏人，第五凌若就配合得很，乖乖地答应了一声。

李鱼走着走着，突然道："站住！"

第五凌若一阵紧张，赶紧站定，问道："怎么了？"

李鱼沉声道："远处有一队人马来了，尚不知其身份，凌若姑娘，快去林中暂避。"

第五凌若焦急地道："林子在哪儿？我不能视物，你不带我……"

第五凌若说到这里，声音突地戛然而止，沉默片刻，才气极地道："你诓我？"

李鱼喃喃地道："果然是你！"

第五凌若警惕地把手抽回来，看向李鱼的方向："你究竟是谁，为什么知道我的名字？"

"第五……凌若？"

第五凌若抿着小小的嘴巴，一言不发。

李鱼长长地嘘了口气："果然是你。"

第五凌若双拳紧握，显得非常紧张："你究竟是谁，为什么知道我的名字？"

李鱼苦涩地笑了笑，道："因为我……"

说到这里时，李鱼心中一片惘然：宙轮丢了，他将再无可能直接回到十年之后，好在那是一个并不遥远的未来，所以他能数着日子一天天地熬，直到那一天。

但不幸的也正在于那不是一个遥远的未来，所以他将亲眼看着曾经属于他的一切，与他结下情缘的人，在无知无觉中与他形同陌路。

如果不能回去，告诉第五凌若未来的事，除了被她当成疯子，还有什么意义？现在的他，的确不是李鱼，此时此刻的利州，正有一个李鱼在那里，所以偶然进入了这个时空的他，既是他，也不是他，这种错乱，让他的思绪也混乱起来。

许久许久，李鱼才轻轻地道："因为……我也不是来自江南的人。"

"我就知道！"第五凌若唇儿微微一翘，小有得意，"你的口音根本不像江南人氏，你也是住在长安附近的人？你曾经见过我？你知道我的名字，是打听过我，还是就住在我们镇上啊？"

李鱼看着小嘴吧吧吧的第五凌若，心中百感交集，难怪我遇到她的时候，她像见了鬼似的，还搜我的身，难道……我和她真的曾经有过一段情？

想到这里，李鱼心中忽地灵光一现：如果我曾和她有过一段情，那无疑就是这一次了，从时间上来说，也恰是十年前。在未来的世界我不认识她，是因为那时我还不曾来到这个时点，而她却是从这个时点一步步走过去的，直到十年后。

那么，我在这次遇刺，时光倒流，来到现在后，究竟发生了什么？按照她十年后的说法，我后来会离开她，从此再未相见，据说死了，那我是真的死了，还是又消失了？

我究竟去了哪里？是重新回到未来，还是又进入时空乱流，到了什么其他时代？不管是到了哪里，只要我不是死了，那就说明……

我还会找到宙轮？这样的话，只要宙轮在手，我早晚会弄清楚它的奥秘，回到正确的时间。只要我能回到十年后，时间比我遇刺时早上半个时辰，我就可以改写未来！想到这里，李鱼眼中不禁放出光来。

第五凌若还在发挥着她的想象力，不断地询问着："你多大啦，是种田的还是读书的？你家离我家近吗？你真的叫杨冰？你既然认得我，为什么刚刚要骗我说你从江南来？"

这个话痨似的第五凌若，就是十年后那位犀利、冷静、干脆、寡言的霸道女人？她这十年，经历了些什么啊，让一个这么活泼、开朗、纯真的女孩子变成那副模样？

李鱼感慨完了，才忽然心虚地意识到，貌似她的改变正与自己有关。

"这些事呢，一言难尽，其中有些关节，我就算说给你听，你也不会信的。以后有时间，我再慢慢说给你听，这里不是说话的地方，我们先离开。"

李鱼打断了第五凌若的"聒噪"，但语气却没有之前的不耐烦，很温柔。

一个如此活泼开朗的女子，如果真的是因为他，在未来的漫长岁月中，变成一个沉默寡言的女人，因为他，荒废了人生中无比美好珍贵的十年，李鱼如何不觉亏欠良多。

李鱼突然温柔起来的语气，倒让习惯了李鱼的不耐烦、嘲讽、欺骗，甚至动手打人的恶劣态度的第五凌若有些受宠若惊起来，她乖乖地伸出小手，李鱼握住她的手，只觉柔荑滑腻，酥若无骨，十指纤细……

也许是因为心境的变化，牵手牵了一路，背过她、抱过她，还把她当成靠枕，粗暴地头下脚上地扛进稻草洞里的他，头一次感觉到，她是一个很可爱的女孩子。

"道路不平，跟着我走，让你抬腿就抬腿，绕路就绕路。"

其实都城外的官道路况还好，只是地上时不时就会横着一具尸体，李鱼自己都看得心惊肉跳，照实说怕吓着她，所以委婉地找了个理由。

不过，第五凌若目不视物，有时反应难免慢一些，当她的足尖偶然触到一具尸体的时候，还是明白了过来。

"他怕我吓到……这家伙，怎么会突然对我好起来了，莫不是因为被我拆穿了他的真面目？他知道我的名字，之前没认出来，应该是因为我脸上缠了绷布，一时眼拙。那么，他真的是住在附近的人了？或者，去过我们镇子，也许他有亲戚住那儿。我的闺名又没贴在额头，他居然知道，应该是特意打听过我……"

这样想着，小姑娘又开始沾沾自喜起来。

不要怪她自恋，实在是因为第五凌若天生貌美，追随者众。从她十一岁起，媒人就接踵而来，如今四年的工夫，她家的门槛真的是踏坏了三个，这种情况下，小姑娘难免对自己的美貌极度自信。

李鱼牵着第五凌若的手一路走，不时也扭头看向她。此时的第五凌若，绷带缠去了一半的脸庞，尤其是一双妖媚动人的眼睛。只看得到小巧的鼻子和嘴巴，看起来很乖巧，也很秀气，与他十年后所见的那个人，实在是有天壤之别。

"我和她，真的有过一段情？叫她刻骨铭心，十年不移？那……我会在这个时空待多久？"李鱼这样一想，心情又坏了。李鱼又开始患得患失起来。

到了城门附近，李鱼谨慎地拉着第五凌若先躲在一边观察。在李鱼观察城门的时候，第五凌若则低着头，小脚丫在靴子里前前后后地挪着，寻找着更舒服的位置。

靴子，是李鱼的。李鱼走到半路，才发现第五凌若还光着一对小脚丫，路上倒是有鞋子，但是与第五凌若一说，她却宁愿光着脚。

身上穿了死人的衣服，好歹还不是直接贴肉的，可若直接穿在脚上，想一想她鸡皮疙瘩都要起来了。最后，在第五凌若的娇声央求下，李鱼很爽快地就答应了换鞋。

李鱼扒了一双靴子，自己穿上，把自己的靴子换给了第五凌若。穿上李鱼的靴子，虽然那也是别人穿过的，而且还是个男人，但第五凌若的抗拒心理却奇妙地弱了许多。只不过，李鱼的脚比她的大了好多，穿上他的靴子，不晃荡才怪。

城门口当然有官兵把守，不过进出并未受禁。因为太子李建成惊慌失措，现在主要是做出防范姿态，以及从附近城镇募兵募粮，其他的完全顾不上。

而原本留守长安的官府班子大多都撂了挑子，保持中立，所以长安的行政建制实际上处于瘫痪状态，城门口的税吏税丁都不见了踪影，守城的官兵实际上起的是瞭望哨的作用。

李鱼仔细观察了半晌，确认安全，这才轻轻一拉第五凌若的小手，低声道："没问题，跟我进城！"

于是，第五凌若就穿着李鱼的靴子，由他牵着手儿，仿佛一个十一二岁的半大男孩子，啪嗒啪嗒地跟着他向城门走去。

城门的守卒根本无心检查进入城门的人，他们挂着枪站在城门两侧，主要是防范有人闹事。同时，城头有瞭望哨，一旦发现有大股武装进袭，就会马上通知城下的这些守卒，驱开乱民，关闭城门。

李鱼和第五凌若都是男人打扮，仿佛一对兄弟，二人顺利地进了金光门。

进了城门前行不远，就看到了西市的大门牌楼。这里，从隋朝时候就有了，其规模原本就这么大，隋末乱世，坊市萧条，在李世民主政期间，它才渐渐恢复过来。

此时的西市，当然不及十年后繁华，大隋刚亡了没多久，李渊控制长安城也没多久，尚在恢复期，西市里许多店铺犹在，但都是门扉紧闭，蛛网纠缠，早已是人去室空。

再加上当下这种情形，谁还有胆子出来购物，所以大街上只有乱糟糟没头苍蝇一般乱窜的小民，而西市大门处则更为凋零，只有一些商家匆匆裹挟了细软，从里边逃出来。

李鱼往西市里深深地望了一眼，那种感觉，非常奇妙。对他来说，才从那里离开了不过半日而已，但是此时此刻，却是物是人非。

第五凌若感觉到李鱼驻足不动，似乎有些彷徨，便轻轻牵了牵他的衣角，道："怎么啦？"

李鱼道："你……说的那家医馆，在哪里？"

第五凌若呆了一呆，讷讷道："每回，都是家里人送我来的，这一次是张……威自告奋勇。我其实都是坐车到医馆门口，没打听过他住哪儿。哦！对了，我想起来了！"

李鱼大喜："想起来了，快说。"

第五凌若道："那位郎中，姓康，听声音，大概有六十多了。"

李鱼顿时木然。

第五凌若期期艾艾地道："这信息是不是没什么用？"

李鱼干咳两声道："凌若姑娘，我觉得，我们现在是没机会找到那位郎中了。这城里虽比城外安全，可也难免有人趁火打劫，我们得先找个地方藏身，保证安全才行。你放心，这乱象不会持续多久，我估计最多三五日，就一定会平息。"

第五凌若道："哦！那我们去哪里借宿？"

李鱼摸摸腰间，今天本打算逃出长安城，去三里溪与老娘、吉祥她们会合的，身上揣了钱，心里顿时踏实下来。

李鱼道："此时若寻人家投宿，恐怕少有人敢收留。不过，我记得西市里有两家客栈，咱们去那儿投宿如何？"

"嗯，反正我也看不见，就听你的好了。"

第五凌若抿了抿嘴唇，不放心地又跟上了一句："我知道，你是好人。"

李鱼忍不住又白了她一眼："行啦，我要是对你有歹意，早在榆树林子里就把你办了。走!"

李鱼一说"走",第五凌若就条件反射般地抬起了手,李鱼很自然地牵过这手,第五凌若就啪嗒啪嗒地跟着他走进了西市的大门。

西市中,就在东篱下的对面,便有两家客栈。这两家客栈,也是历史悠久,历经三朝了。其中一家叫"归来",另一家叫"悦来"。

此时长安虽乱,可这兼做饭馆的两家客栈却仍开着张,而且生意极其兴旺。这时这两家客栈,都是西市王曹韦陀的私产,整个西市"大打烊",就只这两处产业还有进账,曹韦陀对这里便显得尤为重视,特意派了新近投靠他的常剑南率三百老军,保护这两家客栈的安全。

当然,防范的只是趁火打劫的小贼强盗,如果是官兵来了,那还是宁可破财消灾的。

曹韦陀亲自带人巡视归来客栈,走了一圈儿,趁人不备,手下人四下一散,守住了二楼门户,曹韦陀悠闲的身影顿时一闪,掠进了一处客房。那客房中只坐了一个人,面前一杯茶,茶杯已空,静坐无言,直到曹韦陀进来,这才倏然抬头。

曹韦陀长长地嘘了口气,上下打量那人,缓缓地道:"足下究系何人,为何要见曹某?"

"你能稳坐西市,所仗何人,我就是何人所派!我,姓封!"来人是个二十多岁的年轻秀士,但神情恬淡,谈吐内敛,比同龄人更成熟。

曹韦陀神情一讶,回头凝望了一眼跟随的近侍,用眼神命他们守在门外,然后迅速拉上了障子门,快步走上前去,在几案前跪坐下来。

"你是封老的人?眼下究竟出了什么事啊,太子募兵募粮,坊间都在传说太子谋反……"

"那是一计,陷杀太子的一计!"封秀士截断了曹韦陀的话,"我这次回来,就是想面见太子,把内中情由详细禀上,请太子切勿上当。太子此时惧怕不已,所作所为,看在皇帝眼中,却俨然与谋反无疑了,如此下去,便是倾黄河之水,也再洗不清,奸人奸谋,便要得逞了。"

曹韦陀又是一呆:"要见太子?那你为何来到西市?"

封秀士嘴角微微一撇,哂笑道:"太子此时如惊弓之鸟,而明里暗里,不知有多少人正盯着他,看他的一举一动,盯他的把柄漏洞,甚而,他身边有没有秦王的人,也不清楚。我便直接登门投贴,说要求见?一旦事情败露,或是被人认出我的身份，我家主如何自处？"

听这人语气，显然是太子一派的人。既然是太子一派的人，相助太子，理所当然，又何必怕人知道他的身份？那是因为，这个人，眼下是天策府的人，也就是秦王李世民的人。

这个人，就是封德彝。封德彝，是天生反骨者中的佼佼者，内间里的高手。他出身于渤海封氏，乃北齐太保封隆之之孙，隋朝通州刺史封子绣之子。此人早年曾经是杨素的幕僚。隋炀帝时，受到虞世基倚重，江都之变后，又投靠了宇文化及。

宇文化及兵败后，封德彝又投了李渊，渐获李渊信任，官至中书令，封密国公。秦王李世民渐渐势大后，他又投靠李世民，成了天策府一员，但又暗中维护太子李建成，在二人之间摇摆不定。

以眼下情形来说，就是如此。一方面，太子李建成已火烧眉毛，而熟知李世民阴谋的他，是避免李建成中计的关键人物，这个忙帮上，只要太子因此保住了储君之位，那对他来说，就是天大之功，来日天策府的人就算死光了，他也会继续飞黄腾达，所以这份功劳，他不舍得放弃。

但另一方面，饶是情形如此紧迫，他依旧视自保为第一。不派最亲信最心腹最可靠的人去办这件事，他不放心。派了这样的人去，他又担心在求见过程中，被有心人发现这心腹是他的人，或通过其他蛛丝马迹捕捉到他这个幕后主使，所以慎之又慎，为此绕了好大一个圈子，找上了受他扶持之恩的曹韦陀。

曹韦陀恍然大悟，道："你是希望我去求见太子？这……彼此地位悬殊，我又如何能见到太子？"

封秀士淡淡一笑，道："太子现在如惊弓之鸟，有人馈以钱粮，有人趋之往附，对他而言，都是一个极大的安慰。所以，你只要携重金去见太子，太子安有不见之理？而我，将扮成你的随从，如此，最是安全不过。"

"安全？你安全了，我呢？"

曹韦陀暗暗思忖："如果太子稳住还好，如果太子这次完蛋了，我去投靠太子，秦王一旦上位，岂能饶得了我？就算他大人大量，不与我一般见识，他手下的人巴结上峰，出手只会比他更狠。"

封秀士见他沉吟犹豫，微微一哂，道："你担心什么？若非我家主一手扶持，你安有今日，稳坐西市，日进斗金？此时此刻，就是你当思回报的时候了！你放心，太子若是成事，你便有从龙之功！太子若是败了……"

封秀士微微倾身向前，沉声道："我封氏家主在天策府中颇受重用，来日若是有人寻你麻烦，我家主只消说一句'此人只是商贾本性，趋吉避凶而已，不足为患'，试问，谁还会找你麻烦？"

封秀士盯着他，继续道："曹韦陀，此时该是你有所担当的时候了。你坐上这西市之主的位子，才不过一年有半，如果失去我封氏的支持，呵呵，只怕群狼环伺之下，用不了多久，你就得被人啃得骨头都不剩。"

曹韦陀一听，强笑道："曹某受人大恩，自当图报。我不是胆怯犹豫，只是在考虑，如何进行此事。"

封秀士道："事不宜迟，须得尽快决定！"

曹韦陀点头道："我明白了！我在此处，不便久留。我这就回府准备，一俟联系妥当，便派人来，将你混入其中与我会合，带你去见太子。"

封秀士喜上眉梢："好！尽快准备去见太子的见面礼，希望今天就能完成！"

两下说罢，曹韦陀当即起身告辞。

曹韦陀匆匆下楼的时候，一对逃难的"兄弟"刚刚入住归来客栈。其实客栈已经客满了，因为长安一乱，很多行商都选择在此避祸。

但是，在李鱼摸出一片金叶子，并说最多只住三天的时候，店主就有些动心了。在李鱼又追加了一片金叶子后，店主就招呼几个伙计让出了他们的住处，叫他们卷起铺盖，晚上在大堂打地铺。

这是一间四个伙计合住的房间，小得很，没有窗，房间比较昏暗，通气也不好。一铺大通铺，只比寻常的大床再阔上几分而已。

第五凌若摸索着在炕沿儿上坐下，忧心忡忡："晚上要跟他一个炕头睡觉吗？就算他是好人，毕竟血气方刚，孤男寡女，夜深人静，万一对我动了心思，可怎么办，毕竟我这么美。哎呀，糟糕，跟他一个大男人同房，我晚上怎么起夜，就算有隔断挡着，被他听见声音也实实地羞死了。真想赶紧脱了这死人衣服，可……穿着小衣如何见人？在这儿住几天，怎么沐浴啊……"

第五凌若很操心于一些不切实际的事情，而李鱼就实际得多了，他摸摸肚子，对第五凌若道："你且休息一下，我去弄点吃的。"

方才第五凌若也听见了，店里存粮不多，而城中一乱，粮价又涨了，那吝啬的店主说是奉了他那吝啬的店东的吩咐，只管住宿与人身安全，不再负责店中客人的饮食，李鱼只能出去自己找吃的。

此时第五凌若目不视物，李鱼已经成了她唯一的依靠，一听他要出去，下意识地有些紧张，道："外边兵荒马乱的，能找到吃的吗？"

李鱼依旧信心十足："你放心，这场乱子绝不会持续太久。至于吃的，凡是用钱能够解决的问题，就不是问题！"

"凡是用钱能够解决的问题，对我来说，都是大问题！"

曹韦陀愁眉苦脸地对他的大账房说："前任挥霍铺张，留下的家底不多。我刚刚上位，四下打点，到处奉迎，这笔开销也不小。常剑南自投靠了我，对我稳定权位倒是帮助很大，可他那三百口人，吃喝拉撒，一样得我花钱。这几天城中大乱，生意做不得了，损失又是不可计量。去见太子，这捐赠少了拿不出手，多了……那得花多少钱啊？"

不是每个有钱人都大方，有些有钱人比普通人还要吝啬百倍。

曹韦陀恰恰就是这样一个人，让他以投靠太子的名义为封秀士制造接近太子的机会，对封氏来说，确实是再稳妥不过，但是对曹韦陀来说，却是需要他承担一定风险的。

而这位西市王，不但吝啬，胆魄气度也不成。他太精于算计，对自己个人利益得失看得很重。算计得太多，格局如何大得起来。他选择的大账房，自然是与他气味相投的，同样是一个收钱眉开眼笑、花一文钱都觉得肉疼的主儿。

大账房咂巴了一下嘴儿，道："老大，咱们对封家的倚重太大，封家的交代，不能不办。不过，咱们也不能不考虑咱们的得失。老大出面本就不合适，以巨资捐赠以求接见，这损失也太大，其实我们可以另想办法的，只要能让他见到太子，不就成了吗？"

曹韦陀道："什么办法？他还一再叮嘱我，要尽快办妥此事，最好今天就带他去见太子。"

大账房微笑道："便拖上两日，他又不知道老大你未尽全力，有什么关系？我想，莫如这样，就按他说的办法做，但不能大张旗鼓。我们可以找太子身边的亲近幕僚，在他们身上，就不用花那么多钱了。而如此去见太子，也就避免了投靠的风险，只是西市大贾在战乱之际，抱大腿以求自保罢了。如此这般，就算来日太子垮了，秦王知道此事，也不会觉得此事有多严重。"

曹韦陀道："不错，还是如此妥当。你认识太子府的人吗？"

大账房道："这一年多来，咱们也交下了不少官员，此中总会有人与东宫僚属有来往的，我马上去办。"

曹韦陀连连点头。封德彝阴持两端，"到处投资"，以避免站队风险，而受他扶持的曹韦陀气度格局比他还要不堪，人以群分，如此危急时刻，偏偏用了这样一个人做事，那也是天命早注定，没办法的事。

第十八章
死 士

李鱼出去转了一圈儿，揣了几张大馕，一钵子咸菜，外加半只熟鸡回来。李鱼也是居安思危，没敢买不经放、不管饱、性价比不高的食物，虽然他断定这乱子几天内就会解决，因为十年前的这场动荡，他是了解的。

当李鱼走进归来客栈大门的时候，几个头戴竹笠，身穿两截衣的矫健年轻人也出现在了归来客栈门前。其中一人，明显是首领人物，抬头望了望"归来客栈"四个大字，微微笑了一笑。

目似朗星，面如冠玉，正是苏有道！

"苏兄，据我们掌握的情报，天机一号就住在这家客栈。周围……有西市的人保护，怎么办？"

一个竹笠人悄声说着，目光贴着笠檐迅速向四下扫了一扫，几个佩着刀的男人都在客栈周围逡巡。他们未必有多魁梧健壮，但无论是站姿还是步态，都在漫不经心中透着一种肃杀之意。

那种散漫，也是透着威胁的。一只猫儿，就算弓背蹑足，悄悄逼近一只鸣唱的花雀，你看到的，依然是可爱。一头猛虎，就算它真的放松了身子，轻轻地摇着尾巴，懒洋洋地要在向阳的山坡上趴下来困一觉，那缩起了利爪足有碗口大的足垫，那看似完全舒展开来的强健的后肢，那微眯的铜铃般的大眼，依旧会给人十足的威胁感。

那个竹笠人又补充了一句："都是百战沙场的老兵，不易对付！"

苏有道略一沉吟，在引起游弋周围的老兵们足够的警觉之前果断下令："找到他，干掉他！"

苏有道语气略一顿，又道："如有可能，割下他的头颅带走，我们必须确认他的身份。"

苏有道是天策府的人，天策府天机司副司主，为秦王李世民主管情报机构。

这次，李世民针对太子李建成所设的这一计，他作为谋士也有所参与。当然，这时的他还是一个年轻人，在李世民的幕僚队伍中还不是举足轻重的重要人物，只是作为年轻人中的佼佼者，能够参与而已。

这个计划，代号"天网"！

天网恢恢，疏而不漏，但是他们的天网，却没做到那般严密。封德彝派出心腹不久，他们就发现了这股自仁智宫离开的神秘势力，于是苏有道立即率人追了上来。

他们不知道这伙人是谁派出，为何而走，但是很显然，前往长安而来的这股力量，必然与他们的"天网"计划有着直接而密切的关联。

所以，这一行十三人，被他们称为"天机"，"天机"一旦泄露，那就大势去矣。

这些人很机警，也很善战，这一路上，他们且战且走，双方都损失惨重。到最后，苏有道只剩下眼下这几个人，而十三天机，也只剩下天机一号了。

死掉的那十二个，苏有道曾仔细地搜过他们的身，并绘下了他们的相，但是从他们毫不犹豫地自我牺牲来看，他们所扮演的角色，不过是一个死士罢了，不可能留下什么有用的线索。

而这最后一个，天机一号，苏有道相信，他一定不是一个不为人知的死士，真正的秘密一定掌握在他手中。

如果可能，苏有道非常想抓活的，他想知道，对方究竟掌握了什么秘密，此来长安所为何事，尤其重要的是：他是谁派来的？

可是，对方已经进了长安城，谁也无法保证，他是否会很快把消息泄露出去。权衡得失，苏有道才果断做此决定：尽快杀掉他，虽说搞不清他的身份底细将是一个隐患，但是只要除掉了太子，秦王一系就将大获全胜，这个暗藏祸心者是谁，其实就没那么重要了。

苏有道一声令下，几个竹笠人微微点头，立即向店中走去。

"哎哟，客官，对不住，本店已经客满了。"

三个小二同时眉开眼笑地冲上来。

在客房还没满员的时候，他们就已经用这招了。

眼下长安大乱，外地行商旅客投店，主要是为了有个落脚之地，安全一些，所以哪怕客满，他们也会想方设法住进店来，为了住店，多少都会塞些钱给他们，这几天就靠这个，迎客的小二着实没少赚。

其他伙计看得无比眼红，今儿一天，大堂里反复擦桌子的小二多了好几个，只等门口人影一闪，一帮伙计就一拥而上，抢起了迎门生意。

果然，客人第一件事就是递出了东西，只是这一次，客人递出来的不是钱，而是刀！三口狭长若柳叶的刀，像三条活泼的游鱼，迅速游进了他们的心脏。

未等人倒下，未等血流出，三个小二就被竹笠人控制住，迅速推回座位，刀一拔，人就趴在了桌上。

战乱一起，这店就变成敛财的黑店了，茶水、饮食统统不再供应，所以大堂里也不见什么人，三人动手又快，毫无声息，而且门口被外边陆续进来的四个竹笠人挡住了，门外游弋的巡视者也没发现异常。

三个伙计一倒，一个竹笠人立即闪到柜台后面，拿过了登记簿册，整个过程，不足三秒。当门口四个竹笠人也走进来，游弋者重新走回门口时，几个竹笠人已经围桌而坐，而且摘下了竹笠，毫无异样。

其中一个人迅速检索着花名册，很快抬头道："近两日内单身入住的客人一共三个，分别是甲字柒号房，丙字伍号房，还有戊字叁号房。"

"两人一组，行动！"苏有道的吩咐简洁明了，六个竹笠人立即起身，各自戴起竹笠，两人一组，分别走开。

小而昏暗的伙计房内，李鱼拿出一个馍，夹了一碟咸菜，又把半只炖得烂熟的鸡展开荷叶放在桌上，牵着第五凌若的手过来，瞧瞧她手上的泥痕，道："要不要帮你解开脸上的绷布，先洗把脸？"

"嗯……不要了吧。"

李鱼笑了一笑，这小女孩子，倒真是谨慎。

他却不知，第五凌若不肯解开绷带的原因，只是怕仪容不整，这样遮着，心理上就有一种安全感。女人对于样貌特别的在意，越是漂亮的女人，越是在意，不想在别人面前露出不堪的一面。

哗哗的水声响起，应该是李鱼自己去净手了。

片刻之后，第五凌若感觉到李鱼走了回来，接着颊上突地一凉，第五凌若下意识地后仰了一下，李鱼柔声道："别怕，帮你擦擦脸。"

打湿的毛巾温柔地擦在了她的脸上，凉丝丝的。李鱼的动作很轻柔，很细致，第五凌若被他慢慢擦拭着脸庞，心里渐渐涌起一抹异样的感觉，那于她而言，是一种全新的、陌生的感受。

然后，她的小手也被握住，摊在李鱼的掌心。李鱼给她擦手，毛巾将她的小手整个儿包裹住，再沿着手指一根根地滑开。

李鱼不清楚，他和第五凌若之间，是如何产生刻骨铭心的情感的。多年以后，他见到这个女人，只知道她已等了他很久，爱了他很久，而那时，他却把这个女人当成了一个认错人的花痴。

现在他知道了这一切的源头，看着这个纯洁无瑕的少女，再想到多年之后的她，李鱼也说不清心里是一种什么样的感觉，但是怜惜、疼爱，便油然而生了，完全不涉情欲，那是一种很纯很美的感觉，像父女，像兄妹，又似情侣之间的宠溺。

这也许只是一种心境，但会不知不觉间充溢于他的动作，让对方感受得到。脏兮兮的小脸擦干净了，小手也擦干净了，李鱼还换了一次水，用洁净的毛巾再次为她清洁。

感觉到李鱼温柔的动作，感触着他近在咫尺的呼吸，眼睛不能视物的第五凌若自然而然地放大了其他感觉的敏感度，她的心尖儿，就像刚刚站上一只蜻蜓的花蕊，柔弱地颤抖。

"好了！"

在第五凌若已经感觉浑身不自在，一股羞臊的热度快要爬上脸颊的时候，李鱼放开了毛巾，抓着她的手按上了一块馕，笑问道："只有一只鸡腿，要不要我掰给你吃？"

"难不成要你喂啊！"

第五凌若羞红着脸，娇嗔地抿了抿嘴巴，忽然感觉真的有些饿了。李鱼掰了鸡腿塞到她手里，安慰道："放开吃，一会儿再替你净手。"

"哦！"第五凌若乖巧地应了一声，刚刚张开樊素小口……

"砰！"楼板重重地一响，灰尘应声而下。伙计们住的这间房连承尘都没有，屋顶的灰直接飘了下来。

李鱼顿时怒从心头起，恶向胆边生，他抬起头，怒视着屋顶，提足丹田之气，怒吼道："要死啊，不知道楼下住的有人吗？"

"砰！咔！哗啦……"屋顶破裂了，一道人影应声而下，砰的一声砸在桌子上，半只烧鸡、一只馕，还有一碟小咸菜，被压了个结结实实。

李鱼勃然大怒，腾地站了起来，先把有些惊慌的第五凌若拉到自己身边，再往桌上那人一看，胸口汩汩流血，双目暴突不闭，竟然已经死去。

李鱼大吃一惊，第五凌若道："发生什么事啦？"

李鱼沉声道："死人了！"李鱼说着，仰头望去，就见屋顶破洞中，又是一道人影飘然而落。

"不好意思！"封秀士稳稳地落在地上，向李鱼和第五凌若微微一笑，露出一口洁白的牙齿，旋即就向门口飘然掠去。

冲进他房中的两个人，已经被警觉万分的他干净利落地干掉了。他担心门口还有敌人，所以没有选择从门口出去，第二个杀手被他狠狠掼在地上，折断了脖子而死，地板因此破了一个大洞，他干脆就扩大了这个破洞，由楼下突围。

但是，六个刺客，分别搜向三个房间，大厅里还留了一个人：苏有道！

封秀士刚刚破门而出，坐在桌前的苏有道便倏然一抬头，目光如冷电，而他横搁在桌上的剑，已然如电光一般，凌空刺向封秀士。

"砰！"刚刚拉开的障子门又被封秀士关上了，剑锋嚓的一声刺进门半尺，但马上就嗖的一下不见了，显然是苏有道追踪而至，拔出了利剑。

封秀士反应甚快，马上纵身后掠，他的身影刚刚退出三尺，那障子门上就嚓嚓嚓呈品字形一连刺进三剑，如果他不是反应机敏，后退及时，其中至少会有两剑刺中他的身体。

李鱼握着第五凌若的手微微一紧，示意她不要出声，心中呐喊着："闭门家中坐，祸从天上来！老子都穿越到十年之前了，怎么就不得安宁呢？啊……贼老天！损老天！"

门内的封秀士和门外的苏有道都不再动作，片刻之后，似乎门外的人移开了，因为光从刺破的四个剑洞中依次射了进来，四道光柱射进室内，光柱中有灰尘飞舞萦绕。

从那光束出现的次序来看，苏有道应该是向右移动了，要躲避他的剑，应该避向左边才对，但诡异的是，封秀士也向右边同步移动着，与此同时，李鱼眼看着他的手探向腰间，慢慢掣出一柄软剑。

剑好长，在他腰间应该缠了有一匝半，剑如灵蛇般扬在空中的时候，足足有四尺长。

封秀士扭过头来，又向李鱼展颜一笑，左手食指凑到唇边，向他做了个噤声的手势，笑得一脸灿烂。

安静，极度安静。

然后，封秀士陡出一剑。

嗤的一声，封秀士手腕一振，手中的软剑就陡然变直，锋利无比的剑如切豆腐一般刺穿障壁。与此同时，障壁之外也是一剑刺入，发出的却是笃的一声，障壁微震。

一柄软剑，一口硬剑。一个剑刃薄如纸，一个却有它的三倍厚度。因此，必然造成些微的区别，区别虽然不大，但是对这样的高手来说，已经足以造成极大的差距。

这个差距就是，封秀士嗤嗤嗤的出剑速度，每十剑中，必有一剑是因为超出对方的剑速而多刺出的一剑。同时，由于刺入障壁时的阻滞力不同，封秀士的剑速度更快，更狠辣。

"嗤笃嗤笃嗤笃"，两种声音同时发出，一个尖锐，一个浑厚，完美圆润地形成了一个合音。

李鱼站在一旁，紧紧攥着第五凌若的手，眼看着这场彼此并不照面，却凶险无比的战斗，紧张得掌心都沁出汗来。

第五凌若显然不知道发生了什么，但她感觉到了李鱼的紧张，下意识地反握了握他的手，以示安慰。

忽然，李鱼发觉有点不对，房间虽小，但也不至于小到无法腾挪，这毕竟是四个伙计的房间，但封秀士站得离障壁很远，每次递出剑，都有一大截没有刺出障壁，但其出手又快又疾，又不存在留三分力以待杀招之说。

封秀士又是连续九剑，然后，似乎是在响应李鱼的疑惑似的，封秀士突然跃身向前，连人带剑，扑了出去。

此时，障壁上已经被两人交错着刺了几十剑，无数道小缝隙，将一道道光束透射进来，苏有道在外面腾挪跳跃的身影已经被光影的消失与出现掩映得再也无法遮掩。

封秀士冲到了墙边，剑锷抵到了障壁，足足四尺长的剑都刺了出去。障壁外一声闷哼，苏有道的剑没有递进来。

李鱼看得目瞪口呆，这个人当真好心计，从一开始出剑，就利用障壁遮挡，彼此不能相见，隐藏了他所握软剑是四尺长剑的真相。就玩了一下，就刺中了外面杀手，玩得溜啊！

十年后的苏有道以智略著称，但十年前的他，显然还略显青涩。仓促之间，封秀士做出了一个很完美的计划，而苏有道略逊一筹。这个一直不曾留名于世间的封家子弟，论智谋实是还胜苏有道一筹。

这一剑，刺中了苏有道的肺腑，连一道大筋都削断了。

苏有道在中剑的一刹那就在全速后撤，但是剑仍如毒蛇一般，紧追而来，剑刺中他的身体，比刺穿那障壁更容易。苏有道倒摔出去，一路翻滚，一路鲜血，极重的内伤，就算治好，肺腑经络俱伤，一身武功也是再施展不得了。

而封秀士这一剑当真是全力以赴，当剑锷抵在障壁上的时候，他并没有收力，而是身形一侧，肩头向前一撞，轰的一声，原本就千疮百孔的障壁碎出一个人形大洞，封秀士冲了出去。

"我们离开！"李鱼抓紧第五凌若的柔荑，就想趁机离开这险地。但他刚刚迈出一步，就站住了。封秀士手中的长剑缭绕得仿佛一条正与劲敌缠斗的蛇，他一边振腕出剑，一边倒退，又从那破洞退了回来。

李鱼在他的身形堵住那人形破洞前的一刹，看到四口剑上下翻飞，封锁了封秀士的所有出路，他唯有退，只能退。但，退只能暂避危机，房里没有出路。

李鱼没有坐等，坐等的下场只能是陪死。李鱼拉着第五凌若就向门口冲去，冲去之前，先将一张条凳踢了过去。砰的一声，门被砸得稀烂，条凳卡在了门框上。

李鱼从床上扯过一条不知是谁用过的腰带，把第五凌若很粗暴地往身上一背，用那腰带系紧，沉声喝道："抱紧我的脖子。"

第五凌若听声音辨动作，也知道李鱼要干什么，赶紧搂住他的脖子，还不忘叮嘱道："你小心！"

"小子机警！"封秀士赞了一声，居然抢先一步冲过去，一脚踢飞了那卡在门框上的条凳，但身形旋即一退，手中一口剑剑光缭绕仿佛蛟龙，居然从他刚才破开的人形洞中闯了出去。

这一招声东击西，只是让外边四个杀手的注意力产生了片刻的转移，但对他来说已经足够，封秀士成功地冲了出去。

苏有道此时倒在地上，因为肺腑重伤，根本站立不得，他平躺在地上，努力调匀呼吸，眼前视线已经一阵阵地模糊。另外四个杀手一见封秀士冲出来，立即围了上去。

李鱼本来要从门口出去，一见这般情形，马上也跟着从人形洞中出去。

李鱼最拿手的是寝技，可他背着第五凌若，这最拿手的功夫肯定施展不出来了，而且手中又没有兵器，本来极是凶险。但他刚一出去，就见地上横着一口长剑，剑当真不错，仿佛一泓秋水，那是苏有道的佩剑。

李鱼立即一弯腰，伸手拾剑。

"哎……"李鱼这一弯腰，第五凌若措手不及，重心前移，整个身子向前一滑，唇在李鱼颊上重重地吻了一记，登时臊得第五凌若满脸羞红。

李鱼可没有第五凌若那种旖旎心境，他一剑在手，精神大振，立即举起长剑，仰天长啸："我是无辜的，不要拦我！"

李鱼说着，就举剑冲了出去。其实他有点自作多情了，人家四大杀手要对付的人是封秀士，谁有空搭理他。李鱼举剑冲出大门，就见一伙老军呼啸而至！

他们反应很快，这边刚生异动，就已经冲了进来。

"太好了，你们……"李鱼刚说完，三口刀就迎面劈来，还有一口刀扫向他的下体。

李鱼吓了一跳，赶紧往后一跳，第五凌若被他跳得一蹾一蹾的，情急之下也顾不得许多，双手紧紧搂着他的脖子。

李鱼挥剑胡乱招架，因为背上负了一人，十成功夫发挥不出六成，口中大叫："不关我的事，你们杀错人了！"

一个老军大喝："在我归来客栈舞刀弄剑，还说不关你事？干掉他！"

李鱼气得七窍生烟，可是刀剑加颈，哪里还能辩驳，只得挥剑苦战，求一线生机！

第十九章
濡沫

常言道：一年的刀，十年的剑。如果是软剑，那就更加难练。但一旦练成，威力特别大，它不但兼具了一般剑术的威力，而且飘忽不定，你用寻常的硬兵器去格挡，其实很难准确捕捉它的攻击方向。

而封秀士就是一个擅使软剑的高手。但凡是奇门兵刃，都是叫人头痛的，此刻生死相搏，不消几招，四个杀手就伤了两个，其中一个是重伤，脉门被割断，丧失了战斗力。

四杀手去了一个，剩下三个更加不敌，封秀士呼啸一声，冲了出去。封秀士这一走，不但剩下三个带伤的杀手追去，那些老军也不例外，只留下两个缠斗李鱼，剩下的也追上去了。

李鱼趁机也溜了，不过他没再往前跑，而是击倒两个对手，掉头向后跑去。

李鱼跑到墙根，奋力一跃，在第五凌若的一声惊呼声中，垫步拧腰，伸手一探，便从墙上翻了过去。

两个老军追过来，其中一个刚一上墙，墙外便是一剑刺来，原来李鱼过了墙头根本没走，这一剑捅个正着，那人哎呀一声，就倒栽回去。

另一个老军急忙扶住，眼看他肩头一片殷红，急忙解了自己的腰带替他包扎，等为他包扎停当，再开了后门出去，李鱼和第五凌若早已不知去向。

果然没错，还是旧模样！亏得此刻的西市无比萧条，李鱼一路跑去，几乎没遇到人。当李鱼翻过墙头的时候，看到那熟悉的院景，心中顿时一宽。

这儿是十年后雪珑堂的所在，龙作作的店铺，李鱼很熟悉的地方。

这个世界变化太慢，一个村庄、一处宅邸，几十年，几百年，几代人，几辈子，更新换代的始终是人，那街道、那宅院似乎永远是一成不变的，很多年前是那个样子，很多年后还是那个样子。

雪珑堂是龙作作收购了几家相连的店铺后合并的，但合并改造的也只是前店，后院并没有动，所以此刻在李鱼眼中，与十年后几乎完全一样。

此时这几家店铺也只有一家经营着，很幸运的是，就是路口第一家，而李鱼是跑到第四家店铺翻的墙，院子里看起来有小半年没有洒扫过的样子。不过那口石砌围栏的井还在，旁边的库房也与十年后一模一样。

李鱼把腰带解开，把第五凌若放下来。第五凌若这一路固定在他身上，放下来时两腿酥软，赶紧扶着井栏才站住。

李鱼道："别乱动，这是井栏。"

李鱼说完，扶着腰走到仓库门前。他记得有一天陪挺着大肚子的作作在后院散步，曾经看到一个伙计从仓库门前垫前石下摸钥匙开锁放东西，这习惯应该也是一成不变的吧。

李鱼试着翻了一下，在最贴近门槛的右上角，果然有一块砖头是活动的，翻开来，下边就放着一把钥匙。李鱼心中一阵感慨，将那钥匙摸在手中，喜悦地道："钥匙果然在这儿。"

第五凌若正摸索着井栏感觉周围的环境，听他说话，忍不住道："这是哪儿？"

李鱼道："一家店铺的后院，别担心，这家店铺很久没开张了，想是还没有新的店主兑下这店，眼下兵荒马乱的，更不会有人来。我们就藏在这儿，有井水，有大馕，怎么也能撑几天，然后……"

李鱼说到这儿，忽然眼前一黑，一头栽倒在地。

第五凌若咬了咬嘴唇，道："要待几天呀？喂？说话呀，你人呢？"

院中寂寂，根本没人回话，第五凌若一下子恐慌起来："人呢？杨冰，杨大哥？"

第五凌若惊慌地伸出双手，胡乱地摸索着，向李鱼方才说话的方向走过来，脚下忽然被一块突起一角的砖一绊，哎呀一声向前扑去。

第五凌若没有摔在地上，而是摔在了一个人身上，她上下一摸索，失声叫道：

"杨大哥，你怎么了，杨大哥？"

第五凌若推揉着李鱼，手碰到了他腹部，只觉触手处一片黏湿，凑到鼻端一嗅，有股血腥味，第五凌若这才醒悟到，李鱼受伤了。

李鱼背着第五凌若，身形不灵敏，搏斗中，腹部中了一刀，只是他既没呼痛，也没叫喊，这一路背着第五凌若逃下来，衣袍下摆都被血浸透了，可伏在他背上的第五凌若居然毫无察觉。

此时第五凌若伸手摸去，才发觉李鱼伤势之重。她哆哆嗦嗦地把手伸到李鱼腹部，摸到伤口时感觉肠子都要流出来了，先是吓了一跳，然后哇的一声就哭了出来。

"杨大哥，你不要死，你不要死……杨大哥……"第五凌若哀哀痛哭着，她看不见，只当李鱼已经咽气，好半晌才想起来去探探他的鼻息。

第五凌若颤颤巍巍地伸出带血的手，正想探往李鱼的鼻端，就听李鱼奄奄一息地道："别哭，我没死。快，把我拖进库房！"

"杨大哥，你还活着？"第五凌若大喜，仿佛失去了的主心骨又回来了。

虽然李鱼现在气息奄奄，真要有危险恐怕他什么都干不了，还会成为第五凌若逃跑的累赘，但是知道他还活着，第五凌若一颗心就放了下来，似乎有再大的困难都有人给她做主、为她解决，一颗心就不那么忐忑了。

第五凌若摸索着从李鱼手中接过钥匙，又向前试探着找到门锁，把门打开。李鱼道："方才用力过度，内脏都要挤压出来了，我现在使不得力，拖我进去。"

"嗯！"

一个十五岁的小姑娘要拖动一个成年男人，蛮吃力的。第五凌若又怕牵动了李鱼的伤口，尤其吃力，但是在她一番努力之下，还是成功地把李鱼拖进了门槛。

李鱼指挥道："别往前走，有货架，左拐，走三步，好，右转。向前六到七步……就停这儿吧，快把门关上。"

第五凌若精于心算，记忆力好，方才怎么走的，走几步，虽在忙乱之间，也都记在心上，这时反着走了一遍，顺利掩了门户，又走回来，摸索了一下，摸到了李鱼的大腿，在他身边蹲下。

李鱼虚弱地道："现在，得靠你照料我了，别怕，先帮我……把伤口包扎好。"

第五凌若一想到方才都摸到了肠子的感觉，就是一阵心惊肉跳，但事关李鱼生死，马上就鼓足了勇气，她深吸一口气，就向李鱼的腰带摸去。手刚伸出去时还是颤抖的，当她轻轻扯开李鱼的腰带时，一双手已经稳定下来，一张犹有稚气的小脸上也充满了坚毅之色，仿佛在做一件无比重要、无比神圣的事！

一个盲女，哆哆嗦嗦地摸索着给人包扎伤口，是一种什么样的感觉？相信第五凌若一辈子也忘不了这一刻，因为看不见，她心上的印记烙印得尤其深刻。

肠子是李鱼自己塞回肚子里的，也是他配合着第五凌若，用她撕开的内衣里衬包裹的，缠在腰间时还带着她的体温和体香。

李鱼的外衫沾了血，第五凌若的外衫是死人穿过的，她嫌晦气，而且外衫不干净，且不够柔滑，所以便用了第五凌若内衣的里衬。当这一切做完，李鱼已经因失血过多昏厥过去。

面对一个昏迷不醒的人，也不需要顾忌许多，第五凌若就没再穿过那件外套，里衬是从小衣下摆处撕下来的，因此腰间露出一痕肌肤，沃白如雪，纤纤细细，瞧来别有一番带着稚气的妖娆，可惜此时李鱼昏迷不醒，没得艳福。

李鱼昏厥得太快，都来不及介绍室内情形，第五凌若摸索着走了一圈儿，对仓库内的摆放和零散物件有了一个基本了解。此时，外边已经天黑了，但是对一个盲女来说，也无所谓黑夜白天。

她一番摸索，手上已经沾满灰尘，便摸索着出去，在那井栏边摸索到一只水桶，还系着井绳。第五凌若尝试着打了半桶水上来，净了手，又用撕下来的一块布打湿了，回到房中，替李鱼擦拭脸和手。

李鱼此时已经昏厥不醒，被她擦拭时，只是呢喃几声，声音极其含糊。第五凌若为他擦拭着手脚，想起之前李鱼照顾她的情形，心中一缕柔情渐渐充溢了心房。

夜色深深，听着秋虫唧唧声，第五凌若才意识到此刻已是深夜。她偎依在李鱼身边，既不舍得远离，又怕碰到了他的伤口，就这么憋憋屈屈地躺了一阵，才昏昏睡去。

天亮了，远处喔喔的公鸡啼鸣声早已响过，第五凌若才醒过来。此时的长安处于官府无管制状态，晨鼓也没有响起，倒是让她睡了一个好觉。

第五凌若刚醒，就下意识地向身边摸去，摸到了李鱼的手，心一下子安定下来。

其实未成年的少男少女，尤其是孩子，大多有这种依赖心理。当他的亲人不在身边，或者放弃对他的照顾、保护的时候，一个对他表达出善意的陌生人，很快就可以成为他心中的依靠和依托。

经历了这么多，她又目不视物，对李鱼的依赖之重，可想而知。

第五凌若一醒来，就觉得饥肠辘辘。她坐起来，先是亲昵地捏了捏李鱼的大手，却未得到李鱼的回应，第五凌若心中一阵紧张，这才发觉李鱼双手的温度有些异样。

第五凌若赶紧摸索到他的额头，好烫！第五凌若一颗心登时又揪了起来。要知道，一场风寒、一场高烧，足以让一个人就此丧命，所以第五凌若着实心惊肉跳。

她急急爬起身，脚却被李鱼蜷曲的腿一绊，扑通一声摔在地上。第五凌若懊恼地捶了一下地，感觉脸上绷布下有些发痒，药一直还没换，最初的清凉感已经消失，此时有些细痒了。

第五凌若咬了咬唇，举手探到脑后，将绷带打的结解开，将绷带一圈圈放开，一张秀美绝伦、清丽可人的精致小脸露了出来。

第五凌若细密整齐的睫毛轻轻地眨动了几下，试探着慢慢张开。眼前渐渐出现了仓库内的情形，虽然极其朦胧，第五凌若不禁露出了惊喜的笑容。那张秀美无俦的小脸上笑容一现，虽尚在稚龄，已是尽显来日颠倒众生的神韵。

上一次换药时，她还目不视物，想不到此时已经能看清东西了，这真是意外之喜。

当她察觉自己已经有了视力，第一件事就是扭过头来，去看地上昏睡的那个男人。李鱼躺在地上，头枕着一个麻袋，高烧令他不时发出模糊的呓语。

第五凌若跪趴在地上，像一只小狗般凑近，鼻尖快要贴到鼻尖，一双大眼睛瞬也不瞬地盯着他看，宽宽的额头、浓黑的眉毛、高挺的鼻梁、轮廓分明的唇瓣……

不难看！第五凌若心里想着，矜持地不肯承认他的好看，但唇边已经逸出欢喜的笑意。

李鱼的一声呓语惊醒了她，第五凌若心中一紧，赶紧伸出手去，意识到手掌有些脏之后，她又翻过手，用手背试了试他的额头，确实滚烫！第五凌若赶紧起身，快步向外走去。

片刻工夫，洗净了脸和手的第五凌若清汤挂面地走回来，手里还提着半桶井水。吹弹可破的小脸上，挂着水珠，仿佛清晨沾着露珠的花蕊。

她先用洗净的布给李鱼擦净了脸，眼见他眼皮沉重得睁不开，心知他是重伤之后失血过多，再加上着了风寒，眼下这般情形，她也无处去寻郎中，便想，给他吃些东西，增长些体力，或者会有所改善。

第五凌若伸手探入李鱼怀里，将那包在一起的几个馒拿了出来，解开包裹的布，发现下边一角已经沾了血。

第五凌若拿起一个馕，将干净的一边凑到李鱼嘴边，李鱼下意识地嚅动了几下嘴唇，却根本无力去咬。

第五凌若愈加焦急，她放下大馕，又掬了一捧水，轻轻洒给李鱼喝，结果水一入唇，李鱼却呛得咳嗽起来。

第五凌若的眼睛红了，李鱼伤得这么重，他能不能挨过去？她紧紧地咬着嘴唇，凝视李鱼良久，忽然抓起大馕，用力地嚼了起来。

干巴巴的大馕被她嚼成了糊状，第五凌若忽然俯身过去，将她的唇凑近了李鱼。

越是靠近，第五凌若的身子越是颤抖得厉害，但是当双唇接触的一刹那，第五凌若发抖的身子一下子定住了，她的眼睛也闭了起来，片刻之后，她用雀舌轻轻地抵开了李鱼的唇瓣……

红晕如火，照亮了她的脸庞，不知是喜还是羞……

为了让几无知觉的李鱼能吞咽食物，光是唇齿相接肯定不行，少不得雀舌初渡。经过初时的羞窘，第五凌若渐渐适应过来，到后来李鱼渐渐恢复了吞咽的本能，她就省力多了。

喂完了饭，第五凌若又掬了水含在嘴里，小口小口地渡给他，既帮他解了渴，又清洁了口腔。

忙完这一切，第五凌若漱了口，脸红红地回来，坐在李鱼身旁。喝了水、吃了食物，李鱼似乎状态好了许多，脸色不那么难看了，但仍昏昏沉沉地睡着。

第五凌若眯着眼，猫儿似的偎在他的身边，贴近了凝视着他的脸庞，轻轻伸出手去，抚过他的眉、他的鼻子、他的脸颊……忽然凑上去，飞快地啄吻了一下他的嘴唇。

李鱼仍无反应，第五凌若脸泛红晕，星眸流波，微一激滟，又轻轻凑上唇去……

方才的喂食，多少给了她一些经验。第五凌若无师自通地伸出小雀舌，李鱼还没有反应，她自己倒是一哆嗦，有种触电的感觉。她赶紧缩回头，把滚烫的小脸缩到李鱼怀里，贴着他的胸膛，听着他的心跳，心里就像喝了一勺蜜似的，慢慢沁开一丝丝的甜意。

第二十章
狭 路

西市在一片兵荒马乱中持续地歇业着。

这已经是连续歇业的第二天了，类似的情形只有当初李渊率兵攻克长安、隋军败退时那一战，西市歇业三天，才不过几年的工夫，这就又上演了一次。

掌柜的大多有钱，或投亲靠友，或去乡下避祸了，伙计大多了无牵挂，迈开两条腿，想走就走，以致西市萧条，一片冷落。

如此一来，鳞次栉比的店铺就成了天然的隐匿场所。

封秀士就隐藏在一家店铺里。

这家店铺应该是在大乱发生后才匆匆打烊的，店里很干净，守夜人的被褥铺盖也依旧摆在那里，封秀士甚至还搜罗出一些小点心，自己烹茶吃点心，甚是惬意。

不过，这境况也只是比起李鱼来稍好那么一些，实际上，他的处境并不舒服。

封秀士的一条腿受伤了，脚筋快断了，包扎之后使不得大力，行走起来难免一瘸一拐。而且，他急于把消息告诉太子，以防李建成上当，可是经此一役，他更加没机会去见李建成，甚至与曹韦陀都无法再取得联系，当真是焦灼万分。

此时，曹韦陀正带着常剑南等人巡视归来客栈，听完店里的人和常剑南的人说明了整个经过，曹韦陀暗暗松了口气。他是个只想要好处、不肯有担当的人，要为封秀士牵线搭桥，是不得已而为之，此刻得知封秀士被人追杀，下落不明，曹韦陀自然大喜。

他扭过脸儿，吩咐大账房道："那件事，可以不必进行下去了。"

大账房心领神会，微笑拱手道："好教老大知道，属下本就在拖。原约了一人，今日见面的。那我依旧去见他，联络一下感情，至于这件事，属下绝口不提。"

曹韦陀微笑颔首，旁边常剑南根本不知道他们在说什么，但是不该自己知道的事，他便绝口不问，甚至没有露出一丝好奇讶异的神情。

曹韦陀扭头看到他的神情，没有因此欣赏他的知进退懂分寸，反而心中一紧。最初，他收留常剑南，是因为他刚刚夺位，地位未稳，常剑南这股外来势力在西市全无根基，可以倚重。

可现在常剑南已经成了西市的一员，那就不一样了。

常剑南麾下有三百老军，势力不小。而且，他不是曹韦陀想象中那种胸无城府、莽撞粗鲁的军汉，而是沉稳内敛，颇为机警，这就令曹韦陀有些忌惮了。曹韦陀是愿意纳才，但唯恐纳来之人才智犹在其上。

常剑南初投门下，虽然有功于曹韦陀，却锋芒内敛，颇知进退，此时却浑然不知他的这般举动反而令曹韦陀更加忌惮。

曹韦陀做了这番吩咐，便心安理得地离去，自觉来日一旦封德彝回京，他也有了理由搪塞，连寻找封秀士下落的心思都没有。

封秀士在那店铺里挨了一夜，急于寻找去见太子的门径，思来想去，如今受伤情形下更得倚重曹韦陀，便决定直接登门，催他行事。

他先寻到一套店中伙计换下的衣裳，将软剑藏在腰间，一切打扮停当，便开了那打烊的店门，走了出去。

此时，苏有道也正躺在一处香烛佛像店的后进房间里，身边坐着四人。

苏有道自己就医术高明，再加上随身携有上好的金疮药，无须去寻郎中。经过他的治疗，三名轻伤的杀手此时已几乎完全恢复了战斗力，另外一名伤重的也没有了生命危险，虽还动不得手，行走起卧却不成问题。

倒是他自己，被那细剑刺穿了肺腑，右肩颈处的大筋也被剑锋削断，不但使不得力，生命暂时也无法确保无恙。饶是如此，他依然在主持大局。

听一个杀手说明了今日曹韦陀巡视归来客栈的情形，苏有道微微眯起眼睛沉吟起来，半晌方徐徐说道："那个从仁智宫离开的人，一路上不惜牺牲那么多死士，依旧执着地要往长安来，必有重大图谋。而今，所有图谋，都只能是围绕一个人，那就是太子！"

其余四个人都静静地坐在四周，静静地听着。苏有道又道："可那人历经千辛万苦，牺牲了所有手下，终于抵达长安，却不见太子，反而跑到西市来，避身于一家客栈，所为何来？"

其中一个杀手终于接口道："如果此人真的是为太子而来，却不去见太子，很显然，他是希望有人牵线搭桥。"

苏有道颔首道："不错！被我们杀掉的那些人没有任何可供辨识的标志，很显然，幕后之人一定藏身在我天策府，他不想暴露，这个天机一号应该是那幕后人真正的心腹，如果他公开露面，是有可能暴露幕后人身份的，所以他不敢冒险前往太子府。那么，他希望谁来牵线搭桥？"

苏有道缓缓扫视众人，几个杀手面面相觑，隐隐摸到些头绪，却又无法确定。

苏有道说道："这个人，一定是长安人，而非为了避战乱躲进归来客栈的某位客人。出入归来客栈的长安人，只有归来客栈的掌柜、伙计，和……店东！这些人物中，谁最有可能和东宫拉上关系？"

一个杀手幡然醒悟，失声道："他们的店东是曹韦陀！"

另一个杀手道："只有曹韦陀，才有可能巴结上太子！"

苏有道沉声道："丁四儿受了重伤，陪我留下，你们三个，盯紧曹韦陀的所在。那人受了伤，目标反而更加明显，直接去见太子的可能不大，他一定会回来求助于曹韦陀！你们小心，曹韦陀很可能也在找他，切勿被他察觉，我们现在人单势孤，不能硬拼！"

"是！"

三个杀手霍然起立，向苏有道一抱拳，转身走了出去。

睿智如苏有道，也因高估了曹韦陀的担当和人品做出了误判，不过因为他的这种误判，提醒三个杀手小心行事，使得三个杀手谨小慎微，只敢循小巷隐秘所在潜藏侦察，反而误打误撞，与同样小心翼翼而来的封秀士撞个正着。

双方狭路相逢之地，就在李鱼和第五凌若相依为命之处的墙外！

封秀士拖着一条伤腿，缓缓走在后街小巷里。其实此时的西市，就算大道上行人也不多，不过这临街店铺的后巷，更加杂乱，还有便溺之物，因此更少人来。

可是，偏偏这时，那三名杀手一头撞了进来。双方各据小巷一头，彼此俱是一怔，旋即，三名杀手便露出狂喜之色，立即拔刀向他冲了过来。

封秀士苦笑，只能拔剑。他腿脚不灵便，既已被发现，想要逃，根本摆脱不了对方，唯有一战。软剑似灵蛇，狂刀如匹练，这一场大战，杀得异常凶险。

不消片刻，三个杀手又都添了几道新伤，那软剑飘忽，着实不好抵挡。不过，由于三个杀手的相互配合，封秀士无法在占据优势后对其中一人尽施杀手，所以三人受的都是轻伤。

封秀士腰部挨了一刀，另外脚上的伤口已经因为辗转腾挪而绽开，鲜血直流。只有一条腿可以尽力施展的情况下，封秀士的武功大打折扣，双方一时拼了个势均力敌。

这时，巷口有一个老军挎刀路过，忽地察觉巷中动静，扭头一看，不禁大吃一惊，立即飞也似的跑开，去招呼伙伴了。

封秀士软剑咻咻，在一个杀手胸前又划开四道口子，其中一道比较致命，将那人肚腹划开，内脏都流了出来。趁着此人失去战力，封秀士单腿一跃，伸手一扳墙头，纵身翻了过去。

那两个杀手也杀得性起，随之翻过了高墙。封秀士一过墙头，便是暗叫一声苦也。

他本指望能借助建筑之利逃脱，谁料这家店铺的格局并不利于逃走，一翻过墙头，便是一个齐齐整整的院子，两厢是库房，院中还有一口井，正前方是前面店铺的后门，门户紧闭，显然是从里边闩上了。

"看你还往哪里跑，弃械投降，饶你不死！"两个杀手贴着墙根站定，狞笑着举刀朝向封秀士。封秀士脸上仍十分镇定，但心里却很清楚：大势去矣。

今日死在这两个无名小卒手中，他并不在乎，实际上他也声名不彰，寂寂无闻。可是，家主的消息还没有传到太子耳中，他实在不甘心就此死去。

封秀士瘸着一条腿，跟跄着退了两步，忽地瞥见左边那间库房的门是虚掩的，封秀士登时跌扑过去，一头抢进了房间。

两个杀手注意到了他的举动，抢过来阻止，却晚了一步，封秀士先一步闪进房中，手中软剑缭绕，封锁了整个门户。两个杀手再度被逼退，其中一人肩上又多了一道伤口。

封秀士迅速关上门，将闩放下，急促地呼吸着，倚着货架跌坐下来。

旁边货架尽头，李鱼和第五凌若正在说话。李鱼此时已经醒来，虽然气力不足，说话不多，但神志已经清醒。

情愫已经在第五凌若这个情窦初开的少女心中悄然产生。一个少女对着她初恋的情郎，只要偎依在身边，一个眼神、一个动作、一句话语，甚至只听着他的心跳都不会厌，恨不得天长日久。

而李鱼他此时也已经明白，他与第五凌若的情缘应该就始于此。

但是这时间线对第五凌若来说，是正常的，对他来说，却是错乱了时空的一种交集，因此，他也不确定，自己还能不能活着，能不能回去自己的时代，抑或如第五凌若记忆中的他：死去，死得无声无息。

所以，此时对李鱼来说，那种心境也是异常的特殊。

对眼前这个少女，他既有怜惜，又有好奇，他甚至想很伟大地责骂她让她离开，从而结束这段情缘，免得误人一生。但是，就算他想这么做，显然也不能在这个时候。

一个十五岁少女，在这兵荒马乱的世界中，不免对外界充满恐惧，真要把她赶出去，也必然会遭遇莫测的风险。李鱼依旧笃定，这场乱子不会持续太久，最多再挨个三两日，重归太平，再思分开就是了。

就在这时，前门突然被人撞开，旋即传出金铁交鸣之声，叱喝喘息之声。第五凌若瞿然一惊，张口欲呼时，李鱼反应极快，一把捂住了她的嘴巴，以目示意，叫她噤声。

李鱼捂着第五凌若的嘴巴，轻轻扭头向前看去，看不到人，但是听呼吸声，是有人闯进了这仓库，如今就倚着货架，在正对门的位置，只要向这边转两步，就能看到尽头的他们了。

李鱼不知道来者是何人，心中暗暗提防，游目四顾，寻找着可供利用的武器，这时却觉掌心一热，还带些湿意。

李鱼下意识地一缩手，扭头一看，第五凌若满脸羞涩，吹弹可破的肌肤上绯红一片。眸波中含着羞喜，看着他的样子，忸怩得说不出的可爱。

方才，竟是她情难自禁，忍不住用舌尖舔了李鱼的掌心一下。

李鱼不禁又好气又好笑。小姑娘就是这样，不知道轻重，活泼得过分，她欢喜那就是她欢喜了，根本不分场合。不过，此时这般的第五凌若，与十年后那个气质芳华，却如深谷幽兰般矜持孤寂的女人竟然是同一个人，李鱼心中更是心疼。

无论如何，不能让这样一个女孩子受伤。李鱼抿了抿嘴唇，用手扶着地，慢慢坐了起来，从旁边货架上拈了一块用来垫东西的青砖，并把第五凌若往身边拉了拉。

第五凌若看他坐起，十分惊讶，有心阻止，又怕出声会惊动前面的人，这时看他举动，才知道他是要保护自己。想到如张威之流，平日里甜言蜜语，山盟海誓，一遇危难却是马上逃之夭夭，弃她如敝屣。而李鱼，没对她说过什么动听的话儿，甚至态度相当不友好，可是每逢危险，却从未把她落下，第五凌若的眼圈儿登时一红。

两个杀手忌惮封秀士的软剑犀利，一时不敢硬闯，便僵持在门外。封秀士稍作喘息，便急急打量仓库中的情形，却是暗自绝望。

他本指望这仓库中能另有逃生之路，可是一瞧里边情形，果然是用来储放东西的库房，连窗子都没有，只有几个通风的小孔。

封秀士并不死心，扶着货架站起来，向旁边走了几步，想再看看后面的情形，结果他走出两步，向后一绕，一眼就看到了李鱼和第五凌若。

第五凌若胆怯地往李鱼身后缩了缩，忽地意识到李鱼已身受重伤，忙又抢到他身前，将他挡在身后，微微抿起了小嘴，模样甚是倔强。

门外，两个刺客喊起了话："兄弟，投降吧，你逃不掉！我们敬你是条汉子，只要你降了，绝不杀你！"

封秀士扫视了一眼仓库中的模样，微微一笑，举步向李鱼和第五凌若走来，为了显示自己并无恶意，将剑背到了身后。

"不要怕！"封秀士微笑地对第五凌若说，慢慢蹲下了身子，目光从她肩头掠过，看向她身后的李鱼。

"你是昨儿逃出归来客栈的那人？"

"我本来是去归来客栈躲避战乱的，结果……拜你所赐！"

"抱歉，我也不想连累你，只是，有时候你做什么，是身不由己的。"

门外，杀手的声音严厉起来："你再不出来，我们两兄弟可冲进去了！"

封秀士恍若未闻，只对李鱼道："我和他们，都是见不得光的人。如果被他们冲进来，我固然难免一死，你和这位姑娘，一样活不了。咱们做笔生意如何？"

李鱼道："什么生意？"

封秀士道："我把灾祸引开，而你，要替我送个口信给人知道。"

李鱼盯着封秀士，封秀士依旧微笑地看着他，等候着他的回答。

封秀士知道他没得选择，想活命只能答应，但他从李鱼的眼神中还是看到了一丝疑惑，他知道李鱼在疑惑什么，于是主动说道："从你昨日的行为来看，你这人胆子并不小，为人也机警，传个话这么小的事，我相信你能办得很好。没错，你如果承诺了，可以再毁诺，可我现在只能赌。"

封秀士眸中露出一丝感伤："你现在，没得选择！我，也一样！"

"我答应你！"

李鱼没让他再说下去，外边的人随时可能冲进来，时间对他们双方来说都很重要，如果再迟延片刻，一旦外面的人杀进来，两个人就什么交易都不用做了，一起死吧。

"你传信给当今太子，一定要亲口告诉他。就说，仁智宫告变，是针对太子的一个阴谋，目的就是逼他反。叫太子切勿中计，一定要亲赴仁智宫鸣冤请罪，仁智宫那边，有很多人依旧心向太子，必可保其无恙。如果运作得当，让皇帝知道那人的歹毒，反会因祸得福！"

封秀士说完，就慢慢站起，向外走去。

李鱼压着声音，低声道："太子信我?"

封秀士道："你就说，曾蒙太子赠予玉马者，倾心回报！"

封秀士说完这句话，已经绕过货架，他陡然提高了声音，长笑道："既然躲不得，那便拼个你死我活！"

说完这句话，封秀士一脚踹开房门，仗剑在手，昂然走了出去！

一个瘸着一条腿的人，持着一柄灵蛇似的长剑，腾挪难免艰难，但却从骨子里透着一股不变的潇洒。

两个杀手却是杀红了眼，他们一路追蹑到长安，杀光了封秀士身边所有的人，直到此刻，只剩下他们两个还能站立的，与封秀士一方的仇恨，实在是比天高比海深。此刻难得封秀士穷途末路，武功大打折扣，自然是拼死一战。

而封秀士，也自知今日再难逃一死，这是他最后的时刻，使命依旧没有完成，但他已托付他人。虽然他和李鱼只匆匆见过一面，但相由心生，他看过李鱼，他相信李鱼不会有负于他一个将死之人，那么，如今他死得越快，就越容易更快地将消息送到太子手上了。

所以，他甘心赴死，只求快死。既然抱定了这样的心思，封秀士自然是招招绝命，不留后手，如此一来，两个杀手固然是遍体鳞伤，他自己身上也是不断增添新的伤痕。

"噗！"如同秋风刮落一片枫叶，封秀士的左臂被一个杀手的钢刀硬生生砍去，他不退反进，锋利如纸的剑刃从一个杀手咽喉处闪过，带走了一粒血珠。

剑刃割开了那杀手的咽喉，剑尖削断了他的脊柱。

封秀士是个杀人的行家，拼得一条手臂不要，自然是要带走对方一条性命的。

那杀手打着转儿倒了下去，双目大张，似乎死不瞑目。

另一个杀手惨号一声，猛地一招力劈华山向封秀士劈下来。封秀士伤了一腿，断了一臂，他不可能再与杀手力战了。封秀士诡异地转动了半圈身子，他没有闪，也闪不开，但他进了半步，主动迎向了刀锋。

封秀士仰望着天空，天空湛蓝如洗，白云三两朵，悠悠荡荡。

"今天的天气，真好啊！"封秀士由衷地叹息，脸上露出一丝不舍的笑意。与此同时，他的软剑挺得笔直，笔直地刺出去，穿透了腾空的杀手的咽喉，在他的后颈，足足刺出一尺有余。

而那杀手的刀，也劈在了他微笑仰望的脸上，只一刀，皮开肉绽，死得干净利落。

这一刀，不只切开了他的皮肉，也劈碎了他的头骨，最好的仵作，也无法缝缝补补地恢复他的容貌了。就算对手得了他的头颅，也休想据以为凭，给家主造成什么威胁。

封秀士倒下了，他的手里依旧擎着长剑。随着他的倒下，被他一剑穿喉的杀手也摇晃了一步，随之倒下。天空依旧湛蓝，白云依旧悠悠，无悲无喜。

掩紧的门缝里，李鱼掩着第五凌若的眼睛，悄悄缩回了头，将第五凌若也往回带了带，这才松开手。第五凌若一双明亮的大眼睛迎上了他的眸子，李鱼轻轻摇了摇头："他死了！"

"轰！"后门传来被人硬生生破开的声音，李鱼神色一动，向第五凌若使个眼色，便用手撑着，将身子拖到了左侧门后，第五凌若也会意地避到了右边。

后门打开，常剑南按着刀慢慢地走了进来。身后，几名老军冲进来，迅速向四方戒备着，常剑南并不旁顾，只是盯着地上刚刚咽气的三个人。

两个老军架着一个重伤的杀手走进院子。那杀手看到封秀士和两个伙伴的尸体，欣然地嘶声大笑："死了！他终于死了，哈哈哈哈……"

常剑南缓缓地扫视了一圈院落，转身看向那杀手："你们，是什么人？"

"是你招惹不起的人！"

杀手不屑地冷笑："你是西市曹韦陀的人，是吗？我告诉你，就算是曹韦陀，也不敢插手我们的事。识相的，你就当这件事没有发生过，还有，马上把我送医，如果我死在你手上，就是你的大麻烦！"

常剑南凝视着他，缓缓地道："口气这么大？"

那杀手道："因为我的背景就是这么大！"

常剑南道："如今长安生乱，你说你们的事，不是我们可以插手的。那么，足下的事，应该与这社稷之乱有关喽?"

杀手冷笑不语。

常剑南又道："如果你是太子的人，没必要藏头遮面。不是太子的人，却又有这样的豪气，足下莫非来自天策府?"

杀手讶然看了常剑南一眼，道："想不到市井之间，也有你这般有见识的人物，倒是裴某小觑了天下英雄!"

常剑南微笑道："阁下姓裴?"

杀手傲然道："裴某行不更名，坐不改姓，裴天睿!"

常剑南缓缓点头："你伤得很重，不过，我恰好认识一位姓孙的神医，你一定死不了!"

常剑南说罢，扭头吩咐手下人道："把三具尸体收殓了，此地一切，只当没有发生过，切勿泄露。"

常剑南说完，又转头看向裴天睿，启齿一笑："在下姓常，常剑南，愿与裴兄结一段善缘!"

第二十一章
受托

李鱼和第五凌若背倚着墙，门外院中交谈的声音不断传来。

但第五凌若几乎没听，她不觉得院子里那些人和那些人交谈的事情，和她有什么关系，只要那些人不多心闯进这仓库里来，那就和她全无干系。她只是不时扭头，看一眼李鱼。

李鱼却在侧耳听着外面的动静，当他听到常剑南这个名字时，心中顿时涌起一种奇特的感觉。穿越时空，去看一个尚未发迹的后来的大人物，那是一种什么样的感觉？

人生啊，如此奇妙。可谁的人生有我一般传奇？没有了宙轮，我就该颓废吗？我也是顶天立地的一个汉子！

李鱼慢慢攥起了拳头，倏然转过头，正迎上第五凌若小兔子般受惊躲闪的眼神。李鱼道："凌若，那边墙角有辆小车，把杂物搬下去，推我出去！"

第五凌若吃惊地道："现在就走？"

李鱼用力点了点头："受人之托，忠人之事！我们现在就走！"

不出李鱼所料，城内相对平安许多。长街上，行人比往常少了许多，倒是多了许多挎刀持戈的兵士，来去匆匆，一派肃杀。

但是对于拉着一辆小车，艰难地行走在大道边缘的第五凌若，他们只是用凌厉的目光扫上一眼，便匆匆行过，根本未予理会。

车上，是个气色灰败，明显受了重伤的人，拉车的则是个身材单薄的半大小子，这样两个人，也不可能有什么油水。

在城里，这些军卒不会过于猖獗的，毕竟就算是太子李建成此刻招兵买马，控摄全城，目的也是自保，而非破坏。官兵在郊外乡镇，还可以放纵如匪，在这里，就得有所收敛。

所以，在大多数人纷纷外逃的情况下，李鱼反其道而行之，进了长安，确实是求得安稳之道。

第五凌若身材纤细，毕竟是女儿身，骨架纤细，再加上还是个刚及笄的少女，一穿上男装，就显得特别单薄了。

她本想推车而行，奈何臂力不支，只好用绳索拴了扶手，挎在自己肩上，拉着小车前行，饶是如此，也是走得艰难。李鱼虽然心有不忍，但他腹部受伤，势必不能走远路。

长安城太大，此去太子宫仅凭双腿跋涉，还要拉着车子，把第五凌若累得娇喘吁吁，筋疲力尽。日暮时分，他们终于抵达东宫，第五凌若挣扎着把车拉到门前，双腿一阵酸软，便毫无淑女形象地一屁股坐到了地上。

"凌若，你没事吧？"李鱼担心地问了一句。第五凌若耳鼓嗡嗡作响，听李鱼的声音都若远若近的，她吃力地摆摆手，哑声道："我没事，歇歇……就好了。"

李鱼忙在车上向东宫门前的侍卫招手："快来人，来人！"

因为兵变，东宫门口的侍卫由六人变成了十八人，十八个持戟壮士挺立门前。听到李鱼召唤，其中两个侍卫持戟走近，神色不善地道："什么事？"

李鱼道："带我……去见太子。"

一个侍卫脸色一沉，道："你是什么人，竟要求见太子！"

李鱼虽是被车载了大半天，却也是被太阳晒得口干舌燥，肝火甚旺。李鱼恶声道："少废话！真要知道了我的来历，恐怕你们就活不得了！"

李鱼这一句话，唬得两个侍卫一怔，一时未敢发作。

李鱼指了指自己腹部，道："你们看我，身负重伤，气息奄奄，若非十万火急之事，岂有来求见太子的道理？耽误了大事，你们的脑袋都不够砍的！速速通报进去，告诉太子，就说，关乎他生死存亡之大事在此，要他速速相见！"

李鱼固然气色不好，伤也是真的，但要说气息奄奄……听他说话，倒是中气十足。两个侍卫听他如此说，倒是真不敢怠慢了，至于他夸张伤势，也懒得理会了。

他们瞧瞧这两人，全无威胁的样子，马上回首招呼，又唤来两个人，急急说道："快，把他们带进宫里，仪门候着，有要事，我先去禀报太子。"

那两个侍卫更加不知道李鱼是何等样人，他们神色凝重，不敢怠慢，急忙推起车子，其中一人想去搀扶第五凌若，第五凌若一个未出阁的少女，哪肯让一个臭男人挨自己的身子，赶紧吃力地爬起来，道："多谢，我不用扶！"

她此刻扮相是个少年，少年在变声期前，声音本就细些，她又刻意压低了些声音，那人听声音一时倒不好分辨她是男是女。至于长相，固然眉目清秀，但此刻脸蛋红通通的，汗水一道一道的，美人韵致也是不见多少了。

二人被带进东宫，就在仪门外候着，便有侍卫急急进去禀报了。

这两日李建成像热锅上的蚂蚁一般，一面派人打听铜川仁智宫那边的消息，一面派人去联络杨文干询问情况，一面派兵四下搜罗粮草，招募士兵，一面每日与东宫幕僚漫无头绪地商量事情，当真是焦头烂额。

今天讨论了一天，仍旧毫无结果。有人建议去向皇帝说明情况；有人建议干脆称帝；魏征则不断强调秦王阴毒，当速杀之。如今情形下，如何杀得了他？徒惹一肚子烦恼。

此刻，他刚刚散了会议，让一众幕僚退下，一屁股坐在椅上，捧着一杯凉茶，狠狠地灌了一气，尚未缓过劲儿来，便接到了那侍卫吞吞吐吐的汇报。

此时的李建成如惊弓之鸟，任何一点言过其实的消息，他都无比重视，哪里还有平时做太子的雍容沉稳，一听那士兵如此说，岂敢怠慢，立即吩咐道："快，马上把那人给我带来！"

那侍卫为难道："太子殿下，我看那人身受重伤，真要扶他进来，恐怕人还没到，就要咽气了。"

李建成怒道："蠢货，抬他进来！"

那士兵不敢再多说，赶紧答应一声，急急溜了出去。

东宫西厢，曹韦陀站在院子里，眼巴巴地翘首望着，眼见东宫官门局的萧智博走回来，大喜过望，连忙迎上去。

说起来，东宫李建成也是无奈，今日会议，连萧智博这种管出行的官儿都拉去当幕僚了。因为他是太子，太子属吏都有定制，俨然一个小朝廷，可也因为有定制，他就不好招兵买马，广蓄英才。

反倒是秦王李世民，身为天策府上将军，可以自主招兵，可以自主任命官吏，可以自己设置官位，所以手下人才济济。

曹韦陀一见萧智博，连忙赔笑迎上来，道："萧局，您可回来了。小人候您大半天了。小人是西市署的曹韦陀，您大寿的时候，小人曾……"

萧智博摆摆手，道："我已知道你的身份了，你来见我，所为何事？"

"呃……这个……"

曹韦陀支吾了一下，便打起了马虎眼。

他本来觉得那位封秀士不知所终了，自己大可就此装糊涂，免得招惹是非。但是，转念一想，又觉得不妥，万一太子事成，封德彝到时找自己的麻烦怎么办？虽然详情无人知道，但那封秀士已然入住归来客栈，自己也曾去过归来客栈的事，却已有很多人知道。

所以，他便耍了个小聪明，来到东宫见太子属吏，但说法却变成了"有一不明身份的人投宿归来客栈，欲见东宫，目的不明。可第二天，那客人便与其他客人发生争斗，就此不知所终"，他曹韦陀忠人之事，还是赶来报告一声。

在曹韦陀想来，一旦来日封德彝追究，自己也能含糊过去。但如此没头没脑的一番话说给一个管出行仪仗车马的小官儿听，对方岂能意识到问题的重要性。

萧智博正担心自己前程，闻言很不耐烦，挥手道："我知道了，若那人再去见你，问清他的目的，带他来此便是！"

曹韦陀得了这句话，来日便有了搪塞他人的理由，连忙赔笑应道："是是是，那萧局您先歇着，小人告退。"

曹韦陀点头哈腰地目送萧智博回了住处，便施施然地向外走。

仪门外，那士兵回到仪门处，唤来四个力大的甲士，抬起李鱼所乘的小车，把第五凌若也唤上，进了仪门，沿甬道前行，又过一道宫门，便在前庭让第五凌若候着，他们抬了车子进二门。

此处庭院有松有柏，池水假山，倒是阴凉雅致，但第五凌若的脸蛋儿依旧热辣辣的。她左右瞧瞧，也没人理她，便走过去，探头一瞧，那池水涟涟，乃是活水，水上还铺着几朵莲花。

第五凌若就在池边蹲下，掬起那水，洗起了头面。这清水一泼，当真凉快，又感觉头发里也是汗腻腻的，还有腾腾的热气，干脆把头发也解开，洗涤起来。

这长发一洗，清泉灈面，水中映出的，便是一张不施粉黛的俏媚面孔，水上有白莲朵朵，灈清涟而不妖，不蔓不枝，香远益清，亭亭净植。池畔一位美人儿，竟比那水中浮莲还要清丽脱俗得多。

只是那丽颜倒影不断被涟漪荡开，似梦迷离，稍纵即逝，反因此愈增魅力。便在此时，曹韦陀迈着四方步，沿着池塘缓缓走来。

"咦?"曹韦陀远远望去，还以为有位宫女在此净面，走到近处，看其衣衫，又以为是个平民少年，心中不免纳罕，这里是太子宫，怎么会有百姓出现在这里?

听到脚步声，第五凌若急忙抬头，一头秀发扬起，细密水珠如玉屑般飞扬，一张吹弹可破、晶莹如玉的俏脸暴露在夕阳之下，脸上还挂着点点水珠，万千之媚，藏于眉眼。

曹韦陀只看一眼，顿时站在那里，只因那一抹惊艳，入眼便是一幅人间最美的画作!

曹韦陀怦然心动，那是……初恋的感觉!

曹韦陀这样的人，身边当然不会缺了女人，但是如此清丽脱俗的小美女，于他而言也不常见，便忍不住上前问道:"姑娘，你是何人?为何如此装束?"

第五凌若此时的视力还未完全恢复，只不过比起之前要好很多，可以看清眼前这人的衣着轮廓，只是五官微微模糊。

她只当曹韦陀是这东宫里的人，忙起身答道:"哦，外边乱得很，为了出门方便，所以奴奴穿了男衣。"

曹韦陀听了更加奇怪，道:"外间已经这么乱了吗?你竟得以进入东宫?门口的侍卫呢?"

第五凌若脱口答道:"奴奴是和……"

话说到这里，第五凌若心里打了个突儿，李鱼所办的事可是机密得很，就连东宫的侍卫他都不肯直言，自己岂能对东宫里一个属吏坦诚相告。

第五凌若心思转得极快，只是语气一顿，便很自然地接了下去:"奴奴是和哥哥一起来的，家兄受了重伤，一时投告无门。曾有一位远房亲戚在东宫膳房里做事的，我带家兄来此寻他，也不知人还在不在。"

说到这里，第五凌若故作凄苦地叹了口气。曹韦陀一听，原来只是东宫一个杂役的亲眷来此寻人，顿时大感兴趣。如果此女是什么贵人，他也不敢妄生杂念，但只是一个普通民女，这心思就不免活泛了。

其实第五凌若也不是没想过说个没人敢惹的身份，可就她此时这装扮……

四个侍卫将李鱼抬到太子的书房外，这才扶他起来，向里边唱名。李鱼按着腹部，一步一挪地走进书房，微微欠身，道:"恕在下有伤在身，不便全礼，请太子恕罪。"

李鱼说着，抬眼望去，眼见这人三十出头，英姿勃发，容颜十分端庄，唇上两撇胡须，更增庄重之气，倒是有种不怒而威的仪态。

李建成瞧他风一吹就倒的模样，目光微微一闪，道："你是何人，缘何危言耸听，说本宫已至生死关头？"

李鱼笑了笑道："太子如今处境，可不就是生死关头了吗？难不成太子真以为据有长安，就可以与天子对抗？"

李建成听得眉头一蹙，心中大感厌烦。他当然已到了生死存亡的关键时刻，这不用李鱼说，他也明白。这人如此危言耸听，故意卖弄，只怕又是一个哗众取宠、希图上位的狂士。

李建成冷下脸来，道："你今次来，若只是要对本宫说这样的废话，那就滚出去！"

李鱼不以为忤，道："有人曾受太子馈赠玉马之恩，感恩戴德，不敢或忘。今次才叫我冒死前来送信，以为报答。若是在下就这么离开，恐怕不妥。"

"赠送玉马？本宫？"李建成蹙眉问了一句，迅速回想了一下，瞿然一惊。

他是当朝储君，一人之下，万万人之上，除了当今皇帝，皆为他的臣子，能有资格受他馈赠礼物的并不多，而玉马这种极贵重的珍玩，送给过谁，更是绝不可能忘记。

李建成猛地想起了封德彝，他只给封德彝送过玉马。

对封德彝，李建成是信任不疑的，哪怕现在他和李世民已势同水火。

李建成紧张地道："啊！原来你是德彝公的门人，德彝公遣你来，有何相告？"

李鱼道："太子，德彝公让我告诉您，告变，本就是针您的一个阴谋，目的就是逼您惊慌造反，坐实您的罪名，请您千万莫要中计！"

李建成拳掌相击，恨恨地道："我就知道，果然如此！那……"

李建成急急上前两步，忐忑道："那我该如何是好？"

李鱼道："德彝公说，请太子不要做任何抵抗，速速到仁智宫，亲自向皇帝鸣冤谢罪！"

李建成吃了一惊，失声道："父皇疑我深矣，我此去父皇岂肯信我？"

李鱼道："本来是不信的，但您去了，这就是没有反心的明证，皇上睿智，还能不信吗？再者，伴驾往仁智宫的妃嫔、大臣中，尽多心向太子的，太子不在，由得秦王一人言论，大家也无从开口。太子若是到了，他们自会帮太子进言申辩。"

"这个……"

李建成登时犹豫起来。他自知真要造反，其实很难成事。毕竟儿子反爹，爹还是天子，双方可以调动的力量和道义上的立场，根本不成正比。何况父亲身边还有一个心怀叵测的秦王，偏偏实力大得很。

可是，若是去仁智宫请罪，就算父亲不杀他，一旦相信了他谋反，他岂不是要被废了太子位永远幽禁，再无出头之日？反是死，不反有可能生不如死，李建成愁肠百结，拿不定主意。

李鱼瞧他面色数变，反复纠结的样子，不禁暗暗叹息："所谓天家无亲情。父子猜忌如此，兄弟仇恨至深，所谋，不过就是那一张雕龙画凤的椅子，值得吗？"

李鱼对这位可怜的太子生起些许同情。

李鱼道："太子是皇帝的亲骨肉，亲身谢罪，鸣冤自白，皇帝岂能不信？就算不信，又何至于遽下毒手？虎毒尚不食子啊！况且，一旦太子自辩清白，取信于天子，说不定，反会因祸得福！"

"因祸得福？"李建成是个聪明人，只微微一想，就明白了这番话的含义。他反复思忖一番，渐渐冷静下来。李鱼看在眼里，知道他已有决断，只是不知道他是决定去还是不去。

李鱼知道十年前的李建成是失败了的，可他不知道自己这番消息送来后，会不会改变结果。但不管改变与否，一个人用自己的命换来他的一个承诺，他必须完成。

在他记忆里，李建成不是此时死的，应该是决定去铜川仁智宫请罪了吧，也正因为他亲身涉险，主动自白，所以秦王李世民才搬起石头砸了自己的脚，反而把唐皇李渊推到了太子一边，这才被迫发动玄武门之变。那也就是说，自己报的信其实是起了作用的？

李鱼急急思索着，李建成抬起头来，平静地道："我知道该怎么做了，马上召集众幕僚安排此事，若是避得这一劫，德彝公的恩情，本宫没齿不忘。你受了重伤，就住在东宫吧，本宫召太医先给你诊治一番。"

"多谢太子，在下还有伙伴在外面，诊治的事，在下自有办法，不敢劳太子操心，话已传到，在下这就得告辞了。"

李鱼哪敢答应，按他的判断，长安之乱，也就是几天的工夫。他留在这里，太子李建成倒是把他当了恩人，可秦王李世民能饶得了他？天策府高人无数，那样的话只怕他纵有宙轮在手，也难长命。

李建成怔了一怔，有些自嘲地一笑，也是，现在他身边危险重重，封德彝肯派人前来报信，已经是冒了莫大的风险，岂敢留人在他府上？一旦消息泄露，封德彝在天策府，恐怕就得"无疾而终"了。

李建成点点头道："也好！"

李建成唤进侍卫，吩咐他们抬李鱼出去，便急急赶回正殿，再度聚集众幕僚。其实先前幕僚中就有人建议过，不妨直趋仁智宫，当面向天子辩白，如今拿定了主意，当然要先安排一番。

四个侍卫抬了李鱼那辆小车，将他抬到前院庭中。一株大松树下，便是大腹便便、衣冠楚楚的曹韦陀和长发披肩、妖媚可人的第五凌若。

第五凌若年纪本就不大，再加上穿了男装，尤其显小，曹韦陀便真把她当成了一个不谙世事的小丫头，正笑眯眯地哄着她："呵呵，那当然啦，曹某的生意，那是日进斗金，富可敌国，在我家，就算是杂役小厮，都是绫罗绸缎，顿顿肉食。姑娘既然一时无处可去，可去我家暂避。"

"谢谢曹老爷，奴奴要跟哥哥走呢。"

那脆生生的声音，听得曹韦陀骨头都酥了一半："那便连你哥哥一起去好了，反正我家大得很。你哥哥不是叫第五观鱼吗？我家有个大池塘，里边有好多锦鲤金鱼呢，小姑娘，你若去了，老爷我可以带你去看金鱼！"

李鱼被抬过来时，刚好听到背对着他的曹韦陀说出去看小金鱼的话，不禁嘴唇抽了抽。

他可清楚这个第五凌若是多么的古灵精怪，尤其是十年后的她，不仅形貌气质如狐，心机智略也如狐，这人居然把她当成一个可以哄骗的小姑娘，岂不可笑。

李鱼向四个侍卫示意了一下，道："有劳四位，可以把我放下了。"

那四个侍卫将李鱼放下，便即离去。见李鱼来了，第五凌若欣喜地迎上前，道："你……啊，哥哥，你回来啦。找到咱们那个远房表哥了吗？他还在这里膳房做事吗？"

李鱼一呆，第五凌若已经赶到近前，向他递了个眼色，小声说道："那大叔好烦，我没说你来历，就说你是我哥，叫第五观鱼。"

李鱼又是一呆，迅速地瞟了曹韦陀一眼，不动声色地对第五凌若摇摇头道："他早已离开太子府了，我们走吧。"

第五凌若答应一声，便想去车中挽出那拉车的绳子，曹韦陀一见，连忙上前一步，关切地道："小姑娘，令兄伤得不轻啊。"

他上下打量李鱼几眼，点了点头道："伤了肺腑，这可有些麻烦。一旦有所反复，很容易就要了性命。如果治得不好，就算外伤痊愈了，内伤犹在，这一辈子也使不得力，干不了活，成为一个废人。"

第五凌若一听，顿时花容失色："这么严重？"

曹韦陀道："严重？看令兄这伤，着实不轻，换一个人，可能已然一命呜呼了，他能活着已是侥天之幸，怎么能说严重呢？"

第五凌若一听，顿时慌了神："这……这该怎么办才好？"

第五凌若关心则乱，再加上年纪不大，阅历不深，虽然聪慧，可受人这一吓，还是方寸大乱。

曹韦陀马上献殷勤道："呵呵，不要紧。老夫认识孙神医，若是由孙神医出手诊治，定然无恙。"

第五凌若忍不住道："孙神医，可是孙思邈先生？"

曹韦陀自得地道："除了孙先生，还有谁配称神医？"

这话倒不是曹韦陀自夸，如果孙思邈任谁都能随意见到，那这位神医的医馆前恐怕早就人满为患，这位神医也早积劳成疾而逝了，怎可能活到偌大年纪。

第五凌若中了蛇毒，家境也算小康，进城也只能寻别的郎中诊治，根本没可能求上这位孙神医的。第五凌若期期艾艾地道："可……可我没有那么多诊金，请孙神医出手。"

曹韦陀欣然道："看你这话说的，既然老夫有意援手，这诊金，自然也包在老夫身上。"

"多谢老爷，大恩大德，小女子没齿不忘。"曹韦陀有意施恩示好，第五凌若却也是古灵精怪。她哪还看不出这老不羞垂涎她的美色，不过眼下孤立无援，又心切于李鱼的伤势，只好佯作不知。

反正这人自己显摆，故作慷慨地包了诊金，那就去找神医诊治，等杨冰哥哥身子大好了，本姑娘拍拍屁股就走人，他还能明抢不成？

两个人各自打着如意算盘，一旁的李鱼却有些心闷。作为旁观者，他也明了这个老东西的心意，而且以他对第五凌若的了解，他相信凌若也明白。凌若是为了避免他的伤势出问题。

而李鱼自忖，肠子都流出来了，胡乱塞回去，也没上药，就这么胡乱包扎起来，仗着自己年轻，身子强壮，眼下倒还没有大碍，可真要是发了炎，恐怕就要一命呜呼。

曹韦陀见他兄妹接受了自己的"好意"，很是欢喜，忙道："我有大车，平稳得很，待我唤人来，接令兄出去。"

曹韦陀急忙唤来几个下人，抬了李鱼出去，换上了他的大车，又招呼第五凌若一起上车。车中塞了两个坐的一个躺的，居然依旧十分宽敞。

老牛慢吞吞地走在路上，车子发出嘎吱嘎吱声，也不知是不是老牛走得慢的缘故，果然十分平稳。

"呵呵，姑娘与令兄是住在城里还是乡下啊，这兵荒马乱的，怎么就受了伤？"

曹韦陀说着，仿佛双腿蜷着，为了避让李鱼不太舒服似的，把腿很自然地往旁边一挪，借着车子的微微起伏，膝盖就与第五凌若的膝头时不时地碰触一下。第五凌若对此毫无察觉。

李鱼躺在车上，看得清清楚楚："就挨挨挤挤的占人家这点便宜，你说你这么大岁数了，有意思吗？"李鱼对这个猥琐无聊的油腻中年男人很是不屑，清咳一声，蜷起了一条腿，正好挡在两人的腿中间。

李鱼道："舍妹前些日子被一条毒蛇咬了，伤了眼睛，现下尚未完全痊愈，进城本是寻医的，谁料战乱之中，遭了强梁。啊，员外今日慨然相助，大恩大德，观鱼与舍妹实是无以为报。"

曹韦陀笑眯眯地道："不必客气，令妹伶俐可人，很合老夫的眼缘，所以就出手相助了。大恩大德更不要提，对老夫而言，这不过是举手之劳罢了。"

李鱼"惊叹"道："员外能出入东宫，想来定然也是非同一般的人物了。"

曹韦陀怡然自得地将了捋胡须，道："好说，好说。老夫其实也没有多大的产业，不过就是整个西市店铺，俱由老夫负责！"

"哇！这么厉害？"第五凌若顿时两眼放光，看在曹韦陀眼里，不免飘飘然地更加得意起来。其实第五凌若倒不是爱富，只是骤见巨富的自然反应。

不过，她这自然反应看在李鱼眼里，却是有点泛酸："有什么了不起，就你那眼神儿，用得着这么闪闪发光吗？嗯？西市！"

李鱼的表情微微有些发僵，忍不住问道："不知员外高姓大名啊？"

"老夫姓曹，名韦陀！"

李鱼登时两眼发直："曹韦陀！上了贼船了，这回真是上了贼船了！"

"我们只是小门小户人家，可当不起曹员外如此费心……"李鱼挣扎着就想坐起来！

起初，李鱼也只是知道曹韦陀是常剑南的上任，直到第五凌若找上他，把他当成了自己的情郎，李鱼出于好奇，便对十年前发生在西市的故事做了一番了解。

曹韦陀，正是逼嫁第五凌若又被常剑南干掉的那个人！

李鱼本以为他的出现，会对历史做一番修正，为何如今所有的事都在朝着他所知的那个方向发展着？难不成，他所知的那个结果，正是因为他的存在而造成的？

也就是说，其实本来的历史并不应该是这样的，恰恰是因为他的出现，意图改变，所以才造成了改变，而改变后的样子，就是他所知的。

他知道结果是什么，却不知道过程是什么，他现在正在创造过程。李鱼越想越怕，竭力地想要避免这一切的出现。

但第五凌若已经从座位上溜了下来，将他按躺下，贴着他的耳朵，小声地道："哎呀，我知道他是色眯眯的大坏蛋啦，他喜欢当冤大头，干吗放过他。"

第五凌若狠狠地瞪了李鱼一眼，用力握了一下他的胳膊："你伤得那么重。"

李鱼苦笑，只能苦笑。

在李鱼一行人来到孙思邈府上的时候，李建成已经打开了宫门，在一众幕僚的相送下，牵着马，走出宫门。他神色坚毅，眸中却有着复杂难明的情绪，说不出是忐忑、紧张还是愤怒。

他已决定，去见皇帝。既然已经决定去见皇帝，那么早去一刻，就能让天子少一分疑虑。李建成也是一代人杰，当机立断，既然有所决定，便马上开始执行。

医馆里，包扎处被那位白发白须白眉毛，仿佛谪仙人一般的孙神医给剪开了，内衬已经黏合在腐肉上，被孙神医连衣服带皮肉都剪了下来，虽然用了麻沸散，李鱼还是疼得龇牙咧嘴。

不过，等孙神医处理完，又给他敷了上好的金疮药，重新包扎起来，李鱼觉得腹部那种沉甸甸的感觉不见了。原来因为腐烂，那儿已经失去了知觉，不甚疼痛，甚至使他误以为痊愈得很快。

此时虽然一动就有痛楚感，但身上明显地轻松了，那种低烧的昏沉感也在迅速减轻。

"小伙子身体不错！"孙神医在李鱼的胸口按了按。

"老夫不以外伤科见长，不过你这伤虽然严重，却不复杂，老夫还治得来。"

孙神医说完，扭头对第五凌若道："令兄之前没有受到很好的救治，老夫已经给他用了药，但今晚还要观察一下，如果一夜不曾发烧，那就没有性命之忧了。西厢还有一间房，你们兄妹暂且就住在这里吧。还有你这眼睛，呵呵，一会儿我给你开几服药，煎服一下，最多三服，余毒便可清了。"

第五凌若还未说话，曹韦陀已经上前一步，殷勤地对孙思邈道："有劳神医，多谢神医！凌若啊，那你们兄妹就暂时留宿在此吧，其他的事你们不用管，老夫自会给你们安排妥当。"

曹韦陀不动声色地，就对第五凌若换了称呼。第五凌若也不知有没有察觉，只向他甜甜一笑，道："多谢曹员外。"

曹韦陀笑眯眯地道："举手之劳，何必言谢。"

他一脸慈祥的笑容背后，却在暗暗合计："常言道，深山育俊鸟，柴屋出佳丽。这凌若姑娘出自小门小户人家，竟是这般美丽可人，古人诚不我欺。今日是去太子府，本就不敢张扬，轻车简从，这小姑娘不谙世事，不晓得我曹某人究竟有多大势力。明日来，我摆出排场，她这未见过世面的乡下女子，我稍一暗示，还不欢天喜地侍奉于我？"

曹韦陀暗暗打着如意算盘，当着孙思邈的面儿，也不敢露出急色模样，一番言语之后便即离去，反正这小伙子受了重伤，为了性命，他们兄妹一定会留宿在孙神医府上，明日再来便是。

这厢孙神医叫小学徒把李鱼抬到西厢，安排了房间。房间不大，也没有什么华丽陈设，倒是洁净整齐。院子里种着可以观赏的药草，花朵绽放，一种好闻的药香扑鼻而来，令人心旷神怡。

坐在榻上，推开窗子，就是一园子红的紫的黄的花，大的如碗口，小的如耳环，但都有药香散发出来。

药圃边上，有两方怪石，并非湖石，只不过形状尚还耐看，所以清理院子的时候就留了下来，充作一景。两方怪石被药草花枝半掩着，只露了大半截在外面。

窗内，李鱼坐在窗前，半倚着被褥，第五凌若就跪坐在他身边，一起望着外面。这里只剩一间房子，两人今晚要同宿一室，若真是兄妹也没什么，但实际上两人并没有什么关系，但第五凌若却毫无拘泥之感。

"冰哥哥，你瞧那两块大石头，仿佛并肩而立的两个人呢。"

"有吗？这想象力也太丰富了吧？"

李鱼正琢磨明日确认无恙后，如何摆脱曹韦陀，避免他所知的一切真的发生，听到第五凌若这番话，瞧瞧两块大石头，不免有些诧异。忽然，他醒悟到第五凌若现在眼神不济，便微眯了眼睛去看，果然，如此一看，就像两个人相互偎依了。

第五凌若叹了口气，道："你看它们，像不像长相偎依？"

李鱼却不知第五凌若是想到了此时并肩外眺的他们，所谓的长相偎依，其实是对他二人未来的一种憧憬。看她有些向往的神采，李鱼忽然想起一个故事，便笑了笑道："说到这两块大石，我倒想起一个有趣的故事。"

"哦？"第五凌若扭过头来，好奇地望向他。

李鱼道："从前，有两块石头，受天地精华，渐渐成了精。两块石头没事就斗斗嘴聊聊天。又过了许多年，其中一块石头终于化作了人形，它兴奋地跑开，到处乱逛了一阵，最后却又回来了。另一块石头静静地趴在那儿，问它，你不是想看看大千世界吗，怎么这么快就回来了？已经化作人形的那块石头说，唉，我是真想去啊，可就是舍不得你。所以，我又回来了。另一块大石头笑了，一下子站起来，说，走吧，我们一起去看世界。你不知道，我已经等了你几百年……"

"好感人……"第五凌若哪听过这样的故事，登时两眼星星乱闪，不过她眯起眼，又向外看了看，叹气道："可惜，这两块石头都很粗笨，若是有一块纤细一些，那就似一男一女，正应了你这故事的景了。"

李鱼笑道："何必非要一男一女。"

第五凌若扭头看向李鱼，笑啐道："呸！你也不是好人。"

李鱼讶然道："这种事，你居然一听就懂？"

第五凌若白了他一眼，道："废话，你当人家傻呀，娈童、男宠这种事，在那些富贵人家蔚为时尚呢，人家好多师兄在大户人家里当账房，人家听过好多……"

第五凌若说到这里，忽然张大眼睛，有些嫌弃地往后躲了躲，期期艾艾地道："你……你不会也有那种怪癖吧？"

李鱼赶紧撇清："什么话，我可是只喜欢女人，而且是漂亮女人。"

"那人家漂亮吗？"

第五凌若脱口而出，一句话出口，脸才羞红起来。

李鱼情不自禁地道："漂亮！当然漂亮！"

第五凌若低下了头，心中窃喜，含羞地撩了撩鬓边的发丝，动作风情，显得很女人。

第二十二章
形势

窗户开着，窗外是绚烂的鲜花，窗中人俏若一枝春花，相映成趣。

此情此景，令李鱼真有一种定格于此的心境，心安恬下来，困意也就起了，不知不觉间，他已睡在第五凌若的大腿上，很自然地就枕了上去。

第五凌若轻轻抚着他的头发，微微眯了眼，看他的容颜。她的眼睛余毒未清，远不及她平时看得清晰，可前两天在仓房中，她已凑近了去，仔仔细细地看过他，将他牢牢地记在了心间。

一壁之隔，窗子也开着。

窗中人伤重，并没有高卧，他平躺在床榻上，脸色灰败，望出去的眼睛都是无神的。因为平躺着，他看不到院中的花草，所以也就没有看到之前抬了李鱼从他窗外走过的药馆学徒和伴行的第五凌若。

否则，因为交过手，他应该认得出男装打扮的第五凌若，继而发现躺在抬板上的李鱼。

裴天睿！

常剑南倒真是一个信人，他既然决定放过裴天睿，就真的好人做到底，把他送到了医馆，而且是孙神医的医馆。

常剑南伴从三娘子纵横沙场的时候，就与孙神医相识了，如今已经算是老相识。

常剑南已经辞去官职，他要静静地守着三娘子，要暗中照顾一双宝贝女儿，就需要一份稳定正当的营生，于是他选择了西市。此时的他，对于西市王的宝座并没有觊觎之心，他只想安安稳稳地在这里生活下去，同时也给追随着他的同生共死的三百老军一个出路，所以适当结交些人脉，于他而言，并不是坏事。

他也看出，曹韦陀不是能容人之人，而且也知道，西市之主几乎就没有一个能坐稳两年之上的，这个曹韦陀不像一个有魄力有气度的"明主"，恐怕用不了多久，就会被人取而代之，他必须得为自己、为他的三百袍泽有所考虑。

天策府，无疑是一个可以攀交的对象。

常剑南在军中，虽不在秦王体系下，却也远比外边的人更了解天策府一系的势力究竟有多大，所以他对这裴天睿示好，算是给自己多积攒了一份人脉。

常剑南雇了两个伶俐的小厮来照顾裴天睿，裴天睿沉默无言，两个小厮就识趣地坐在房间一角，咬着耳朵，窃窃私语。

医馆里的一切都很安闲，懒洋洋的叫人打不起精神，只想睡得足足的。一墙之隔，裴天睿与李鱼互不知晓对方的存在，人生就是这样，错过就是错过，相逢即是缘分。

一夜无话，直至天明。第五凌若早已搬了枕头，让李鱼小心地睡好，自己就偎依在他身边。

本来，出于一个少女的矜持，她的睡处与李鱼睡处是有一定距离的，而且她睡相很踏实，不会满床滚来滚去，但一早醒来，她却发现自己已经偎依到了李鱼怀里。

"呀！会不会碰到他的伤口。"这是第五凌若的第一个感觉，紧跟着，就觉得睡在李鱼身边好舒服，已经进入秋天了，夜里还是有些凉的，但他身上暖烘烘的。

但是旋即，第五凌若就发觉不对劲儿，她一骨碌爬起来，伸手一摸李鱼的额头，顿时变色。李鱼的额头好烫！第五凌若马上跳下地去，连鞋子都未顾及穿，就风也似的向外跑去。

"呼——"一道人影从窗前飘飞而过，正张着嘴巴让小厮喂粥的裴天睿斜着眼睛向窗外瞟了一眼，只看到一束飘飞的马尾。

李鱼还是发了炎症，之前根本未作清洁处理，伤处的肉都腐烂了，虽然孙神医做了很好的处理，可是体内已经有了炎症，此时终于发作。

孙思邈对此倒是早有心理准备，他原也没指望这人凭着自己强健的身体，就能顺顺利利地挨过这么重的伤。

　　一番诊治之后，孙思邈当场开出一堆药方，让药童速去煎药。他的病人不止李鱼一个，随即也就走开了。

　　第五凌若守在李鱼旁边，满脸紧张。李鱼看在眼里，不禁向她笑了笑，道："没事的，生死有命，我相信，我没那么短命。"

　　"伤那么重，你还笑。"第五凌若说着，眼泪已经在眼眶里打着转转。

　　李鱼微笑着，道："现在，笑得不贱了吧？"

　　第五凌若想起前事，不禁破涕为笑，却仍嘴硬地道："谁说的，还是那么贱，一直那么贱……"

　　说着说着，声音却是愈来愈柔和，眼波也柔媚起来，轻轻握住李鱼的手，情意绵绵地道："可我，就喜欢你冲我贱！"

　　李鱼望着第五凌若含情脉脉的眼神，心弦如琴弦，狠狠地弹了一下。李鱼情不自禁地反握住了她的手，喑哑着嗓子道："就冲你贱，这句话，你能记多久？"

　　第五凌若眸中泪光闪闪，低声地道："一辈子，好不好？"说到后来，她已带上了哭音儿。

　　李鱼是别有所思，所以有此一问，可是第五凌若听他这么问，却以为他是预感到自己命不久矣，当然惶急哭泣。就连李鱼此时的微笑，在她看来，都像是依依不舍的辞世之语了。

　　有那么一刹那，李鱼想要对她说出自己的身份，说出自己的名姓。

　　可是，宙轮下落不明，他根本不能确定未来会怎样，如果真的不能回归，就此死去，那又何必跟她说那么多，徒增烦恼。

　　"老天把我送了来，应该……不会这么容易让我死吧。"李鱼迷迷糊糊地想着，再度陷入了昏沉之中。

　　孙神医带着小药童又回来了，小药童手里还端着一碗热气腾腾的药汤。

　　"姑娘，给！"药童把碗递给第五凌若，第五凌若接过药碗，一扭身坐在榻边，舀起一勺，小心地吹了吹，就想喂给李鱼。

　　孙思邈咳嗽一声，礼貌地微笑道："姑娘，这是给你祛除蛇毒的药，不是令兄喝的。令兄的药，还没煎好呢。"

　　"哦！"第五凌若应了一声，收回勺子，递到了自己嘴边，一口、两口、三口下去，泪珠忍不住就掉在药碗里，荡起一圈涟漪。

　　孙思邈摸了摸胡子，收回搭在李鱼腕上的手，扭头恰看见这一幕，忍不住道：

"药是苦了些，姑娘且忍耐。"

第五凌若幽幽地道："我不是口里苦，是心里苦。"

"哦？喔！"孙神医恍然大悟，抚须笑道，"你们兄妹俩当真是情意深厚。其实姑娘不用那么担心的，如果他去了腐肉，敷了药泥，便能马上痊愈，那是极为难得的事。有所反复，也是正常的。而且，他昨日去了腐肉，重新敷药，旋即便高烧起来，正说明身体已经具备了抵抗的力量，开始抵御化脓发炎对身体的伤害。我刚才为他号过脉，应该能转危为安的。"

这老头儿昨天说话不清不楚，只说了最好的局面，偏偏他在世人眼中，又是能肉白骨、活死人的活神仙，对他的话，病人及其家属那是无比的重视，所以把第五凌若吓得不轻，只道既然发烧，那他就死定了。

此时听孙思邈一说，小姑娘捧着药碗，也不知该哭还是该笑了。

而此时，长安城中已经变了模样。

由于太子李建成改变了策略，东宫六率全部回营，刀枪入库，马放南山。长安城重又交给了留守官员们打理，已经迅速平静下来。

而李建成也是在两率兵马护送下到达铜川仁智宫的范围后，便遣他们回返，只率百余精骑直趋仁智宫。

传闻已然造反的太子居然只身来到仁智宫，立即打了秦王的人一个措手不及。而此时秦王本人却又不在仁智宫。因为他已奉旨去围剿杨文干，但他半路来了个金蝉脱壳，先去了长安，密谋安排了一番，这才前往杨文干的地盘，公开亮相，此时尚未回来。

李建成此时在朝中的威望、地位其实仍在李世民之上，皇室、宫中乃至许多朝廷大臣，都是心向太子的，在秦王离开后，没少在李渊面前进言，李渊也觉得，儿子已经是太子，国之储君，实在没有理由造反，心里未免有点含糊。

此时再听说太子孤身前来，那份犹疑登时坚定了许多。但他宣李建成晋见后，仍然故意作态，试他心意。李建成见老爹不信他，气极之下居然要以头撞柱，唬得众武士赶紧把他拦住。李渊并不是一个昏君，事情至此，心中也隐隐清楚，这究竟是怎么一回事了。

当爹的在儿子们面前，其实一直是和稀泥，长子在他还是唐王时就是世子，称帝后就是太子。次子功劳不小，就封秦王，授司徒、陕东道大行台尚书令外，加封古所未有的"天策将军"称号。

在老爹眼中，两个儿子这样就算摆平了，谁料，却是助长了秦王的野心，两兄弟的争斗反而愈加激烈。当下，李渊急忙亲自起身离座，安抚儿子一番。

不过，出于谨慎，李渊还是先把太子"留"在了仁智宫，又亲自选派了三位大臣回长安，等他们接管长安之后，他才会启程回京。

这三位大臣，一位是李渊的亲信，一位是他的第四子李元吉，而另一位，就是天策府的封德彝！

将近中午的时候，曹韦陀又来了。这一次，曹韦陀给第五凌若带来了不少疗养内外伤势的补药，还摆了极大的排场。豪车豪奴，前呼后拥，就连那守御门外的都是曾在军中任将的常剑南，声势可谓浩大。

此时曹韦陀还打着让第五凌若主动投怀送抱的念头，所以虽殷勤而不逾矩，虽热情而不猥琐，完全一副家财万贯的富家翁形象。

尤其是离开时，眼见第五凌若没有送他出大门的意思，曹韦陀还借口要交代一些补药的用法，刻意拉着她出了趟门，叫她亲眼看见自己出行，是何等的威风。

奈何，第五凌若冰雪聪明，早知道这胖老头儿对自己不怀好意，只是她目下也有求于人，于是虚与委蛇罢了。

曹韦陀的目的，其实她一清二楚。眼见那辆豪车以及前呼后拥的队伍，第五凌若适时地做出惊叹、夸张的表情，满足了曹韦陀显摆的心理。候他离开，依旧站在原地，做艳羡赞叹状的小美女凌若，才不屑地撇撇嘴，转身蹦蹦跳跳地回了医馆。

第五凌若回了房间，就见孙思邈正带着药童进来探望病人。孙神医一瞧那满几案的补药，登时眉头大皱："这是谁拿来的药材，病人岂能乱补的，一个不好，反会加重了伤势。"

第五凌若赶紧上前道："这都是曹员外送的，奴奴也知道不该乱补，老神医照顾家兄辛苦，这些药材就送与老神医，赠予有需之人吧。"

孙思邈展颜道："哦，原来是曹韦陀所赠。"他摆摆手，让小药童把补药拿回去，有心想提醒第五凌若几句，可话到嘴边，又咽了回去。

这位老人家活了偌大的年纪，一双眼睛何等老辣，当然看得出曹韦陀对这对陌生兄妹如此殷勤，明显是在打人家妹妹的主意。只是，这种事情，旁人实难说什么。

人家既未偷，也未抢，是用银弹攻势。这有钱有势的男人，纳几个二八妙龄的少女为妾，实是太过寻常，且你情我愿。眼前这少女一看就不是十分富有人家的姑娘，没准儿心里也是愿意进豪门的，今日多一嘴，来日不好做人。

想到这里，孙思邈转而说道："令兄的伤势已经渐渐稳定下来了，再有三日，虽不宜剧烈行动，却可离开医馆，回家慢慢疗养了，你可早做安排。"

"多谢老神医。"第五凌若甜甜道谢。等人离开，她便凑到李鱼面前，开心地道："你听到了吗，孙神医说，你已经没有危险了呢。"

李鱼笑道："我又不曾睡着，当然听到了。凌若，你一连几天不曾回家，家里人不担心吗？"

第五凌若道："当然会担心啦，尤其是张威那家伙回去一说，我爹娘指不定多担心呢。可是，担心又有什么办法？我现在无法回去，也无法给家人送信，与其空自着急，不如好生照料你的伤势，等你好些，你护送我回去啊。"

李鱼一呆，这姑娘年岁不大，倒是豁达，凡事很想得开嘛，怎么涉及一个情字，就那么执拗。十年青春，徒自消耗。

李鱼点点头道："嗯，外面现在不知怎么样了，应该平定许多了吧。"

第五凌若道："是啊，你说得还真准，我刚才送曹员外出门，看大街上行人从容了许多，也不见许多兵将满街游走，捕虏候们也都出现了，看来真是稳定下来了呢。"

李鱼一听大为宽心，道："果不出我所料！这就好，等我再稳定一些，就送你回家。"

李鱼顿了一顿，又道："对了，过两天离开的事，你可别说给曹员外听，也不要告诉他你家住哪儿。他的恩情，咱们容后再报，有些事，可是不便叫他知道的。"

第五凌若惊讶道："为什么不能说？接触下来，曹员外人很好啊，我家住哪儿，家里都有什么人，好多好多事，我都跟他说啦。就是你不是我亲哥的事，之前撒了谎，不好意思跟他改口。"

"你……哎呀，看你鬼机灵的，怎么这么笨。人心隔肚皮啊，你这丫头……"

李鱼一听，焦急起来，第五凌若看他着急的样子，忽地扑哧一笑，眉眼间小有得意，冲他妩媚道："为啥不能叫人家知道啊？你担心我呀？"

李鱼一呆，恍悟道："你骗我？"

第五凌若巧笑嫣然："我才没那么笨呢，曹老头儿是帮了咱们，可他没安好心眼儿，我看得出来，可你现在伤这么重，要是没有良医良药，我真怕……既然姓曹的说得冠冕堂皇，那咱就装装傻呗。"

李鱼松了口气，又叮嘱道："这才对，那个姓曹的，你防着点儿，千万别接近。"

李鱼是就他十年后了解的一些情况做出的提醒，而第五凌若不知就里，只当心上人吃醋呢，他吃醋，也就意味着，他在乎自己，不想让别的男人打自己主意。

第五凌若越想越开心，忍不住凑过去，在他颊上开心地吻了一下。

李鱼被吓住了，这姑娘……也太热情奔放了吧？他却不知，除了第五凌若敢爱敢恨、爽直干脆的个性，还因为早在他昏迷时，人家就与他唇齿相接，有过更甜蜜的事了。

再羞涩胆怯的姑娘，一旦与一个男人有过一次亲昵的举动，那么下次较之更简单甚而更密切的亲昵，也就不会那般抗拒，甚而可以悄悄地主动起来了。

李元吉、封德彝和另一大臣进京了。

三大臣接管了长安城。

消息传到了苏有道的耳中，苏有道黯然长叹：计划，终究是失败了。

于李世民而言，这次只是计划失败，而对他而言，却是惨败。

他伤了大筋，再不能动武。而天策府谋士成群，武将如云，他年纪轻，资历又浅，如今文不显，武不彰，前程实在渺茫。

"就地隐匿下来吧。"

苏有道叹息着吩咐："不必去仁智宫了，很快，皇上就会回京，秦王殿下也会回来。"

一个侍卫道："裴天睿使人送信来，说他现在在孙神医的医馆里养伤，要不要通知他？"

苏有道默默摇头："他是个很机警的人，知道该怎么做，等他养好伤离开医馆，自会往天策府去。我们，离开吧。"

"是！"

很快，几人就离开了原来的隐居之所，消失在茫茫人海当中，仿佛他们从未出现过。

此时，刚刚回京的封德彝与另外两位钦差大臣一起处理了一天的公事，最后由暂摄兵权的李元吉呈报铜川仁智宫，奏请天子，可以还朝。

待他回到府上，一个人已经等候在那里。

西市署贾师，乔向荣。

一见封德彝回来，乔向荣赶紧趋前拜见，封德彝摆了摆手，转身落座，脸色一沉，道："有件事，我要问你。"

封德彝在西市栽培了曹韦陀，但他的耳目，可不止曹韦陀一人，乔向荣这人机警伶俐，也是他物色的一个耳目。

乔向荣欠了欠身，做聆听状。

封德彝沉着脸道："近几日，曹韦陀可曾往东宫见过太子？"

乔向荣既然是封德彝的耳目，平素当然注意观察曹韦陀的一举一动，而且业已成功地成为曹韦陀的心腹。听封德彝这样一问，乔向荣忙道："曹韦陀确曾去过东宫，不过并未见到太子。据曹韦陀身边的人说，他只见了东宫一位小吏，便回来了。"

"果然如此……"

封德彝闭了闭眼睛，这一天忙碌，他重点查了东宫那边的情况，所获知的消息是太子亲自接见过一位重伤的年轻人，还是一位少女陪同前来，并不曾见过曹韦陀。

那位受了重伤的年轻人，封德彝也不知道是不是他派出的十三人之一，也许，除非那人未死，并且找到他，他才能确定了。

为了谨慎起见，他本来是想迂回地通过曹韦陀向太子报信的，但是在这过程中，曹韦陀全未起到作用。这对一向谨慎为上的封德彝来说，实在是一件很恼火的事情。

他吩咐过手下，要通过曹韦陀来见太子，手下人不可能不听他的命令，为何又越过曹韦陀去见太子？必然是曹韦陀阳奉阴违，没有起到作用。不管是曹韦陀不够担当，还是首鼠两端，都证明，这个人不可用了。

封德彝沉吟了一下，道："我的人可曾前往归来客栈，并与曹韦陀取得联系！"

乔向荣毕恭毕敬地道："有，还是小人得了他们的交代，巧妙地通知曹韦陀前往联系的。"

"够了……"

封德彝长长地吐了口浊息："竖子！不可原谅！"

乔向荣神情一紧，后台大老板这么说，难道曹韦陀要失宠？

"天命有常，唯有德者居之！曹韦陀，不堪大用！"

封德彝做出了评价，但乔向荣紧张依旧。

因为，曹韦陀并不是封德彝的下属官员，他这上官对其不满，就可撤换其职。曹韦陀是混黑道的，只不过他巴结了一个白道上的大人物做靠山罢了。有了这座靠山，他的地位就更稳，但是失去这座靠山，他也不会马上就倒。

而这靠山也不可能用官场上的那套规矩制度来约束曹韦陀，用黑道手段，他就只能迂回地用他的影响力来施加作用。

所以，封德彝对曹韦陀不满，意味着西市的动荡即将到来，而在这场逐鹿之战中，既有无数的机会，也有无数的凶险。

乔向荣只是一个贾师，因为是封德彝的耳目，所以侥幸提前知道将有大变，可是西市王之下，还有四梁八柱十六桁，无论怎么动荡，也轮不到他爬上高位，以他的资历，就算现在去巴结四梁八柱，其实都不够格。

但是，人往高处走，既然知道将有变化，岂能坐视这份机缘与自己擦肩而过？

那么，就得找几个强有力的伙伴，才有上位的一线机会。

王恒久，此人机警多谋，可以招揽。

但只有谋智者，没有掌握武力的人，在这场逐鹿之中，也不可能有机会胜出。

常剑南！

乔向荣马上又想到了那个坐拥三百老军，实力强大，但现在尚属东篱下外围人员的常剑南。若是得了此人的臂助，也许，八柱之一的高位，我这个小小贾师，也有机会去坐坐呢……

第二十三章
选择

第二天，曹韦陀又来献了一番殷勤。他很懂得如何让一个小姑娘沦陷，富贵、奢华、恭维，满足她的虚荣心，叫她明白跟着自己才能让这份虚荣得以实现。

只不过，第五凌若也依旧是一副天真、崇拜、羡慕的神情，充分满足了他的虚荣心，然后撇着小嘴蹦蹦跳跳地回医馆。

曹韦陀以前结识的女人显然不够全面，他还不太明白这世上的的确确是有那么一些女孩子，只喜欢她所喜欢的，并不会因为外物的诱惑而放弃自己真正的心意。

不过，第五凌若本以为第三天曹韦陀还会来，而且依旧会重复他那一套自以为高明，实则在她心里很蠢很笨的做派。可是，曹韦陀没有来。

不应该啊！那个色眯眯的胖家伙，没道理这么快就失去耐心吧，他都没上手呢。

对自己的美貌很自负的第五凌若虽然根本不喜欢曹韦陀，甚至很讨厌他，但是还是因为自负而禁不住地猜疑起来：难不成是欲擒故纵？不是吧，想用这么土的法子，来对付天资聪颖、国色天香的本姑娘？

其实，第五凌若是真的冤枉了曹韦陀。曹韦陀不是想玩什么欲擒故纵，那手法对他来说，太高端了些，他玩不转。曹韦陀之所以没有来，是因为他突然遇到了一堆的麻烦事。

封德彝的报复来得如此之快，他借身为钦差大臣，负有整顿整个长安，以迎天子回京之机，下令彻查西市，为此可以停顿经营。而前几天，西市又恰恰发生了几起凶杀事件，这更给了官方充足的理由。

原来的包庇者变成了现在的刁难者，下边的执行人员趁机吃拿卡要，种种刁难，弄得曹韦陀焦头烂额。所以，第五凌若这边难得地清净下来。

这时候，孙思邈正要派药童下乡收药材，经过几天的相处，他已经知道第五凌若"兄妹"的大致遭遇，便好心地询问，用不用捎带她"兄妹俩"一同下乡。

第五凌若和李鱼在医馆里有些不知岁月，孙思邈对外界的情况却是清楚得很，眼下的长安城已经重新恢复了太平，可以自由出入了。官府也恢复了治理，一些骚乱事件已经迅速平息。

第五凌若巴不得赶紧离开，免得那个"欲擒故纵"的胖子前来"擒"她，所以欣然应允。孙思邈就让二人乘了准备收购药材的牛车，由四名药童护送下乡。

这牛车是准备用来装药材的，没有车棚顶盖，不过用来代步却足够了，二人便坐在这敞篷的车上，吱吱呀呀地准备出城。

长安城刚刚恢复太平，一些逃难离城的人还未回来，长安街市上人也不是很多，他们刚刚过了一个路口，却发现街上突然多了许多军士，五步一岗，十步一哨，十分肃穆。

眼见有车过来，立时就有士兵上前，指挥他们靠边停下，不准行走。

孙思邈此时有着医官的身份，又是名贯长安的第一神医，名号极其响亮。药童通报了自家主人的名号，那士兵便没有难为他们，只是好言警告："不用担心，皇帝今日还京，马上就要进城，尔等且静避路旁，不要张扬，等陛下的车马过去，便可继续上路。"

听人家这么说，四个药童便把牛车停在了路边，静静地等待。过了小半个时辰，就见旗幡招展，仪仗法度森严，长长的御林军队伍缓缓前来。

天子御辇在中间，太子李建成策马伴行于侧，诸多迎驾的王侯、皇亲和官员逶迤于后，自长街上缓缓而行。

四个药童和被拦下的百姓俱都肃立，第五凌若也扶着李鱼在车上跪坐扶膝，向天子致敬。

李建成骑着一匹雄骏的白马，随侍在天子御辇之侧，一路徐徐而行，目光微微顾盼。路上行人本就不多，此时还在车上的除了李鱼和第五凌若更是绝无仅有，被他一眼看见。

李建成一见李鱼，目中顿时一喜，便微微勒了下马缰，候一个侍卫靠近，悄悄耳语几句，那侍卫向旁边一扫，看到了太子吩咐之人，轻轻额首，放慢了马速。

皇帝的御驾、文武百官的队伍过去，后边还有长长的仪仗和护驾官兵，等这大队人马过去，两旁侍立站岗的士兵才有头目过来，挥手喝令撤岗，街两旁的百姓登时行动起来。

这时却有四个襕衫青年人忽然拦在了李鱼的车前。

前头一人向车上的李鱼深深一礼，朗声道："前几日蒙小郎君传报家讯，我家主人感激不已。当时忙于去见家中长辈，来不及道谢。今我家主人已经回来，相请先生，再往一叙，当面道谢。"

一个药童道："几位贵人认错人了吧，我这车上只有一对兄妹，乃是我们医馆的病人。"

一个襕衫人微笑道："不会错，我们要请的，正是车上这位小郎君。"

李鱼扶着车栏向前一看，疑惑道："你家主人？"

襕衫人道："不错，正是我家主人，我家主人姓东，小郎君应该明白了吧？"

李鱼心里扑通一下，登时明白，方才太子路过时，想是看到了自己。不过，他可不大想跟这位短命太子多有交集，忙赔笑道："代捎一个口信儿，不过是举手之劳，何足言谢。还请回禀贵主人，就说……"

那襕衫人笑中含威地道："小人只是奉命而来，可做不得主人的主。小郎君还请留下，有什么话，与我家主人当面说吧，可莫要为难小人，小人着实吃罪不起。"

李建成那日满怀心事，一时也想不到留这报信人何用，便让他去了。不过此去铜川再护驾归来，才想到这个危机虽然解除，后续却仍有很多麻烦，需要与知情人沟通、商量，尤其是他那好二弟秦王，此时正在围剿杨文干。

皇帝虽然相信了他没有反意，但不肯坐以待毙的杨文干却是真的反了的，那可是他的心腹，天知道秦王回来，会不会炮制些什么证据咬死他。

如此一来，与天策府里的内间封德彝多些联系，对他就显得极为重要了。但是他们两个一个是风波中的当朝太子，一个是眼下管制长安的钦差大臣，都是风口浪尖上的人物，哪有机会私下沟通。

方才封德彝出城来迎皇帝，与他并作一支队伍，一连碰了几次面，却是连一个特殊的表情，甚至一个特殊的眼神都没有给他。所以，太子看到了李鱼，并且相信他是封德彝的人，自然不肯放过这个沟通的重要渠道。

眼见四人态度坚决，不跟他们走，是绝不罢休的，李鱼微一犹豫，便对第五凌若道："我跟他们去一趟吧。"

第五凌若低声道："是太子的人？"

李鱼道："是！对我并无恶意，我且去应付一番。今日难得有孙神医的人下乡，相信你家里人担心你也久了，别让你爹娘太过牵肠挂肚。你先回去，我这边了结了事情，再去寻你。"

第五凌若犹豫了一下，点了点头。

其实她这一路都在盘算，回去后怎么对爹娘说。自家事自己知，第五凌若知道她的爹娘其实是有些刻薄吝啬的，平白无故接回一个壮汉，要给他买药养伤，要侍候他起居饮食，爹娘一定是不情愿的。

当然，更重要的是，她希望李鱼能留下，能接近太子。预知了未来的，只有李鱼一个人，第五凌若再如何冰雪聪明，也看不到几年后的事情。在她眼里，在天下很多人的眼里，当今的太子李建成，那就是未来的大唐天子。

当今皇帝年事已高，太子接位也就是三五年的事儿，自己的男人如果能跟未来的皇帝搭上线儿，那于他而言，该是多么难得的一份机缘！

第五凌若不像一般的女孩儿那样满脑子只有花前月下、长相厮守，现实中的东西，她想得还是挺多的，她当然希望自己的男人能事业有成，顶天立地。

所以，第五凌若只略一犹豫，便点了点头："冰哥哥，太子这边事了了，你一定要来我家。"

"嗯！在这长安，我只认得你，放心，一定会去寻你的。"

第五凌若点点头，向他俏皮地一笑，心中暗想："等你来了，我会给你两个大惊喜的！"

第五凌若跳下车，打开车挡板，便帮着那四个东宫侍卫搀他下车。

第五凌若所想的"大惊喜"，一个是指李鱼"家传"的那枚腕饰还在她手里，不过，在第五凌若想来，你家的传家宝，不就是要传给媳妇，再通过媳妇传之后人的嘛。我先拿了，反正早晚连人连它，一块儿还回你家。

第五凌若只当那是一块宝石，并不知道它还有某种神奇功用，此时此刻，也就没有提起。她希望到时能给李鱼一个惊喜。而另一个惊喜则是，她希望等李鱼到了，她就跟爹娘说出自己对李鱼的情意。

那时候，李鱼应该已经得了太子赏赐，或者为太子所用了吧，爹娘虽然有些势利，有了这样一位乘龙快婿，定然也不会留难，自己与他，便可一体两好，长相厮守了。

第五凌若打着如意算盘，满怀甜蜜地与李鱼分了手，四个药童载了她依旧下乡，李鱼却被侍卫带走，在城中七绕八绕半晌，这才拐向东宫后门。

　　车子驶向皇宫方向时，迎面恰有一辆车来，李鱼坐在车中，透过随风微掀的布帘儿，看到一辆华车驶过，却也不以为然。如果此时是第五凌若看见，说不定就能认出那车的主人，正是曹韦陀。

　　曹韦陀这两天是各种的麻烦不断，万般无奈之下，只好硬着头皮，备了一份厚礼去见封德彝，可惜，却只吃了一碗闭门羹，连门都没让他进。曹韦陀坐在车中，两眼无神，他知道，他的靠山已经完了。

　　今后，该何去何从呢？曹韦陀越想越是烦恼，忽然觉得，自己当初做大梁的日子，其实蛮逍遥快活的，何苦来哉，非要干掉八臂金刚做了西市王，曾经的日子，现在想来也挺好的，可惜，却已无法重新来过。

　　世上哪有后悔药可吃啊……

　　封德彝这边已然失宠，曹韦陀又没有自立于西市的能力，就需要另谋一座靠山。可这靠山，并不好找。地位太低的，对西市起不到庇护作用，西市可不是小门小户一点生意。地位高的，都是大唐甫建的开国功臣，个个都是见过大市面的人，没有好人脉、好渠道，求告无门。

　　要知道，此时的西市尚比不得十年之后，此时的西市每天的税收不过是十年后的十分之一，而且曹韦陀刚上台不久，他的上一任就是因为挥霍无度，最终大失人心被他趁机干掉的，接手之初，没剩下多少家底。

　　而曹韦陀为了结交人脉，为了笼络手下，花费又太多，他家大业大不假，可是要花销的地方也多，难免捉襟见肘，心生烦恼。

　　回了西市，大账房一问情况，揪着胡须苦恼半晌，却也只是继续陪他苦恼，实在想不出在此严峻形势下可用的手段。

　　曹韦陀越发地焦躁，只能借酒浇愁，叫人招了几个舞姬乐伎来，为他歌舞，与他的心腹大账房共谋一醉。

　　李鱼此时已被秘密接进了东宫。不过安顿下来后，一时却没能见到太子。

　　太子与李渊这一番父子隔阂，这时彼此心中都已明白，是上了秦王的当。但是前几日还彼此猜忌，大伤父子情分，虽然信任恢复，但感情的恢复却是需要时间的。

　　李渊对这个长子，亲切温和了许多。李建成也急需一种父慈子孝的气氛，这是他稳定地位，稳定声名，同时打击秦王的迫切需要。

相信秦王此时已经得到消息，只是他正在平乱战场上，杨文干一日不死，他就没办法脱身回来。而这段时间，恰有利于李建成运作，他又岂会放过这个机会。

在李建成看来，李鱼乃封德彝的一个心腹手下，于他而言最大的作用，就是充当信使，使得不便与封德彝公开交流的他，彼此暗通款曲。因此，李鱼尽管在东宫好生养伤就是，见不见他，何时见他，取决于自己的忙碌程度。

这一来，李鱼大有"一入侯门深似海"的感觉，一日三餐固然相当不错，却是什么人都见不到，什么消息都听不到。

曹韦陀大醉之后，两眼迷离，瞧见那些花枝招展的歌舞伎，俱都二八妙龄，身段儿似柳枝般袅娜，姿容婉媚，亦喜亦嗔。其中一人巴掌大的脸，精致非常，与那医馆中的凌若小姑娘有几分相像。

曹韦陀登时腹下如火，趁着酒意扑上去，将那女子扑倒在舞榻上，当即就撕扯衣裳，将她拿下。大账房见状，忙挥手屏退其他舞姬乐师、侍候的下人，自己也悄然退了出去，替他把门掩上。

大堂之上，杯盘狼藉间，曹韦陀按着白羊儿般一个身子，只是嘀嘀蠢动不已。

傍晚的时候，药馆的车来到镇上，此时第五凌若的视力已基本恢复，其实她就算还是盲着也没关系，一到镇上就被人认出来了，马上就有热心的村民赶去她家里报信，还不等第五凌若到家，父母双亲就已迎了出来。

这几天战乱不休，第五凌若下落不明，一家人也是提心吊胆，也不知该往何处寻找，此刻见她回来，父母双亲登时放下心来。左邻右舍也都登门探望，询问她这几天的情况。

其父道："女儿啊，这几天，你和张威公子去了何处？为父可真是担心死了。张家也时常登门来问，如今怎么只有你回来了，张公子呢？"

第五凌若顿时一呆，她正要向父亲告状，说那张威临危逃命，弃她不顾，也太无耻。却不想那张威居然一直没有回来。

"难不成……他半道儿遇上了乱兵或强梁，已经死了？"

心思这样一转，第五凌若反而不好指责张威的不是了，人死为大，固然是一方面，另一方面，现在是死无对证，如果说出他的这番丑事来，惹恼了张家，两家免不了一番口角官司。

第五凌若想到这里，便露出讶容道："张家哥哥还没回来吗？我也不知他此刻情形啊。我与张公子刚刚进城，就遇到骚乱，无数百姓蜂拥出城，将我二人冲散。我当时目不视物，也寻不到他，幸被一位杨家哥哥搭救，带我逃去了孙神医的医馆。孙神医活神仙一般的人物，那些乱兵也不敢骚扰的，这才得脱大难。承蒙孙神医援手，治好了眼睛，并送我回来。张家哥哥，自与他在西市门口被难民冲散，我便不曾再见他了。"

第五凌若迅速权衡其中利弊，回答得天衣无缝。

她当时可是盲人一般，两眼都蒙着的，被乱民一冲，一个十五岁的小姑娘，情况之险可想而知。张家公子可是主动巴结，要送她进城的，结果不曾起到照料的作用，反而让她陷入险地。

一个双目不能视物的少女，又是在一个年轻男子主动相送的情况下，因战乱与对方失散，这无论如何也怪罪不到她家头上，如果张威当真遭遇了不测，张家找上门来，自家最多也就是道义上予以一定的补偿。

这小丫头一颗七窍玲珑心，天生精于算计，就这片刻工夫，把个算盘打得叮当响，算计得清清楚楚。

过不多时，张家果然找上门来，第五凌若还是这套说辞，又有了众多的邻居纷纷附和，好似他们亲眼所见一般，张家也只能怏怏而归，自去寻找。过得几天，第五凌若的说法深入民心，那就是舆论，哪怕张家寻到了尸体，或确认了张威的死讯，也不好太过追究第五家什么。

至于说张威若是平安归来，第五凌若也不想对他有过多的谴责，既已识得此人真面目，从此不相来往就是。

第五凌若应付了家人与邻居之后，便只一门心思期盼着李鱼登门。在一颗少女心的幻想中，来时的李鱼已经得到了太子的信任，高官得做，骏马得骑，官袍锦绣，英俊异常……

那枚宙轮，成了她与李鱼定情的"信物"，虽然只是她一厢情愿的信物。摩挲着那枚宙轮，回想着她与李鱼相识的短暂时光，从戒备他、不信任他，再到被他粗暴地扛走，被粗鲁地逼迫换上死人的衣服，再到西市仓库中的相濡以沫，医馆夕阳下的凭窗共望……

所有的一切，无论是血腥之上的，生死之间的，还是那安闲恬静的，在她的回味品咂中，都蒙上了一层爱的滤镜，那般梦幻，那般神往。

李鱼那边，还在翘首期盼着太子的归来。

太子昨儿晚上根本就没回来，留宿宫中了。这是天子的安排，不仅父子之间的感情裂痕需要弥补，更需要让群臣知道他们父子已经尽释前嫌，所以这些小动作意义非凡。

今天是天子归来后第一次大朝会，在京五品以上官员，无论文武还是有爵位的国戚，均要参加，如此这般，就折腾到下午了，到了晚上，皇帝又开宫宴，宴请近臣，太子仍要作陪，等他回来已是半夜，李鱼仍是没有见着他。

曹韦陀这厢一番放纵后，烂醉如泥地就睡在了大厅中，那姑娘也不敢逃去，只得做了他的肉枕头。及至一觉醒来，曹韦陀瞧着那被他蹂躏得瘀青红紫的一个娇嫩身子，却是兴趣索然。

只有得不到的，才是最好的。这姑娘虽与第五凌若有几分神似，终究不是同一个人，与他印象中那位灵气逼人的小姑娘相比，这姑娘就不堪一提了。

曹韦陀一醉醒来，便又是一脑门的官司，官府的刁难、打压愈加厉害，仍然没有解决办法，西市经营雪上加霜。

手下管经营的、管钱财的，纷纷叫苦，催促他这位掌舵大哥赶紧想办法。而管人脉的一群人，却是每天被他叫来一通臭骂，骂得狗血淋头。可是，兵熊熊一个，将熊熊一窝，就曹韦陀此等人，用的心腹都是些什么人可想而知，那些人对于眼下的困境又哪有解决的办法。

曹韦陀无计可施，就只能挨。挨得难过，就借酒浇愁，酒喝多了，就纵情声色，纵情声色，就总想到那位凌若姑娘。

曹韦陀也知道此时此刻，再去医馆邂逅风流，未免会惹众怒，可酒色糜烂之下，对那个一见倾心的小姑娘，却又是愈加的割舍不下，便叫来一伶俐的手下，嘱咐一番，命他前往医馆。

那人到了医馆一问，李鱼和第五凌若早已离去。曹韦陀这手下跟他一个德行，干大事不行，偷香窃玉、挖门盗洞却是伎俩多多。从孙神医那里不曾问出什么来，他便使了点小钱，买通了一个药童，问到了第五凌若的准确住址。

得了消息，这伶俐鬼便回西市禀报，焦头烂额中的曹韦陀，已经失去了慢慢追女的乐趣。得到第五凌若，此时对他来说，出于喜爱本身的原因大减，纯粹压力发泄的目的也不多，倒是有点玄幻的感觉。

一个无能之辈，便是这样的情况。面对现实，他一筹莫展，便会假想许多稀奇古怪的东西，希望冥冥中有种神奇的力量，帮助他解决问题。此刻的曹韦陀晦气缠身，总以为做点特别的事情，就可以转运。

再纳一房美妾，借喜事冲喜，就是他臆想中的主意。

破红转运，本来就是民间的一种说法，此刻在无计可施的曹韦陀心中，作用更被无形地放大了。于是，面对诸般困境计无所出的曹韦陀，郑重其事地唤来大账房，交代给他一个特殊任务：

前往第五家纳美妾，为他转运！

第二十四章
买妾

鱼找鱼，虾找虾，乌龟找王八。简单地说，就是人以群分。能被曹韦陀倚为心腹，任命为幕僚大账房者，其性情脾气必然是与曹韦陀气味相投的。

所以曹韦陀这位大账房虽不擅长理财，但在那些旁门左道上却很有一套。曹韦陀这边吩咐下来，大账房那边立即开始筹措。

正所谓瘦死的骆驼比马大，此刻的曹韦陀固然资金紧张，但那是因为他的产业太大，任何一个方面的开销都是巨额的资金，倒不是捉襟见肘，穷困至衣食无着。富人所谓的穷，和穷人所谓的穷，那是完全不同的两个概念。

所以，要准备一份体面、丰渥的买妾之资，对曹韦陀来说，还是相当轻松的。这边准备停当，大账房便点齐车马，浩浩荡荡地上路了。

大账房赶到镇上，问到第五家居处，率队赶过去的时候，第五家门口人头攒动，吵骂不休，正闹得不可开交。上门来闹的是张家。

张家最终还是找到了自家儿子刺猬一般的尸体，仵作们光是起箭头，就忙活了足足一个时辰，等他们起完箭头，这个人跟被凌迟了差不多，也是没办法看了。

张家为此很是愤怒，其实第五凌若之前的说辞已是滴水不漏，张家听了也是觉得这般情形下不可能对人家姑娘再有苛求，所以才闷着头自己寻人。

不过，当时情绪稳定，是因为他们也不确定自家儿子是死是活，真要闹将起来，结果儿子好端端地回来了，两家本来还算和睦的邻居，以后就不好相处了。

结果，等来的却是儿子的死讯，张家就心气难平了。倒不是张家人认为儿子是被第五家的姑娘害死的，而是一种不平：凭什么大乱之中，我家儿子年轻力壮，偏生死了，你家姑娘当时就是一个睁眼瞎子，目不视物，却能活蹦乱跳？

心酸、嫉妒、不平，便在张家人嘴里，变成了一些恶意的诽谤。第五家那闺女为什么能平安无事？啧啧，你不瞧瞧她那妖精样儿的小模样，乱军啊，趁机作乱的强盗蟊贼啊，这闺女都不知道在他们手中转了几回手。

流言蜚语，恶意中伤，越说越是绘声绘色。而这种谣言，又颇能满足人们的恶趣味，于是流传越来越广，第五凌若的娘很快也就听到了风声。

第五大娘一听就急了，自家的姑娘，被人这般说道，以后还嫁得出去吗？

而且最恶心的就是，这种谣言一旦产生，你是休想辩白清楚的，这口黑锅你背也得背，不背也得背，必须得背一辈子。莫要低估了人性之恶，哪怕是所有人都知道你是被冤枉的，这种污蔑还是会变成实实在在的压力，永远拴在你身上。

要毁一个女人的清白名节，要毁一个女人的一生幸福，如此之易！

第五大娘气得又哭又骂，这下子可捅了张家的马蜂窝。张家本来就愤懑不平呢，凭什么我儿子死了，你家闺女却活得好好的？这一下登时拥上门来，仗着家族庞大，人多势众，堵着门儿吵骂起来。

大账房领了人到门前，就见里三层外三层，无数百姓正围观热闹。大账房蹙了蹙眉，起身下了马车，上前几步，先探头看看，再向旁边百姓询问。

那百姓兴高采烈地对他解说了一番，大账房撇撇嘴，便转身走了回来。

曹韦陀"义助"第五姑娘的事儿他是知道的，当然明白这是那户人家嚼舌根子，有意诬陷。当然，那时的曹韦陀问得也是不清不楚，并不知道那位兄长"第五观鱼"并不是第五凌若的亲哥哥。

就算知道，大账房也不在乎。娶妾娶色，这时代的豪绅贵贾纳妾，很多都是烟花柳巷里赎出来的红姑娘，那陪过的男人就更多了，没人在意这个。甚至有些豪门，是很讲究地拿姬妾侍婢宴客的。除非你是妻，才百般束缚，诸多要求。你若是妾，那就只是人家买去的一件玩物，管你之前经过几人之手，受多少人把玩，反正也只是一件"物事"罢了。

那大账房退到车旁，把嘴儿一努，吩咐道："去，把那闹事的张家人，给我打散了。"

一帮子豪奴立即撸胳膊挽袖子，抽出挑担系了红绸的棍子，冲上前去，没头没脸地一通抽打。

这些人下手也是狠，根本不管你是男是女，是老是少，望着那堵门叫骂的张家人就是一通抽打，打得这些人鼻青脸肿，口鼻喷血，还不知道来者是何人。

十几个豪奴大棍翻飞，把张家的人打得落荒而逃，分开一条路来。那大账房这才整一整青衫，笑吟吟地步向前去，向呆站在门口有些失措的第五夫妇长长一揖，道："您二位就是第五先生、第五大娘了吧？"

第五先生眼见这人斯斯文文，但那些凶神恶煞般的大汉却都唯他马首是瞻，不敢怠慢，忙叉手还礼："正是在下，先生是……"

大账房微笑道："老朽姓余，西市署账房，我西市署市长曹韦陀，前几日于兵乱之中，曾义救令郎令嫒，因此得与令爱凌若姑娘相识，对于凌若姑娘的兰心蕙质、冰雪之姿一见倾心。"

大账房说着，身形微微一侧，把手一挥，一担担买妾之资就抬了上来，唰的一声揭去红布，露出那质地上乘的绸缎绫罗，托盘上亮澄澄金闪闪的元宝之物。

大账房自矜地一笑，道："我家阿郎欲迎娶令爱为十三姨娘，这是我家阿郎的买妾之资，还望第五先生能够应允。"

第五先生教出来的徒弟多在各家豪门做账房，自然知道西市署是何等所在，这样一个掌握着西市财源之地的掌门人，居然要纳自己的女儿为妾，登时让他又惊又喜。

要知道，第五凌若俏美无双，三年前媒人就踏破了门槛儿，如今年方十五，及笄之年，已经到了官府法定的成亲年纪，之所以还未出阁，就是因为第五先生觉得自家姑娘俊美，不愁嫁，想挑一个更出色的亲家。

西市之王啊，还有比这更合适的女婿人选吗？

人家手指缝里随便漏一点儿，第五家都可以跃居全镇首富啊。

第五大娘也被那金灿灿的元宝、富有光泽的绸缎给晃花了眼。绸缎衣裳，她只有当年成亲时置办的一套，迄今也没舍得穿几回，至于金元宝，她这一辈子就没在自己家里看到过。

夫妻俩又惊又喜，赶紧把大账房让进屋，有些傲然地扫了一眼仍在门前卖呆的乡民，砰的一声关了院门。

堂屋里一坐，听大账房把详细情况一说，第五夫妇满口应允。就算没有张家这档子事，能攀上西市之王这根高枝儿，也是第五夫妇求之不得的事。况且现在自家闺女受人污蔑，已经丢了名节。

这种情况下，女儿虽美，想找个门当户对的人家做正妻，也是极难办到的事儿，就算是找户不如他们家的小门小户，都得像矮人半头似的，低声下气地求着人家，何苦来哉？

宁为英雄妾，不做庸人妻啊！

"没问题！曹市长的大名，我在镇上也是久仰的了，小女能侍奉曹市长，那是我第五家的福分。"

第五先生一口答应，大账房笑得很开心："好！第五先生真是爽快人。既如此，这买聘书，是不是就当场签了呢？"

妻为娶，妾为纳。娶妻之财，称为聘礼；纳妾之财，称为买资。一样的形式，不一样的称呼，决定着的是不一样的身份与待遇。

第五先生觉得自家闺女能给曹韦陀做妾，那是第五家祖坟冒了青烟，生怕夜长梦多，人家忽然失去了兴趣，只是不好主动提起，一听大账房所言正中下怀，当下连忙与大账房立下聘书，欢欢喜喜送人出门。

待两夫妻回了房间，忙不迭把那些财礼点数一遍，啧啧赞叹一番，第五先生欢天喜地地去收藏了财礼，第五大娘则兴冲冲地奔了后院姑娘的房间。

第五凌若正在房中垂泪，她是被气哭的。虽说她心思伶俐，个性坚强，可这么个屎盆子扣在头上，哪个姑娘受得了？偏偏这种污言秽语，又是没办法站出去辩驳的，气得小姑娘只能在房中垂泪，哭得两眼跟桃儿一般肿了。

这时门儿一开，第五大娘满面春风地走了进来。一瞧母亲那模样，第五凌若便是一怔，赶紧收了正在摩挲的宙轮，迎上前，忐忑地道："娘，你怎么……张家的人不再闹事了？"

第五大娘喜滋滋地道："张家的人都被人打跑了，哪里还敢闹事。闺女啊，喜事，大喜事啊，你在城里，见过西市署曹市长？"

第五凌若心头一紧，她之前跟爹娘说起经历时，根本没提那个色眯眯的胖子，爹娘是怎么知道的？第五凌若点点头："是！怎么了？"

第五大娘在她额头戳了一记，嗔道："你这死丫头，怎不早说？曹市长派人抬了大批财礼来，要纳你为妾呢。丫头啊，你这命好啊，一下子就成了人上人，西市曹市长的妾室，从此吃香的、喝辣的，锦衣玉食，神仙般的日子，可不知要羡煞多少人去，哈哈哈……"

第五大娘眉开眼笑，丝毫没有以女为妾的觉悟。其实从某种程度上来说，入宫为妃和与人为妾又有什么区别？但入宫为妃对任何人家来说，都是光宗耀祖的大喜事，为何？那是上赶着的巴结。

曹韦陀当然没有那么高的身份，可第五家也只是寻常百姓人家，这差距和官宦权贵家的女儿入宫为妃，其实也差不了多少了，第五大娘当然不以为耻。

第五凌若脸色一变，紧张地道："我爹没有答应他吧？"

第五大娘道："为什么不答应？这是天大的好事啊，你爹已经跟人家签了买聘书呢，约定三日后过门。"

"什么？我不答应，你们……你们这是把女儿卖了。"

第五凌若一听，花容失色，一时口不择言。

第五大娘老大不悦："这叫什么话，咱们这样的人家，去豪门为妾，有啥丢人的？再说了……"

第五大娘拉着第五凌若在榻边坐下，语重心长地道："闺女啊，张家现在到处传闲话儿，娘知道你是冤枉的，可架不住众口铄金啊。名声臭了，还能嫁给谁？难得曹市长喜欢你。你知道吗，你爹生怕人家回头听说了你的那些传言生了嫌弃，不肯再要你，所以才上赶着赶紧把买聘书签了，不然你以为不得再等等、再谈谈？你爹也是要脸面的人，我们这都是为了你好啊！"

"我不需要，我怎么就嫁不出去了。我是清白的，冰哥哥知道！冰哥哥不会嫌弃我，他会娶我的。"

第五大娘一怔，戒心顿起："什么冰哥哥，你之前含含糊糊的，就是救你的那人？你跟他，莫不是真的……"

第五凌若顿足道："哎呀，娘，您想到哪儿去了，我跟冰哥哥当然……清清白白。"

第五大娘沉下脸道："这个人是干什么的？"

第五凌若道："他是……"

第五凌若忽地想到爹娘有些势利，心思一转，赶紧替李鱼吹嘘道："冰哥哥名叫杨冰，他本来……本来是一个游侠儿，现在呢，则受到了当今太子的器重。本来这次他是要送我回来的，受太子邀请去了东宫，很快就要做大官了呢。"

第五大娘本来以为对方是个什么阿猫阿狗样的人物，一听这话也是有些紧张。富贵荣华，当然得让位给权力。天大地大，权力最大啊！第五大娘赶紧起身去找丈夫，第五先生刚把财物收好，第五大娘就急匆匆赶了来。

"当家的，不好了，生了麻烦事了，咱们家姑娘……"

第五大娘把经过一说，第五先生也呆了："竟有这样的事？如果只是个小吏也就算了，得太子爷器重？那将来得是多大的官儿啊，要是跟做大官比，富贵算个屁呀。可是……这是真的，还是闺女不愿嫁编的谎？这丫头从小伶俐，心眼儿多，可别给她骗了，这样的机会可是不多，而且，一旦是假的，西市王，咱们也得罪不起呀。"

第五先生呆呆半晌，有些不知所措了。

第五大娘道："哎呀，当家的，你别发傻呀，你不是有个学生在东宫长史家做账房吗，赶紧进城打听打听去呀，这可就三天时间，拖不得呀。"

第五先生惊醒过来，忙不迭道："对对对，我马上进宫，不是，我马上进城！"

第五先生忙不迭换了身出门的衣衫，从后院牵出自家那头驴子，跨上驴子，急急向长安城赶去。

第五先生急急赶到了长安城，寻到了他的学生单斌家里。

单斌是东宫长史赵洵府上的账房，见到老师来了，也自欣喜，连忙置办酒宴款待。及至听老师询问一个叫杨冰的人，单斌却有些为难："先生您有所不知，身在官家，最忌讳的就是打听些与己无关的人、事，何况近来东宫多事……"

第五先生觍着脸儿道："这事于你的老师，却是有着莫大的干系，怎么能说是与己无关呢？何况，为师只是一介布衣，不是官府中人，便是打听到些什么，也没什么了得。"

见单斌还自犹豫，第五先生道："不瞒你说，是有位年轻人来我家提亲，自称刚刚受了东宫重用，名唤杨冰。为师也不知他是否诓人，可事关你小师妹终身，又不敢马虎，你看……"

单斌实是有些为难，不过老师难得开一回口，如果就这么拒绝，也实在说不过去。想了一想，只好硬着头皮道："罢了，那学生就帮老师打听一下，一会儿长史就回家来了。"

第五先生讶然道："此时天色已晚，长史尚未回府吗？"

单斌道："近来东宫诸事繁忙，长史里里外外都要操持，哪里能得空闲，咱们且吃酒。"

二人酒宴结束，单斌先安排老师住下。单斌是长史赵洵的账房，就住在长史府，独占了一幢厢房院落。空房间还是有的，且安排了老师住下，又去打听长史消息。

听说长史已经回来，单斌忙去拜见。赵长史刚回来，这一天下来，着实乏了，瘫在花厅罗汉床上，正让妾侍给他捶腿揉肩，要歇歇乏儿再用膳，看到单斌进来，赵长史只是撩了一下眼皮，见不是外人，便没起身。

"东翁回来了。"单斌在罗汉榻前赔笑站定。

赵长史懒洋洋地嗯了一声，道："有事？"

单斌搓搓手儿，觍着脸道："有个乡下亲戚，想打听点事儿。"

赵长史哼了一声，道："乡下亲戚，到我这儿能打听什么？"

单斌道："东翁是东宫长史，里里外外，一手操持，就没有什么事儿不过您的手，这事儿跟东宫有关，可不得向您打听吗？"

赵长史双眼一张，厉光立现。现在的东宫，那可是草木皆兵，居然有人要打听东宫的事，赵长史岂敢大意，他呼地坐了起来，沉声道："打听东宫何事？"

单斌没想到他反应这么大，连忙摆手："东翁不必紧张，说来也没什么。就是有一位叫杨冰的年轻人……"

单斌如此这般仔细一说，赵洵想了一想，着实不曾听过什么杨冰的消息。他是东宫长史，里里外外一手操持，俨然是个总管家，要真说有什么人这几天受到太子青睐，那是瞒不过他的。

真要说符合说法的，大概只有那个"封家人"，莫非单斌说的是他？可此人又是极其需要保密，太子亲口交办妥善安置的，断无说与人知道的道理。

想到这里，赵洵又躺了回去，摆摆手道："东宫绝无此人，什么杨冰，太子这几天忙于固宠，奔波于朝堂与宫廷之内，哪有闲暇招贤纳士，那个前往你亲戚家求亲的年轻人，定是攀附权贵，满口胡言地骗亲。"

单斌唯唯称是："学生明白了，东翁好生歇息，学生告退。"

赵洵瞟了他一眼，又道："单斌。"

平日里赵洵都客气地叫他一声先生，此时直呼其名，单斌登时一凛，连忙站住。

赵洵道："你知道，本官是在东宫做事的，凡事都讲一个'慎'字。虽然你所问之事只属寻常，但打听东宫消息，已然是犯了大忌。你在我府上也有几年光景了，你我宾主一向和睦，这样的事，希望以后不会再发生。"

这番话已经算是说得很重，单斌老脸一红，喏喏称是。单斌自赵洵处回来，第五先生还在那里翘首以待。单斌悻悻然地道："老师受人骗了，东宫根本没有此人。"

第五先生不放心地道："你确定？这可事关你小师妹……"

单斌不耐烦地打断他的话道："老师！赵长史可是东宫长史，内外的总管家，如果真有这样一个年轻人入了太子的法眼，您说赵长史有可能不知道？没有此人，那就是绝对没有，除非出现一种情况。"

第五先生忙问道："什么情况？"

单斌刚挨了赵长史一通训斥，心情不好，便冷冷地道："那年轻人，只是到东宫当个杂役，又或者，只是七拐八绕地给东宫某个属吏做跑腿闲汉，便夸耀自己是东宫中人，是太子青睐之人，如此而已。"

第五先生一听大失所望，待见单斌不耐烦，也不好再问。单斌语气不好，及至说完，才想到自己有些过分，便又道："今日天色晚了，出不得城。先生且在此安歇了，明日一早，学生再送先生离开。"

一夜无话，次日用过早膳，单斌便送第五先生离开。第五先生骑了他的驴子，急匆匆又回了家，一见婆娘，便没好气地道："咱们闺女，叫人给骗了，什么受东宫青睐，完全一派胡言！"

两口子言语一番，第五大娘赶紧又去告诉女儿。第五凌若其实也知道李鱼被留下，未必就是真要被太子重用，那么说只是为了加重李鱼的分量，免得爹娘逼嫁。

这时听母亲一说，倒是有些为李鱼担起心来：阿爹去东宫打听过了？为何没有冰哥哥的消息？可别是……东宫回过味儿来，杀人灭口了？如果冰哥哥已经离开东宫，应该来找我的呀，他在长安又没有熟识的人。

第五大娘见女儿低头沉思，便道："闺女啊，不要胡思乱想了。娘也是你这个年纪过来的人，明白你的心思。那个什么杨冰，想是年轻俊俏些儿，可年轻俊俏，能抵得何用？这男女之间啊，还得是般配，啥样的才般配？嫁汉嫁汉，穿衣吃饭，这就是般配。年轻俊俏能顶饭吃？当初，娘就犯过你这样的浑，瞧着你爹斯文儒雅，生得又俊俏，就鬼迷了心窍，结果……"

第五大娘叹了口气，道："你看你姨娘，现在过的是什么样的日子？洪家的家境比咱们家，那可是天壤之别，你姨娘养尊处优的，现在那模样儿，瞧着就像你的大姐，你再瞧瞧娘，这一脸褶子，娘可是比你姨娘只大两岁，当初比她生得还要俊俏呢。"

第五凌若一听急了："娘，您还真想把我嫁给那个姓曹的胖老头儿啊？就算一时没有冰哥哥的消息，人家才十五，也不急着嫁呀。"

第五大娘道："这叫什么话，你爹已经收了人家的财礼，买聘之书也签了，还有不嫁的道理？"

第五凌若这才知道大事已定，越发急了："不行，我不跟那曹老头儿，还是给人家做妾，我不愿意。"

第五大娘沉下脸来："傻丫头，父母之命，你愿不愿意的有什么关系？生得俊俏有个屁用？再说了，他就是潘安再世，也就是初见时叫你神魂颠倒，同床共枕三个月，再瞧，也就那么回事儿。"

第五凌若气鼓鼓地道："那娘也不能让女儿跟了曹老头儿啊，他又胖又猥琐。"

第五大娘道："人不可貌相，胖一些怎么啦？老一些怎么啦？那可是西市王啊，咱们第五家能攀上这样的门第，那是烧了几辈子高香？你能进了豪门，那可是要享一辈子福的。就说是妾吧，可你这小模样儿，还能吃了亏？妻不如妾嘛。"

第五大娘自有她的一番人生哲学，但第五凌若却不接受，母女俩争辩越发地激烈，第五先生听说了，径直闯进女儿房间，怒声道："你这丫头，爹就是惯坏了你。现在张家生事，弄得你的名声都坏了，要是事情传到曹员外耳中，你要给人做个如夫人，他都会嫌弃不要你，还轮得到你挑三拣四的？不要跟她说了，这孩子，就是满脑子不切实际的主意，回去睡觉！"

第五先生把袖子一拂，甩手走了。第五大娘见丈夫发了火，便也随之站起，对第五凌若道："女儿别胡思乱想了，爹娘不会害你的。还有两天，你就要过门了，别跟你爹再闹别扭。"

第五大娘也走了，第五凌若坐在榻边，心惊肉跳："还有两天，就要嫁人？不对，嫁人都不算，是做人家的妾。"

换作正常的出嫁，经过说媒、纳采、定亲、过门这一整套流程，历时最快一年，一个姑娘要过门儿的时候，早就有了充分的思想准备，都难免忐忑紧张，何况是第五凌若这种情况。

搁第五先生来说，之所以价都不讲，就这么顺利地签了买聘书，除了曹韦陀本身的家世身份对他的诱惑，还因为他有危机感。第五先生也算老于世故了，而且精于算计，他很清楚，经过张家这么一闹，自己女儿的身价马上就得暴跌，而这持续的效应，还要在将来漫长的岁月里逐渐体现。能抢在此刻"出手"，女儿的身价才能更高一些。

可在第五凌若心中，却是一个少女对于爱情的憧憬、幻想、期望，统统破灭的开始，想想曹韦陀，而自己将要和这样一个男人睡在一张床上，她浑身的鸡皮疙瘩都冒出来了。

"不行！我得走！我要去找冰哥哥！"

第五凌若如是想。

一辆牛车停在寺院山门外，第五凌若扶着娘亲从车里下来，第五先生已经先下了车，站在车前，舒展了一下身体。

第五凌若这丫头不知道是否从小跟父亲学算术的原因，想要离家，也要做一番精密的安排。

离家不是那么容易的事，满镇都是认识的人，想走出去，是那么容易的事？尤其是她这即将出阁的人，想不引人注意也难。

至于夜间逃走，她也不做此想，夜间能逃到哪里去，她是去追求自己的幸福，不是去作死，不要说碰上歹人，就算本来是个普通人，夜深人静时刻，一旦碰上，也难免突生恶意。

再说，冰哥哥就一定会被太子重用吗？其实第五凌若也不确定。如果冰哥哥为太子所用，那就简单了，爹娘一定不会在意她"私奔"的事实，一定会帮她隐瞒，并成全他们。

如果冰哥哥不能为太子所用，那么她就得做长远打算了。成家，养家，生儿育女，都要用钱，她是有些小积蓄的，把这些积蓄带上，关键时刻就能帮上冰哥哥的忙。

也不知道冰哥哥擅长什么，不过没关系，说到理财，凌若姑娘可自负得很。只要冰哥哥不懒惰，肯吃苦，办法她有的是，只需要一点点本钱，她就能帮冰哥哥打理好一切，打造一个小康之家。

到时候，再有了冰哥哥的娃儿，家境又不错，回到家来，双管齐下，还怕爹娘不认自己吗？

有鉴于此，第五凌若做了精密的设计。

次日，她"理所当然"地使了一阵小性儿，然后渐渐接受了现实，怏怏不乐地"接受"了父母的劝告，开始"考虑"即将出阁的事儿，然后忐忑不安地央求母亲陪她去寺院祈福。

第五夫人虽也势利，对这独生女儿还是疼爱的，眼见女儿接受了现实，也不想在她即将"出阁"之际惹她不快，悄悄跟第五先生一说，第五先生便也欣然同意，一家三口，一块去奉天寺祈福。

而这一切，都在第五凌若的估算之中。随后，第五凌若就把她收拾的细软之物裹进了一个小包袱，坦然地拿在手上，说是祈福捐赠的香火之物。第五先生也不知道女儿拿了些什么，以他一贯的吝啬，本来是极不愿意的。

心诚则灵嘛，神佛慈悲，岂是金钱能够收买的？那不是亵渎神明吗？

不过，女儿马上就要出阁了，而且跟的人是西市王曹韦陀，到时候第五家还能短了好处？可不能这时惹得女儿不快。这样一思量，虽然第五凌若那小包裹就放在他的脚下，第五先生硬是按捺住自己没有去摸索一下，辨一辨裹了些什么东西。

而这，也在第五凌若的思量之中。早知父母双亲的性情脾气，这时略加算计，那真是算无遗策。

奉天寺据说极灵验的，本就香火极旺，近几日兵灾战乱，对民间多多少少造成了一些伤害，来庙里祈福、还愿的香客也就更多了。

第五凌若挎着小包袱进了寺庙的大门，随着父母双亲正往前走，刚刚上了几级前往大雄宝殿的石阶，第五凌若忽然眉头一蹙，拉了拉母亲的衣袖，对她低声耳语了几句。

第五夫人听了连忙挥挥手，第五凌若挎着小包袱就向侧厢走去。第五先生站在台阶上，满脸不耐烦地道："还不曾上香，闺女这是干吗去了？"

第五夫人没好气地白了他一眼："你先四处转转，女人家的事儿，瞎打听什么？"

第五先生一听恍然大悟，啊！原来是女儿的月事来了。这可不好，明天曹员外就来迎女儿过门了，这正来着月事，如何同房？啐！嫁出去的姑娘泼出去的水，我个当爹的操那份心干吗！

第五先生哼了一声，负起双手，慢悠悠地向石阶上登去，第五夫人则在石阶下等着。

石阶上，大雄宝殿前，一只硕大的香炉，香炉中高高矮矮、粗粗细细、长长短短的香火燃起一缕缕青烟，随风飘摇。第五先生踱到上风头角落里，负着双手看那大殿前的楹联，揣摩字意，临摹书法，摇头晃脑，沉浸其中。

第五凌若却并不是去了茅房，她往侧厢一走，进了跨院，马上就向外出的角门急急赶去，很快就绕回了山门前方的林木之下。

林下停着些车马，都是来上香的香客们的车驾，内中一辆农家大车，正是第五先生一家三口向镇上人家租借的大车。

"陈大叔，快送我去长安城。"

那赶车的陈大叔是镇上富户贾家的长工，此时正在树下打盹儿，闻声睁眼，诧异道："凌若姑娘，你怎么要去长安啊，你爹娘呢？"

第五凌若道："哦，刚刚在大雄宝殿遇到了徐伯老两口儿也来上香，我爹娘约好了借他们的车一块儿回去呢。我原先开的药已经用完，今日得去城里再开几服药回来。"

第五凌若因为中了蛇毒不时前往长安诊治的事，全镇都知道。而她明日出阁的事儿，却没人知道。第五先生虽然觉得能巴结上曹韦陀，是他们家高攀了，可是不管怎么说，女儿总是给人做妾，不好宣之于口，所以也没对外宣扬。

那陈大叔并不生疑，笑着站起，从车辕上拔下了大鞭，笑道："不错，你这闺女，那么好看的一双眼睛，若是落下眼疾可是太可惜了，可得谨慎一些。"

今天这车是第五家雇下的，要去哪儿陈大叔自无意见，当下就让第五凌若上了车，驾着车往长安城赶去。

等到第五夫妇察觉不妙，急急忙忙去茅房寻摸一圈，再出奉天寺的时候，不但第五凌若没了踪影，连他们雇来的车也没了踪影，此时再想追也难了，因为这里是寺庙，这儿可没有等着拉脚的。

丈量着大地来的，自然是丈量着大地回去。乘车骑马来的，也是乘车骑马回去，俱都有主儿的，别人如何使唤？急得第五先生跳脚大骂，却是无计可施。

第二十五章
传讯

　　此时，李鱼正坐着一把逍遥椅，在东宫庭院里晒太阳。

　　他在东宫歇了两天，衣食不愁，身体将养得好一些了，伤口也在渐渐愈合，却一直没有见到太子。李鱼来到这十年之前，茫然无措，也不知该如何是好，思绪不平，也并不急着离去，一边将养身体，一边思索办法。

　　只是他思来想去，又能有什么办法，就算是那枚宙轮失而复得，他一时半会也摸索不出返回的办法，更何况此时宙轮下落不明。

　　至于第五凌若，他是丝毫没有怀疑的，因为第五凌若没有机会偷他的宙轮，两人相依为命之后，他更不相信凌若会偷他的东西。前路茫茫，他根本不知道该怎么走，胡思乱想之下，甚而动念，想去找袁天纲，请这位活神仙给他指点迷津了。

　　不过此时的袁天纲还没在长安任职，李淳风也是个尚未出道的少年，就算袁天纲已经具备了十年之后的本领神通，他也得前往四川，才能寻访到这位大神。

　　"老天啊，你究竟想要我怎么样？"李鱼烦恼之下，忍不住仰天长叹。随后，天空便是一暗，却是一名东宫小吏站在身边，挡住了阳光。

　　"小郎君，太子召见。"太子终于召见了吗？李鱼听了，却并没有欢喜之色。天选之子，可是李世民，就算这位短命太子真的青睐于他，李鱼也不想留在他的身边，他知道这位太子将来有多惨。

他是被李世民亲手射死的，五个儿子不论大小，包括还在吃奶的，全部被杀，女眷没入宫中，他的王妃成了李世民的女人，可连个正式的封号都没有。李元吉也是一般下场。

而这两人的一百多个亲信也全部被杀，被李世民说降归服的只是朝廷派遣给东宫和李元吉的大臣属官，而不是王府直属官吏。李鱼如果真做了李建成的侍卫，铁定难逃一死。

所以，为何被东宫留下，虽然李鱼猜度不透，可若东宫真有招揽之意，他是一定不会答应的。人人都以为李建成是储君，人人都以为经过杨文干一事后，他更获皇帝信任，地位将稳如泰山。

可李鱼却清楚，若不是李渊识相，听闻太子和齐王李元吉被杀，立即击掌叫好，热泪盈眶地表示立李世民为太子，正是他一向的心愿，说不定连他也一并完蛋了。

什么太子和齐王已死，李渊别无选择，他二十多个儿子，上百个孙子，哪里找不出一个继承人？这也是李鱼认为"老天在玩他"的原因，如果这一番阴差阳错，拉上关系的是秦王，那他就不用如此纠结了。

就凭他所知的未来，十年后必然是权重一方，吉祥、作作等人，还怕不能弄到身边，重新恋爱一回？

所以，李鱼起身，走得云淡风轻，倒是叫那东宫小吏不免高看了几眼：太子召见，此人尚能如此镇定，真非等闲人也！

"你来了。"太子微笑着，向手下摆了摆手，厅中侍候的四个侍卫悄然退下，"伤势可好些了吗？"

李鱼欠身道："有劳太子动问，草民已经好多了。"

李鱼悄悄瞄了李建成一眼，见他虽然有些倦容，但气色却极好。看起来，此次转危为安，而且固了宠，对李建成来说，是件极快意的事。

"你坐，不必拘礼。"李建成让李鱼在下首坐下，李鱼也不谦让，先向他拱了拱手，再退后两步，缓缓落座。李建成显然还处于兴奋之中，并不落座。

他在厅中缓缓踱着，道："德彝先生大恩，建成铭记于心。奈何京中派系林立，耳目杂乱，本宫与他虽日日相见，却不能稍有示意，请你来，是希望借由你，向德彝先生表示谢意。"

李鱼心道："这是把我当成封德彝的人了。"

李鱼并不否认，这时蠢了才否认。

如果让李建成知道他不是封德彝的人，只是激于义气，感于一个临终之人的托付前来传话，而在这过程中，他却已经知道了很多秘密，你猜李建成是会感于他的侠义之风留用于他，还是痛下杀手，杀人灭口？

李鱼不想冒险去考验李建成的良心，况且，不杀他灭口，那就会留他为侍卫，来日还是要跟着这位太子一起完蛋。李世民能在劣势中一步步力挽狂澜，足见他的本事，李鱼可不认为自己有能力凭着一点"先知"的能力，改变历史。

他能告诉李建成什么？说李世民过两年会在玄武门设伏对付你？现在两兄弟本就是进入你死我活的阶段了，玄武门之变只是两兄弟间不断对弈，最终决出生死胜负的一刻，因而留载于史。

如果他说出这个秘密，并不能帮助李建成改变什么，实力、本领不如人，那就是不如人，顶多是史书有载的玄武门之变，因为他的提示，改成了承天门之变、永安门之变，或者朱雀门之变。

命只有一条，对失去了宙轮的李鱼来说，更是如是，他可没有必要把自己绑上一条将沉的船。

李建成又道："秦王阴谋，陛下已然知晓。都是陛下骨肉，且天策府于国，确有大功，陛下虽然恼怒，却也不能严惩，于陛下而言，掌心掌背，都是肉啊！"

李建成吁叹一声，忽地转向李鱼，沉声道："可本王与他虽是兄弟，在他此番毒计之后，骨肉之情，已不复存在！不是他死，就是我活！"

李鱼清咳一声，道："太子的意思是……"

李建成冷冷一笑："秦王已然杀了杨文干，获悉本宫转危为安，日夜兼程，赶回长安来了。这对本宫来说，是一个绝佳机会。"

李鱼听了不禁动容，情不自禁地站了起来。

李建成道："他自庆州来，必从北门进城，走玄武门进宫。他率大军回返，一路下不得手，入城时至少三百护卫，且戒心必也极重，仍然不便下手，但是到了玄武门，身边就只几名侍卫了。"

"咕咚！"李鱼吞了口口水，这……李建成打算在玄武门干掉李世民？李鱼心中一阵恍惚，历史真要改写吗？

李建成看他神色，笑了一声，道："你明白了？难怪是德彝先生心腹，也忒机警。"

李建成对李鱼毫无怀疑，封德彝身为天策府属臣，向他通风报信，所派的必然是最忠诚的心腹，这一点毫无疑问，封德彝可以如此信任他，李建成更不用担心了，一旦事泄，封德彝或会遭殃，谁能奈得他何？

父皇不会办了李世民，就更不会办了他，身为储君，除了当今天子，谁能把他怎么样？

李建成走到李鱼身边，手往他肩上一搭："现在陛下非常警惕，北衙禁军戍卫宫城，南衙禁军戍卫皇城，德彝先生此刻正兼领北衙禁军中的两卫，玄武门就在他的控制之下！"

李鱼又咽了一口口水，对于封德彝，真有高山仰止之感。李世民信任德彝，把他视为心腹。他的死对头东宫太子也信任封德彝，把他视为心腹。

而当今天子李渊，在明知道封德彝是天策府一员的情况下，居然会把北衙诸卫中的两支禁军交给他统率，分明是把他也当成了自己的心腹。

这位封老前辈，简直是处处逢源哪，恐怕在李渊心中，他是自己派驻在天策府的耳目了。而太子也是这么想，偏生如此情形下，李世民还非常自信地把封德彝当成自己人，这人别的不敢说，交际之学，当真无人能及。

李建成道："我有东宫六率，只是稍有举动，便会引人注目，况且，也不可能率领六率官兵，经过南衙、北衙诸卫官兵，顺利赶至玄武门。此战，无须多少人，只需精勇猛士百人，足以鼎定乾坤，但我需要德彝先生配合我。"

"太子请讲！"

李建成道："本宫已派人盯着秦王，在他抵京之时，本宫会派出百名勇士，分批赶往玄武门。德彝先生只需交出玄武门，无须多予插手。待本宫来日登基，必封德彝为异姓王，若违此诺，神人共谴，死无葬身之地！"

李建成发下重誓，目光灼灼地盯着李鱼。到了这时，李鱼更是绝对不敢露出半点口风，叫他知道自己不是封德彝的人了。他甚至不敢在东宫多待，以免不慎暴露身份。

李鱼一脸凝重，道："事关重大，小人得马上去见家主，禀报此事。"

李建成欣然道："正该如此。这两日，本宫就在筹划此事，已然万事俱备。你告诉德彝先生，本宫无意叫他冒险犯难，不管他用什么法子自保，本宫都配合他，只要他在秦王抵京之时，让出玄武门！本宫便保你们封氏，世袭罔替，王侯传承！"

"好！小人这就走！"李鱼火烧屁股一般，马上拱手，要告辞离去。

"你叫什么名字？"

"杨冰！"

"好！本宫记下了。来日本宫君临天下之时，送你一个二品大员！"

"臣，先谢过太子！"

李鱼做又惊又喜状，怦然心动之余暗暗告诫自己："有命赚也得有命花才行，莫心动，快走，快走！"

李鱼急忙告辞，太子便命他换了下人衣衫，混在一群去买菜的杂役们中间，从角门推着辆菜车出了东宫。

朱雀大街上，李鱼独自站在那儿，头戴白帽、面黑而髯的大食人牵着骆驼，大红石榴裙、同色绣花抹腰、脸上蒙着乳白色薄纱，扭着圆润柔软小蛮腰的波斯胡姬熙攘来去。

长安百姓、妓女伶人、文人雅士、出家僧道，也是挥袖如云。此时的他，就如同九年后刚从长安县狱放出来时一般，茫茫然不知何去。

找封德彝替太子传讯？再冒充一把太子这边的人？所图何来！可是，能往哪儿去呢？九年后甫出牢狱的他，孤身一人，无所适从。九年前甫出东宫的他，同样孤身一人，无所适从。百千家似围棋局，而他，是不该出现在这副棋盘上的那枚棋子。

未了的一份牵挂，却是京郊镇上的少女凌若。

"先去见见她吧。"李鱼失了宙轮，也就失去了九年后的一切，此时此刻，心情依然一片忐忑。

长叹一声，李鱼踏上了出城的道路，而此时，筹备着明日纳妾之礼为曹韦陀冲运的大账房，也正带了一帮豪奴，刚刚出了金光门。

长安西城外的御道上，陈叔扬着大鞭，正赶着骡子大车，欢快地走在进城的路上。第五凌若挎着小包袱，坐在颠簸不已的敞篷大车上，摸索着袖中暗藏的宙轮，脸上满是憧憬、幸福的笑意……

第二十六章
错 过

远远地，已经可以看到巍峨的长安城。坐在车上的第五凌若随着那马车的颠簸，心也跳得更加激烈："好几天了，冰哥哥还没来，应该还在东宫？不管了，先去那儿打听一下，他认识的地方又不多。"

第五凌若下意识地提着裙摆，只是一个下意识的动作，好像马上就要跳下车的样子。其实进了城，也还有好长的一段路要走。

对面，一辆马车驶来，后边还有七八骑豪奴，鲜衣怒马，惹人注目。

第五凌若看了一眼，并未在意，毕竟天下之都在此，豪门权贵有的是，比这排场还大的也比比皆是，凌若姑娘进了几次长安城，早就司空见惯了。

昨夜一场秋雨，空气清新，但车内就未免有些潮意。大账房见出了城，喧嚣之气也淡了，便伸手拉住卷帘的绳儿，将那帘儿扯了起来。

秋阳透入，登时便是精神一振，乍见秋色，大账房下意识地先向外面扫了一眼，这一眼，恰就看见一抹倩丽，神采飞扬。

"嗯？停车，停车！"大账房连忙踢动脚踏，示意车把式停车。那车把式急急勒住马缰绳，回首望来。

大账房指着对面行来、即将错马而过的一辆敞篷大车，道："快！拦住他们！"

车旁几个豪奴立即纵马向前一挡，慌得陈大叔赶紧勒住缰绳。

大账房一弯腰，就从车里走了出来。

之前曹韦陀去孙思邈的医馆，大账房曾跟着去过一次，只看过一次，就记住了第五凌若的容颜。一方面，他是做账房的，记忆力极好。另一方面，第五凌若的容颜令人惊艳，见过一次，还真的很难忘记。

"各位爷，这是做什么？"陈大叔有点慌，虽说皇帝已经还京了，局势已经稳定，可前几日的兵荒马乱，那深刻印象还未削弱，难免叫人提心吊胆。

大账房露出一副和气的微笑来："车上这位小娘子，是何方人氏，这是要去哪儿呀？"

陈大叔这才知道人家是冲着第五凌若来的，不禁松了口气。

第五凌若可不记得这位大账房，今天这位大账房是坐在车上，众星捧月。当日在医馆门口，如此威风的可是曹韦陀，当时曹韦陀为了向她显摆自己的排场，带了很多人马，大账房只是其中之一。

第五凌若当时送曹韦陀离开，都是假惺惺地敷衍，哪有可能注意到旁人。第五凌若见他询问，再看他一把年纪，只当是个资深登徒子，便道："我与你素不相识，拦我去路，问我名姓作甚？"

大账房心中生疑，觉得即将出阁的姑娘，没有此时出门的道理，有心问个明白，所以也不说明身份，只笑道："偶然一见，仿佛故人，故而相询，还请姑娘示以名姓，老朽并无恶意的。"

第五凌若不知道被多少人用同样的理由搭讪过的，有人只这么说，有人说是梦里见过，还有说是前世曾有相逢的。不过，这么老的搭讪者还是头一回。

第五凌若不免好笑，便顺口道："我姓杨，住太平坊。却不记得与这位大叔见过。"

这小姑娘心眼儿忒多，随口捏个姓氏，便用了杨冰的姓，出嫁从夫，先用了也没什么。太平坊近皇城，为了上朝方便，王公大臣多住于此，第五凌若说出太平坊来，就是想让他有所忌惮。

当然，她坐了这么一辆农用的敞篷骡车，一看就不可能是王公大臣人家，更不可能是宰相千金，不过，能和豪门权贵搭上边儿，哪怕只是个下人，也足以叫人退避三舍了。

听她如此一说，大账房更加生疑，道："姑娘姓杨，太平坊人？可是老朽认得一位姑娘，姓第五，名凌若，却是青萍镇上人家，与姑娘你一模一样，着实地叫人奇怪了。"

那陈大叔本来提着一颗心，听他这么一说，登时一拍大腿，咧嘴笑道："哈哈，凌若姑娘，你这闺女也忒小心了，不过还是那么的鬼机灵。听这老者所言，显然是认得你的，别是令尊的朋友吧？"

陈大叔这一句话，可就泄了第五凌若的底儿。

第五凌若虽然重新搬出她诬陈大叔的话来，还对大账房解释，先前是不确定他们的身份、来意，这才随口一诌，可大账房怎么肯信。一个次日将要出阁的姑娘，还需要此时奔波于途吗？只是再开几服药的事儿，看那第五先生，连个价都没还，比他还迫切地要签买聘书，这时会放任女儿一个人出门？万一有个意外怎么办？

大账房笑里藏刀地要送她回去，第五凌若虽然伶俐，可人生阅历尚浅，哪是这老狐狸的对手。你说要去取药，好，你说店名，我派人去。第五凌若诬说只记得路线，不记得店名，那也成，我陪你去。

这一来，第五凌若是真没了办法，而到了这一刻，大账房也确定了一个事实：这姑娘，居然要逃婚！眼见长安在即，第五凌若却被拦在路上，被一群西市豪奴押了回去。

此时，李鱼正在西市门口寻着代步工具。

长安刚刚稳定下来，一切都刚刚有点起色，许多人还没有回城，西市的商贾也是一样，再加上官府持续施压，所以，市井依旧萧条，西市门口的脚夫就少，脚夫少了便挑三拣四，活儿远了不去，近了不去，不好走不去，去的地方太偏僻不好再接活也不去。钱给少了不去，钱给多了也得拼活才去……

饶是李鱼如今也没什么要紧事，都觉得这群混账东西可恶至极。

他掏了一大把钱，平日里足以绕长安城三圈了，可此刻却是坐在车上，翘首枯等。那车把式揽了这么一个大活儿，也是觉得过意不去，所以不在车上等客了，很殷勤地下去揽客，以求尽快送他上路。

足足坐了近半个时辰，本来没脾气的李鱼已然火冒三丈，要跳下车寻他理论了，那车把式终于领了一帮人来，有男有女，有老有少，大包小裹……

李鱼看看那车厢大小，不禁望而生畏。

可那车把式却有办法，先喊李鱼下了车，便把那大包小裹这儿堆两个，那儿塞一个，布置停当便喊几人上车，眼见那老的老，小的小，李鱼也不好意思与之争抢，最终只在车边儿上，半拉屁股坐在车沿上，半拉屁股坐在包裹上，铃儿响叮当地向青萍镇驶去。

青萍镇上，第五凌若已经被大账房给带了回来，而第五先生夫妇此时却是愤怒不已地刚回来，一见女儿恼怒不已，但是见大账房来了，却又不想当着外人管教，只好强颜欢笑，迎了客人进门，先把女儿送进后院，让夫人看管了。

第五先生很是担心自己女儿这般不服管教、不守妇道，会惹得人家不快，万一退了买聘书，那就鸡飞蛋打。不料大账房对此却不在意，不过是曹韦陀买回一个玩物而已，她有曹韦陀喜欢的皮囊足矣，谁理她想些什么。

大账房皮笑肉不笑地提点道："第五先生，令嫒这样，若非被我半路撞见，明日里可就不好收场了。"

第五先生赧颜道："是，小女骄纵惯了，叫先生见笑了。"

大账房淡淡地道："也没什么，不懂规矩，到了曹家，自有人教她规矩。好在只是纳妾，我家阿郎并没有邀请外面的朋友，只是西市各处管事来喝杯喜酒。不过你这青萍镇距城里远了些，阿郎命我来，先接凌若姑娘去归来客栈小住，明日里从那儿接过门去。"

第五先生连声道："使得，使得，路途遥远，这有什么，正该如此。"

大账房淡淡地哼了一声，道："如此就好，但愿令嫒不要再生事端。我们阿郎平素里很少发脾气，可他真要发起火来，踩死你们第五家，如同踩死一只蚂蚁！"

第五先生这一听，又担起了心事，女儿的脾气他是知道的，这要真是做出什么出格的事来得罪了人家怎么办？岂非人财两空。

第五先生赶紧道："啊，既然暂住客栈，那就是暂以那里为娘家了。莫如我和娘子同去吧，今晚也可照应一下，毕竟就这一个女儿，不能送她过门儿，心里不免牵挂。"

大账房当然明白他的担心，转念一想，有他夫妇跟着也好，那小妮子不知道天高地厚，说不定她爹娘好好劝说一番，能让她回心转意，更好地侍候男人，便颔首答应下来。

第五先生连忙告诉妻子，第五凌若虽不情愿，可是被七八个豪奴控制着，她又能如何？

当下，第五凌若就被两个豪奴拖进车去，第五夫妇也上了车，一左一右将女儿挟住。大账房换了一匹马，一行人便要往城里去。家门口又来了一大帮外人，左邻右舍自然好奇。

第五夫妇守口如瓶，架不住被硬拖上车的第五凌若哭骂他们卖女，众邻居再瞧第五夫妇，便不免露出鄙夷神色。第五先生看在眼里，脸上虽然有些火辣辣的，心中却是不甚服气：等我成了青萍镇上首富，尔等只会遗憾没有生个漂亮女儿出来，哼！

第五家大门一锁，一行人便往长安而去，第五家的这桩事，自然马上成了街坊邻居们交头接耳的谈资。

夕阳西下，彤霞漫天，一辆满载着包裹箱笼，里里外外挂了许多客人的大车，铃儿响叮当地进了镇子。李鱼从车上缓缓出溜了下来。

他的一条腿已经麻了，屁股硌得生疼，腰杆也有种要折的感觉。于是，他左手叉腰，右手扶头，双腿岔开，重心放在左脚，麻掉的右脚微微抖动，迎着夕阳，许久许久，不敢稍动。

第五先生的邻居都很热情，当李鱼打听着路，要赶往第五家时，已经被晚餐后遛弯的邻居们给拦住了。

"第五一家人全进城啦！"

"他们家姑娘要嫁给城里人啦。"

"不晓得那是什么人家，就是一看那气派就很有钱。"

"少扯淡了，嫁人？前几天第五家姑娘还没说亲呢，嫁人哪有这么快的，我看哪，是给人做妾。"

"第五家干吗这么急着让女儿出阁？而且还是给人做妾，莫不是……坊间传言是真的，第五家那闺女，真叫人给糟蹋了吧？"

"这话可别乱说，没的毁了人家清白。"

"不然呢？第五家那门槛都被媒人给踩平了，也不见她老子点头答应嫁女儿，这回这么急匆匆的，呵呵……"

李鱼已经无心听他们瞎扯了，虽然这些人并不知道那伙豪奴的主人是谁，但李鱼已经猜到，这人十有八九就是曹韦陀。李鱼急急赶回路口，就见那赶车的老左正在扫着车板。

这人是个话痨，来时路上说话不断，车上的人自然也就知道了他的名姓，左剩福。老左一见李鱼，便笑道："哟，客官怎么又回来了，可是不曾寻到要找的人？"

李鱼焦灼地道："少废话，我要马上回城。"

老左笑嘻嘻地道："那可不成，这天色，眼看就晚了。近来长安内外可不是那么太平。此时回去，太冒险了。咱要在这镇上住一晚，明儿才回去，再捎上一车去城里的客人，客官你要是……"

李鱼此刻心急如焚，哪里受得了他如此的唠叨，他一个箭步跃上车辕，从车辕插孔上拔下大鞭，一提缰绳，就要让那车子转向。

老左急了："哎，你这人怎么这么霸道，把鞭子给我放下！"

"滚开！"李鱼此时哪里还肯与他客气，大鞭望天空一扬，"啪"的一道炸响，骇得老左一哆嗦，下意识地退了两步。李鱼已经松缰催骡，向着镇外冲去。

"我的车，我的车啊！"老左如丧考妣，追赶着号叫了几声，眼见那车绝尘而去，他急得捶胸顿足，却是无可奈何。

夕阳下，乡间道上，一人、一车、一骡，急行如风。李鱼坐在车上，被那凸凹不平的乡间小路颠得七上八下，一颗心也是油煎一般难受。

忽然，一个可怕的念头涌上心头：如果，那纳妾人真是曹韦陀，是不是意味着他十年后听说的那些传闻将要重演？

如果，这一切如十年后传闻一般重演，那是否就意味着，他的努力其实毫无作用，该发生的，还是会发生，他去与不去，对第五凌若来说，其实并无帮助。

而对他自己呢？

"他死了，没有人知道他是怎么死的，也许，就喂了曹韦陀院中的那几条恶犬吧！曹韦陀养了几条猛犬，非常可怕，一看就知道，是真吃过人肉的。"想到这些话，李鱼猛地勒住了缰绳，那健骡猛地停下了脚步。

还有必要去吗？他凭什么跟曹韦陀斗？现在，他已经失去了宙轮，命，就只有这一条。难不成，他真就在此时，丧失了性命？因为，在十年后那些人的说法中，都是这样的话。

夕阳越发地暗淡了，一车、一骡、一人，静静地立在夕阳下，仿佛镀了金边的雕塑。李鱼可以不再前行，也有充足的理由不再前行。因为，他知道结果。

明明已知的结果，是不可改变的，明明失去了宙轮，他此去唯只一死，他继续前行的意义何在？

也许，十年后的一切，于他而言，就是多姿多彩的一个梦，如果他现在放弃，就此离开，应该也能够以另一个人的身份，重新开始他的生活吧。

曾经的一切已矣，谁又能保证，他新的经历、新的人生，就不会如以往一般多姿多彩？他可以结识新的可爱的女人，可以结交新的讲义气的朋友，重新开始一段人生。

因为，不是他不肯担当，而是他早已预知了结果，那是他无法改变的一切。夕阳下，那"雕塑"就静静地立在那儿，红日半落西山，忽然，他动了。

大鞭一扬，依旧前行。他不明白自己为何会如此没有理智，他只知道，无论是向左还是向右，抑或是掉头回去，那都不是他想要的！

车子从乡间小道驶上了大道，开始平稳起来。官道上，此时空空荡荡，除了他，再没有旁人，只有他不断挥鞭的身影，在夕阳下跳跃……

第五凌若被带到了西市，归来客栈。

大账房回去复命了，客栈安排了上好的客房给第五先生一家三口，门外，还有大账房特意留下的侍卫，店里的伙计也得了嘱咐，以防第五凌若再度逃走。

丰盛的晚宴端了上来，但是第五凌若坐在房间里，始终没有出来。第五先生拿起筷子，又恼怒地放下。他没有勇气去面对女儿怨怒悲伤的目光，便冲娘子发起了火："看你教的好女儿！"

第五夫人不悦道："我女儿难道不是你女儿，怎么怪到我头上来？这丫头，咱们都是为了她好，也不知道她怎么就这么死心眼儿，算了，我去劝劝她。"

第五夫人悻悻地进了里屋，第五先生气鼓鼓地拿起筷子，吃了两口，却味同嚼蜡，忍不住站起来，走过去贴着障子门站定，听着里边的动静。

"娘，你们……真要把女儿卖了吗？"第五凌若哽咽着，不让眼泪掉下来。

第五夫人脸上一阵发热，恼羞成怒道："爹和娘，都是为了你好。什么叫把你给卖了？你还小，你懂得什么叫幸福？你现在满腹怨气，但总有一天，你会明白，爹娘为你做的选择，才能确保你一生平安幸福。"

第五凌若有些讥诮地笑了，含泪道："一直以来，我都知道。邻居们说，我也不爱听。他们说爹和娘势利，说爹和娘贪财，我不明白的是……"

第五凌若长长地吸了口气，声音都有些打战："哪怕你们还有一个儿子，为了给他换取更好的生活，牺牲我的终身，我都能理解，起码我会明白，你们是为了什么。可是，你们只有我一个女儿呀，你们这样做究竟是为了什么？为了什么？"

第五凌若终究阅历尚浅，所以她想不明白。

其实人之所以为人，就是会时常干些根本没有道理可讲的事。

一个吝啬鬼可以穿粗布补丁衣服，吃粗茶淡饭，口挪肚攒地攒钱，只要看到钱匣子一天天地积满，看着那金灿灿、银闪闪的光，就无比心满意足，他是为了什么？

一个无儿无女的土财主，不舍得吃，不舍得穿，攒了钱就买地，眼看着他们家的地从十亩变成一百亩、一千亩，站在那田垄地头，就无比幸福，他又是为了什么？

还有那正挥鞭疾驰于官道之上的李鱼，他明知道如果一切无法改变，那么他的到来将毫无意义，该发生的还是会发生，而他也将因这不理智的行为而送命，他，又是为了什么？

如果，每一件事都讲得出它的道理，如果，每一件事都符合逻辑，那人也就只是一部机器，这世间，有太多的事，根本没有道理可讲。

第五夫人沉下了脸："你这丫头，犟起来跟头牛似的。娘不跟你说那么多了，你记住，明天就要过门儿了，今后好生侍奉曹员外，安安分分过日子，不要丢了咱们第五家的脸！"

"娘，丢了咱们第五家脸的，不是我，是你们。"

"你闭嘴！"

第五夫人恼羞成怒，一记耳光掴在第五凌若的脸上："爹娘养你这么大，有多辛苦？不知好歹的东西，明儿你要是再闹出丢人现眼的事来，我们就不认你这个闺女。"

"我不会的！"

第五凌若颊上五道指印赫然在目，凄然而笑："我说过不会跟了那姓曹的，就一定不会！明天，就是女儿的忌日，是爹和娘，逼我走上这条路的。"

"你……"

第五夫人慌了，这闺女什么脾气秉性，她还不清楚？慌乱之下，只好再说几句软硬兼施的话，便急急走出来，把门掩好，对第五先生道："当家的，咱们闺女……"

第五先生一摆手，制止了她的话："听她瞎说，花儿样的年纪，她舍得死？"

第五夫人道："就算她只闹上一场，也受不了啊，曹家是何等体面的人家，容得她丢人现眼？"

这才是第五先生真正担心的，听夫人一说，第五先生略一沉吟，小声道："你且看住了她，免得她做蠢事。"

第五夫人见他动作，忙问道："你去哪里？"

第五先生小声道："这闺女，现在有点死心眼儿，等她真成了人家的女人，就会开窍了。你别声张，我去想些办法。"

第五先生说罢，悄悄开门，走了出去。

此时，李鱼正绝望地站在长安城下。

龙首原上长安城，四丈高的城墙，还有深深的护城河，根本攀援不上，而城门早已关闭。

宵禁，开始了……

第二十七章
客栈

夜色已深。秋意浓重之际，偏有秋雨迷离。窗头一点灯火，压得豆粒儿般大小，昏黄的光，微弱地洒满室间。能听到细细的秋雨扫着窗棂，窸窸窣窣的，仿佛秋蚕在结茧。

柔软的被褥，丝绸般柔滑，如此时刻，本该正好入眠，可躺在榻上的第五凌若，已然倦得睁不开眼，偏是泪流不止，竭力不让自己合上眼睛。

她万万没想到，她的亲生母亲竟然在她的汤碗里下药，这还是一个母亲该做的事吗？

晚上，经过母亲一番苦劝，第五凌若虽然打定主意绝不进曹韦陀的门儿，想着大闹一场，惹得曹韦陀没有颜面，就会愤然轰她一家出门，可到底还是喝了碗汤面垫肚。

可谁料，第五先生居然淘弄来一包药粉，指使娘子给女儿下在了汤碗里。

"你别闹了，这药服下去，二十四个时辰之内，都会周身酥软，没有人搀扶，你站都站不住，想要叫喊更不可能。一会儿药性就上来，别挣扎了，睡吧。"

第五夫人坐在榻边，脸冲着外面，没敢看女儿绝望而怨恨的泪眼。她伸手去摘钩上的帷幔，低沉地道："我知道，你恨爹娘，可爹娘都是为了你好，总有一天，你会明白爹娘的苦心。"

"娘……"第五凌若虽然已经坐不起来，但此时药性尚未完全发作，喉头虽然发紧，却还能说话。

她用尽全部的意志，将手一寸寸移到腰间，摸出了带着她体温的宙轮，哽咽道："冰……哥哥，一定会来……找我。求你，把……把这个……还给他！"

第五娘子回过头，看到那发着蓝幽幽的光，镂刻特别的宙轮，眼睛一亮："这是什么？"

第五凌若虚弱地道："这是，冰哥哥的传家宝。我已……配不上他，也不配……再拥有他的东西。娘……替我，还给……他……"

第五凌若说着，脸颊上滑下两行泪水，沉重的眼皮一合，陷入了睡梦之中。她的双眼陷入了黑暗，心也陷入了黑暗，这个丑陋的世界，她再也不想多看一眼。

她的手软软地垂在榻上，宙轮就握在她手中，发着幽蓝的光。

第五夫人从女儿掌心取过宙轮，迎着灯光仔细看了看，就见其中蓝光幽幽仿佛星河，似乎只这么一看，就把她的灵魂都吸了进去。

第五夫人不敢再细看，连忙握紧宙轮，嘟囔道："看起来，是个好东西呢，莫不是传说中的夜明珠？即使不是，也一定是极昂贵的宝物，传家宝呢。"

第五夫人贪心顿起，想着这宝珠可以给自己打造一条项链，那要戴着走出去，该多么风光？这样一想，第五夫人顿时欢喜起来，忙不迭就要把宙轮塞到自己衣带里。

这手一带，那镂刻的非金非木的外环里侧很是锋锐，把第五夫人的手指不慎割破。

只是，这宙轮是基因锁开启，当初三目神女把李鱼的基因输入其中，除了他或他的血脉后人，旁人可是打不开的，所以那宙轮毫无异样。

"真是晦气！"第五夫人吮了吮手指，又从桌上拈起块抹布，小心地拭去宙轮上面的血迹，小心翼翼地塞进腰带，满意地走了出去。

秋雨迷离，一灯如豆。帷幔之中，睡梦中的第五凌若颊上依旧有未曾拭去的泪痕。

秋雨不大，但细细密密，下足了一夜。李鱼就坐在车上，被那细密的秋雨浸湿了衣袍。

他并不知道曹韦陀为了冲喜转运，很隆重地办了一个纳妾宴，当然，这位明明已是大人物，胸襟气度却一点也不像个大人物的曹韦陀，也有借机敛财收礼的想法，所以今夜还未与第五凌若圆房。

实际上，第五凌若究竟有没有真正成为曹韦陀的女人，李鱼不知道。他和大多数人一样，只知道第五凌若曾是曹韦陀的宠妾，曹韦陀死后，又成了常剑南的臂膀。

实际上，大多数人都不知道第五凌若与常剑南并没有什么暧昧关系，就连乔向荣，这位十年后的第一大梁，也一直以为第五凌若是常剑南的情妇。

一个漂亮女人，为某一个有权势的大人物所重用，大部分人都会忽略她的本领，而想当然地认为她是凭着自己的身体。而第五凌若不可能也不屑去向人辩白什么。

因之，蜷缩在车头，被秋雨浇得透心凉的李鱼，心是真的凉了。此时此刻，无星无月，秋雨连绵，枯候城下。而那厢，应该是灯红酒绿，锦幄兽香，玉体横陈，轻怜蜜爱吧？

她一个小丫头，怎么可能抗衡得了父母之命，怎么可能反抗得了西市之王。那么，自己是不是该就此走开？还需要去吗？此时再去，没得给她平添麻烦。

木已成舟，自己唯一能做的，就是希望她能幸福安乐了吧？在心头无尽的煎熬之中，雨渐渐停了，天边的阳光渐渐唤醒了大地。再后来，城门开了，渐渐有出城的、进城的百姓出没。李鱼机械地扬起了鞭，缓缓地随着人群进了城。

他走的是金光门，距西市本来就不远，下意识地就向西市走去。

此时的西市还不是十年后经他治理之后的样子，车马骆驼随意出入，街头肮脏不堪。好在这时西市的元气尚未完全恢复，一条街上的店铺，也只有七八成开业，尚有一两成或者尚未出兑，或者店主逃避前几天的战乱尚未归来，显得有些萧条。

"秦掌柜的，曹市长纳妾，你准备送些什么啊？"一个掌柜的手笼在袖子里，站在门下，问着另一家刚刚开门，才和伙计搭着手卸下门板的秦掌柜的。

秦掌柜的狠狠啐了一口，道："这一年里头，他纳了三房妾了吧，每纳一个都要操办一番，逼着咱们送礼呀，结果却是连去他府上喝杯水酒的资格都没有。"

另一个掌柜的叹道："你知足吧，亏得他前边一妻八妾进门的时候他还没当市长呢，要不然，你不也得送。"

秦掌柜的悻悻然道："破财消灾吧！咳！这回，曹市长又纳的哪家青楼的姑娘啊？"

另一个掌柜的走过去，道："这一回，听说是个好人家的姑娘，可不是风尘女子。应该是外地的吧，昨儿晚上就接来，现在住在归来客栈呢，午后过门。"

李鱼正信马由缰，听到这里，霍然坐直了身子，目光烁烁。那两个掌柜的却没注意到他，此时的李鱼湿衣黏体，形容憔悴，胡子拉碴，显得极为狼狈，又赶着一辆大车，都以为是去哪家取货的工人，不可能是自家的顾客。

"许是家境破败，这才卖了女儿吧。"

秦掌柜的拍了拍手上的灰："你出多少啊，咱们合计一下，你也别多，我也别少，要应付大家一起应付一下，免得曹市长挑理！"

李鱼没有再听他们继续说下去，一提缰绳，驱着那骡子，直奔归来客栈。这一刻，李鱼心中阳光明媚，忽然觉得此去是个极好的兆头。

一切，起于归来客栈，仿佛又将终结于归来客栈。他不知道这终结，对他来说是悲是喜，想去，他便去了！

曹府就在西市署的第三进院落，第一进院落里此刻已是披红挂彩。

其实纳妾非常简单，根本不用这么铺张，只消开一个角门，把新人接进来，到了后宅里头，向正室夫人、诸位姐姐敬杯茶，就可以回房间洗白白，等着大老爷宠幸了。

不过，曹韦陀借机收礼敛财，那场面怎么也得装上一装，不然这收礼的目的未免显得太过直白了。

因此一来，第五先生和夫人从对面的归来客栈楼上望过来，倒是暗自欢喜。觉得自己女儿虽然是给人做妾，但男方足够重视，如此一来，女儿过了门定然吃不了亏，自己夫妻俩也能跟着女儿沾些好处。

曹韦陀已经听大账房说过路遇第五凌若，又把她截了回去的事情。曹韦陀心中顿感不悦，此时他才知道，与第五凌若兄妹相称的那个男子，并非她的嫡亲兄长。

不过，一想到那男人一身的伤势，曹韦陀又宽下心来，谁受了那么重的伤，还有闲情雅致折花摘蕊，那他就认了。

如此一想，便也没有发作。第五凌若心中有谁，他才不在意，他要的仅是一具美丽的皮囊罢了。这厢里，曹韦陀依旧按部就班地安排着午后的宴会。

其实要说曹韦陀满脑子只有女人，那也冤枉了他。外人只道他此番纳妾，除了好色，就是敛财。其实曹韦陀也还有其他的打算。

他登上西市王的宝座不过刚刚一年光景，远谈不上地位稳固。如果他继位后奋发图强，将西市打理得蒸蒸日上，这地位自然也就稳下来了，偏生天公不作美，连连出事。

尤其是近来，他把大靠山封德彝得罪了一个彻底，西市的生意大受影响，那四梁八柱十六桁，跟着他混，跟着他搞垮了上一任西市王，是因为上一任西市王挥霍无度，自己吃肉，小弟们连汤都喝不饱。

结果曹韦陀上任以后，西市诸人是王小二过年，一年不如一年了。以前好歹西市王本人还能吃香的喝辣的，极尽风光，现在可倒好，曹韦陀自己也是寅吃卯粮，日子过得甚不遂意。

坊间早有传言，曹韦陀连自己后宅里头十二金钗的月例用度都大幅削减了，由此可见其窘迫。曹韦陀是想用纳妾这件事，好好操办一下，排除外间一些传言的影响，稳固他的威望和地位。

对门归来客栈，李鱼停了大车，迈步走了进去。此时战乱已平，原本跑进客栈避祸的客人大多已离去，而长安刚刚平静，各地还未得到准确消息，尚没有新的客人赶来长安，所以客栈里清静得很。

李鱼这一进来，便有六七个伙计盯上了他。没办法，平时伙计们忙得脚打后脑勺，就这几天清静，掌柜的也不好这就辞人，大家闲极无聊，偶然进来个客人，自然瞩目。

只是一瞧李鱼，他从东宫出来时，为了掩饰身份，就换了身下人装束，又是挨了一夜的秋雨，湿漉漉的袍子皱皱巴巴的，一看就不是有钱人，甭想从他身上讨到赏，几个伙计便又扭过头去。

只有两个本就是平素负责大堂的伙计迎上来，不耐烦地询问一番。两个伙计听他寻第五家的人，还道是第五家的什么穷亲戚打秋风来了，很嫌弃地去把第五先生和夫人请了出来。

二人一听眼前此人就是杨冰，再一瞧他如此装扮，登时更加认定什么被太子重用，皆是自己那女儿替他夸耀，马上就喝令他离去。李鱼见不到第五凌若如何肯走，两下里理论起来，店中伙计一拥而入，将李鱼打将出去。

李鱼离开归来客栈，避进一条巷弄，躲开了那些伙计的目光，暗暗觉得不妙。他在店中那般大吵大闹，目的就是为了引第五凌若出来，以便了解到她目前的处境，尤其是确认她的心意。

如果第五凌若自己想进曹家的门，那他也就没必要做这个恶人了。可自始至终，第五凌若就没出现。第五凌若不是这种人，况且对自己也没有承诺与义务，为何不敢相见？只怕是不能相见！

凌若，应该是被她的父母双亲给软禁起来了。

李鱼蹲在墙根下，暗暗咬紧了牙关：既然如此，那他就不能弃凌若于不顾了。不管那归来客栈防范得如何严密，他一定得想办法混进去，趁着凌若还没过门，把她接出来。

"吱呀！"旁边一扇黑漆斑驳的后角门打开了，李鱼扭头看了一眼。门里先探出一根竹竿，接着迈出一只脚。

"嗒嗒嗒……"竹竿轻轻点地，一个穿圆领长袍、双目翻白的老年盲人从里边走了出来，肩上搭个褡裢，另一只手扶着一根幡子，幡子上的布风吹雨淋的，已经快失去了本来颜色，上边四个大字也有些模糊不清了：布衣神相。

"咳！这儿有人！"李鱼眼看着那竹竿向着自己啪啪地点了过来，便轻咳一声。那盲人吓了一跳，道："哎哟，这儿怎么还有人哪，可别在这儿方便哪。"

李鱼道："没方便，在这儿想事儿呢。"

李鱼说着，站起身来，给那老头儿让路。

谁料老头儿反而不走了，微笑着，龇出一口黄板牙："有心事？遇上什么两难的事了吧？要不，跟老朽说说？老朽占卜算卦，一卦只要五文钱，为你排忧解难，指点迷津啊！"

老头儿将幡儿搂在怀里，微笑地抚着胡须，一副世外高人模样，只是形容打扮太过寒酸，徒具其形，不具其神。

李鱼苦笑了一声，挥了挥手，忽然意识到对方看不见，正要开口让他离开，忽地心中一动，上下再打量几眼那瞽目老头儿，一双眼睛渐渐地亮了……

第二十八章
谋夺

贾师乔向荣，肆长王恒久，十六桁下第一人常剑南，在归来客栈要了一个雅间，此时联袂登门，在此饮酒。归来客栈此时是曹韦陀的私产，但乔向荣商量大事，偏就选定了这里。

因为他们三个在西市，很多人都认得，如果找个别处酒店，三人小酌共饮，反而引人注目。

而归来客栈是曹韦陀的产业，自己的手下在此吃喝，他再贪财，也不好意思赚他们的钱，所以自己人在这里吃酒，通常都只是成本价。曹韦陀肉疼地安慰自己，觉得也算是给他的产业增加人气了。

因此，平素里西市但凡有点职差身份的宴请吃酒，都选这里。选在此处反而司空见惯，不会惹人疑虑。

常剑南与乔向荣不是很熟，反而与长袖善舞、八面玲珑，待人永远是一团和气的王恒久熟一些，所以此次邀请，是乔向荣请了王恒久，王恒久又拉来了他。

三人要了二楼一处雅间，这雅间平素也可做客房，分为外间和里间。三人就在里边摆了酒席，屏退了伺候的小二，便再也不担心被人听到，因为临窗一面是长街，另一面则还隔着一间堂屋呢。

酒过三巡，乔向荣和王恒久便唉声叹气地说起了眼下西市的窘境，对曹韦陀的无能发了一通牢骚。

常剑南可不像外表看起来那么憨直，二人无故相请，他已提了小心，此刻再听他们非议曹韦陀，他一个新来的外人，迄今还未完全得到西市上下的认可，自然不便置喙，因而只当没听出二人话中之意，只管大口喝酒。

乔向荣和王恒久已是商量好了的，乔向荣不是个甘心久居人下的主儿，王恒久同样野心勃勃。这是两个并不安分的中年人，却一直苦无机会上位，如今人已中年，也到了最有危机、最具紧迫感的时候，所以两人一拍即合。

眼见这个军汉当真是憨直得可爱，还真以为他们俩是闲极无聊，只是请他来吃酒的，乔向荣和王恒久不禁有些啼笑皆非。

二人互相递了个眼色，乔向荣便轻咳一声道："唉，跟着这么一个老大，我和恒久兄空有一腔志向，也是无从说起啊，只是可惜了你常老兄。"

常剑南刚刚一杯酒灌下肚子，瞪目道："可惜了我什么？"

"你……"乔向荣欲言又止，笑了笑，低头抿酒。

王恒久和他配合得天衣无缝，常剑南还要询问，已被王恒久一把摁住："你来了有一段时日了，该当知道，我西市有四梁八柱十六桁。"

常剑南愣愣地道："知道啊，怎么？"

乔向荣咳嗽一声，道："八柱呢，分掌武力。这八柱中第一柱，手下真正可用的也不足百人，而且八柱之间钩心斗角，一盘散沙。你手下足足三百精锐，都是军中悍卒出身，抱成团儿，可以说，你有这股力量在手，一人足以抵得他们八柱了。"

常剑南谦笑道："不敢，不敢，向荣兄过奖！"

王恒久冷笑一声，道："你真当乔兄是夸你呢？你拥有这么庞大的一支力量，我西市如何安置你才好？八柱对你忌惮得很。而他们，才是拥立曹老大的心腹，你说曹老大又该如何看你？"

"不会吧……"

常剑南的脸色有点变了。

乔向荣和王恒久固然有野心，而且因为知道封德彝这位大人物已经抛弃了曹韦陀，动了取而代之的念头，可问题是，秀才造反，三年不成。他们没有兵啊，至于八柱，人家本来就高高在上，真就是对曹韦陀起了反心，一旦事成，也轮不到他们上位，顶多是做个大账房。

可是，恰恰这时有个明明实力很强，却又不在西市权力架构之内，也没有空闲位置给他的常剑南。二人一番议论，断定只有常剑南肯为他们所用，他们才能成就大事。

而且这两个劳心者，打心眼儿里看不上徒具一身蛮力的武夫，觉得常剑南不但可以成为他们的得力打手，而且足以为他二人所控制，所以才双双出马，要说服这个莽夫。

不过，二人所说的话，却并不是无中生有。常剑南早有这种感觉，他在曹韦陀面前卑伏敛翼，怕的就是引起曹韦陀的忌惮，此刻再听乔向荣和王恒久一说，难不成曹老大已然动了赶他出门的念头？

他是因为三娘子的势力全部被柴驸马收编，一怒之下离开军队的，如果被赶走，他这三百袍泽去哪里混饭吃？

乔向荣见他脸色变了，淡淡一笑，道："问题是，如果只是轰你走，也就罢了。偏生八柱又垂涎你所拥有的势力，想着将其瓜分，据为己有。"

王恒久道："可这三百悍卒，唯你马首是瞻。你若不死，他们如何瓜分这三百勇士？"

常剑南的脸色又是一变，手中的酒杯忽地攥紧了。

乔向荣和王恒久将他的变化看在眼里，暗暗欢喜，只觉这一剂猛药下去，大事可期了。

"嗒嗒嗒……"一袭破布衫，一根探路杖，一面满是沧桑之色的幡子，上书四个大字"布衣神相"。

就在常剑南心头一沉时，李鱼翻着眼睛，颏下粘上去的胡须抖抖索索的，摸摸索索地进了归来客栈的大门。

乔向荣和王恒久很懂得分寸，太过热忱就明显是有用到常剑南之处，现在钉子已搠入，还得给他留出足够的思考时间。

二人又互相递个眼色，就不再说起此事，不过酒宴之间，随口聊起的不是曹韦陀，就是如今的四梁八柱，通过一些细微琐事，将前途黯淡的观念一点点地灌输给了常剑南。而且隐晦地让他感觉到，不当机立断，奋起反击，早晚要完蛋。不过，二人都低估了常剑南的智慧，一听他是军汉出身，很自然地就以为他是个没心机的粗人，却不知能在军中为将，应付战场上瞬息万变场面的，哪怕真是大字不识，又有哪个不是人杰？

何况常剑南原本是公主府上的家将，大宅门里的钩心斗角、尔虞我诈，那也是耳濡目染过的，所以二人这番似是而非的话，反而引起了常剑南的怀疑：这两个家伙，不会是梦想上位，故意危言耸听，想拉我入伙吧？

不过，他们两个一个是贾师，一个是肆长，小小人物，何德何能能干倒曹韦陀？以前每一任西市王，可都是毁在四梁，最次也是八柱级别的人物手中，曹韦陀的上一任在位时，曹韦陀就是四梁中第一人哪。

他们两个不像是那般愚蠢狂妄之辈，他们敢生此妄念，究竟有何所恃？

常剑南生出了这般疑惑，就做出有所意动，但又有所忌惮的模样，反过来套他们的话儿。乔向荣和王恒久听出他语气有所松动，心中大喜，便也把朝中有大人物对曹韦陀有所不满，有意换人的信息告诉了常剑南。

只是二人还有所保留，没有把那个大人物是谁说与他知道。

常剑南装傻充愣的，却也从二人口中获悉了比较准确的消息，心中有了自己的判断。只是，领着他的三百亲兵，干翻曹韦陀，这事儿怎么想都有点玄乎！曹韦陀再弱，毕竟是西市之王，手下四梁八柱，各有势力，岂是那么好对付的？

王恒久是被乔向荣拉进伙的，但他表现得比乔向荣还要激进，朗笑道："老常，曹某人倒行逆施，你以为只有我等不满吗？我兄弟二人商议已毕，觉得你是一个意气相投的好兄弟，这才拉你共谋富贵。只要你点头，我们自然再去寻四梁八柱中对曹某人有所不满的人共计大事。你放心，这是把脑袋拴在裤腰带上做事，我们比你更加慎重，不会轻举妄动的。"

常剑南一听，却是马上就明白了他们的意思。

这两个家伙，获得了朝廷有大人物对曹韦陀不满的机密消息，情知曹韦陀早晚必倒，所以想有所作为。可惜他们现在的地位太低，能量太小，根本翻腾不起什么浪花来，这才想到了自己。

他常剑南坐拥三百老军，这是一股不容任何人忽视的力量，一旦这二人能说服他入伙，那么乔向荣和王恒久这两个人就具备了跟四梁八柱中某人商谈合作的资本。

可如此一来，自己只不过是乔向荣和王恒久两个阴谋家手中的一把刀而已，这两人再去找四梁八柱中某人甚至几个人合作，那自己在其中能有什么影响？风险与收益完全不成正比啊！

哪怕真的事成，曹韦陀倒了，也是四梁八柱中的带头大哥上位为西市署市长，乔向荣和王恒久这两位钻营者顺利的话可以进入八梁，自己最多成为十六桁之一。他现在虽然不在十六桁中，可三百雄赳赳的老军在手，已经具备了和十六桁的话事人平起平坐的资格，那又何必跟着他们去冒这个险？

乔向荣和王恒久低估了常剑南的智商，以为一番花言巧语的许诺，再加一番分析恫吓，就能让他动心，没想到起了反作用。

常剑南微微眯起了眼睛，心道："这两个匹夫，只想拿我做刀而已。我跟着他们干，一无所获，风险倒是十足。不如虚与委蛇，待摸清他们底细，弄清楚四梁八柱中有谁与他们同谋，去密报于曹老大，如此……说不定我就能成为八柱之一，在西市站住脚，我的三百兄弟也就有了饭吃。"

三个人各怀机心，表面上却是一团和气，便不再议公事，而是真正地放下心事，开怀畅饮起来。

乔向荣和王恒久饮至半醺，想着下午还要去参加曹韦陀的纳妾之宴，另外，既然得到了常剑南的"支持"，他们便有了去与四梁八柱级别的人谈判的资本，得回去好好合计一下先攻克四梁八柱中的哪一关。

在他二人看来，只有他们几人是万万不可能成功的，四梁八柱中说服一个半个，成功的把握还是不大，四梁八柱中至少得有半数人同意，这才能确保成功。但是，四梁八柱十二个人，先找谁下手？

最容易被攻克的先拿下来，那些犹豫不决的才容易做决定，二人自然明白这个道理，事情既然已经办妥，二人便饮尽杯中酒，准备离去。常剑南现在的身份地位尴尬，还不及这两位。

而且看两位这作态，分明是把常剑南拉作打手、小弟，所以常剑南客气地表示由他买单，这两位自然也就不再坚持。

乔向荣和王恒久先出了客栈，常剑南到了柜台付账，一转眼，就看到了挨着门口有一张桌子，桌旁竖着"布衣神相"的幡子，后边坐了个瞽目的中年人。

这中年人当然就是李鱼，李鱼扮成算命瞎子进了酒楼，小二一见本来是要上前轰人的，但李鱼只一句话，就把他们又搪回去了。

"一角酒，半斤狗肉。"

敢情这算命瞎子不是到客栈里来揽生意的，而是来做客人的，那样的话，人家是瞎也好，瘸也好，就与你全无关系了，你只管招待好客人就是。

不过，李鱼还是被安排在了靠门口的一桌，免得万一有其他客人来进食，影响观瞻。

李鱼坐在门口，正在暗暗焦急，他虽混进了酒楼，可是这里边现在太冷清了，他稍有举动，就会被人注意到，如何混到楼上去见凌若？

他一边慢条斯理地吃着酒肉，一边暗暗想着办法。刚刚乔向荣和王恒久下楼的时候，他只看了一眼，就赶紧继续扮瞎子。乔向荣和王恒久此时已是中年，十年后的相貌与此时相比并没有太大变化，他一眼就认出来了。

下意识地，他的心就跳得有些快，不过心头怦怦打鼓片刻，又不禁哑然暗笑：不对呀，我认得他们，他们不认得我呀，现在我怕什么。

乔向荣和王恒久果然从他面前走了过去，压根没有多看他一眼。李鱼悄悄恢复了正常视力，刚向二人背影扫了一眼，再回眸时，常剑南已经走到柜台，李鱼明知道他不认得自己，心却不由自主地又跳快了。

十年后的常剑南，在西市言出法随，乾纲独断，实在是太霸气了。此刻，他虽然还只是一个刚刚退伍的老军，半个西市人，完全没有十年后的那种气度威风，可是看在李鱼眼中，却有不一样的感觉。

常剑南会了账，把找的零钱往怀里一揣，举步向外就走。李鱼翻着白眼，一脸迷茫，摸索着夹狗肉吃，耳朵却是情不自禁地竖了起来，听着常剑南的脚步声。

脚步声传到门口，传到他面前，忽然消失了。然后，李鱼就感觉到，常剑南已经笔直地站到了他的面前，李鱼的汗毛顿时竖了起来。

李鱼虽惊而不乱，微微侧了头，做出问询的姿态。李鱼的感觉是因为常剑南站在面前挡住了门外射进的阳光，虽然翻着眼，还是能感觉到光线的强弱变化。

不过一个盲人其他意识都会比较敏感，他的表现显得也很正常。所以，常剑南用脚将条凳拉开，在对面坐了下来。

常剑南刚刚听说了这么一个重要的消息，做出一个重要的决定，心中也是惴惴不安，尤其他之前是在军中，战斗方式和现在比，肯定要以智斗为主，很多杀伐手段只能是辅助，就更加感觉缺少把握。

此时看到一个算命先生，常剑南心中不由一动。虽然作为一个武将，他更相信自己手中的刀，对于玄学并不是特别相信，但这时却本能地想要寻个安慰。

"咳！先生算命?"常剑南审视地看着李鱼，眼前此人面容清癯，皮肤紧绷，虽然有蓄须，可是因为富有活力的肌肤，所以毫不显老，这样瞧来，或许真有些道行。

"五文钱!"李鱼早就扮过神棍的，此时旧事重演，那神棍风韵十足。

常剑南摸出五文钱，一一放在桌上，咳嗽一声，道："常某想问问，自己的家庭。"

李鱼急于打发他离开，可又不能表现得急躁，他掐指算了算，摇摇头："你没有家庭可言。天煞孤星，孤独终老！"

很多人都知道常剑南刚刚退伍，仍未娶亲。但他正当壮年，三旬上下，又在西市拥有了一席之地，他要想娶亲，其实只要张扬一声，想找个婆娘还不是轻而易举的事？

但是常剑南深爱三娘子，在他心中，世间哪有一个女人能比得了平阳公主？他已拥有了人间至爱，金枝玉叶之身，又有哪一个女人能进得了他的法眼？常剑南早已打定主意，这一生一世不复娶妻，只不过这件事并无外人知道。

此刻一听李鱼这句话，常剑南屁股底下的长凳嘎吱一声，显得极是震惊。

常剑南惊愕地看着李鱼，用微微颤抖的手探进怀里，又摸出五文钱，放在桌上，强笑道："常某征战十载，杀人如麻，想是上干天和，所以要孤老一生，无儿无女吗？"

李鱼摇摇头，道："那又不然！"

他又掐了掐手指，缓缓道："你放心吧，你虽命中无子，却有一双女儿，可以为你披麻戴孝，养老送终！"

常剑南大骇，一双眼睛顿时射出慑人的光来。

他和平阳公主的一段孽缘知者寥寥，一双女儿的事情更是最大的隐秘，为了皇家的体面、平阳公主的名节，他把一双宝贝女儿藏在蓝田，重金请人看顾，连他自己都不敢去与女儿相见，只是偶尔借故离开长安，赶去蓝田，在暗中悄悄看上她们一眼。

而此时，眼前这个看起来极寒酸的算命先生，居然脱口说出他有一双女儿，常剑南下意识地以为事机败露，顿起杀机。为了维护平阳公主的名节，不要说眼前只是一个算命瞎子，任何人，他都敢杀。

可是他定定地看了半天，李鱼却神色坦然，微微仰着脸儿，过了片刻，还轻轻一笑，从容地道："先生还问些什么，本人为人卜卦，为免天机泄露太多，一向只算三卦。"

常剑南定了定神，心中暗想："难不成，这真是一个江湖奇人？一定是了，否则素不相识，他怎么可能知道这般重大的秘密。一件无别人知道，一件只是我心中的决断，更不可能有人知道的。"

常剑南认真起来，仔细斟酌了一下，缓缓地道："有两位朋友，邀我一起做一桩大买卖。可是，这桩买卖，收益大，风险也大，一个不好，就连血本都要赔光。常某十分犹豫，不知先生可否点拨一二。"

常剑南说完这句话，就瞬也不瞬地盯着李鱼，生怕这人太过神奇，居然连他说的是什么大买卖都能算出来，那就真的太可怕了。但是眼见有如此机缘，他又忍不住不问。

李鱼沉默了。常剑南这一说，李鱼就想到了刚刚离开的那两位"朋友"。

乔向荣，十年后西市四梁中的第一梁。

王恒久，十年后西市四梁中的第二梁。

常剑南，十年后西市之王。

他们的发迹史，李鱼多少是知道一些的，也知道他们的发迹就始于十年前，也就是此时。那么，常剑南所说的两个朋友邀他共做一桩大买卖，指的是什么，还用问吗？

李鱼想到了，所以一下子沉默下来。因为他心中蓦地冒出一个大胆的想法，能不能冒充神棍，从而利用常剑南，达到他的目的？

常剑南是西市的人，而且很有本事。如果他能为我所用，我要见凌若，甚而带她走，应该都可以办得到。

不行，常剑南这种人，不但机警异常，而且杀伐决断，意志如钢，岂有可能被人一番言语所左右？如果我能留在常剑南身边，常常冒充未卜先知加以点拨，渐渐让他深信不疑，或有可能叫他言听计从。

但是，今日初见，就算我表现得再如何神异，也不可能在这么短的时间内，让他对我言听计从。而我，根本没有那么多时间去慢慢征服他。

"先生，怎么？"眼见李鱼迟迟不答，常剑南不禁有些紧张起来。

"这桩买卖，凶险极大，但……却是改变先生一生的关键一局！"

常剑南精神一振，急忙问道："先生以为，常某可以跟他们做这桩买卖？"

李鱼缓缓摇头，常剑南一呆："不可以做？那先生是说……"

李鱼慢慢道："做，是一定要做的。不过，不是你跟着其他人一起做，而是你来主导这笔买卖，唯有你来主导，才能成功！一旦功成，便是万人之上！"

常剑南吃惊地看着李鱼，根本不敢想象李鱼的话。这是什么意思？我来主导？难道，我一条过江龙，竟可以取代曹韦陀？

李鱼翻着眼睛，仿佛看到了他的惊讶，轻轻点了点头，道："天予不取，反受其咎；时至不迎，反受其殃！"

常剑南慢慢咀嚼着这句话，许久许久，向李鱼慢慢一拱手："受教！"

常剑南往怀里摸索了一下，将所有的钱都掏了出来，连着其中一枚金饼、两块银锭，还有一些铜钱，全都堆在李鱼面前，站起身，毕恭毕敬地道："些许心意，请先生笑纳。"

李鱼摸索了一下桌上的银钱，道："多了。"

常剑南道："不多，不多，这只是常某的一点心意。"

李鱼缓缓点了点头，突然道："无功不受禄，再送先生两个忠告。"

常剑南此时对他当真信服得很，恭敬地站定，道："先生请讲。"

李鱼淡淡地道："你那两位合伙做生意的朋友，与你有十年之缘。"

常剑南眉头一皱："十年之缘？那十年之后呢？"

李鱼一字一顿地道："既然非友，自然成敌。"

常剑南微微眯起了眼睛，想起历代西市之主，没有一个熬得过两年，通常都是被曾经的心腹手下所弑，心中隐隐明白过来。

李鱼道："第二个忠告！"

常剑南连话都不敢说了，只拱起手，大气也不敢喘，屏息听着。

李鱼道："四梁八柱，四平八稳。只是木制之亭，举于高处，雷击虫蛀，风雨侵袭，屋中主人，虽得福寿，却一向不得长久。"

常剑南这时真把他当成了活神仙，忙求教道："可得破解之法吗？"

李鱼伸出右手，缓缓掐算一阵，道："第五入四梁，便是九。九为数至极，可保长久。"

常剑南这时根本还不知第五凌若的名姓，所以根本没从第五联想到她，忍不住问道："这是何意？"

李鱼道："这是天机。天机所示，就是如此，能否悟透，全在你的命数。我也说不清楚了。"

常剑南长长一揖，恭敬地道："有劳先生了。"

这时，一个身材颀长、面如冠玉、剑眉朗目、十分英俊的男子带着一个十六七岁、腰挎单刀的帅气少年迈步进了归来客栈的大厅，道："常老大，我正到处找你。"

来人正是张二鱼，身边带着的佩刀少年就是聂欢。一见桌上银钱，又见旁边算命的幡子，张二鱼不禁道："这等神棍，怎么骗到你头上来了。常老大，你信他个鬼，赶紧把钱拿回来……"

张二鱼说着就要上前收钱，常剑南赶紧喝道："住手！"

常剑南忙向李鱼请罪道："先生真言，常某谨记在心了。多谢先生指点。"

他生怕张二鱼又说些什么不中听的话得罪了这位高人，赶紧拉着他向外走去。此时的聂欢还是一个从军没几年的少年人，尚未独立门户，没有他说话的份儿，不过对这个能忽悠得常老大敬若神明的算命先生，倒是好奇地多看了两眼，才随之出去。

李鱼伸出手去，摸索着桌上的银钱，脸上微微露出些诡异的神气。埋下一颗种子，是为了以防万一。如果他失败，这颗种子生根发芽，也会帮他把他想做的事做下去。

第二十九章
相望

方才的一幕，店中几个伙计全都看在眼里，眼见常剑南如此恭敬信服，不免讶异万分，纷纷凑上来。一个伙计道："瞎子，你算命，真的准吗？"

李鱼微笑道："呵呵，谁会砸自己的场子，说自己算命不准啊？你问我，我当然说准。"

李鱼这样一拿腔作调，那几个伙计反而有些信了，另一个伙计赶紧拐了一下先前那个语出不逊的伙计一把，干笑道："盲先生，我们都是苦哈哈的小伙计，手里也没几个钱，可是既然与先生遇到了，又不想错过，能不能麻烦先生给我们算一算？"

他扭头看了看，见掌柜的不在大堂，便压低了声音，道："一会儿我们再给先生打一角酒，算是酬谢。"

李鱼正愁无法见到第五凌若，正在想着主意，可一时半晌又没有好办法，便呵呵一笑，答应下来，依次替他们摸骨算命，说些似是而非，目下无法求证的话，倒也唬得几人半信半疑起来。

其中一个伙计不大信这些东西，给他算的命又不大好，便阴阳怪气地道："先生算这命，都得十年八年才能验证，谁知其中真假。先生若真有本事，就算一桩眼前就能灵验的事来，我便信你。"

"眼前的事吗？"李鱼轻轻捋了捋颔下的假胡须，忽然轻叹一声，道，"呀，你们这店中，此时就住了一位贵人。"

他又胡乱掐算一阵，点头道："不错，此人位列少阴，乃是女子，年岁不大，不过命格极贵。嗯……你们好好服侍着吧，今日会得到一笔赏钱。呵呵，人人有份。"

几个伙计互相看看，有人小声道："说得这么玄乎，真的假的？"

另一个伙计疑虑道："年少女子，莫非是曹老大将要纳的那妾？"

年长些的伙计轻轻摇头，道："不会吧，十三姨娘，算什么贵人，不过是曹老大府里一个侍妾，比丫鬟、侍婢高半格而已。"

"话可不能这么说，曹老大纳妾，属这次排场最大，可见真是极宠爱那姑娘的。这过了门，是十三姨娘，谁能保证，过个三年五载，不能当了曹老大的家？"

"禁言！你这么说，当曹夫人和前边十一位如夫人死了吗？小心祸从口出。"

"我说你们……曹家谁当家，关我们屁事啊。先生说我们只要殷勤侍候着，今天人人有赏，你们忘了吗？"这一句话，就把大家的注意力从八卦中拉了回来。

"吱呀！"二楼一间房门开了，第五先生走出来，先伸了个懒腰，但懒腰僵在半空中，手没放下来。他的哈欠也打到一半，僵在那里。

楼下，六七个伙计都扭头仰望着楼上，神情很是诡异。第五先生有些心里发毛，什么状况？忽然，六七个伙计争先恐后地涌上楼来，满面堆笑。

"哎呀，第五先生，您想要点什么，使唤小的就好。"

"第五先生是要沐浴吗，小的这就打水。"

"第五先生可要点下酒小菜，今天的糟鱼做得不错。"

伙计们异常的热情弄得第五先生心惊肉跳，一番旁敲侧击，一人赏了一文钱，才弄明白楼下那位算命先生说过什么。第五先生一听，顿时上了心。

这么急着嫁女儿，固然是因为他看上了曹韦陀送的丰厚买妾之资，还有一个原因是担心张家传播的谣言发酵起来，女儿身价大跌，那时就只能廉价出手。有此顾忌，才答应得那般爽脆。

但是，女儿只给人做一个十三妾，心里还是不太舒服的。在第五先生看来，就凭自己女儿的姿色和伶俐劲儿，前程应该更加远大才对。这时听伙计告诉他，那算命先生说他女儿有贵命，自然紧张。

第五先生急忙下楼，到了李鱼面前。李鱼大喜，这灵光一闪果然用上了。他先要了第五凌若的生辰八字，煞有介事地算了一番。

第五先生急问道："先生，如何？"

李鱼缓缓地道："令嫒的命格很奇怪啊，似极贱，又似极贵。"

第五先生心想，给人做妾，还是十三姨娘，那还不贱？可又极贵……

第五先生心痒难搔，忙道："请先生说个端详。"

李鱼咳嗽一声道："在下算命，所擅者是摸骨……"

第五先生马上道："小女不便下楼，那就有劳先生升阶了。我搀先生。"

李鱼心中狂喜，摸摸索索地拿过幡子竹杖，第五先生殷勤地搀扶着，将他搀上楼去。

卧房内，第五夫人刚又劝说一通，口都说干了，到了堂屋正在喝茶。内室里，第五凌若对她的劝说始终不发一语。心若死灰，就是她此刻的模样，至亲之人的出卖与背叛，让这个正值青春年华的姑娘对人生充满了痛苦与绝望。

这时，第五先生扶了李鱼进门，第五夫人一见，急忙站起来："当家的，这是……"

第五先生道："这位乃是神相，我请来给女儿摸摸骨，快打开帘儿。"

第五先生向婆娘努嘴示意，第五夫人不知就里，还当是他找来个算命先生帮着劝女儿，如果算命先生也说女儿该跟了曹韦陀，那女儿不就认命了？

"还是当家的想得精细。"

第五夫人难得看丈夫顺眼了些，赶紧挑开帘儿，第五先生扶了李鱼进去。

第五凌若躺在榻上，气色灰败，发丝凌乱，一双原本星辰般的眸子，此时黯淡无光。

她被下了药，现在周身无力，不但起不了身，连声音都发不出来，只有一双眸子能勉强转动。

李鱼被扶进来时，第五凌若听到声息根本没有望过来，她痴痴呆呆地看着帐顶，似乎要透过帐顶看到天尽头的样子，直到李鱼在榻边坐下都没转眸看上一眼。

第五先生道："女儿啊，这位先生相术高深，爹请先生来，给你摸骨算命。"

第五先生说着，拉起女儿软绵绵的手，放进李鱼手里。

第五凌若微微转眸，一眼看到李鱼，登时双眼睁大，露出惊喜不已的光来。

李鱼固然做了伪装，第五夫妇包括店里伙计只看过一面，分辨不出，可第五凌若如何看不出来。

第五凌若这一刻欢喜得泪都要流出来，她听了父亲说的话，再看到李鱼此刻的扮相，如何还猜不透他是怎么进来的。只是，她说不了话，也动弹不得，只有眼波盈盈欲流，传达着她无尽的喜悦。

李鱼用双手轻轻合住她的手，眸子也转正过来。反正第五夫妇站在侧后方，看不见。两人执手相望，四目相对，这一刻，情脉脉，意绵绵，两颗心深深地契合在了一起。

李鱼和第五凌若两个人都没有想到，他们竟是在这样一种状况下相逢。一个口不能言，身不能动。一个有口难言，还要装作盲人。

看到第五凌若如此模样，李鱼如何还不明白她的心意，如何不明白第五夫妇对她做了什么。李鱼执着她的手，拇指按着手背，仿佛在摸骨，食指在她的掌心，一笔一画地写下三个字："带你走！"

第五凌若欢喜得眼中涌出泪花，目不转睛地盯着李鱼，她想点头，可是颈部肌肉根本不听使唤，第五凌若只能用力地眨了眨眼睛，向他表达了自己的决心。

第五凌若过门在即，李鱼根本无法从容安排，此时必得争分夺秒。所以在这短短时间，他已飞快地思索过，除了用最简单暴力的办法，已然别无选择。

打昏第五夫妇，带着第五凌若从门口是无法离开的，尤其是她现在酥软无力，李鱼又不知该如何替她解除，不过好在这扇窗临着后街。

一楼是大堂，举架高，所以这二楼实则如同普通三楼的位置，用被单系成绳索，应该可以带她下去。也许很快就会被发现，可若幸运的话，应该逃得掉。如果在外边能再找到一辆车子的话……

李鱼想着，又用力捏了捏第五凌若的手，向她示意，然后霍地站了起来。李鱼的突然站起，把第五先生吓了一跳，急忙向前一步，道："先生，我女儿……"

李鱼头一扭，右手已经抬了起来，他要一掌切昏第五先生，可是手刚刚抬起，头才扭到一半，障子门外传来一声轻咳："第五先生，我家东翁来了。"

李鱼应变极快，眼睛迅速上翻，头扭过来时，已经又翻了白，手举得虽太高了些，而且呈刀状，但是配着他激动的语气，似乎显得有些过于激动，也能说得过去。

"令嫒的骨相，实是我生平罕见。骨骼清奇，命格极贵，只是内中详情，不宜外宣……"

李鱼说到这里，障子门已经拉开。曹韦陀当门而立，大账房站在旁边，门左右隐见衣角，应是有侍卫站在那里。

曹韦陀看到室中情形，微微有些好奇，迈步走了进来，瞟一眼那"布衣神相"

的幡子，呵呵一笑，道："大人，是在请先生算命吗?"

第五先生这还是第一次见到自己女儿要跟的男人，见他矮胖，但气度不凡，看年纪，比自己大个四五岁的模样。见他称自己为大人，第五先生顿时受宠若惊，忙拱手道："原来是曹员外，有失远迎，恕罪，恕罪。"

第五夫人忙对李鱼道："先生且先下楼，我送你出去。"

第五夫人拉住探竿，牵着李鱼出去。

曹韦陀侧身让过，随意地瞟了他一眼，并未注意打量，也未看出此人就是第五凌若的"情哥哥"。

第五凌若躺在榻上，口不能言，身不能动，只能绝望地看着李鱼出去。李鱼这边刚出了屋子，第五先生便张罗着请曹韦陀坐下。

曹韦陀笑吟吟地道："客人们都陆续来了，我这主人，怎好不在场。大人所居远了些，劳动你们暂住于此，怠慢了。再有个把时辰，我就得迎令嫒过门了，她这是……"

曹韦陀看了眼依旧躺在榻上，眼角挂着泪痕的第五凌若，瞧来憔悴悲伤，却也因此别具风情，当真可人。

第五先生怎好说自己女儿不想跟他，可仓促间又想不出该说什么，未免有些尴尬。

这时曹韦陀后边，掌柜的钻了出来，在他耳边低语几句。那药是第五先生向他求来的，他这一说，曹韦陀登时明白。他淡淡地扫了榻上一眼，神情微冷："给她服点解药，总得能够站立行走吧，不然像什么样子。"

那店掌柜的唯唯称是。

曹韦陀又转向第五先生，道："你们身在客栈，诸多不便，我唤了七夫人、九夫人两个惯会打扮的人，还有其他侍候的人来，帮凌若装扮一番。"

第五先生惶恐地道："有劳员外费心。"

曹韦陀摆摆手，转身向外走去。第五先生忙小心地跟上去，到了门口，就见廊下站着两个花枝招展的美貌妇人，还有几个端着喜服、首饰盘子的下人，旁边还站了许多人，也不尽是打手，却不知在曹府司有何职。

第五夫人一路套问着女儿的命格骨相，把李鱼送到大门口，问道："先生可就住在这西市?"

李鱼对西市还算熟悉，随口诌了个地方，第五夫人喜道："妙极，刚刚问得不够周详，可我家女儿就要过门，先生且先回去吧。待忙完了手头的事，我与丈夫同去，再听先生指点，酬金也会一并奉上。"

第五夫人急急说完，就赶紧回去巴结曹韦陀，看这样子，找了个借口，是要把酬金也一并省了。她方才一路下楼一路问，李鱼随口遮掩，已经答了许多，哪有回头再奉上酬金的道理。

李鱼恨恨地一顿竹竿，可惜刚刚有所打算，偏是曹韦陀来了，这该如何是好？

身后铿的一声，是门板顿地的声音，紧接着传来一个伙计的声音："上门板了，打烊打烊，这里暂做第五姑娘的娘家，侍候过门。"

李鱼用竹竿探着地，向前慢慢走去，临到长街尽头时，扭头回顾，就见那门只剩了一扇门板未上，曹韦陀带了一群手下从门中出来，紧接着第五夫妇也跟出来，双方在门口简单对答几句，曹韦陀一行人便即走开，第五夫妇回去，门板全安上了。

李鱼刚才低头下楼时，已经偷偷数过，从曹韦陀带走的人数来看，楼中应该还留了一半的人。一半的人，再加上客栈里的人，至少二十个能打的，他若一个人冲进去再冲出来，或许还办得到，可再加上凌若，她又动弹不得，如何做到？

李鱼痴痴地站在街口，进退两难。

第三十章
过门

　　第五凌若被喂了一匙解药，也不知道那掌柜的给她吃了些什么，身子虽还是酥软无力，但渐渐有了些力气，叫人扶着，已经可以虚弱地站住，声音虽然喑哑无力，也能勉强说话了。

　　这时，厨下已经烧了热水，又抬了一个大浴桶进来，四个丫鬟同时动手，给第五凌若宽衣解带，将她赤条条地泡进桶里。

　　在此期间，七夫人和九夫人只是坐在一边冷眼看着，瞧见第五凌若的模样儿时，两个女人就生起几分醋意，再见她被剥光，白羊儿一般的肌肤，窈窕动人的身段，心里更是泛酸。

　　七夫人吐掉一枚瓜子壳儿，哂笑道："难怪老头子那么着迷，这么幼滑娇嫩的一个身子，真是我见犹怜哪。"

　　九夫人酸溜溜地道："人家过门儿的时候，也是这般年纪，同样是嫩得一掐就出水的花骨朵，也不见比她差了。等着吧，等老头子过两年玩腻了，她还不是跟咱们一样，夜夜守空房。"

　　七夫人冷笑一声道："你还指着老头子再纳几房妾过门？那老东西，身子骨儿是越来越不如从前了。现在西市又不景气，老头子表面光鲜，可花钱的地方更多，咱们的月例钱现在都削了一半，过两年啊，他还买不买得起小妾都难说呀。"

九夫人一听，紧张地道："不会吧？老头子不是说，暂时遇到难关，挨两个月就好了吗？"

七夫人冷笑一声，道："你也知道，我在夫人面前走动得多。我这可是听夫人说的，夫人说啊，咱们家老头子把他的幕后大靠山都得罪到底了，没有靠山，能撑多久？不要说外边那些虎狼，就西市这班人，也没一盏省油的灯啊。何况，这昔日的靠山，不知怎的就成了仇家，现在天天为难老头子呢，老头子再找一座靠山，怎么也得一两年光景才交得下来吧？能不能撑过两年，都不好说呢。"

屋里侍候第五凌若沐浴的丫鬟，都是她们握着卖身契的贴身丫头，所以说些什么倒不避讳，泡在浴桶里的第五凌若却也不免把这些话都听了进去。只是现在，她还不知道这些信息对她有什么用，能如何利用。

七夫人道："你呀，不要一领了月例银子就大手大脚了，攒着点吧，唉！这棵大树真要倒了，咱们还得活下去不是？"

"多谢七姐，要不是你说，我还不知就里呢。"

九夫人感激涕零，赶紧起身，给七夫人斟了一杯茶。

众妾室之间，也是拉帮结派，互引靠山。七夫人有意卖弄自己与大夫人走得更近，炫耀自己的本事，也是希望把九夫人拉过来，做她的"小弟"。很有趣的是，这些妾室拉帮结派，通常都是隔位次结伙。

一和二不对付，但跟三不错，三跟四不对付，但跟五关系不错。原因大多是：上一位最新的妾室，总是最新鲜故而也是最受宠的，一旦有了新人，她就变成旧人，自然对新人颇具敌意。可是之前被她顶成了旧人的，却大多会因为她的失意而对新来者，有种"替我出了气"的感觉。

这厢一番沐浴，把第五凌若红通通煮熟了的虾子似的身体从浴桶里"捞出来"，七夫人和九夫人又指使人给她着衣穿戴。

七夫人捏了捏第五凌若的小脸蛋儿，揶揄道："哟，瞧这小模样儿，还真是我见犹怜呢，难怪那老不死的这么疼你，还非得打发我们俩来，侍候你穿衣打扮。不过呢，你也不用太把自己当回事儿，老十二本来最受宠的，可也不过三个月光景，那老东西，就喜欢尝鲜，等你不鲜了，也就过气了，早晚跟我们一样，做个怨妇。"

第五凌若被人扶着坐在锦墩前，镜中朱颜真真，满是青春靓丽的惊艳。如此一幕，如果是即将嫁给她心爱的男人，该会有一种从内到外的美丽，但此时那无比精致的容颜，却似少了一分无法说出的神采。

"两位姐姐，也太认命了。喜新厌旧，是人的天性。如果换作两位姐姐是曹员外，你们……就能从一而终吗？如果，人家看重的只是你的皮囊，那你也就莫怪人家喜新厌旧。"

七夫人微微一诧，不悦地道："哟！小妹妹，你这是在教姐姐们怎么做人吗？"

第五凌若望着镜中的自己，淡淡一笑，自负地道："不敢，小妹只是在说一个道理。凭我的容颜，或许只能让他保持三个月的新鲜，凭我的心计本领，却能让他专宠我一生一世！"

第五凌若，何等慧黠伶俐的一个女子，此时她指望不了别人，便决心自救。而要自救，此时她能接触的、利用的，只有眼前的七夫人和九夫人而已。说服她们帮自己逃走？那只能寄希望于她们的同情心，可这短短的接触，第五凌若也知道，这完全是痴心妄想。

所以，她想换一种方式，用她们的忌惮，用她们的嫉妒，化为自己的助力。只是，第五凌若没有想到，李鱼并没有就此放弃。别无选择之下，他也采取了自己所能使用的唯一办法。

他，准备抢亲来了！

"好大的口气，人儿不大，倒是自负得很！"七夫人和九夫人又好气又好笑，这小姑娘固然美貌，可若是如此狂妄愚蠢，倒不是一个可虑的竞争对手了。

但第五凌若却依旧自信满满，凝睇着镜中的自己："惊艳的美貌、曼妙的身材，其实用不了多久，就会失却它本来的魅力。妲己、妹喜之流，一定很擅长哄男人开心，如果只凭着一副皮囊之美，便让一个坐拥天下，所有美女予取予求的男人神魂颠倒，而且一直为她神魂颠倒，是不可能的。"

三人中，明明第五凌若年纪最是稚嫩，此时却大有一种言传身教的师父的感觉。

她挺了挺蓓蕾般可爱的胸脯，自负地道："更重要的是，你能给他如沐春风的感觉。让他在你面前，就觉得无比舒坦，这恩宠，才得长久。"

第五凌若深深地吸了口气，慢慢合上眼睛，整齐、细密、美丽的眼睫毛覆盖了她的眼帘。七夫人和九夫人怔怔地看着她，不明白她想干什么。

慢慢地，第五凌若缓缓地张开了眼睛，她的脸上突然洋溢着一种说不出的神采，仿佛欢喜无限，仿佛天真烂漫，眼波盈盈欲流，崇拜、依恋、含情脉脉……

可惜她看的是一面镜子，七夫人和九夫人这一刻都相信，如果她看的是一个男人，那男人顷刻间就会被她如此的神情所愉悦，一个男人的自负、满足、得意、欢喜，所有的一切，都会因这美丽女孩无比动人的眼神而满足。

但是，这样可以在顷刻间融化任何一个男人的眼神儿，第五凌若只是眨了眨眼睛，它就不见了。第五凌若向镜中呆看着她的七夫人和九夫人顽皮地眨了眨眼，道："现在，你们相信？"

七夫人和九夫人呆呆地说不出话来，她们本就擅长服侍男人，当然明白一个美丽、烂漫的女孩儿，用这样的神情目光面对一个男人时，会让他如何地满足与开心，这女孩儿……简直太可怕了。

她才多大呀，如果她再成熟些，又擅长如此取悦男人的本领，那……还有我们的立足之地吗？

这时，第五凌若又轻轻撇了撇嘴角，道："光有一副好皮囊，其实仍不持久，要打动一个男人的心，得让他觉得，你做的所有的一切，都是在为他打算。这样，就算他依旧喜新，又何至于厌旧？"

第五凌若拿起象牙梳子，手指和象牙一样洁白，轻轻梳理着湿润的青丝："方才听你们说，现在西市遇到了麻烦，你们的月例都减了一半。可你们只会抱怨，我相信，这抱怨在你们那位曹员外面前，也没少提起。如果不是真的遇到了极大的困境，他会这么做？你们的牢骚不会给你们多争来半分好处，却只会让他……厌恶、生烦，减少见你们的次数。我没猜错吧？"

第五凌若甜甜地笑："要是我呀，我就努力帮他出主意，如何解决困难。哪怕我提的主意一点忙都帮不上他，也没关系。他知道他有了麻烦，我比谁都在意、都关心，那就够了。

"我还会省吃俭用，自己再缩减月例，省下钱来给他。其实那能省下来多少？对他的大生意来说，杯水车薪，不值一提，他会要吗？可男人，就是这么被征服的，你越是如此，他越是觉得亏欠于你。尤其是当有别的蠢女人衬托时，你简直就是他的小仙女！"

小仙女？七夫人和九夫人的表情，就像见了鬼。这哪是小仙女，分明就是一个小妖女。太可怕了，让这个女孩儿过门，那还能有自己的活路吗？

两个女人对视一眼，笑容都变得极为牵强。

"康二，给十三夫人开脸、敷粉、上妆吧！"

七夫人唤了一声，外间屋里一个大胡子男人走了进来。

一般来说，侍候新娘子梳妆打扮，都是专干这一行的婆子们侍弄，可这康二，却是此道的高手，倒是有几个专门给新人开脸上妆的婆子，是受过他指点、教授的。

如果李鱼在这儿，一定又会吓一跳。因为这康二，就是道德坊勾栏院的康二班主，李鱼十年后因为与他大哥康班主是狱友，从而也认识了他。李鱼只知道这康二吹拉弹唱样样精通，而且擅长口技，却不晓得他还擅长上妆，十年前还干过这样的营生。

七夫人和九夫人唤进康二帮第五凌若开脸上妆，二人则悄悄挪到了外室。

九夫人咬着牙根儿道："这小浪蹄子厉害啊，而且也太嚣张了些。七姐，这要等她过了门，还有咱们的活路吗？"

七夫人脸色也自阴沉着，磨着牙道："本想着，把这小妹妹拉为奥援，没想到这可不是一个善茬儿，咱们这班姐妹还在这里争宠，只怕来日都要被她啃得渣都不剩。"

九夫人着急道："七姐，你得想个办法呀。"

七夫人恨恨地道："今儿老东西就要纳她过门了，我能有什么办法？难不成毒死她呀？那样我也活不了。"

两人刚说到这里，隐隐约约就听轰的一声响，外边便响起许多嘈杂声。

两人讶然对望一眼，急忙抢步出门。

归来客栈前门外，一辆满载柴草的车子紧紧地抵在门上，柴草上似乎浇了油，刚有火星冒出，马上就呈燎原之势，烈焰升腾而起。

里边的伙计不知就里，卸了一扇门板，火苗子呼地一下就蹿了进去，还有些烧着的柴草撒进了里边，慌得一堆伙计急忙趁着火还没烧透门板，从里边卸门板、取水取工具，试图灭火。

火就贴着自己家大门烧呢，他们可不能把门户一闭，由着它烧，这楼都是木制的，若是放任不管，还不得烧成白地啊？所以反而得赶紧打开门户才行。

归来客栈旁不远处有一棵大柳树，柳树下一排拴马桩，此时就有一辆轻车拴在那儿，却不见车主人行踪。这辆车是李鱼备下的，此时李鱼已经绕向后街。

他在后街也留了一辆轻车，只等救出第五凌若，便立即登车，扬长而去。

因为他也不确定最终逃出来时，将会是前门还是后门，所以两处都做了准备。不过，他还是有所侧重的，他在前门放了辆起火的柴车吸引里边的人，自己的主攻方向，就是后窗。

李鱼急速跑到后窗下，片刻不停，一直向对面的墙跑去。脚尖在墙上麻利地点了两点，身形已然蹿高，手在近一丈有半的墙头一搭，横着跃上墙头，身形一收一放，霍然跃向对街的窗子。

那是第五凌若所居房间的后窗。

啪的一声，李鱼像一只猿猴，双足双手，稳稳地攀住了窗外凸出的檐角，随即长身一挺，右拳捣出，轰的一声，一只手便破窗而入，撞倒了八棱铜镜，骇然出现在房中众人面前，吓得一个丫鬟发出一声高亢的尖叫。

李鱼不管不顾，手迅速回抽，抓住窗棂用力一拽，一扇窗子就被他扯烂开来。

李鱼这兔起鹘落一番动作固然敏捷，但伤口也因此绷裂，鲜血浸润而出，染红了衣襟。但李鱼此时哪里顾得了这些，扯开窗棂，探手就向房中抓去。可他没有想到的是，旁边却突然刀光一闪。

刀光一闪，映目生寒。李鱼本来目中只有第五凌若，却突生警兆，急忙缩手，刀铿的一声剁在了桌上。

原来，李鱼前门放火，引开敌众的手段固然吸引了店里所有的伙计以及几个观望的打手，却也有几个打手见前边火起，马上跑到楼上来示警了。

他们刚对七夫人和九夫人说完前边发生的事，李鱼就猝然出手，撞破了窗棂。这几个打手武功不错，反应也快，下意识地就是一刀，幸亏李鱼躲闪及时。

李鱼避开这一刀，立即跃身进了房间，双脚一落地，伤处一阵剧痛，脚下一个趔趄，晃了两晃才站稳。

"冰哥哥……"第五凌若喜极而泣，忘情地想要扑向李鱼，却被一个打手一把拉住。李鱼未及与她说话，几个打手就扑了上来。

"铿铿锵锵"一阵响，房间里遭了殃，七夫人、九夫人和康二班主等人拖着第五凌若慌忙逃出了内室，几个人，几口刀，上下翻飞，剁得一团狼藉。

李鱼仓促中抓起一只锦墩充当兵器，最后砍得只剩下两只墩脚，挥舞起来反倒更加趁手。

"哎呀呀，这是怎么回事，这是怎么回事啊？"第五先生和第五夫人也慌慌张张地跑进来。

七夫人冷笑道："怎么回事儿？恐怕这得问你们的宝贝女儿了。刚听她唤那人叫什么'冰哥哥'，可是你们家女儿的情郎吗？"

九夫人幸灾乐祸地道："不知道阿郎晓不晓得这桩事儿，他最可意的小女人，心……可是在别的男人那儿呢。回头，我得跟他说说。"

第五先生和第五夫人一听大急，这要是惹恼了曹韦陀，刚刚攀上的高枝儿岂不是脱了手？就是叫他们把已经到手的买姜之资退回去，也不舍得啊。

第五夫人一见那人，认出是方才那个算命瞎子，这才晓得上当。第五夫人又气又急，忙不迭从怀里摸出那枚宙轮，宙轮已经被她用手帕包着，裹在怀里都温热了。

第五夫人匆忙取出手帕疙瘩，将裹着的宙轮向李鱼恶狠狠掷去："还你，还你的传家宝，老娘不稀罕。拿了快滚，不要再纠缠我女儿，你要害我第五家到什么时候？"

李鱼见她抛出一物，下意识地伸手一接，东西落在掌心，不禁愕然。一时间不知道是什么东西。

第五凌若目中含泪，泣声说道："冰哥哥，对不起。你的传家宝，当日被我捡到了。我……"

"啊！"趁着李鱼失神，一个打手趁机砍出一刀，李鱼避闪不及，后背挨了一刀。

其他几个打手见状，立即蜂拥而上，第五凌若急了，叫道："冰哥哥，你走，快走，你肯来，我……就很开心了。"

一句话出口，第五凌若已是泪如泉涌。

李鱼在几口刀的翻飞中闪避挣扎，犹如巨浪之下的一叶小舟，只要稍停片刻，就会被乱刀分尸。李鱼无奈，只得叫道："凌若，等我！我还会回来，等我再来，必救你离开。"

第五凌若见他身上旧伤绽裂，又添新伤，血迹斑斑，好不心疼。不想他再来送死，含泪道："冰哥哥，你的情意，凌若来世再报了，你好好活下去，莫再来送死。"

她说这话时，已暗萌死志，欲以一死保一身清白。李鱼听出她话中的决绝之意，生怕她这小妮子想不开，真个殉情自杀。自己此刻宙轮在手，哪肯让她冒险。

李鱼持着两只墩脚，挡开两刀，又将墩脚脱手掷了出去，逼开背朝窗口的两个打手，大笑道："那日生死相依后，我便再不能放下！岂有独活之理！等我，必来！"

李鱼说罢，一咬牙，就向破烂的窗口纵去，身影破窗而出，空中犹自洒出斑斑血迹。

事先备好的那辆车用上了，李鱼几步蹿上车去，扬鞭一抽，那骡马发足狂奔，待楼上的打手跳下楼来，李鱼所驾板车已消失在长街尽头。

客人已经陆续到了，似四梁八柱这般人物，曹韦陀是要亲自接待的，毕竟地位崇高，平日里兄弟相称，不能等闲视之。酒宴未开，且品香茗。

平日里大家各忙各的，不可能聚得这么齐，这时候正好聊聊，而曹韦陀也是趁此机会做漫不经心状，透露些困境已然有了解决办法的话以稳定军心。

正谈笑间，大账房忽然走来，向曹韦陀附耳低语几句，曹韦陀脸色一沉，旋即又欢笑如初，向已赶到的几位重要头目点点头道："你们且聊着，我去后宅一趟。"

既去后宅，当然是家事，其他人不便动问究竟。曹韦陀绕过屏风，赶到中庭，再从侧厢绕回前院，匆匆出门，往对面的归来客栈去了。

此时，李鱼已经逃回那日带着第五凌若养伤的储物仓库。李鱼匆匆包扎一番，先止了血，疲惫地倚着货包躺下，便从怀中摸出那个手帕包，将它打开。

一片幽蓝，仿佛星河，掌中托着的，果然便是那枚宙轮。原来，它竟是被凌若捡到了，而她一直都没有说……

李鱼此时自然也明白凌若为何隐瞒了消息。在第五凌若眼中，它不过就是一枚宝石，并没有特别的用处。李鱼说过它是自家的传家宝，凌若把它留下，自然是……要帮他传家，为他生儿育女。

李鱼手托着宙轮，唇边不由自主地漾起笑容。但那笑容刚刚绽放，忽然僵住了。

他方才没有在归来客栈贸然动用宙轮，是想先策划好之后的行动计划，一切周详后再动手。但此时手托着宙轮，李鱼忽然想到一个很要命的问题。

倒档，意味着一切都将回去，包括……他手中托着的宙轮。

如果回到昨天这时候，他今日得回的宙轮也将从他手中消失，仍旧回到第五夫人手中。而他昨日此时在干什么？正从长安搭了大车赶往青萍镇上。

李鱼呆呆半晌，忍不住笑了起来。他实未想到，宝物失而复得，换来的竟是这样两难的局面。最可恼的是，他并未摸索明白这东西究竟有多大用处，究竟有什么用法。

用眼泪？他再穿越十年，回到隋末乱世之中？那时吉祥、作作她们还未出生呢，凌若也不过是个小女童，他要做一个慈祥的老爷爷，陪伴她们长大吗？

用血液？倒退回昨天，他连宙轮都将失去，一旦改变了预知的历程，他将如何应变？弄不好当场就挂了，连宙轮也失去了重新到手的可能。

拖过今天？拖到明日此时，那时就可以无所忌惮地行动了？可是他要拖到明天，曹韦陀会等到明天吗？

凌若，今晚就会被曹韦陀占有！他明日倒档回来，凌若固然不会知道这一天一夜都发生了什么，身体也会复原如初，可是有一样东西是不会倒档的，那就是他李鱼的记忆。

他会很清楚，这一天里究竟发生了什么，他真能当作什么都没发生？穿越回十年前？倒档回昨天？硬着头皮面对今天？这宙轮果然不是万能的，有些事，只能自己去面对、去解决啊！

李鱼无比地纠结：谁能教教我？我，究竟该如何选择呢？

第三十一章
心机

曹韦陀登上归来客栈二楼。在走进大门的时候，看到那烧得半毁的门户，曹韦陀已面沉似水。等他走上二楼房间，七夫人、九夫人和第五先生夫妇，正围着第五凌若，苦口婆心地相劝。

一见曹韦陀进来，脸色极其难看，第五夫妇既心虚又尴尬。也难怪曹员外生气，换了谁，自己要纳的小妾一门心思地要跟别的男人跑，这心里也不会舒坦。

"你们出去！"曹韦陀淡淡地吩咐了一声，七夫人和九夫人对视一眼，赶紧走出去。第五夫人犹豫着还想说点什么，第五先生连忙一扯她的衣袖，带了她向外走。

第五凌若看着自己爹娘这番表现，不禁露出自嘲的冷笑，这，就是她的生身父母啊。

"丫头，我再宠你，也别恃宠而骄。否则，你会后悔的。"

"我不喜欢你，从来也没有喜欢过你。"

"那又如何？你父母接受了我的买妾之资，你的终身，由得你决定？"

"你……你敢要我，我就毒死你！"

"呵呵，泼辣！我就喜欢你的泼辣劲儿。"

"你……无耻！"

第五凌若涨红了脸，她一个未出阁的小姑娘，再如何慧黠，斗起嘴来，哪是曹韦陀这般人的对手。

曹韦陀笑容一敛，沉下脸色道："你是个聪明的姑娘，应该明白，一切不是你能扭转的。识时务的，乖乖收敛，以后好好服侍老夫，老夫不会亏待了你。如若不然……"

"我喜欢杨冰！"

少女挺起了胸膛，骄傲地宣示："我已打定主意，今生今世，要做他的女人。"

"那个总是一身伤，半死不活的小子？"曹韦陀的声音有些嘲弄。

"他的伤，都是为我而来！他肯为我挨刀，你做得到？"

"我肯为你花钱！"

"你以为，钱能买到一切？"

"本来，我也以为不能！但是，比你多吃了几十年饭以后，我才明白，没错，钱，就是万能的！"

"你现在的日子好像并不好过，连给自己女人的月例银子都减半了。"

"呵呵，对你这种穷人家的姑娘来说，这已经是一步登天成了凤凰。你以为你是金枝玉叶的公主之身吗？醒醒吧！"

"你既然有钱，什么女人得不到？放我走吧！"

"就因为我有钱，所以，现在我想得到你，你就得属于我。"

"冰哥哥一定会来找我，我一定会跟他走！"

"那也得在你被我占有之后！"

曹韦陀阴笑着转身："一会儿就要接你过门，给我安分些。否则，你的爹娘不会好过！我会把他们接走，他们明儿能否囫囵个儿地离开，全看你今儿晚上的表现了！"

曹韦陀出了门，板着脸对七夫人和九夫人道："去，尽快帮她梳妆，准备过门！"

七夫人和九夫人进了门，第五夫妇巴巴地迎上来，讨好地想说些什么。

曹韦陀又一摆手，皮笑肉不笑地道："把他们给我带回去，弄进柴房关起来。今儿晚上，我睡了他们姑娘，明儿一早，就放他们走人。如果他们的女儿不老实，当着我那么多的手下，给我惹出什么丢人现眼的事来，我就叫他们人财两空！"

几个打手冲上来，拖起第五夫妇就走。

听曹韦陀这话音儿，如果第五凌若惹出什么麻烦来，他们两夫妇是要退还买妾之资的，而且女儿也不会还给他们，因为买聘书是不可能还给他们的。第五先生竟尔生出些悔意。

他太了解自己女儿的刚烈性子了，早知如此，何必贪图曹家的富贵，女儿真个惹恼了他可怎么办？岂不真要落得个鸡飞蛋打？

早知如此，还不如把女儿嫁个小康人家。唔，那个姓杨的小子似乎也不错，听娘子说，还他的传家宝是硕大的一颗宝石，家有如此藏珍，似乎家境也算不错。

曹韦陀命人拉走了第五夫妇，目光一转，忽然看到了站在一旁，未得他吩咐，尚不敢入房的康二班主。曹韦陀眼珠一转，忽地计上心来，他向康二班主问道："刚刚闯来，欲带我如夫人离开的那小子，你见过了？"

康二班主点头哈腰地道："是！小的见过。"

曹韦陀点点头，微笑道："很好，你跟我来！"

"如果，我真进了曹家的门……"

第五凌若凝视着镜中的自己，目光仿佛一团炽燃的火焰，惊艳，但又惊心。

"我不会叫任何人好看！我会让整个曹家，鸡犬不宁！"

七夫人和九夫人正亲手为她梳妆敷粉，描眉画唇，镜中的少女因为妆容，隐隐带出了几分新嫁娘的惊艳与美丽，却因为她冷冽的目光，显得触目惊心。

已经穿上嫁袍，只能任人摆布的第五凌若，身体固然依旧有些虚弱，但那意志之坚强，却不知令多少已然成年，却依旧柔弱的女子为之汗颜。

"七夫人，九夫人，你们何苦给自己树敌？姓曹的这样都不肯放我，如果我真过了门，只要稍显手段，小心奉迎，又有意与你们为敌的话，多多少少，总会给你们惹下不少麻烦吧？"

七夫人停下手中的眉笔，轻轻叹了口气："大家都是女子，你的坚贞，令我佩服。可是，正如你所言，我只是……阿郎的一个侍妾罢了，以身色娱人，求一个活路的弱女子，放了你，我们还活得了吗？不得被阿郎活活打死才怪。"

第五凌若听她话风松动，大喜："你们可以装作被我袭击，受伤晕倒。这样，他再如何着恼，又岂会迁怒于你们。"

九夫人有些讶异不安，惶然看了七夫人一眼。虽说平素里侍妾们之间争风吃醋，但所用手段不过是竭力奉迎阿郎，枕边酸溜溜地说些旁人的坏话，更出格的事儿，没有人敢做。

宫斗是有的，因为你一旦扳倒了皇后，你就是母仪天下的六宫之主，没人再能把你怎么样。

但宅斗，根本不可能的，正妻的地位，没有哪个妾敢去挑战，当然，世间之大，无奇不有，偶尔的奇怪现象是有的，但罕见之至。

因为正妻的地位，不仅有律法的保护，有公婆、有家族、有妯娌、有整个社会的维系，而且，妾侍升正妻，丈夫是要坐牢的。妾侍忤逆正妻，正妻打死勿论，你怎么斗？哪怕你位极人臣，也脱离不了这些束缚与约束。

如果第五凌若面对的是曹韦陀的正妻，对方或因同情，或因嫉妒，倒是真敢纵她离开。可是一个妾室，是绝对没有这个胆量的，所以九夫人很是惶恐。但是，第五凌若却也不傻，她帮着对方想出了一个可以推脱的办法。

七夫人算是看出来了，眼前这丫头年纪虽小，可是太有主意了。若是由着她这般过门，恐怕自己的好日子真就到头了。她若把自己与情郎失散的原因归结于自己，那就平白树一强敌。

七夫人回头看看，障子门已经拉上，房中除了她们三个，再无旁人，她咬了咬唇，犹豫道："我可没有救你的解药，你逃得掉？"

第五凌若听她话音儿，便晓得她动心了，连忙说道："我现在已经恢复了些力气，只消拖延片刻，我自逃得掉。七姐姐，你若肯放我走，大恩大德，凌若没齿不忘。"

七夫人笑了笑，搁下眉笔，拿起了铜镜，对第五凌若道："轻着些儿，可别真打伤了我们，也别刮花了我们的脸，我们，就靠这皮相，讨男人欢心呢。"

九夫人大惊，急忙看向七夫人，七夫人却未瞧她。九夫人一向没甚主意，跟着七夫人厮混的，虽然害怕，却也不敢多说什么。

第五凌若一听，对七夫人感激涕零，忙道："凌若怎敢伤害恩人？手下轻了重了也是不妥，姐姐只需睁一眼闭一眼，放妹妹离开，自己作势弄些小伤就好。"

凌若说到这里，感激得泪如泉涌，一下子跪了下来，向七夫人和九夫人重重地磕了三个头，哽咽地道："凌若多谢两位姐姐，恩同再造，没齿不忘！"

七夫人道："你打算怎么走？"

凌若道："我扯下帷幔，系在腰间，从后窗坠下去。"

七夫人又回头瞧了一眼门户，道："快走，夜长梦多。"

第五凌若连忙去扯帷幔，七夫人帮她解下帷幔，束成一束，帮她在腰间系了一个活结，凌若此时仍是酥软无力，好在有七夫人和九夫人帮忙拉着，从后窗缓缓将她坠下。

第五凌若安稳地到了地面，扯开活结，感激地向临窗的二人连连合十而拜。七夫人临窗而立，急急回头看了两眼，又向她急急挥手，第五凌若也不敢耽搁，马上急急逃开。

九夫人站在七夫人旁边，吞了口唾沫，道："七姐，咱们真就放她走了？万一老头子怪罪下来……"

七夫人眼看着第五凌若消失在街尽头，忽地冷冷一笑："你当我是白痴？被她一吓，就乖乖任她摆布了？"

九夫人讶然看着她："那……七姐是想……"

七夫人一字一顿地道："再一再二，不可再三再四。她生得再美，再有心机，彻底令老头子生厌了的话，也没她的好果子吃！"

她袅袅婷婷地走到榻边坐下，摩挲了一下手中的铜镜，对九夫人嫣然一笑："来，用它，砸我的头，可别真把你七姐给砸傻了。过一盏茶工夫，咱们再呼喊起来，她……逃不出去！"

"走！"第五凌若被推进三堂，踉跄着站定，环顾四下，心中一片绝望。她终究还是没有逃掉，身上余毒未清，身体虚弱，她本来都已看到了之前她和李鱼躲藏过的那处店铺了。

这时候，追兵追了上来。

第五凌若之前听李鱼那句话，就料定他隐藏的地点一定还是这里，可近在咫尺时，追兵追近，继续前行，只能把他暴露给追兵。所以，第五凌若一咬牙，拐进了旁边的另一条小巷，跑向与他相反的方向，直到被抓住，从角门押进了曹韦陀的后宅。

房间里空荡荡的，并没有人。但押她来的人把她推进去后，却在门口站定，她已插翅难逃。

"还有什么办法？还有什么办法？"

第五凌若脸色苍白，急急地思索着。

侧厢一间厢房里，七夫人和九夫人捂着瘀青的额头，一脸委屈地看着曹韦陀。

两位夫人为了假戏做得真，下定决心要扮得像一些，但最终也不过是把额头磕青了一块儿，皮儿都没破，只是有些红肿。

"阿郎，谁晓得那小妮子这么厉害，都吃过迷药的人了，还有那么大的力气。我们正好心帮她梳妆打扮，结果她抄起铜镜就……"

"阿郎，你可是西市之主，多大的势力，多少的财富，至于吗，这还没过门呢，就放任她如此放肆，以后，你这宅子里边还能安宁吗？可不得鸡飞狗跳？"

七夫人和九夫人你一言，我一语，曹韦陀坐在那儿，面色像长拧巴了的南瓜似的，特别难看。

"一个小妮子，老子还治不了她了？"曹韦陀狞笑起来，"不知天高地厚，信什么情情爱爱。她不是把那个叫杨冰的小子当成了他的天吗？好，我就把她的天扯下来，踩在脚底下当毯子，我倒要看看，那时候的她，作何感想。"

曹韦陀慢慢站了起来，"啪啪啪"三击掌，康二班主和他的管家都走了进来。

曹韦陀对管家道："人，找到了？"

管家点头："找到了，绝无问题。"

曹韦陀点点头，又对康二班主道："你听过他说话，弄得来？"

康二班主哪容得自己的职业技能受人质疑，马上挺胸道："曹市长放心，绝对毫无二致。"

曹韦陀阴笑道："好，你们速去安排。"

曹韦陀又对七夫人和九夫人道："今儿四梁八柱、各方兄弟，都知道我纳妾，绝不能当众丢丑。先混过今天再说，明儿，就把那不知香臭的小娘们儿给我贬为通房丫头，就侍候老七。"

七夫人和九夫人一听，喜出望外，这心腹大患，总算是除去了，只要押在她身边做通房丫头，有身份压着，有眼睛盯着，哪还怕她翻上天去。

曹韦陀一招手，道："你们过来！"

七夫人和九夫人忙凑上前，曹韦陀抡起手来，"啪！""啪！"一人一记响亮的大耳光，扇得二人嘴角都沁出血来。骇得七夫人和九夫人慌忙跪倒："阿郎？你……"

曹韦陀阴阴一笑，道："这样就像了。起来，现在有一出戏，得你们配合着演下去。"

七夫人和九夫人赶紧站起来，曹韦陀低低耳语一阵，七夫人和九夫人也顾不得颊上掌印宛然，登时眉飞色舞，连连点头。

曹韦陀吩咐完了，道："走吧，我曹韦陀要是连个十五岁的小姑娘都玩不转，那就算我白活，嘿！"

第五凌若正在厅中苦苦思索，一阵脚步声响，曹韦陀带着七夫人和九夫人走了进来。

"凌若，这西市，就是我曹某人的地盘，在这一亩三分地上，你翻腾不起什么浪花来。我给你最后一次机会，乖乖听话，莫再惹出事端。再一再二不可再三再四，老夫的忍耐力是有限度的。"

曹韦陀冷冷说罢，扫了七夫人和九夫人一眼："两个没用的东西，看住她，再出纰漏，我扒你们的皮！"

曹韦陀拂袖便走，刚刚走到院中，迎面大账房就急急走来。曹韦陀眉头一皱，道："你不是在替我款待四梁八柱、各方兄弟吗，什么事跑到这儿来？"

大账房脸色沉重，凑到他身边，小声道："东翁，学生正是为他们而来。"

大账房掩了口，贴着曹韦陀的耳朵道："咱们现在处境艰难，瞒得过下边的小鱼小蟹，可不好瞒过四梁八柱。他们多多少少晓得了一些真相，方才在前庭酒席上也不知收敛，与人说起，大发牢骚。我看现在上上下下，对东翁都有些不满意呢。"

曹韦陀愤怒地道："这些王八蛋！只能同富贵，不能共患难！这才过了几天苦日子，就满嘴的牢骚。老夫不行，难道他们就行？换他们上来试试，这么大个家当，老子好歹撑得住，那些狗娘养的只能痛快一张嘴巴，他们干得来什么？"

曹韦陀这厢大发雷霆的时候，常剑南刚刚走进前庭。此时的他，显得信心十足，脚步也是异常稳健。

有时候，一些人对他所能利用、所能掌握的资源，其实未必都能加以利用。有些是虽然手握大把资源，却不懂得运用。有些是安于现状，没有利用其壮大自己的雄心壮志。

但是，乔向荣和王恒久为常剑南的野心掘开了一道堤坝的缺口。而李鱼冒充神算子，诓蒙他的一番话，给了他巨大的勇气。也许最初，常剑南所思所想还只是自保，但李鱼的一番话，却把他的野心扩大了，境界因之也提高了。

他要做的，不再是自保，而是掌控。但，只凭他拥有三百老军，他最能打，就能掌控局面？太天真了！

可那位神算实在厉害，所算无一不准，那么他说自己能成为西市第一人，显然就不是无的放矢。可自己凭什么能成为左右局势的关键人物？

很快，常剑南就想到了在孙思邈医馆养伤的裴天睿。现在，皇帝已经回京，局势已经稳定，裴天睿也和天策府取得了联系。

李世民投机不成，反蚀一把米。经此一事，本来犹豫不决，不愿用血腥手段解决他的太子，已经磨刀霍霍。而皇帝经此一事，也完全站到了太子一边。

短时间内还看不出什么，在未来相当长的时间内，一向风头甚劲的天策府必然会面对极艰难的局面：皇帝的戒备、太子的打压、种种的刁难……

偏生这时候，原本就有军方背景的常剑南跑来找裴天睿，暗示他想掌控西市，希望获得天策府的支持。

裴天睿被常剑南所救，两人又都曾是军人，可谓一见如故，很有交情。得知了常剑南的心意，裴天睿马上叫医馆备车回了趟天策府，结果天策府那边的幕僚团立即分析，这将是天策府未来财力方面的一个重要来源，这样的机会岂容错过？

天策府就算处境再艰难，支持一个人掌握西市，掌控数万商贾，还是很容易的。但是对将来必然要面对严峻局面的天策府来说，如果真有一个站在他们一边的人掌握了西市，那么……

未来，天策府从朝廷方面获得的支持必然有限，而一个大商业集团的领袖，将可以在资金上，予以他们多大的帮助？

所以，秦王李世民还在外地筹措，迟迟未曾还京，天策府那些未雨绸缪，已经开始为未来艰难处境提前部署种种措施以应变的幕僚，却是敏锐地抓住了这个机会。

所以，天策府立刻就做出了回应：全力支持！常剑南得了这句回话，登时信心十足。他有了天策府的支持，有三百老军做班底，就有能力在"倒曹"集团中占据主要地位。

常剑南步入前庭，往四下一扫，乔向荣和王恒久两个阴谋家刚刚溜到各桌，就着大家伙儿的怨气，巧妙委婉地煽风点火一番，回到他们溜着边儿安排的桌位上坐下，相视得意一笑。

常剑南微微一笑，便大步向二人走去。

他决定，开诚布公地告诉二人：常某人，同意参与其事。同时亮一亮自己的底牌，他不但要参与，而且要主导其事！相信乔向荣和王恒久是一定会支持的，毕竟彼此的诉求不同。

这两个家伙，现在也只是两个有野心而无实力的小瘪三罢了，他们还没有大到觊觎西市之主宝座的奢望。至于未来……

那位神算子所说的"十年之缘"，常剑南已牢牢记在了心里。

曹韦陀此时，根本没想到，他借纳妾之机，办的一次维系人气、笼络人心的酒局，居然成了各怀机心者公开拉帮结派、策划阴谋的机会。

人心散了，队伍不好带啊。

后厅里边，曹韦陀一走，七夫人便悲悲切切地道："凌若妹妹，姐姐真是被你害死了，你看。"她抬起脸儿，给第五凌若看她脸上掌印。

九夫人负责扮黑脸，悻悻然道："咱们何苦管她闲事，七姐就是心软，现在好了？"

第五凌若此时尚未辨清二人本质，内疚地道："两位姐姐，怎么了？"

七夫人拿着手帕擦擦眼泪，道："你也不用太担心，阿郎现在并不知道是我们放走了你，只道我们不小心。可饶是如此，还是挨了他的打。"

七夫人深深地叹一口气，道："凌若妹妹，我们也都是苦命人，要不然，怎会给人做妾？我们实在帮不了你什么了，你……可千万不要对阿郎说破，要不然，我们两个就更难做了。"

第五凌若连连点头，道："两位姐姐放心，凌若不是知恩不报的人，断然不会再叫你们难做。"

九夫人道："那就好，你愿嫁不嫁，只是一会儿我们陪你去前边敬酒，你可别当众再闹出事儿来，否则，阿郎一定会迁怒我们两个。"

"九妹，别多说了，凌若姑娘是个好人，她知道怎么做的。"

七夫人打断了九夫人的话，用手帕擦擦第五凌若脸上的汗痕与泪痕，轻叹道："瞧你，妆又花了，赶紧打扮一下，去前边敬了酒，我们姐妹俩交了差事，你……哎！你就好自为之吧。"

第五凌若此时对七夫人当真是感激涕零，当然不能叫恩人难做。她只默默地点了点头，不期然便想：冰哥哥，今生你我无缘了，凌若只能血溅五步，伏尸于洞房之内，为你保一个清白身子，来世……再见了！

第三十二章
自救

"人固有一死，或重于泰山，或轻于鸿毛，用之所趋异也。太上不辱先，其次不辱身，其次不辱理色，其次不辱辞令，其次诎体受辱，其次易服受辱……"

想取巧，法子都用尽了。李鱼只剩下一条路，冲冠一怒，拼死一搏！

李鱼在仓库中找到两把火钎子，黄杨木的软柄，粗糙生锈的钎身，但头儿依旧锋利尖锐。他把外袍一条条撕下来，裹紧了身上的伤处，持着两把火钎子出了门。

这一次，他没有任何遮掩，就那么一步步，从容地向西市署走去。十年后，他是那里的主人。

李鱼一步步沿长街走来，前方门户披了红，红得醒目，就像他身上的血。

门口有人，腰系红带子的侍卫。客人仍在进进出出，其实有资格吃席的，已经都到了。哪怕对曹韦陀满腹牢骚，或者心生不满，但这些人毕竟是其下属，没理由晚到。

现在还在门口来来去去的是一拨拨送礼的西市商户。这时，李鱼走了过来，一开始因为门前人多眼杂，侍卫还未发现，及至注意到他，立即操起了兵刃，一脸紧张。

至于送礼的，见此一幕哗啦一下便各自散开，有的逃了，有些胆儿大的却是站得远远的看起了热闹。黄昏将至，灯已燃起。

串灯在门楣左右灯柱上随风轻摇，映得灯下几个侍卫脸色"阴晴不定"。

"快来……"

一声示警的大喝，刚刚喊出一半，李鱼手中两柄火钎子已经扬了起来，仿佛两柄细剑，随着他突进的动作，闪电一般刺向两个侍卫。

每一刺，动作都牵动伤口，但每一次牵动伤口，李鱼都把那创痛化作刺出去的力量，人似疯魔，手中两柄火钎子也似疯魔了一般。

一番混战，门口四个侍卫倒下三个，李鱼身上也又添了几道伤口。当他浴血杀进大门的时候，最后一个侍卫还要持刀追上去，动了一步，忽又站住，低头看向胸口。

这时，他才感觉胸口剧痛，低头看时，一道血箭从左胸激射而出。

"完了！"这个意识涌上心头，那侍卫眼前一黑，倒了下去。

李鱼也知道，双拳难敌四手，但是，他也难啊。

此时倒档，宙轮将失去，而一切回到二十四小时前的始点后，未必会完全按照已经经历的一切重演，如果出现别的变数，他承受不起那种后果。

可是像乌龟似的躲在仓库里等着，从他得到宙轮开始，熬足十二个时辰再出来？凌若已被占有，因为他的倒档，对凌若来说，这一切等于没有发生，但对他来说，不是！因为他的记忆没办法跟着一起倒档。

那他这只乌龟就成了绿毛龟了，男儿大丈夫，是可忍，孰不可忍！强攻，杀进去。安知不会出现奇迹！

要知道，今日赴宴的人可未必都站在曹韦陀一边。虽然他对这段历史所知不多，但隐约记得，曹老大归天，也是在这一年，所以今日赴宴者恐怕各怀机心者多，曹韦陀早已众叛亲离。安知他这一闯，不会造成什么奇迹？

哪怕救不出来人，如果能干掉几个有身份的人物，再全身而退的话，今儿也没办法办喜事了。曹韦陀既然能接了凌若先置于客栈，而没有迫不及待地采撷这朵鲜花，显然是虽然好色，却非急色，看来他对很多事情是很忌讳的，此举应能暂保凌若平安。

如果身死当场，那就没办法了，被动回档后，第一件事就是找到第五夫人拿回宙轮吧，只是那时第五夫人已经在曹韦陀的掌握之中，希望不会出现意外。

"杀！人死鸟朝天，不死万万年！你想见我女人的红，老子先让你的人见见红！"李鱼咬着牙，提着两柄滴血的火钎子，冲进了西市署的大门。

迎面，一群气势汹汹的打手迎了上来。曹韦陀对这个三番四次前来捣乱的小子岂能没有防范？万一他来捣乱呢？让他冲进喜宴现场，让自己丢人现眼吗？

仪门之内，早藏下了一支铁卫，等着他来！

"凌若妹妹，一会儿你敬酒时，可得乖巧一些。你的爹娘现在都在柴房押着呢，要是你惹怒了阿郎，他们可少不了吃一番苦头。"

"再说，做人可不能恩将仇报啊。你不想跟阿郎，洞房里头，你再折腾去，一会儿酒席宴间出些纰漏，我们也要跟着吃挂落。"

七夫人和九夫人一左一右扶着尚有些虚弱的第五凌若，一唱一和。凌若苦笑道："两位姐姐不必相劝，凌若不是不明事理的女子，不会叫你们难做。"

凌若是个聪明女子，但越是聪明的女子，一旦一根筋的时候越是执拗，旁人很难再影响她的决定。

虽并没有与李鱼海誓山盟，但二人自相识以来，短短时日内，经历了太多起起伏伏，坎坷磨难，在一颗少女芳心里，她为之心仪的那个男人，就是世间最好的男人，眼里哪还容得下第二个人。

她此时只是仍抱着一丝幻想，希望她的心上人能及时赶来救她。虽说这希望很渺茫，可万一发生奇迹呢？所以，不到最后一刻，她不会自尽。

从后门进去，迎面也有一套几案，一扇绘了岁寒三友图案的屏风，屏风是绣丝的，上边的绣画精致逼真，似脱幅而出。

三人刚刚迈进门去，就听屏风前边有人说道："小子，你真不怕死？"

"谁能长生不老？早晚都得死！"第五凌若一听这声音，激动得身子一颤，脱口就想唤出声来："冰哥哥！"屏风前那声音，正是李鱼的声音。

幸亏七夫人和九夫人反应快，七夫人一把捂住了她的嘴巴，急急摇了摇头，九夫人搂着她，两个女人紧紧挨着她，在那几案旁的矮榻上坐下来。

第五凌若胸膛起伏，紧张地向前看去。隔着屏风，隐约看见前面一道厚实的背影，正是曹韦陀。在他左右还各站一人，手中有刀。

从曹韦陀身侧看过去，对面朦朦胧胧也有几道人影，中间一人明显是被人执着双臂押在那儿，一看那体态，第五凌若的心就止不住地跳跃起来。

那是冰哥哥，就是他！屏风前面，一个体态身形酷肖李鱼的男子，被人执着手臂架在那儿，此时他的衣着也与李鱼之前的衣着一般无二，面容虽不相似，但隔着一道屏风，旁人休想看得清楚。

执其手臂的两人中，其中一个就是康二班主。康二班主口技高妙，虽只听李鱼说过几句话，但是对其语气、声音，模仿得惟妙惟肖。

"呵呵，不错，人固有一死，但是这么死，值得吗？"

曹韦陀来回地走动着："你这样的少年人，我见多了，血气方刚，不畏生死，可是，变成一抔黄土，所为何来？男儿大丈夫，何患无妻？可笑，可怜。"

别看曹韦陀身为西市之主，其实能力有限，做得很失败，但是玩弄点阴谋把戏，倒还信手拈来，说得也是头头是道。

"那你就杀了我！"

"我是想杀了你，杀了你，把尸体往阴沟里一丢，不出三天，身上就爬满了蛆，化为一摊腐肉腐骨，这就是你想要的结果？我曹韦陀，不信那个邪！我偏要你在凌若身边，亲口说出放弃她的话来。那姑娘，老夫很喜欢，我要她心甘情愿地跟着我！"

"你做梦，有什么手段，尽管来吧，我杨冰顶天立地，皱一皱眉头就不是好汉。"

第五凌若虽然被捂着嘴巴，但眼睛在发光。这才是自己的男人，在别人面前，铁骨铮铮，在自己面前，温润如玉！

"你要什么？"曹韦陀淡淡开口，"我知道，你不怕死，不用跟我炫耀这个，这并没有什么了不起，街上那些泼皮，大多都是亡命徒，也不怕死，不怕死，很了不起吗？男人、生死对他来说，从来都不是最重要的，最重要的是，如何活得精彩！"

曹韦陀一步步走向"李鱼"，站定："高官厚禄，我给不了你。但我有的是钱，我随便松一松手指缝，就可以给你享用不尽的财富，你一辈子也赚不到的财富。有了这钱，你什么不能做？杀一个人，只需要你付五吊钱！买一个十三岁的处子，也只需要五吊钱。我，可以给你五百吊，只需要你走到第五凌若的面前，告诉她，你，从此远离长安，过你的日子，与她再不来往。"

第五凌若被九夫人摁着肩膀，被七夫人捂着嘴巴，眼中却放出骄傲的光。她相信，她在她男人心目中的位置，她相信，他绝不可能被曹韦陀收买。

但是，屏风外却久久没有传来回音，第五凌若的眼神渐渐变得惶恐起来。

冰哥哥，你不会屈服的，是不是？

前院，长长一条仪门甬道，打手铁卫不断涌出。

李鱼手中的火钎子，已经断了一根，这种用来造铁钎子的铁质量不好，硬是折断了一支，但就是那折断的一支，死在其下的打手，也已达到六人之多。

李鱼拼了，如疯如魔。

他现在甚至都已忘了因何而来，也无暇去想。他唯一能做的，就是杀。

入目，皆是刀光剑影，他要活，得杀！他要冲过去，也得杀！

刀光霍霍，稍一闪失，就是死亡。

李鱼根本无法完全避免被伤害，他唯一能做的，是尽量避开要害，用最小的代价来争取生的机会。

杀！你死，我生！

久久，"李鱼"冷笑了："你以为，钱能收买我？"声音依旧坚定，只是隔了这么久，难免叫人产生动摇的感觉。但第五凌若却似溺水的人，绝望的眼神一下子恢复了神采。

五百吊，换了谁不动心？冰哥哥虽然有所疑虑，但他最终毕竟还是选择了我！第五凌若如是安慰着自己。

曹韦陀道："我给你的不是钱！是前程，命运，无尽的女人！"

曹韦陀就像一个魔鬼，循循善诱着："身份、地位、尊严，有了钱，你统统都能拥有！看看你现在的样子，不过是一个为了女人玩命的浪子，很光彩吗？呵呵，就算很光彩，又有谁知道？我只要一声令下，你就会化作阴沟里的一团腐肉！而凌若，不管她情不情愿，依旧是我的女人。三年两载之后，谁还会记得你？就连凌若，那时也只会乖乖服侍我，早忘了你是何许人也。"

曹韦陀微笑道："只要你点头，生，还是死！富贵荣华，还是化作腐骨，你选择！"

"不要答应他！不要答应他！我不会变心的，我一定不会，冰哥哥……"

第五凌若紧张得浑身发抖，本就虚弱的身子，因为激动，眼前一阵阵地发黑。

甬道上，李鱼眼前也是一阵阵地发黑。失血过多，他不知道自己还能撑多久，还能不能撑过这段甬道。在他身后，死的伤的倒了一地，而在他前面的打手，依旧是生龙活虎，蜂拥而出……

奇迹，还会来吗？

中庭屏风前，又是一阵沉默，然后缓缓传出"李鱼"的声音："呵呵，你以为，五百吊钱，就能收买我？做梦！"

不知怎的，一直期盼她的冰哥哥能做出坚定回答的第五凌若，却从这句话中听出了犹豫。她都听得出，曹韦陀又怎么听不出？

"一千吊！"

一句话，掷地有声，因为那是一掷千金。

这回，沉默的时间很短，短暂的停顿之后，"李鱼"缓缓回答："一言既出？"

"一言既出？"

第五凌若眼前一黑，刹那之间，心口说不出的悸痛。

"一千吊！可怜自己还想着哪怕他不来，也要为他全节而死。其实，他还真不如不来。"

痛彻心扉，第五凌若泪如雨下。

模模糊糊地，她听见曹韦陀的大笑："哈哈哈，识时务者为俊杰。我现在真有些欣赏你了。不过，这句话，你得当着凌若姑娘的面说才成。"

"当着我的面说？我不需要，我再也……不想见到他了。"

第五凌若紧紧咬着下唇，咬出了鲜血，眼前一阵漆黑，软倒在了七夫人的怀里。

前边，康二班主还在按着台词继续说着，有些低声下气的感觉："求你，不要让我……当她面说了吧。你给我钱，我这就走。"

仪门甬道内，李鱼血尚未流尽，力却已将竭，他胡乱地挥舞着手中的火钎子，实则速度、力道、准头，都已无法产生威慑力。

一个打手从后边走过来，刀垂着，眼见他气力乏尽，甚至连举刀戒备都懒得做了。

他狠狠地一脚踹出去，李鱼此时气喘如牛，耳鼓嗡嗡，根本不曾注意到身后有人走来，被一脚踹中，滚地葫芦一般滚出去，在墙根的雨水沟前停住。

一只脚踩在了他的脸上，那主人还狞笑着踹了踹："打啊，你怎么不打了，你害死我们那么多兄弟，你居然害死我们那么多兄弟。"

李鱼的脸都被踩得变了形，呼呼地喘着粗气，说不出话来。

"喂，乔四儿，别弄死了他。"

一个打手头目懒洋洋地走过来，从怀中掏出一个瓷瓶，丢在李鱼身边："伤得重不重啊？不管了，一半内服，一半外敷，赶紧用上，可不能叫他死了。只可惜了这孙神医亲手配的枪棒伤药。"

"哟，龚大哥，这怎么……还要给他治伤？"

"因为，他不能这么死。"

龚大哥怨毒地冷笑："我亲兄弟，我就这么一个亲兄弟啊，被他一钎子穿进眼珠子，从后脑勺儿冒了出去。就叫他这么死？太便宜了他！我要养着他，我要每天割他半斤肉……"

被踩在地上的李鱼对二人的话全未注意，此时，他的精神都已经快崩溃了。

他倒在地上翻滚向雨水沟边的时候，就已经把一只手探进了怀里，怀里缝了一个牛皮口袋，防的就是稍一受伤，那宙轮就沾染了鲜血，莫名其妙地启动倒档。

而此刻，他血淋淋的手已经探进了怀里，探进了那个牛皮口袋，摸到了宙轮。

他完全确信，血一定已经沾染了宙轮。

可是，为什么没有动静？

宙轮，竟已失去了它应有的功能？

中庭，曹韦陀站在昏厥的第五凌若面前，狞笑。

"毛都没长齐的小丫头片子，跟我斗！老夫只略施小计，就叫你被我卖了，还得欢天喜地帮我数银子，哈哈哈……"

"阿郎！阿郎！大事不好！"

一个家仆上气不接下气地跑来："钱大柱和吴大柱，打……打起来了，都掀桌子了。"

曹韦陀一怔，怒道："他们来喝我的喜酒而已，打个什么？"

家仆道："钱……大柱发……发牢骚，说现在是王……王小二过年，一年……不如一年，手下人都……苦哈哈的，他听抱怨……都听出茧子了。吴大柱骂他得了便宜……卖乖，说自己的地盘……都……"

"好啦！不要说了！这些狗娘养的！"

曹韦陀愤愤地一挥手，道："老七，你跟老九把她带回去！"

说完，曹韦陀就气呼呼地向前走去。

七夫人和九夫人连忙把凌若架起来，凌若年方十五，刚刚九十斤的身子，被二人架着倒也不显沉，就被二人拖进了后院。

"怎么会……不管用？"

李鱼快疯了，如果他压根儿就没有什么宙轮，此时也就坦然受死了，绝对不会如此慌张，死前还要遭人耻笑。

可他还有筹码，还有翻本的机会，又岂会甘心一败涂地？

情急之下，李鱼顾不得再加掩饰，直接将那宙轮从怀里掏了出来。刚刚他还在想，莫不是遭了小偷，被人调包了？此时那宙轮就在手上，又岂能看错？那就是宙轮，沾了血的宙轮。

"宝珠？"

"看样子挺值钱。"

"这小子疯了吧，这时拿出宝珠，就想买回自己的性命？他落到咱们手里，这宝珠本来也不会再属于他！"

"拿来给我瞧……"

这个人还没说完，就看见李鱼狠狠一拳，捣向了自己的鼻子。

"哗！"

鼻血长流，眼睛一酸，眼泪也流下来了。

此举，可把众打手看呆了："这货别是魔怔了？他干吗呢？"

他们大眼瞪小眼，眼看着李鱼鼻子流血，眼睛流泪，然后……他就把那颗珠子凑到了眼皮子底下，眼泪吧嗒吧嗒地落在那颗珠子上，冲开了血迹，夜晚的灯光下，那蓝幽幽的光更明显了。

可是……那光只在珠子上闪烁，依旧没有启动的迹象。

李鱼托着珠子的手止不住地颤抖起来。

那打手头目眼中露出了贪婪的光，弯腰去拿他手中的珠子，口中掩饰地说道："什么鬼东西，我瞧瞧！"

李鱼一把攥紧了宙轮，满心都是惊恐与绝望："怎么会不起作用？"

刹那间，自穿越以来的一切，历历在目，仿佛临终之前一生的回闪。贞观六年天牢中的那轮月亮，利州竹林里那个哭泣的姑娘，镜水湖泊旁千叶胸上跳跃的鱼儿，龙家寨作作姑娘凌厉的鞭腿，铁镣缠足、大雪隆冬赤脚而立的铁无环，深深、静静助他杀死饶耿后的得意俏笑，陈飞扬、狗头儿、刘老大、康班主……

那一切依稀就在昨天，却已荏苒十年，我不甘心！好不甘心！铁无环，正在替我去死，老娘正在三里溪等我归去，贼老天，你到底要怎样坑我？

"啊！"最后一声，李鱼愤怒地吼了出来。

那打手头目被吓了一跳，霍地跳开两步，拔刀指向李鱼。

"嗡……"幽蓝的光，从李鱼的手中，透过掌背、透过手指，毫无遮拦地荡漾开来。

四周持刀的打手都惊呆了，骇然看着那幽蓝的光一圈圈地荡漾开去，在李鱼的身周形成气泡似的一层光环。然后，他们就看到那光环之内，显得形象有些朦胧的李鱼做了一件很奇怪的事。

他一下子坐了起来，脸上露出惊喜的笑容。然后，他就看着地上那个药瓶儿，把它揣进了怀里。

紧接着，他似乎歪着头想了想，又从雨水沟边扳起一块宽宽的砖，扯开因战斗本就松散了的胸襟，把它也揣了进去，还拍了拍胸口。

众人目瞪口呆："见鬼了！他……在干吗？"

李鱼抬起头，脸上露出一丝很古怪的笑容，仿佛有点忐忑，仿佛有点紧张，就像一个小孩子做了什么事，但是看到家长惊讶的表情，一时之间也不知道自己做得是对是错的那种惶然。

接着，蓝色涟漪猛地收拢，蓝色光团倏然消失，那个家伙在众目睽睽之下，诡异地消失了。

所有的打手都惊讶地站在原地，许久许久，才有人颤声叫道："他……他是鬼？"

直到此时，众人才忽然惊觉，夜，已经来临……

"什么鬼？简直是……胡说八道！"曹韦陀刚处理完两个大柱因口角而大打出手的事情，其结果反而令他更加懊恼。

原因不仅仅是这两个人打架，并且揭开了他的疮疤，把他眼下最忌讳被人谈论的窘境说破，更重要的是，他本以为只要他一到场，事情就能了结，两个人就得马上住手，噤若寒蝉。

结果却是两人打得兴起，而他出面喝止时，那四梁及其他几柱说的话也是含沙射影，充满了抱怨和牢骚，但是偏偏表面上挑不出什么问题，又无法据此发难，曹韦陀自然大光其火，而这火又发不出来，只能憋在心里。

好不容易调停已毕，迫着双方握手言和，众人坐下来吃酒，气氛已经变得很是叫人牙疼，这时他的铁卫头目龚老大脸色苍白，跟见了鬼似的冲进来，对他没头没脑地一番耳语。

曹韦陀根本听不明白他在说什么，只好告个便，让四大梁主持宴会，叫兄弟们一醉方休，他则在"老大迫不及待啊，这就要回去陪伴美娇娘"的寥寥几声调侃和众多审视、漠然的目光中回到中庭。

这时他才听龚老大又说了一遍，不敢置信地看着龚老大。

龚老大连声道："是真的，老大，我没骗你。不信你问他们，我们全都看见了。"旁边几个心腹连连点头，七嘴八舌地一番证实。

曹韦陀狐疑地道："鬼？怎么可能，他明明大白天的就出现过，难不成……是妖？"

龚老大慌了："老大，如果是人，咱不怕他。如果是妖，这等来去无踪的妖物，怎么办？咱们已经折了好多兄弟。"

曹韦陀阴沉着脸色来回踱步，龚老大心慌慌的，他又何尝不害怕。沉吟半晌，曹韦陀才道："他此时受伤走了，当不会再来。明儿一早，去为我寻一位有道行的道长来，为我做一场法事，留一件可以护身的法器。"

龚老大连忙应声。曹韦陀这厢刚把这事儿解决了，正想再回前厅转一圈儿，大账房匆匆跑来，苦笑着告诉他，他刚走，众人就不欢而散了。

曹韦陀呆了片刻，心情越发乱糟糟的不可收拾。

他强作镇定，默默地回了后宅，妻妾们都知道他今晚新娶了一房小妾，知趣地不来打扰，花厅中很是清静。曹韦陀独自静坐了小半个时辰，平静了心情，振作了情绪，这才赶往为第五凌若安排的闺房。

那妖物只是成了人形，本领有限，这从几次交手，从对方常常受伤需人救助就可以看出来，所以把它当成有点本事的游侠就行了，也不必诚惶诚恐，草木皆兵。

至于手下人心之离散，今日来看，确比他想象的还要严重，可偏偏这事，不是他想改变就能改变的。现在仅有的赚钱之道，几乎都被他垄断了，看来得分一些出去才行，至少四梁八柱这一级别的人，得让他们尝点儿甜头，否则，自己这位子恐怕要坐不稳了。

烦心事一堆，又没有一个能马上解决的，曹韦陀跨进第五凌若房门的时候，脸色仍旧阴郁得可怕。

第五凌若已经醒了，却像丢了魂儿似的，呆呆地躺在榻上，目光痴痴地望着帐顶。七夫人和九夫人正在一旁温言相劝，虽然其中有几分真意难以捉摸，总之在说着劝她回心转意的话。

"阿郎来了。"七夫人和九夫人有些诧异他回来得如此之早，但见他脸色难看，却又不敢问。

曹韦陀连话都懒得讲了，只是沉着脸摆了摆手，七夫人和九夫人连忙识趣地出去，掩了房门。走到院中，七夫人才悻悻地道："干吗使脸子给我们看，惹他不痛快的又不是我们。"

九夫人酸溜溜地道："发生了这么多事，他还是记挂着那小妖精，这么快就跑回来陪她，魂不守舍的。她有哪点好？"

七夫人看了她一眼，欲言又止。本来想出言点拨的，但那是以前，要拉她作为奥援，在曹韦陀面前争宠。可现在不行了，就从方才听说的前厅发生的事来看，曹老大这地位恐怕将难持久。

而地位一失，同时失去的就将是他的性命。得为自己考虑了，先把细软转移出去，寻摸下家才成。曹家，恐怕很快就要树倒猢狲散了，这时也没必要和九夫人维系这种关系了。

房里，曹韦陀看了一眼，桌上放着合卺酒和几样小菜，床上和衣躺着第五凌若，灯光之下，佳肴与美人，皆是秀色可餐。

他走到桌前，抓过酒壶，也不斟杯，直接对着壶嘴儿咕咚咕咚一通畅饮，一壶酒喝个干净，空腹中一团火热，胸中那口闷气这才舒缓了一些。

榻上，第五凌若依旧静静地躺在那儿，她没有被捆束着，却也没有挣扎。有了生活追求的方向，才有挣扎前去的动力，她已失去了未来，也没有了方向，此时就如行尸走肉，反抗了又能如何呢？

瞧她那副样子，满腹郁闷的曹韦陀就气不打一处来，冷笑道："还在等你的情郎来？男儿在世，皆有所求。情情爱爱，就像这酒，只是调剂，有则有矣，没有，又有什么？生死，打不垮你的冰哥哥，可是功名利禄、富贵荣华呢？"

曹韦陀摇摇晃晃地走到榻边，看着灯下那姣美的容颜，可人的身段儿，抱着今朝有酒今朝醉的心态，伸出手去，扯她腰间裙带。纤腰不堪一握，裙带系了个合欢结，仿佛就把整个腹部都占住了，小小的人儿，小小的身子，实是堪怜。

"刚刚七夫人劝我说，你很宠我呢，今儿操办这场面，为了一个妾，已是难得，而且目下又是极其拮据的时候，前边酒席宴上，你的部下牢骚满腹，大打出手。我没猜错的话，你快自身难保了吧？"

第五凌若的声音有些空洞，那是因为缺少感情而致。声音依旧稚嫩、清脆，但是却多了几分冷冽。曹韦陀怔了一怔，有些恼怒地看着她："瘦死的骆驼比马大，小丫头，老子要整治你，依旧易如反掌。"

第五凌若依旧呆望着帐顶，冷冽地道："女人，再如何美丽的女人，于你而言，其实也无甚特别。你不缺女人，但你……显然缺少一个高明的账房，能帮你钱生钱的高手账房。"

曹韦陀失笑道："那又如何，难不成，你要做我的贤内助？"

第五凌若的目光缓缓转动，定在曹韦陀的身上："我做你的妾，但你别碰我。你的难关，我帮你过！"

曹韦陀惊讶地看了她一眼，忽然捧腹大笑："哈哈哈哈，今儿晚上，哈……我这糟心事儿是一……一桩接着一桩。你这小妮子，终于给我找了点笑话来。哈哈哈，你帮我，你拿什么帮我？我把你捧成长安第一名妓，靠你的缠头之资帮我过难关吗？哈哈哈，真是笑死我了。"

曹韦陀大笑，笑得眼泪都流了出来。

第五凌若依旧很淡定："赚钱的方法很多，人弃我取、人取我与是一个极好的手段。眼下，皇帝刚刚回京，西市里还有许多要出兑出售的店铺，你库房里攒的那些钱，也不过就是坐吃山空，为什么不拿来兑下那些店铺？最慢，三两个月，人心就能重新稳定下来，朝廷也不会坐视天下第一大市如此萧条，那时候，你投在这些店铺上的钱，至少可以翻上一倍。三个月，翻一倍，不比你守财奴似的放在库房里好？"

曹韦陀呆呆地看着她，一时说不出话来。

"同样的道理，城中有许多民宅也正被一些似惊弓之鸟的人在变卖之中，此时已非最好的收购时机，但可以确定的是，用不了多久，还要大涨。皇朝甫立，就算没有这一跌，也一定会持续上涨，干吗不趁机买下来？尤其是，最好地段的地，务必买下来。如果有朝一日你倒了，甚至靠着它，就能东山再起！

"听七夫人那意思，你是得罪了权臣了？天下熙熙，皆为利来。得罪了人，就没办法修复关系了？就算真的没办法修复，难道就没有办法再去结交另一个权贵，来为你遮风避雨？这些事，蠢人跑上十趟，送上千金之礼，未必打动人家。高高在上的庙堂诸公，所求所需，岂是你我凡人以为重要的？只要能投其所好，何不可克？"

听着第五凌若的侃侃而谈，曹韦陀终于忍不住了："你说得似乎很有道理。可你似乎忘了，要做这些事，依旧还是需要钱的，眼下就需要。我是还有钱，但那是以备不时之需的，岂能全都投出去。三个月，等到三个月后，我的人恐怕要造我的反了。至于你说的结交权贵，越是大人物，越非短时间可以攻克的，而我得罪了人，若不是比他更大的权贵，于我毫无帮助。"

"要让你手下嗷嗷待哺的人耐心等你三个月，甚至等你一年，其实并不难。只消一个小小的法子，就办得到，只是你想不到。要找到一个有助于你的大权贵，其实也不难。攻克？为什么要攻克？你想错了办法。”

曹韦陀急进一步，道："那我应该怎么做？"

第五凌若目视着他，一言不发。

许久许久，曹韦陀恍然，又退了一步："好！我答应你，只要你真能帮我。"

第五凌若缓缓坐了起来，如一朵冰雪中冷冽的莲花："那么，请你出去。我想休息了。"

曹韦陀倒也干脆，转身就走，他走到门口，握住障子门的把手，忽然又回头，皮笑肉不笑地道："我现在，倒真有些钦佩你了。你的情郎那般对不住你，你居然还费尽心思为他守节。"

第五凌若的眸中没有一丝情感，冷冷地道："你错了！我只是，特别恶心你们男人，见了就想吐，又怎能让男人近我的身？"

第三十三章
执 手

十年后，金光门内，杀手刀光霍霍，李鱼跟一条小白鱼儿似的，在两片刀网下闪来闪去，辗转腾挪，惊险万分。

"什么人，竟敢行凶？"随着一声娇叱，第五凌若急急下了步辇。这一刻，她已完全忘记了自己还不确定李鱼与她的情郎有什么关系。但就是眼看着一个与他一模一样的人，在刀网下挣扎，她心中一急，就全然不顾了。

一辆大车驰来。

一张大网抛下。

眼看着，就做了一对同命鸳鸯……

李鱼的意识一阵恍惚，再清醒时，一张大网已当头罩来。

之前被李鱼一脚踢得蛋蛋爆裂的那个杀手，扔出大网，罩向李鱼的时候，视线也恍惚了一下，那感觉，就像鱼在水中游，而他手中的鱼叉刚刚入水，刺破水面，一眼看去，水面之下的鱼儿与原来的位置微微有一些错位的模样。

不过，渔网足够大，他的猎物，依旧在网中。实际上，却是在这一刹那，归来的李鱼取代了归去前的李鱼。

这一刻，他回来了，而网正在落下。就在这一刹那，李鱼明白了许多事情。倒档，是同一时空下同一时间线上的调整。穿越，是不同时空不同时间线上的跳跃。

他也明白了，为什么会堪堪来到这个时刻，虽然这一点，他还不是十分确定。宙轮之前滴血流泪都没有反应，应该不是毁坏了，而是"升级"了。

用他的肉体基因来解锁，只是相当于一个"确认权限"，即"认主"的过程。血液激活回档时空功能，泪液激活跳跃时空功能，从而将它的"经"与"纬"两项功能都打开，织成了它的"完整天网"。

至此，再度使用它的时候，只需要已经掌握其权限的人，用他的意念来控制这把钥匙。他方才握着那宙轮，在狂吼的那一刻，所有的情绪、所有的意念，在死亡与绝望的催逼下都达到了巅峰，从而唤醒了这把钥匙。

那一刻，他的所有意念都在回想十年后的一切，终结在发生惨烈一幕的那一刻。所以，他被传送到了这一刻。又因为他下意识地回避着第五凌若替他挡剑，一切已经无可挽回的那一时点，所以回归的时空固然准确，但时间点稍稍前移了，他回到了那无可挽回的一幕发生之前。

世上哪有后悔药？

但，李鱼有了。神赐后悔药！

……

这一切思绪，在他脑海中旋转，也不过是刹那间的事。但就是这一刹那，也占去了至少一秒的时间。而这一秒，也就让他失去了从网中滚地逃出的可能。

网，落下，他和奔跑而来的第五凌若被罩在网中。那刺客从车上跳了下来，身子受这一震，下体传来难忍的奇怪痛楚，痛得他哆嗦着举刀仰天一阵号叫，然后目赤如血地扑向李鱼——他就算死，也要拉上李鱼垫背。

"不要！"第五凌若和李鱼罩在一张网下，眼见那刺客疯魔般一刀刺来，第五凌若想也不想，马上向前一扑，想把李鱼挡在身后，但李鱼却没有动，脚下像生了根。他已有了防范，又岂能让旧事重演。

第五凌若一推不动，惊讶抬头，李鱼一脸臭大的欢喜，向她一望，倏然转身，反把她推向了身后。两人这一扭动，整张网子已经牢牢地扭缠在了他们身上，两人成了一对连体人，前胸贴后背。

一刀刺来，铿的一声，刺在了李鱼的心口。

但李鱼对那一刀顾也不顾，他整个人都向前扑过去，连着第五凌若，连着网子，合身扑了上去，双臂张开，跳了过去。紧贴在他后背上的第五凌若清晰地听到他嘀咕了一句："这砖，质量真好！"

那刺客是飞扑过来，随着这一刀刺出，人已摔在地上。

而李鱼向前一扑，两个人的重量连着一张网子，全都砸到了他的后背上，那刺客吭都没吭一声，直接就从弥留状态被送走了。

眼见如此一幕，另两个杀手惊了一惊，结果其中一个手上动作只是稍慢，就被对手一刀劈中了肩膀，夺拉下来，一条手臂几乎分成了两半，痛得他惨叫一声，被同伴急忙扶住。

只是如此一来，两人情形更加堪虞，结局已经注定。而且第五凌若三个手下呈"品"字形把他们围在了中间，那另一个杀手即便想抛下伙伴自己逃命也不可能了。

"你穿了什么？怎么没事？"第五凌若两只手奋力撑开些网子缝隙，探向前方，摸到了硬邦邦的一块……好像一块砖？他怎么会随身揣着一块板砖？

另两个刺客仍与第五凌若的三个手下厮杀作一团，李鱼趁着第五凌若双手张开撑开的一点缝隙，急忙扭动转身，结果当他转过身来，与第五凌若面对面地贴合在一起时，网子左一扭右一扭反复纠结的结果，就是扭缠成了一团乱麻，牢牢地把他们缠在了一起。

"你……滚远点儿！"第五凌若好看的眉蹙了起来，双手缩在胸前，用力想把李鱼推开一些，避免这种暧昧的局面。

方才眼见李鱼遇难，她想也不想就冲了过来。这时危机解除，却是意识到了他并不是她爱了十年，也恨了十年的那个他，自然不想他近自己的身子。要不是李鱼与她记了十年的那个他，实在是找不出一丁点儿的分别，她的排斥反应没那么强烈的话，现在已经作呕了。

"这么讨厌我，为什么还要跑来救我？还要不假思索地为我挡刀？"李鱼唇角带着笑，轻轻地问。

第五凌若怔了一怔，才道："我不是要救你，只是情急之下把你当成了他。他……"第五凌若咬了咬下唇，眼中泪光盈盈欲流。

"我恨了他十年，诅咒了他十年，我根本不知道，他早在十年前，就已为我而死。当年，他好多次为我挡刀，而我，只是跟在他身边的一个小丫头，从不曾为他付出过什么。他，永远不在了，我活着，也没了意思。我只想，替他挡一回刀……"

第五凌若的眼泪簌簌而下，看得李鱼好不心疼。可他这时双手只能环在第五凌若身上，想要抬起来都不可能，于是……他伸出了舌头，轻轻舐去了凌若脸上的泪。

第五凌若先是被他的举动吓呆了，直到他将另一行泪也舔去，第五凌若一双好看的眉才开始渐渐地竖起来："你是不是想死？"

"我……"

"你记住，我对你客气，只是因为你长得像他，但你再敢无礼，我一样把你千刀万剐！"

第五凌若说完，忽然现出很恶心的表情，她努力想抬手、缩手，统统办不到，便埋下头，就在李鱼的胸口蹭了起来，想要拭去他那恶心的唾液。

李鱼低着头，看着她像个孩子似的在自己胸口蹭来蹭去，一丝笑意在他的唇边越绽越大。

"呵呵呵……哈哈哈……哈哈哈哈……"

笑声先是很低沉，然后变成了放声大笑，笑声牵动身子，和他紧紧贴合在一起的第五凌若也不禁跟着颤抖起来。

另一侧，两个杀手眼见要全军覆没，受伤的那个突然大吼一声："你逃出去，为我们报仇！"

说完猛地挣脱对方的搀扶，张开双臂，一身是血地扑向对面的两个对手。

"噗噗！"两口刀捅进了他的胸膛，他怒瞪双目，呐喊的表情凝结在了脸上。

另一个杀手痛呼一声，刚想逃，但是这种时候岂容犹豫，他只呆了一霎，就被身后那个对手拦腰一刀，白匹练般卷来，再卷去时，已是艳红色的匹练。

李鱼实在忍不住地想笑，不仅因为第五凌若憨态可掬的窘样，更是因为终于找回了失去的一切的快意。

但是看在第五凌若眼中，李鱼的笑，就有点像一个大人看到了一个气急败坏的小孩子的蠢相而发出的笑了。

她的脸庞越来越红，终于愤怒地大叫："你个疯子，笑什么笑？来人，快来人，给我砍了这个浑蛋……"

"闭嘴！"李鱼忽然瞪起了眼睛，"老子乃江洋大盗人屠郭怒，杀人越货，无恶不作，你不想死的话，就乖乖听话！"

"你有病！神经兮兮，颠……颠……"

第五凌若说着，忽然口吃起来，眼睛越睁越大。

此时，她的手下已经冲上前来，忙着切割渔网，只是二人扭缠在一起，网线不少都勒在身上，那几名手下又没有剪刀或小刀一类的称手家伙，所以只能拣着松弛处先割断，一时还不能把二人救出来。

第五凌若却不管这些人在干什么，她惊骇地望着李鱼，颤声道："你说什么？你刚刚说什么？"

李鱼脸上带着笑，目中却也有泪光闪闪："我姓杨，名冰，冰清玉洁的冰。乃江南钱塘人氏，原想到长安来求个营生。初到长安，也不晓得这里发生了什么事，兵荒马乱的，慌不择路，才逃到这里。方才听得庄稼地里有沙沙之声，唯恐你们乱喊引来什么，所以才胡乱恐吓，姑娘放心，在下并不是歹人！"

李鱼也不知道为什么，那一幕历历在目，仿佛刚刚发生，重复那番话，竟然一字不差。

第五凌若越来越激动，听到一半时，已经像是发了疟疾般打起了摆子，浑身哆嗦得不行。

"你……你……你说你叫什么？"

"你从来不曾告诉过我杨冰这个名字是不是，但我知道。你说我是谁？"

第五凌若明明激动得不行，可是越是如此，越是唯恐只是一场美梦。

她颤声道："当初，知道他……他叫杨冰的，也不是没有。"

李鱼凝视着她，看着她紧张而期待的神情，忽然慢慢靠过去，与她交颈而合。第五凌若下意识地想躲，但终究还是忍住了。李鱼的下巴搁在她的肩头，嗅着她发丝的清香，轻轻地道："我出去……"

李鱼长长地吸了口气，用低哑的声音道："你就躺在地上，一动别动，活的机会，尚有一线！看你福气吧！"

第五凌若的身子一下子僵住了。这十年，她封印了自己的心，只有曾经经历过的一切，在她心头，反复地回忆，曾经的一切，在她心中不知重演了多少遍。

这番话，两个人躲在草堆中，一杆杆枪戟刺来，危在旦夕时刻，冰哥哥对自己说过的这番话，她无数次自梦中忆起，无数次在梦中哭醒。

这番话，只有他和她知道，世上再无第三人。而现在，他说了出来。而且，就连头两句，事实上也是没有人知道的，她从不曾对人说起过。

他？难道他？第五凌若缩了缩身子，李鱼善解人意地分开来，让她看得到自己。

但第五凌若的眼睛已经被泪水盈满，刚刚眨去，便再度盈满，仿佛一眼永不干涸的泉，眼中的他，朦朦胧胧，始终不能看得清楚。

两个人被网子束住，都不能动，但他们的手都在腰间，李鱼抓到了第五凌若的手，就像当年他扮布衣神相，潜入归来客栈，当着第五凌若父母的面，执着她的手，拇指按着手背，仿佛在摸骨，食指在她的掌心，一笔一画地写下三个字："带你走！"

写完这三个字，李鱼的泪也禁不住淌了下来，哽咽地道："对不起，让你……等了十年！"

网子，解不开了。七扭八扭，贴体而缠，一番拉扯、一番割断后，反而显得线头更乱，没个称手的工具，几个手下也不敢挥舞着刀子往他们身上割，登时傻在那里。

这么一阵的工夫，李鱼终于"清醒"过来。刚回来那一阵子，在他而言，十年前的那一段可不是一刹那，对于眼前的一切，肯定得有个"拾回"的过程，此时才想起迫在眉睫的一件大事：铁无环！

铁无环，已经替他上法场了。

抬头看看，天将中午，行刑之期将至，李鱼急了，马上催促道："快！不要解了，马上抬我上车，马上赶去刑场，我有要事。"

第五凌若那几个手下怎么可能听他的，都看向第五凌若。第五凌若却是对他俯首帖耳的，瞧他一脸惶急，连忙答应，吩咐手下人照做。于是，手下人就把二人连着缠在身上的渔网抬起来，跟连体婴儿似的抬上了那刺客驶来的大车。

这么一个"巨婴"，那轻巧的步辇显然是没法坐了，亏得这是辆装渔网的敞篷车子，要不然一样放不下。第五凌若一面按他吩咐，令车子驶向法场，一面叫人沿途注意，寻个裁缝铺儿弄把剪子来。

装渔网的车子飞快地驶向刑部所在。车上，第五凌若凝视着李鱼，手还下意识地抓紧他的衣衫，似乎生怕一松手，他就鸿飞冥冥。

"你真是……冰哥哥？可你先前为什么不认我？这么多年，为什么你毫无变化？"

李鱼黯然道："我也是直到刚才，才突然知道了这些往事，之前的我，是真的不知道。唉！你呀，先前只问我来自何方，可认得你，还叫我模仿你想要的语气说一句话，唯独没有说起'杨冰'这个名字，不然的话，我也不会如此肯定，说我一定不是你认识的那个人。"

第五凌若讶然道："为什么要听我说出这个名字你才……"

第五凌若忽然瞪大了眼睛："你失忆了？刚刚遇刺的情形让你受了刺激，又突然恢复了记忆？"

李鱼一呆，这姑娘……

对这姑娘，李鱼不想瞒了，至少不想再隐瞒宙轮的存在。不仅是因为一句"失忆"，其实很多细节他都无法对上，而且，对这样一个情深义重、相许一生的女子，他得何等自私，才能无动于衷。

只是，这事要说起来，又岂是三言两语能说明白的。李鱼苦笑道："这事说来复杂，一时半刻无法说清，等来日……"

说到这里，李鱼的声音戛然而止，无尽的懊悔顷刻间充满了他的心灵。重返的那一刻，为什么要与她相认？就让她以为自己十年前就已死去，让她这样平静地生活下去多好？虽然他活着回来了，却是马上要去赴死啊。

匆匆相认，从此阴阳两隔，这对刚刚与自己相认的她来说，何等残忍？要是她也能启动宙轮该多好，那就可以对她说明用法，自己前去赴死，替下铁无环，她这么聪明，一定能悟透这宙轮更多的用法。

第五凌若见他呆呆地望着自己，忍不住道："我说对了？你这些年失忆了？是当初伤了脑子，前事都记不起来了？也不对呀，那我对你的调查，为什么说你从小生活在利州，直至杀人入狱，从未离开？"

李鱼依旧呆呆地望着她。

"还有，这才几年工夫，我为你，孤苦伶仃一个人，寒衾苦守。你居然……你自己说，你都有多少女人了？"

"我其实……可以解释的，我是在想，从哪儿开始解释……"

李鱼干巴巴的解释还未说完，第五凌若已经怒气冲冲地道："你解释个屁！你怎么解释？"

第五凌若越说越气，越说越委屈，突然一口咬住了他的肩头。

"啊！松口！松口！我真的可以解释！但我现在没空解释！你赶紧松口，听我说，时间紧急，再不说就晚了，啊……你牙口太好，真的很痛啊！"

第三十四章
归囚

今天，就是三百九十名死囚回京接受制裁的最后一天，也是行刑的当日。

到昨晚止，已经有三百余名死囚如期返回，等到今日一早，陆陆续续又有死囚回来，大理寺卿、大理寺少卿、台谏官、刑部尚书、长安和万年两县县令，都在法场前提心吊胆地等待着。

随着归来囚犯的数字渐渐接近，他们那颗忐忑不安的心终于渐渐安稳下来。

大理寺卿吁叹道："天恩浩荡，感化世人，想不到这些穷凶极恶之辈，真能轻生重义，遵诺而返，真是令人刮目相看。"

大理寺少卿小声提醒道："还有几个囚犯未到。"

大理寺卿方才阴沉的脸色此时已经变得轻松起来，笑道："少卿想多了，三百九十名死囚，在我想来，最多能回来一半，已是侥天之幸。如今已经回来……"

刑部尚书道："三百八十二人。"

大理寺卿抚须道："三百八十二人，这已是旷古未有之事。无论是朝廷的面子，还是皇上的面子，都不至于有所损害，足够了。"

长安县令何善光迟疑道："还有八人，不会来了吗？"

就在这时，一名捕虞候兴高采烈，跟中了大奖似的，跑过来就是一个罗圈揖："大喜！大喜啊！又有七名死囚到了。"

一位台谏御史官愕然道："七个人，都到了？"

那捕虞候把脑袋点得跟鸡啄米似的："到了，都到了。这七人，本是一伙水寇中人，他们是同时赶回京来的，昨夜一场豪饮，俱都大醉，以致延误了报到时间，及至醒来，匆忙雇了脚夫把他们载来。"

何善光一听喜形于色："三百八十九人！哈哈哈！这下不用担心了，这样一个数字，任谁都会满意，皇上一定龙颜大悦！"

谁料大理寺卿却捻着胡须，不见半分喜色，蹙眉沉吟半晌，才道："三百八十九人？那就是只差最后一个了？"

他抬头看看天色，又对那捕虞候道："时间还有一些，你去，继续盯着，若是最后一名死囚到了，马上前来告知我等。"

那捕虞候答应一声，扶着帽子又匆匆跑开了。

何善光讶然道："如今又多回来七人，廷尉为何反而不喜？"

大理寺卿缓缓道："有几个毁信背诺之人贪生怕死，人之常情，原也没有什么。相信有这么多的死囚依诺而返，不仅足以挽回朝廷颜面，而且足以名载青史，成为一桩雅事。"

其他几名官员纷纷点头称是，他们每一个都没敢预估会超过三百名死囚归来，如今这个数字已经远超他们的期望值。

大理寺卿道："可是，既然距大圆满只差一人，相信不仅陛下，而且满朝文武、普天下百姓，包括你我，也希望那最后一人，能守信归来，方才不留遗憾。"

几人呆了一呆，仔细一品味，却不得不承认大理寺卿所言有理。原本差着几人的时候，相信皇上对于这么多囚犯能回来慨然受死，已经是十分满意。但是当这数字太接近大圆满，甚至就只差一人的时候，谁的期望值都会更高，希望能一个不落。

那就不是雅事，而是奇迹了。可惜，一样米养百样人，三百九十名钦定死囚已然回来这么多，已经是任何人事先都不敢想象的了，这最后一人此时仍然未到，他还会来吗？

就在几名官员心中惴惴的时候，铁无环已经出现在刑部街的街头。今日，有太多的百姓前来围观。

除了本来就喜欢看行刑、看热闹的百姓，还有许多因为这桩旷古未有之事而心生好奇，想来见证一下此事结果的百姓，所以街头更是人满为患。

不过，原本应该拥塞不堪的长街，偏偏在通向刑部街的每一条街上，百姓们宁可拥挤在一起，也要留出一条仅容一人通过的小道。

三百八十九名死囚已经归来的消息，已经像张贴了的科考皇榜般传开，而在场的这些百姓，俨然就是参加科考的莘莘学子，比任何人都更关心这榜单的发布。

铁无环，出现在了长街尽头。这条街本极宽，此刻却被人群拥挤得只剩下一条小路，左右俱是人墙。

虽然拥挤，却没有一个人往这条他们留出来的小路上踏上一步，这是一条不归路，也是一条义士之路。没有信重如山的品格，没有一诺千金的高贵，没有视死如归的勇气，谁敢踏上去？

铁无环深吸一口气，迈开大步，就往那路上走去。一步，两步，三步……

第一步时，还有人以为他是"走错了路"；第二步时，已经有无数双眼睛望过来；第三步迈出时，已经有百姓按捺不住，扬声高问："足下何人，可知前方乃是刑场？"

铁无环沉声回答："长安县狱死囚，利州李鱼，如期归来，前往报备也！"

所有百姓先是片刻的寂然，旋即，仿佛海啸一般，狂呼声骤起。狂呼掀起的声浪风暴迅速传来，其他街口的百姓马上就知道最后一名死囚业已如期归来。

他们留出的"不归路"合拢了。铁无环大步行过之处，他身后的那条小路也合拢了。随着四厢的合拢，形成了一道人形的铁墙，而他大步走向当中，自高空望下，俨然就是那"口"中一"人"，天地一囚！

百姓的欢呼声实在是震耳欲聋，声音乍起时，真把几位官员吓了一跳，还以为有人劫法场，但那呼喊声中的喜悦实在是掩饰不住，又不像是发生了什么意外。

片刻之后，那捕虞候连滚带爬地跑了过来，提足丹田气呐喊道："长安县狱最后一名死囚，回来啦！回来啦！"

"回来了？验明身份了？"

大理寺卿也是欢喜得声音都发抖了，事情到了这一步，他都有些不敢置信了。那捕虞候呆了一呆，道："还不曾验明身份，不过先前廷尉有吩咐……"

"快去验明正身，快去，快去！"大理寺卿打断他的话，扭头对何善光道："何邑宰，你亲自去验明正身。"

何善光答应一声，一提袍裾，拔腿便走。大理寺卿喜得搓了搓手，又扭头吩咐少卿："速备一匹骏马，只等何邑宰那厢确认了身份，你马上飞报朝廷。"

大理寺少卿也是眉飞色舞，连声答应，急忙叫人准备骏马，停在一侧等候。

李鱼返回的时间稍稍有些错位，对他和第五凌若这对当事人来说，影响不大，但是对其他人和事来说，影响却不同。

铁无环那里，就因为这样那样间接的影响，报到的时间有了些许变化。而这些许变化，所造成的影响又有不同。

何善光亲自勘验正身，发现李鱼形貌所载与簿册上不符，可不敢打马虎眼了。

行刑时刻将至，三法司的人全在现场，如果蒙混过去，功劳也不是他的，如果蒙混不过去，他反而要负首责，只这一犹豫，何善光便判断出了利害得失，把脸色一沉，喝道："来啊！把他给我拿下！"

几个捕虞候上前，锁链一抖，哗啦一声，就把铁无环锁了起来。铁无环本就是替人送死来的，毫不反抗，摊开双手，任他们锁拿。

等铁无环被铁链锁上，何县令才冷笑一声，道："穷得过不下去了？为了给家人谋一条出路，竟尔替人赴死，也是难为了你。只是本官心里，可容不得一粒沙子。你冒人顶罪，该如何处置，本官会另行处断，先把他押在一边。"

铁无环一听大惊，连忙道："此话怎讲，我就是利州李鱼，绝无虚假。"

何善光嘿嘿冷笑两声，转身去向大理寺卿、刑部尚书和台谏官们报告去了。

大理寺卿听他一说，大为懊恼，本来是本朝一桩美谈，偏生发生了这样的事，不但畏死不来，还花钱买人命抵充，简直是一颗老鼠屎坏了一锅汤。

旁边一位台谏官都打算把这件传奇写成文章，大肆歌颂当今圣上了，此时也不免有些沮丧。

大理寺卿抬头看看天色，尚有一点时间，便让何善光陪同，去向那替死人问话。

铁无环初时一口咬定自己就是李鱼，直到大理寺卿阴沉着脸色表示，李鱼买人替罪，罪犯欺君，不但自己要死，还要满门流放，情知瞒不过去，又恐加深了李鱼的罪过，这才承认自己并非李鱼。

铁无环把自己所作所为的缘由说了一遍，那大理寺卿和跟过来的三法司官员登时眉飞色舞。

其实今日法场多死一个人，少死一个人，他们并不在乎。他们在乎的是这件事的传奇性，能够给皇帝、给大唐朝廷增加多少色彩。

这铁无环的义举真是感天动地啊！因那李鱼有恩于他，他便慨然赴死，而那李鱼也并非不肯前来赴死，而是被这大汉打昏了，藏在一家仓库里。

如此一来，对这传奇而言，不但不是污点，反而是传奇中的传奇。

当下，大理寺卿就吩咐长安县马上派捕虞候前往铁无环所说的仓库中去寻人，又命大理寺少卿亲上金銮殿，向皇帝禀报此事。

今日早朝，其实并没有那么多的事件要处理，不过李世民有意地放慢了诸事处理的速度。一年前的今天，他一时怜悯心发作，将所有死囚缓刑一年，释放回家。其实事后一想，他也不免有些暗悔自己过于冲动。

人皆畏死，谁不贪生？况且那些人可不是百战沙场的悍勇兵卒，而是一群为非作歹的死囚。他们会信守诺言，按时返回吗？

如果到时候大半死囚不肯回返，还要朝廷满天下地通缉，那可就成了史书中一个笑柄，贻笑后世了。

因此，李世民刻意地拖延着朝会的时间，其实是担心听到不好的消息。

而那大理寺少卿回金銮殿之前，业已有所决定。能够做到大理寺少卿，其智商、情商岂会低了？今日这桩公案，如果是给皇上脸上增光的，那就上金銮殿大张旗鼓地禀明；如果回来的人太少，丢人现眼，那就等皇上下了朝，悄悄地到后朝里去禀报一声。

如今这事儿显然是给皇帝长脸的，那还有什么好犹豫的。

大理寺少卿快马加鞭赶到皇宫，一打听皇上还未下朝，顿时了悟皇帝的心意。大理寺少卿微微一笑，马上整理衣冠，直奔金銮殿。

站殿武士进内禀报，大理寺少卿飞马而来，有要事禀报。正跟魏征两人在那儿闲磨牙，说着官话套话的李世民顿时松了口气，这大理寺少卿金銮殿求见，甭问，自己去年做的那桩唐突之事，应该是有了一个不错的结果。

李世民马上整了整衣冠，庄容吩咐道："宣！"

大理寺少卿满脸喜色，脚步匆匆地上了金銮殿，众文武都向他瞧去，一瞧他神色，也都知道有了好消息，那事先跟人打过赌，赌最多有三分之一的死囚回来的大臣倒是满脸的不悦。

"陛下！午时将至，去年所释三百九十名死囚，已有三百八十九名按时归来！"

"这么多？"金銮殿之上登时一片窃窃私语之声，李世民也不免小有得意。自打去年办了那件冒失事，眼看又到九月九，李世民也是心中惴惴，如今可是太露脸了。

李世民故作从容，抚须道："好！虽然都是罪大恶极之死囚，可归来三百八十九人，仅有一人畏死不至，足见教化。这都是众爱卿的功劳啊。"

满朝文武谁会跟皇帝抢这个功，就连一向刚直，最喜欢跟皇上呛嘴的魏征，都是捧笏施礼："此皆陛下仁德，连十恶不赦之死囚亦被感化，臣等岂敢贪功。恭喜吾皇陛下，贺喜吾皇陛下。"

正当君臣和睦，一团和气之际，那大理寺少卿提了丹田之气，朗声道："陛下，臣还不曾禀报完毕。虽有一名死囚未至，其实却是有人冒其名而来……"

皇帝的脸色马上就沉了下来。

畏死不至也就罢了，可买人性命，让其冒名顶替，这就太过不堪了。好好一桩彰显皇帝仁德教化的大喜事，偏生被这个混账给毁了。李世民牙齿暗咬，真恨不得把那浑蛋千刀万剐。

那大理寺少卿也是深谙讲话之道，他跟个善于调动听众情绪的说书人似的，先用一个高潮把大家都搞亢奋了，接着就挖了个坑，连皇帝也一起埋了进去。但是随着他的娓娓道来，本已脸色阴沉的皇帝突然再度眉飞色舞起来。

只缺了一人未到，可那人却不是畏死，而是有人感于他的恩义，将他打晕，替其偿命。光这一件事，就是本朝一件可以用来宣扬教化的莫大功德之事，更何况，这样说来，竟是三百九十名死囚一个不少，全部报到！

"啊——哈哈哈哈……此等义士，着实感人哪！"

国舅长孙无忌马上捧笏施礼："那李鱼对铁无环有恩，可见自被陛下释放后，已有向善之心，多行向善之事。今李鱼慨然赴死，铁无环大义替之，我朝便连一个待死的罪囚，亦有如此仁义之风，实是陛下之德，我朝之大幸啊！"

满朝文武听到这里，连忙再度齐声道贺。这时候，站殿武士急匆匆上殿来，再度禀报，居然连大理寺卿也到了。李世民赶紧把他宣上殿来，大理寺卿一见皇帝，便兴冲冲地道："陛下，臣等察知有一名死囚乃系替死，问明缘由后，马上派人前去寻那死囚。却不承想，刚刚派出人去，那死囚已然赶到法场。"

此言一出，金銮殿之上又是一片嗡嗡窃议之声。大理寺卿这回关子没卖太久，因为用不着，李鱼出现的场面，本身就能锦上添花，不需要先抑后扬，而是可以芝麻开花。

大理寺卿高声道："陛下，那李鱼乃被其义仆铁无环打晕。李鱼醒来后，急急欲奔赴法场受刑，结果路上遭遇江湖亡命徒，一番打斗，被亡命徒用网子网了起来，一时挣脱不出，为了抢在午时之前赶到法场，替下义仆，居然裹着网子，就叫人用车把他载了来。陛下，屠刀之下，争先恐后，所求不过一个'信'字，一个'义'字。三百九十名死囚，一个不少。明明有人替死，也不昧其心，足见陛下仁德，教化万民。"

这一下，满朝文武呼啦啦都跪下了。

其实，文武百官见了皇帝，轻易不用行跪拜礼的，除非是随同皇帝祭拜天地神明，或者什么重大仪制的时候。此时此刻，如此行动，实是因为这三百九十名死囚，真的是太给皇帝长脸了，太给大唐长脸了！

这种事，换一个皇帝，谁敢做？

这种事，换一个时代，死囚们会如此有担当？

李世民长身而起，朗声道："今岁三百九十名死囚，显然已有向善之心，朕意欲尽赦其罪，众卿以为如何？"

……

第三十五章
死 别

终南山上，一盘棋。

李淳风下了一子，情不自禁地望向远处那张更大的"棋盘"——长安。

"血煞之气刹那之间一扫而空，只因一人，只因一事，帝王之怒，便成龙颜大悦，呵呵，人生啊，真是奇妙。"

袁天纲听他大发感慨，瞟了一眼长安城，道："所以说，一个人做事，就是在做人。一个人要做事，一定要先做人！"

李淳风颔首道："不错！做人，就是修人品。人品，不仅是一个人最好的风水，也是一个人最硬的底牌！"

袁天纲乜了他一眼，道："你为常剑南和三娘子游走终南山，选择良时佳穴，也是因为他的人品吗？"

李淳风一本正经地道："非也，我是在修自己的人品。"

"哦？"

"这一对，太苦了些。生前不得安乐，死后只求一个安眠，择一方风水宝地，让他们合葬，也算一桩善事。"

袁天纲道："做这桩善事，许了你多少银两？"

李淳风讪讪一笑，顾左右而言他道："咳！我那师侄客师快周岁了吧，何时举办抓周之礼啊?"

袁天纲笑道:"无须抓周之礼,客师将来必然子承父业,如我一般,何须测其志向。"

袁天纲说着,又向长安望了一眼,目中微微现出惊疑之色。

就在不久前,他再次感应到了那可以改变时运的气息,但是现在,他已经完全看不出了。这只有两种可能,一是那可以改变时运的法器,已经被毁坏;二是它的能力,已经达到天机的境界,已非他所能揣测的了。

袁天纲不由自主地便把这件事与刚刚三百九十名待毙死囚的血煞之气顷刻间烟消云散的事联系在了一起。莫非……这两件事,有着莫大的干系?那就是说,改变这一切的关键一人,就是问题所在?

刑部街上,临街一座酒楼。

看到李鱼和第五凌若被一张网儿捆得结结实实的,由几个人抬了进去,酒楼二楼临窗把酒的聂欢不禁微笑起来:"江湖闯久了,有人硬了心肠,有人硬了脊梁。这个李鱼不错,生了一副男子汉的脊梁骨,我很喜欢。"

张二鱼一尊佛爷似的端坐上首,向下乜了一眼,叹了口气:"那有个屁用,这个男子汉,马上就要完蛋了。"

聂欢道:"人固有一死,死也该死得有尊严。"

张二鱼苦笑道:"只可惜了常剑南一番苦心,他本以为,这李鱼足够机灵,不会回来送死。"

聂欢又呷一口酒,扭头看向张二鱼:"常老大让我们帮他来看看,看什么?难不成,常老大本来有意把他一对宝贝女儿,许配给这个李鱼?"

张二鱼淡淡地道:"若婚姻自己能做主,常老大何至于一生情路坎坷?他最恨的,就是干预他人婚事,又怎么可能为良辰、美景做这个主。叫我们这两个做叔叔的来,我想,应该是两个意思。"

"第一?"

"不管常家两个丫头是不是喜欢李鱼,但是李鱼将是常老大一双宝贝女儿的重要臂助,这没问题吧?"

聂欢向楼下瞟了一眼,官员们正围拢在李鱼身边问话。还有人拿来了小刀,在割开网子。

聂欢叹了口气,道:"这李鱼,还真是招蜂引蝶的好体质,看样子,第五姑娘与他也有了莫大的关系，如此一来，他对两位贤侄女，当然更加重要。"

张二鱼道："所以，常老大不能不重视，叫我们来，其实不是让我们帮他瞧瞧这个人的人品。常老大久经沙场，那眼力，是生死间练出来的，看人很准，比你我更高明。"

"那么……"

"常老大应该是想确认今日法场行刑之事，是否能顺利了结。只要这厢行了刑，而李鱼未至，就算朝廷事后发现杀错了人，也只得将错就错。毕竟，这关系到皇帝的美誉。如此一来，这李鱼就可以公开亮相了，他在西市的作用，也只会更大，两人之下，万人之上！"

"可现在李鱼来了。"

"没错，那我们就坐等结局吧。他若死不了，结果依旧如上。他若是死了，你我之中恐怕就得有一个站出来，公开坐镇西市，为咱们那对小侄女撑腰，直到她们坐稳了江山。而那个人，很可能是你。至于我，还是藏在暗处，对西市更有利。"

"常老大在托孤？"

"呵呵……"

"常老大本不必如此委婉，他直接相托，你我难道还能推托不成？"

"所以，我想他这么做，还有一个更重要的原因。"

"更重要的原因？是什么？"

那尊佛脸上的表情忽然有些悲伤，他拾起一杯酒，垂下了头，掩去了眸中浓浓的悲意，轻轻地道："常老大，大限已至。"

聂欢身子一震，失声道："难道，就在此刻？"

张二鱼轻轻地道："死别，不是一件很开心的事，他应该……是想支开我们。此刻陪在他身边的，应该只有他的一双爱女。"

"这个老匹夫！"聂欢愤怒地骂了起来，"老子在战场上见惯了死人，难道还怕看死人？之前，他就让我们两个疏远他，你甚至要和他摆出一副对头姿态来，暗中呼应。如今到死，也依旧摆出一副老死不相往来的姿态，继续帮助他的女儿，谁欠他的不成！"

聂欢骂着，大颗的泪珠却是禁不住地落进了酒杯。

张二鱼一口酒猛地灌下去，再抬眼时，眼睛已是红通通的，他向聂欢黯然一笑，道："看得见的，都是风景。品味出来的，才是人生。"

聂欢舔了舔唇上的泪水，道："这人生，有点苦！"

东篱下，楼上楼。

窗外是远远蓝天下一角山峰。

山峰甚美，可以入画，那窗子仿佛就是画框。

常剑南就躺在窗前，微笑着，看着远山，眼神焕发出的神采，完全让人忘记了他是一个垂死的病人。

许久，他才恋恋不舍地收回目光，落在榻边哭得泪人儿般的一双女儿身上。

"能安排的，阿爹都为你们安排好了。"

常剑南笑了笑："本来，那个李鱼，至少可助你们十年之力。可惜，他偏生自投罗网去了。"

常剑南闭上了眼睛，喃喃地道："他是个聪明人。守诺，也要分是什么样的诺，所以，我本来料定他不会去。可惜他那忠仆不解其意，反而逼得他不得不现身，这都是天意。"

常剑南又缓缓张开眼睛，望着一双宝贝女儿："你们年少人微，骤登大位，虽说素有野心、尾大不掉者尽已被我除去，难保仍有人滋生野心，这个李鱼，本是你们最好的助力，可以帮你们稳十年之固，如今他这一去，生死未卜。"

说到这里，常剑南长长地吸了口气，又道："他若死了，你们三叔聂欢会来西市帮你们，以客卿身份相助。如果李鱼侥幸不死，那么……"

常剑南目视着一双女儿，微笑道："记档，十年之助，可改百年。此人，有此一举，足可托付一生，不仅你们的基业可以相托，你们便是把终身相托，也由得你们，只要你们喜欢。"

良辰哭道："阿爹，这个时候，还说混话。"

常剑南摊摊手道："阿爹其实很开心，终于可以去陪你们的娘亲了。"

他把两个女儿的手各抓了一只，放在自己胸前，凝视着她们："你们，是平阳公主的女儿，皇室贵胄！是阿爹对不起你们，不能给予你们那么高的荣耀与富贵，费尽了心机，也不过是置办了这样一份家当，留一份富足生活。"

良辰、美景心中大恸，哭得更凶了。

常剑南道："太史局袁天纲、李淳风，已赴终南，为我择选合葬之地，一切，你们遵其嘱而行便是了。"

说完这句话，常剑南回首望向窗外，轻声呢喃道："秀宁，劳你一等，就是十一年，我终于……要和你相聚了。从此长相厮守，再不畏人言，再不忌官声，再不必……偷偷摸摸……"

　　一语既了，常剑南胸膛的起伏就此定住，眼神定定地望着窗外远山，神思入画……

第三十六章
大赦

刑部门前，第五凌若彻底呆住了。

网子已经解开，两个人站在那里。

刚刚两人被网子缠在一起，众目睽睽之下，第五凌若很窘，恨不得马上能把网子解开。可此时她才知道，解开的不只是网子，李鱼竟是到刑部来送死的，他竟是去年被皇帝所释的死囚之一。

"为什么？你刚刚与我相认，你还没告诉我这十年你都经历了什么，你就要……"

"造化弄人！"李鱼苦笑，"我不是不想说，实在是三言两语，说不清楚。"

眼看第五凌若泪眼婆娑，李鱼也不禁心中惨然，可此时此刻，他又能说什么。铁无环脚镣叮当地被人押了出来，真正的李鱼来自首了，当然要和冒名者对质一下。

李鱼看到铁无环被人从刑部角门带出来，他深深吸了口气，扭头又看向第五凌若。第五凌若模糊着泪眼，颤声道："你……这就要去了吗？十年了，十年前，你掳走了我的心，一走就是十年，十年后……"

一语未了，李鱼忽然张开双臂，将她紧紧拥在怀里，唇与唇相接，紧紧、深深的一吻，然后将她软软的身子箍得紧紧的，仿佛要把她揉进自己的身子。第五凌若十年苦痛，得而复失，千言万语，俱化作无声一哭，泪水迅速打湿了李鱼的胸襟。

李鱼轻轻抚着她的头发，再滑到脊背，许久许久，才轻轻放开她，凝视着她，慢慢向后退却。

第五凌若成了泪人儿："你，就没有什么再和我说了吗？"

李鱼一脸惨然，凝视她良久，一字一句地说道："如果可能，我真想……不让你从我的生命中溜走！"

李鱼说罢，猛然转过身，向着刚刚走出刑部大门，还未从熙攘人群中发现他的铁无环走去。

第五凌若悲声叫道："冰……"

一声"冰哥哥"还未唤出口，突然一个响亮的声音响起："圣旨到……"

熙攘的人群顿时一静，纷纷向声音响起处看去，按刀押着李鱼的两名捕虞候顿时一愣。李鱼也站住了，向那扬声处看去。

人群迅速地分开一条通道，四名金吾卫簇拥着一名内廷太监策马而来，徐徐到了刑部门前，向三法司众人扫了一眼，也未下马，就在马上展开一道中旨。

诏旨，得是皇帝下令，拟旨，用印，再经过中书门下加印，诏行天下的。而中旨，是皇帝自宫廷发出亲笔命令或以诏令方式，但正常不通过中书门下加印，直接交付有关机构执行。

中旨的影响力和法律效力不及诏令，不过只是特赦一群死囚而已，本就不是关乎国家大政方针的重要政策，所以，一道中旨足矣。

李世民这道中旨宣布完毕，刑部门前顿时山呼海啸一般，万岁之声响彻云霄。

来围观看热闹的百姓、前来送最后一程的死囚家眷，乃至三法司全部官员、公人，纷纷高呼万岁，而已被押在一侧等候行刑的众死囚更是跪地高呼，热泪盈眶。

听到皇帝的特赦令，李鱼又惊又喜，反身奔到第五凌若身边，一把将她抱住，喜极而泣："我不用死了，不用死了！"

这一遭，李鱼是真要替回铁无环的，手中虽有宙轮至宝，也全无用处。所以，心中实是存了死念，因此一着，突然得以释还性命，李鱼那种鬼门关上走了一遭的惊喜，实在是难以言喻。

第五凌若也是狂喜，紧紧地抱着李鱼，又笑又跳，又哭又叫。不过两人这种表现并不引人注意，因为此时此刻如此忘形的又何止他们两人。

许久许久，周围许多人还未从激动狂喜中平静下来，第五凌若忽然一把推开李鱼，大眼睛狠狠地瞪着他："这十年，你死到哪儿去了？为什么见了我，还要装作不认识？本姑娘为你苦了十年，从一个娇滴滴的小姑娘，都熬成黄脸婆了，你倒好，左拥右抱，尽享齐人之福，你怎么跟我解释？"

"我……我……"

眼看着第五凌若杏眼圆睁，那强大的气场，让见多识广的李鱼都不由得颤抖了，这时候，他忽然无比怀念片刻之前，虽说马上就要死了，可他说什么就是什么，凌若温柔乖巧，不敢顶一句嘴。

可惜，那美好时光，一去不复返了……

死而复生，且一举除掉了四梁八柱中过半势力的西市王常剑南这一遭是真的死了。消息还未在外界传开，但东篱下高层显然都已经知道了。

李鱼和第五凌若刚一回到东篱下，就有不止一人，把常剑南归天的消息告诉了第五凌若。

四梁之中，只剩下她和杨思齐，而杨思齐是个一门心思研究建造的痴人，空占一梁地位，实则毫无影响力，所以向第五凌若邀宠买好的人自然就多了起来。

但这个令人震惊的消息，对此刻的第五凌若并未产生丝毫影响，她直接带着李鱼回了自己的房间，八尊女金刚一走进来，原本极宽敞的房间顿时就有一种极大的压抑感，令人窒息。

第五凌若端坐到了几案之后，双手扶案，仿佛一位公堂问案的大老爷，威风凛凛。而在八大金刚威压之下的李鱼，就像八只猫儿爪下的一只小老鼠，瑟瑟发抖。

"现在，把我不知道的都说出来吧！"

"我本就没想瞒你，如果瞒你，我也说不清楚。不过，能不能叫她们退下？我又不会对你不利。"

"她们在这儿，不是为了防你对我不利的。"

"那么？"

"她们，是准备对你不利的。"

"呃……其实等你听完我的故事，你就不会想对我不利了。"

"那你说啊！"

"我将要说的事，关系到一个天大的秘密！"

"放心，她们八人对我忠心耿耿，我叫她们去死，她们都不会皱一皱眉头，绝对可靠！"

"有些事，不是可靠就可以听的。我接下来要说的事，就连我的生身之母都不知道，这世上，除了我自己之外，你将是第一个知道它的人。"

"那就是羞于启齿，有难言之隐了？"

第五凌若脸上的神情和缓了许多，无他，就只为那句"第一个"。

谁说只有男人独占欲强，女人也是一样。

……

足足一个时辰。一个时辰之后，李鱼瘫倒在几案旁，直接抓过茶壶，对着嘴儿咕咚咚地灌起来。而第五凌若弯着腰，端详着几案中央摆着的宙轮，一脸的敬畏与好奇。此时此刻，她的神情依稀与十年前的小凌若重合了。

毕竟，这十年，仇恨和悲痛封锁了她的心，她连笑容都难得一见，整天板着张脸，感情生活如一张白纸，人生阅历缺失了重要一环，在这方面，她较当年的单纯，并不强上几分，所以一旦放开心防，一颗少女心便重现了。

当然，此时的她本来也不大，年方二十五，只能算一个老姑娘："就这玩意儿？是三只眼睛的天女送给你的宝贝？"

"嗯！"李鱼点头，足足说了一个时辰，嗓子都痛了，他现在不想说话。

"好神奇！这东西，也能带着我一起穿越时空吗？"

"不晓得，我现在也是懵懵懂懂，胡乱摸索出一些使用方法。当时那个三目天女正被一个……魔神追杀，仓促间把它交给了我，根本没有时间交代太细……"

"太不可思议了。"

第五凌若又是一番啧啧赞叹，歪着脑袋想了一想，忽然又露出一副气不过的表情："按你这么说，我倒真不能怪你了。我……我从你那儿算，算是你最后认识的姑娘，可从我这儿算，我比吉祥、作作她们都早得多。这笔糊涂账，咱们怎么算？"

李鱼觍着脸儿道："要我说，就不用算了吧。"

"不算？我的十年青春岁月啊……"

第五凌若打起了苦情牌，李鱼哪吃得消这个，可他能怎么做？就算把吉祥、作作也召集到一块儿，把这宙轮搞的糊涂账说与她们知道，难道她们就能"通情达理"了？

"我不管！我十年前就认识你了！我为了你，苦苦熬了十年，我最早！"

第五凌若一锤定音，李鱼愁眉紧锁："不要计较这个了吧，我现在都没想好，怎么跟她们说呢。"

第五凌若狡黠地道："那是你的事，不是我的事。"

李鱼头痛无比，赶紧岔开话题："这事儿，你容我想想再说。咳！刚刚不是有人说常老大已经过世了？现如今东篱下地位、资历最高的人就是你，你不去看看，操持一番？"

"他有一双女儿料理后事，我干吗要去管他后事？"

第五凌若看了李鱼一眼，忽然有些紧张起来："我当年，只是做了曹韦陀名义上的侍妾，并未和他做真正夫妻。后来，常剑南做了西市王，看重我理财的本领，也知道我不会对他的权位产生威胁，所以我们相处一向融洽。虽然外边有很多风言风语，其实我跟他却并没有什么关系的。"

"嗯，我相信你，我当然相信你……"

李鱼如何还不相信凌若，不过一瞧凌若这么紧张这件事，生怕自己不相信，李鱼心中大乐，故意做出勉强敷衍的样来，如此一来，便能占些上风。不然的话，这丫头如此"嚣张"，吉祥和作作那儿，他可不知道该如何把这一碗水端平了。

"我还是个黄花闺女，不怕你不相信！你别以为你惺惺作态，就可以压着我委曲求全。你那心里怎么打算，以为我看不出来？"

第五凌若乜着李鱼冷笑："今儿晚上，我就把自己给你，我看你怎么说！"

李鱼吓了一跳，自己只动了下心思，她就看出来了？自己的女人这么聪明，这究竟是福还是祸，还真是很难预料呢。

"啊！今晚？"

李鱼又不禁心猿意马、想入非非起来。

便在此时，门口一声大吼："你们好大的胆子，敢囚禁我们李市长！"李鱼一听这声音就知道坏了，这是李伯皓那二货。

李鱼急忙提足了丹田气，一句话脱口而出："二货，别莽撞，我没……"

一句话还没说完，障子门哗啦一声被撞得粉碎，李伯皓张牙舞爪地飞了进来。第五凌若临危不乱，第一反应就是一拢袖子，将宙轮收了起来。

李鱼忙中一瞥，心中只有一个念头："当真天生的管家婆！"

这是李伯皓、李伯轩两兄弟第二次撞破第五凌若的大门了。李鱼扶额不已，这两个活宝冲动莽撞，但毕竟是出于对他的关心。李鱼急忙解说自己无恙，而是与第五大梁有要事商量，让他们退下。

李伯皓、李伯轩两兄弟这才知道摆了乌龙，干笑着向外退，及至门口，李伯皓忽又回头道："常老大归天，我看大家都往楼上去吊唁了，小郎君不去祭拜一下吗？"

李鱼道："自然要去的，一会儿我们便去。"

李伯皓点点头，与二弟走出门去，还很贴心地把那破破烂烂的障子门给拉上了，只是那障子门破了一个大洞，已经起不到门户的作用了。

李鱼叹道："一代豪杰，十年崛起，一朝归去，恍如流星。往昔历历在目，仿佛就在昨天一般。咱们上楼去祭拜一番吧。"

"急什么？"第五凌若将宙轮还给李鱼，耿耿于怀地道，"你未背弃我的消息，他足足瞒了十年，害我天天咒你。他死了，我不鼓掌欢庆就罢了，才懒得理会。"

李鱼疑惑道："他瞒你？十年前我并未与他打过照面，他知道咱们的事吗？"

第五凌若道："道听途说罢了，所知不详，不过起码他知道，你并未弃我而去，可他一直瞒着我。"

"算啦！人死为大，也亏得他瞒着你。"李鱼劝慰道，"否则你知道我并未背弃你，再细一打听，必然知道我当时离奇失踪的事，说不定此时还在满天下地找我，我又如何能与你重逢？"

李鱼牵起她的手，道："走，我们上楼。"

第五凌若乖乖任他牵着手出了门，不过出了门她便抽回了手。在房中，她是李鱼的小女人，在外面，她可是东篱下的第三梁，身份、地位、影响力摆在那儿，有些东西，一旦得到，就摆脱不了了。

楼上楼，良辰、美景已经换了一身孝，仿佛两朵小白花儿似的跪在灵位前，哭得梨花带雨。

第五凌若与李鱼联袂登楼时，杨思齐、洪辰耀、桃依依、安如等人都已在场，第五凌若和李鱼先祭拜了常剑南，又向良辰、美景问候几句，眼见后续又有许多人来，他们这些吊唁过的人便退了出来。

杨思齐走出来，忽地站住脚步，转身望着李鱼。李鱼挑了挑眉，杨思齐仍然直眉瞪眼地看着他。李鱼按捺不住，开口问道："杨叔，有事儿？"

杨思齐敲了敲脑袋，突地恍然大悟："哦，想起来了，令堂带吉祥姑娘她们出城游玩去了。"

李鱼道："我知道啊。"

杨思齐道："她什么时候回来？"

李鱼心道："昨天我把她们安排出城，若非铁无环多事，我此刻已经伴着她们远赴陇右了，怕是再也不会回来。"

不过眼下已经得到皇帝特赦，他可以堂堂正正地生活在长安城内，自然不必再偷偷溜走，一会儿派人去城外三里溪接她们回来便是。于是李鱼答道："今晚应该就回来了。"

杨思齐笑眯眯地道："那就好，那就好。"

杨思齐不是个通晓人情世故的人，始终保持一颗赤子之心，喜怒哀乐形于色，根本不会掩饰，得了李鱼的回答，便喜滋滋地去了。

李鱼心中一动，看来这杨大叔越来越依恋自己娘亲了。娘亲才三十多岁，二十出头就守寡，辛辛苦苦拉扯孩子长大，也忒命苦，若能撮合他二人成就夫妻，也能有个伴儿。只是，自己再开明，做儿女的也不好出面给他们做媒吧？得想个法子。

第五凌若一直站在一边，等杨思齐离开才回到李鱼身边，见他若有所思，便似笑非笑地道："怎么，你也发现了？洪辰耀、安如、桃依依他们几个，对你可很是忌惮啊。"

李鱼醒过神来，讶然道："有吗？忌惮我什么？"

第五凌若道："你干掉了王恒久、乔向荣两位大梁，在此过程中，身边聚集了一群江湖豪杰，此情此景，与十年前的常剑南何其相像？你难道没有发现，你在西市，已经有了举足轻重的力量？"

李鱼皱了皱眉："我可没有觊觎西市王之位的心思。"

第五凌若道："你是这么想，可人家未必这么想。你不只拥有很强大的一股力量，你与四梁之一的杨思齐又关系匪浅，这就更加惹人忌惮了。"

李鱼深深地望了第五凌若一眼，第五凌若点点头，指着自己的鼻尖道："没错！还有我。此刻旁人还不知道你我的关系。等他们知道了，就更加坐实了这一点，那时你再如何谦卑，他们都会认为你才是实际上掌控着西市的人。洪辰耀、安如、桃依依等忠于良辰、美景的人，必然对你心生戒备。就算是良辰、美景自己……"

李鱼截口道："我相信，她们不会把我视为威胁！"

"现在她们当然不会这么想，可是，等她们发现，西市诸梁、柱、桁，有什么事情都要先看你的眼色时，她们会不会还这么想？等到一些心思龌龊的人传言，说她们姐妹俩之所以能保住位子，是因为她们牺牲色相奉迎于你时，她们会不会依旧对你毫无芥蒂呢？"

李鱼迟疑地道："你会不会想得太严重了？"

第五凌若道："未雨绸缪罢了。"

李鱼微微蹙起了眉。

第五凌若道："你有取而代之的念头吗？"

李鱼断然道："绝无此想。"

第五凌若道："那你就得好好想一想，今后将如何自处了。"

顿了顿，第五凌若接着道："这十年来，我在西市见惯了尔虞我诈、钩心斗角、嫌隙和芥蒂，都是从一些微末小事开始的。现在当然不会有什么问题，毕竟刚刚经过一场大清洗，所有的人都需要安定，但是未来的事，你要提前有所考虑。"

李鱼郁郁地道："我知道了。我先派人去接我娘回来。"

第五凌若一听，顿时紧张起来。

其实这十年来，第五凌若经历了很多，她的情未变，爱未变，因为岁月的沉淀，反而更加浓醇，但是阅历、心智、久居上位所产生的威仪，这些都已不是当年那个只精通算术的少女所能比拟的。

所以，方才她在房中时，乖乖地任由李鱼牵她的手，而一旦出去，却下意识地就拉开了距离。她不再是那个少不更事、天真烂漫的小丫头了。实际上，此时的李鱼才不过二十岁，比她的实际年龄还要小了五岁。

可是，一听李鱼说起母亲，第五凌若还是紧张起来。

"我……我去接她们回来，如何？"

李鱼知道，她是想接触一下自己的母亲，甚至想了解一下吉祥。不过，李鱼并没有什么好担心的，如果是作作初次与他的家人相见，就她那火暴脾气，还真不敢确定会搞出什么事来，但是凌若，李鱼相信她一定会处理得妥妥当当。

李鱼点了点头，道："她们在城北三里溪。那就有劳你了，我在这儿，等等无环！"

铁无环还没有回来，李鱼是三百九十名死囚之一，皇帝特赦，免其罪责，李鱼和康班主、刘老大、华林等人就被当场释放，回到西市了。

但铁无环是犯了冒名顶替之罪，虽说何县令已经说过，他的义举令皇帝大悦，因此绝不至于受到制裁，但皇帝的特赦令毕竟是针对三百九十名死囚的，所以铁无环，还要走一套流程才能释放。

第五凌若答应一声，便叫人备车马，往城北而去。

李鱼回到西市署，茫然思索一阵，又叫人去向作作报一声平安。这边刚派了人走，便听康班主喜滋滋的声音道："小郎君，铁无环回来了。"

李鱼大喜，忙从案后站起，刚刚向外走出两步，就见铁无环大步从外边走进来，一见他便站住，恭敬地抱拳道："小郎君。"

李鱼喜道："你没事了？长安县没有难为你吧？"

铁无环挠了挠头，道："官府不曾难为我。他们就盘问了一下我的真实身份，又说皇帝很欣赏小人的忠义，想要我从军。"

李鱼大喜，道："好啊！凭你一身本领，若是从军，十年后少不得一个大将军做。"

铁无环咧嘴笑道："我拒绝了。我说，小人乃李家小郎君的家奴，不能背主自择。他们就摇着头放我回来了。"

李鱼一听，顿足道："大好机会，被你白白错过！我早说过，你我兄弟相待，切勿以家奴自居。你偏不听！"

此时，那传旨太监已经回了宫廷，李世民已经下了朝，回了御书房。那传旨太监向皇帝缴旨："奴婢当众宣布了圣人的旨意，百姓膜拜欢呼，皆称圣人圣明。那些死囚更是感激涕零。"

李世民淡淡一笑，道："那个替人赴死的义士怎么样了，可肯从军啊？"

传旨太监忙道："那义士叩谢了君恩，却说他是西市署李鱼的家奴，不能背主自择。"

李世民听了，摇摇头道："难得，可惜！"

传旨太监忙附和道："奴婢也觉得可惜，那义士身高九尺，极是魁伟，若做一个站殿的金瓜武士，定然极是威严。听他自述，原本还是辽东铁骊部少主，不能为圣人所用，着实可惜了。"

李世民听说那义士不肯从军，本来只是稍觉遗憾，忽听他说起此人乃辽东铁骊部少主，不由一呆："辽东铁骊部少主？何以做了西市一小吏的家奴？"

那传旨太监尴尬地道："呃……奴婢不曾问那许多，要不，奴婢再去打听仔细？"

李世民摇了摇头，眯起眼睛想了一想，道："西市署，是归太常寺管辖吧？嗯，你去一趟太常寺，叫裴天睿赏那李鱼一个小官儿做做，条件就是，释那义士为自由之民，拨入屯卫，充作金瓜武士！"

第三十七章
获封

第五凌若赶到三里溪，将潘娘子、吉祥等人接了回来。潘娘子、吉祥等人已是第二次要前往陇右，结果却被接回来了。

初时也是满心惊怕，以为李鱼出了什么意外，待听说天子特赦，自然欣喜若狂。长安乃都城，潘娘子也更愿意住在这里，吉祥一直担心到了作作的家乡，未免要寄人篱下，深深和静静本就是长安人氏，在同样能填饱肚子的情况下，长安自然是不二之选。

第五凌若很会做人，虽然只是前去报个信儿，再接她们回城，却也是安排得妥妥帖帖，在很多细节上下足了功夫，叫人如沐春风。只是十年岁月，作为西市王麾下的财神爷，自有一种上位者的优雅与高贵，不知不觉间便会显现出来。

乔向荣曾自诩是西市"财神"，此言倒是不假，他掌管着西市四万多户商家、八万多名摊主的生意，自然称得上是财神。这钱除了正常截留部分，都是要上交常剑南的，但在他手中是有个流转、上交过程的。

光是这个过程中，流转在他手中可以加以利用的钱财就是一个天文数字，可要比起第五凌若来，他又成了过路财神。第五凌若不直接掌管西市商户，影响力和权力没有他大，但要说到对金钱的掌握，却无出其右。

掌握如许财富的人，一举一动，一言一行，与普通人的差距可想而知，潘娘子、吉祥、深深、静静都出身低微，在她面前自然而然便有一种拘谨感。

第五凌若其实也有所感，但她也无可奈何，虽然和气说话，温柔微笑，可那做派风情已非小家碧玉，学都学不来的。

李鱼等回了铁无环，也就放了心，有第五凌若去接娘亲，他也不担心有什么意外，便径直去了雪珑堂。作作毕竟刚刚生产，昨日告别，实显仓促，如今获得特赦，不必再整天想着逃跑，这好消息当然得第一时间告诉她，而且，这样也有了时间和自己的宝贝儿子温存一番。

来到雪珑堂，把情况对龙作作一说，龙作作大为欢喜，这下子自己丈夫总不用藏头露尾了。可欢喜过后，龙作作又想起一事，不禁为难："如今你可以光明正大地在长安生活，那陇右咱们还回不回？"

李鱼沉吟了一下，商量道："作作，我想过了，陇右苦寒，不比长安。既然可以不逃避躲藏，还是留在长安好一些，你说呢？"

龙作作犹豫道："我爹无子，又只我一个女儿，我若长留于此，不能侍奉父亲膝下，心中总是不安。"

李鱼道："岳父大人咱们要考虑，可也得替咱们的宝宝考虑不是？他若自幼在长安长大，总好过在陇右成长吧？再说我那老岳丈，他年事已高，又有一双老寒腿，我一直琢磨，是否把他老人家也接过来，在这儿颐养天年，岂不好过在陇右待着。"

龙作作道："父亲一世基业，一生心血，都在龙家寨，他舍得吗？"

李鱼道："岳丈本就没有精力再打理龙家寨了，方才来时，我也想过了。岳丈不希望龙家寨垮了，其实大可从龙家寨有威望、性沉稳的老人中挑几个出来，作为长老，再选几个青年才俊，共撑大局。他们的皮货是要销往长安的，咱们在这里打开局面，他们在那里，生活便能更加优渥，有何不好？"

作作揽着儿子，轻拍他的身体，思索半晌，才幽幽一叹，道："罢了，便依你，谁叫我上了你的贼船呢。只是这事儿，回头还得与父亲好好商量一番，找机会，你我最好亲自回一趟陇右，当面与父亲说，信中总是说得不甚明白。"

李鱼点头称是："当然是这个道理。我先修书一封，只向岳丈报信，恭喜他有了宝贝外孙，对此事暂且不提，等咱们去探望他老人家时再说。"

说着，李鱼低下头，见儿子偎在母亲怀中，睡得香甜，不禁漾起微笑，伸出食指，轻轻刮着他幼滑的脸蛋儿，笑道："小家伙不哭不闹，乖得很呢。"

龙作作白了他一眼道："谁说他乖了，男孩儿家，就是比囡囡淘气，方才大哭大闹得厉害呢，喂奶也不吃，这是哭累了，才肯好生歇着。"

李鱼笑道："那他一定是随你，我听我娘说，我小时候那叫一个乖，吃饱了就睡，睡饱了就吃，从来也不哭不闹，醒着的时候就睁着一双乌溜溜的大眼睛看啊看的，害得我娘直担心生了个小傻子。"

龙作作扑哧一声笑出来，嗔怪地道："好的就是随你，不好的就是随我啦？这孩子将来要是聪明，定然也是你的功劳，若是蠢笨……"

李鱼笑道："那就跟他娘一个模样了。"

龙作作瞪眼道："我很蠢很笨吗？"

李鱼道："不蠢不笨，怎么会选了我做你的男人，那时的我，无家无业无根基，而且还负案在身。"

四目相对，情意相融，许久许久，龙作作才抓起李鱼的手，轻轻贴在自己的颊上，柔声道："无论如何，我是感谢上天的。给了我一个可心可意的好郎君，还给了我一个如此可爱的孩子。哎！记得初相识时，真恨不得一脚踹死你，那时何曾想到，后来竟会心甘情愿被你欺负。"

李鱼听得怦然心动，不禁上了榻，贴着榻沿儿躺着，和龙作作并枕而卧，中间拥着他们爱情的结晶。许久许久，李鱼忽然想起第五凌若，心头顿时咯噔一下。

其实对于吉祥，他并不太担心，吉祥的坚强，是对命运的抵抗，性情实则柔顺得很，只要晓之以理动之以情，再温言软语一番，那妮子便会化在他的怀里，但作作性如烈火，可不是吉祥一般的性情。

而他无意间穿越到十年前，亲历的那一幕，又让他无法无视第五凌若对他所做出的牺牲。仅是人家为他苦守十年，美人恩重，如山之高，如海之深，他就是铁石心肠，也无法视若无睹，他得给人家一个交代。

而要给人家一个交代，也不能后院起火啊，作作这一关必须要过，而且这是最难攻克的一关，难得她此刻温柔若水，想到这里，李鱼咳嗽一声，斟酌道："作作，有件事，我还得跟你商量。"

一听李鱼那温柔的语气，作作戒心顿起，瞟他一眼，柔声答道："只要不是跟女人有关的，都没关系，说吧。"

"……"

过了许久。

"怎么不说话？"

李鱼委屈地道："这世上，一半是男人，一半是女人，你一下子就去掉了一半的可能性，我还怎么说？"

龙作作讶然道："还真是跟女人有关啊？不过，你说的也有道理，那行，跟女人有关的也可以说，只要这女人不是要进咱们家的门就成，说吧。"

"……"

"怎么还不说，不会是这世上一半的女人都要嫁进咱们家吧？装不下呀！老爷。"

"装得下我也受不了！"

李鱼悻悻然，不都说女人是一孕傻三年吗？怎么作作反而像是开了窍似的，猴精猴精的。

龙作作瞪着他，道："喏，自你上次交代可没隔几天，你说吧，我还真挺好奇的，才这么两天的工夫，你又勾搭上哪个女人啦！"

李鱼叹息道："几天？唉，一言难尽。"

"有话快说，有屁快放！"

"咳，我要是说，人家对我有救命之恩呢？"

虽然这个法子老套了一些，狗血了一点儿，不过，在不暴露宙轮存在的前提下，似乎是个极有效的办法，可惜他面对的是龙家大小姐，龙傲天的女儿。

龙大小姐冷笑："救命之恩，以身相报是吧？够义气。明儿个我就出去晃悠，要是遇上个剪径毛贼什么的，有人仗义出手，我就以身相许，我这叫夫唱妇随，你不会怪我吧？"

这嗑儿没法唠下去了。

李鱼正气急败坏的当口，铁无环的声音在楼下响起："小郎君，太常寺来了人，说要见你。"

李鱼瞪了龙作作一眼，起身下楼。

来人是一个官儿，官服圆领绿袍，袍上还有绣纹，径一寸的小朵花。两者相结合，此人应该是六品或七品官。

来人很和气，李鱼通报了名姓，来人便泰然一笑，道："本官罗玺，太常寺主簿。"

李鱼忙拱手道："原来是罗主簿，却不知此来有何训示？"

李鱼是西市署市长，虽然只是不入流的小官，勉强也算"体制"内的人，如此一算，这罗主簿就是他的上官了，所以才用了"训示"二字。

罗主簿笑道："恭喜恭喜，你与义仆，一个替主赴死，以身相代，一个主动声明，换回义仆，德如美玉，陛下甚是青睐。以你二人之德行，足以为官，以正风气。本官受寺卿差遣而来，特令你为我太常寺鼓吹署之鼓吹令，而令义仆铁无环为金瓜武士，还需你解除主仆契约，从此充入屯卫。可喜可贺！"

李鱼听得呆住了，他一直不希望铁无环自称奴仆，有机会正了名声他求之不得。至于升官那也极好，今日去祭拜常剑南后，第五凌若对他所说的那番话他也真是放在了心里。

第五凌若说得没错，关系是处出来的，信任也是处出来的，你不可能在任何情况下都叫人无条件地信任你，就算是一家人也做不到。他现在所拥有的影响力，不是他想摆脱就能摆脱的，久了必然影响他与良辰、美景的良好关系，所以能跳出这个圈子最好。

何况，铁无环入军界，他入政界，作作小娘子在商界，多好的搭配！可是……鼓吹署是个什么地方？以后专门负责卖弄嘴皮子，吹牛皮吗？

第三十八章

擢升

那位罗玺罗主簿说完了话，就叫人奉上官服、官印，准备打道回府了。李鱼哪能让他就这么走了，正好自己也有些饿了，便叫人置办酒席，让铁无环作陪，摆酒致谢，趁机问些详情。

一番言语下来，得知李鱼并无铁无环的卖身契，卖身契早就还给他了，而铁无环仍奉守家奴之忠，李鱼仍奉守朋友之义，罗玺少不得又赞叹几声，夸奖二人品德高贵。

德，自古以来在人们眼中高于一切，犹在法律、秩序之上。实际上人们也是这么做的，所以常有义士，所为虽不法，却符合大道至德，不但不会入罪，反而会受到统治阶级的赞赏青睐，被提擢任用的例子。这一次，铁无环和李鱼，一忠一义，都是朝廷大力倡导的，自然受到褒奖。

李鱼也拐弯抹角地打听到了他想知道的事情。三百九十名囚犯一个不落，全数回返，成为大唐历史上光辉的一页，皇帝龙颜大悦，尽数特赦……

此外，李鱼还打听明白了他和铁无环所担任的职务。没错，确实是一个入了政界，一个入了军界。不过，政界也好，军界也罢，都有些很特别的存在，他们所担任的职务，就属于那些特别的存在。

皇帝，说是口含天宪，言出法随，其实也不是为所欲为的，很多方面，他也得遵守普通的规律和程序。但一些特别的存在，就可以比较随意了。比如说，李鱼所去的鼓吹署。

鼓吹署与音乐有关，主管卤簿之仪，担任仪仗中的鼓吹乐演奏和一部分宫廷礼仪活动。

至于铁无环……

他所属的屯卫，是拥有强大战力的军队，不过他们很少有上阵冲锋陷阵的机会，而是戍守玄武门，随侍皇帝仪仗，其中形体好、容貌好的，还能充当金瓜武士，是金殿上的仪仗兼皇帝侍卫，属于正五品带刀侍卫。

简而言之，就是这哥俩儿都发达了。

原本的主人李鱼，现在是皇家仪仗队军乐团团长。

原本的家奴铁无环，现在是皇家仪仗队仪仗兵。

酒足饭饱，罗主簿剔着牙，心满意足地溜达回去了。

铁无环有些不安地看着李鱼，自己跑去当官，级别还比李鱼高些，让他很不自在，总有一种背叛的感觉。

李鱼一笑，拍拍铁无环那比自己大腿还粗的手臂道："别想那么多，你能熬出头来，我比谁都高兴。做家奴有甚出息，你若真有心报答于我，你的出息大了，也更容易帮我不是？"

听李鱼这么一说，仔细一想也是那么个理儿，铁无环这才放下心来。

李鱼道："眼看天色将晚，也不知道第五姑娘接了我娘和吉祥她们回来没有，你且去我家里看看，再来报与我知，我与作作还有话说。"

铁无环答应一声，径直出门去了。

李鱼喝了杯酽茶，又上了楼。

从民到官两重天，他一个跟头就翻上去了，自己婆娘那一关还过不去？

酒壮怂人胆，李鱼噔噔噔地上楼去，拉开障子门一瞧，自己那宝贝儿子已经醒了，正在吃奶。

李鱼登时眉开眼笑，为什么上的楼都忘了，赶紧凑过去，眼看那小脑袋瓜一拱一拱的，都替他急得慌，生怕儿子脖子累酸了，赶紧搭把手，托着他的后脑勺，小家伙还直晃脑袋。

李鱼在一旁干着急使不上劲，好不容易等小家伙吃饱了，打了个饱嗝儿，趴在母亲胸口甜甜睡去，李鱼这才松了口气，往榻沿上一坐，只觉腰酸背疼。

"回来啦？太常寺的人干吗来了？"

龙作作拉了拉自己的褒衣，睨了李鱼一眼。

李鱼简单地把情况说了说，他是如何一不小心就上达天听，如何一不小心就成了真正的朝廷命官，从此可以出入宫闱、直谒天颜，语气平淡，神色从容，还有些许的不逊。

"这样啊，那你以后可是真正的朝廷命官了呢。"

龙作作忽然泫泪欲滴："原来你已经不把我们娘儿俩当回事了，我刚为你生了儿子，你就又领回来一个，现在你又做了官，我们娘儿俩还有活路吗？我可怜的孩子……"

明知道龙作作在装样，李鱼还是禁不住地英雄气短，马上低声下气地道："你看，你这是做什么。你也知道，我多久以前就打算溜到陇右去了。我娘和吉祥都被我送去三里溪两回了，我怎么可能在长安勾三搭四。凌若姑娘和我，根本不是你想的那个样子，这事说来话长，实在是我亏欠人家太多，而内中情由，唉……罢了，我便一一说与你听。"

李鱼对龙作作其实也是完全不设防的，眼见这事儿解释不清楚，干脆把心一横，想着对她坦白算了。

不料他这样一说，龙作作反而不想听了。

"你是不是一定要她过门？"

"作作，我真的亏欠人家太多太多了，而且，我向你保证，从此以后，我再不会领任何一个女人到你面前。"

"好！我答应！"

龙作作把睡着的孩子往臂弯里挪了挪，让他睡得更舒坦些："一只羊也是赶，两只羊也是放，反正都有吉祥了，她还跟我不对付，我也不怕再多一个搅浑水的。"

龙作作说着，胸膛起伏，小家伙嘟着嘴儿躺在那里，随着她的起伏而起伏着。

"不过，你得答应我几个条件。"

"你说！"

"第一，李家如果还想添丁进口，我给你生！不许你再招惹些莺莺燕燕回来。但凡再叫我看见一个没见过的新面孔，你就是欠了人家八辈子，也不准往回领！"

"好好好，应你，应你。"

"第二，我可是最早跟了你的，那时你还一文不名呢。糟糠之妻听说过吧，何况我既不丑也不老。你可不能亏待了我，以后，一个月，你最少也得有三分之一的时间陪我，反正不能有人比我多。"

"使得，使得。"

"第三，我爹要是愿意到长安来，你可得像亲儿子一样孝敬着。要是他老人家不愿意来，你每年都得陪我回去探望他老人家。"

"应该的，应该的。"

"第四，我不管你有多少狐朋狗友，每天都得按时回家。我也不在这儿住了，你不是也不用再偷偷摸摸了吗，置一幢宅子，李家自己的宅子。"

"我也这么想呢。"

"第五，你无权无钱的时候，还这么花心呢，这回当了官了，也有了钱了，那还得了？以后这家，我当。俸禄全数上交，你甭想瞒我，一个月多少俸禄，我一打听就知道。我不难为你，你真有正当的应酬花销，跟我说个清楚明白，我给你报！"

"行，都行！"

李鱼没想到凌若的难题如此便解决了，满心狂喜，作作提的这几条看似霸道，可就没有一样有杀伤力的，当即忙不迭地答应下来，生怕她反悔了似的。

第三十九章
老实

傍晚，李鱼提前半个时辰离开西市，回了杨思齐的家。

太常寺提擢他的消息，他还没有对外讲，如果有心人自行打听，那是另一回事，不过，做个鼓吹令而已，在他而言，没有什么好大张旗鼓的。另一方面，良辰、美景刚死了爹，你去告诉人家你升官了，这也未免太不懂人情世故。

杨府里，第五凌若已经接了潘娘子、吉祥和深深、静静回来。第五凌若那气度，虽不像作作那么外露、张扬，无论言谈还是神情，总是温柔可人，但气场是藏在骨子里的。

她完全不想给潘娘子和吉祥几女产生压迫感，但不经意间的眉眼一闪，神情一动，甚至举杯喝茶的动作，都能令她们感觉到一种无形的压力。

十年，一个小家碧玉已经成长为一个气度、威仪不逊于王公之女的贵胄，深深和静静在她面前完全生不起什么小心思，在她们的感觉中，自己在对方面前，就像一个乡下小丫头进了使相千金的闺阁，面对着一位真正的贵女。

无论容颜、修养，还是才华、气度，完全不在一个量级上，又哪有一丝可能生起对抗的意思。龙作作初次与她们这般相对时，就像一只张牙舞爪的刺猬，张开了一身的刺，也因之显得极接地气，她们还有心斗一斗，而对第五凌若，完全没有。

就连潘氏和吉祥在第五凌若面前都觉得拘谨。她们倒不至于心生畏惧，但面对一个气质芳华，如此皎然出众的女子，她们会本能地担心自己的言谈与行止会露怯。

吉祥一向自诩扮什么像什么，在利州时还扮过文君当垆卖酒呢，可直到今天见了第五凌若，她才知道什么叫真正的优雅、高贵，那是仅靠模仿完全学不来的东西。

第五凌若也渐渐察觉到了她们的拘谨，这便弄得第五凌若也不自在起来。倒是杨思齐，因为第三梁来了，他这第四梁不好独在院中做他的木匠活儿，有他在场陪着，还能缓和些气氛，虽然他讷于言，几乎不大说话。

杨思齐地位与第五凌若相仿，而且他的心思全在那堆奇奇怪怪的机械上，因此倒是完全感受不到什么气场。他眼里只有木匠作坊，就算让他见到了皇帝，估计他的震惊与张皇也不会持续一炷香，然后就会回到神游机械世界的状态中去。

这时候，李鱼回来了，所有的人都不由自主地松了口气，那股无形的压力消失了。

李鱼就像一道万能融合剂，他能消解潘氏和吉祥的紧张，消解深深和静静的自卑，消解杨思齐的无聊，消解第五凌若的无奈……

整个气氛，顿时热络起来。潘氏和吉祥忙着去张罗晚餐，深深和静静自告奋勇地去帮厨，杨思齐毫无主人意识，李鱼一回来，他就觉得自己的接待任务胜利结束了，打一声招呼，就施施然地回后院去忙他的木匠活了。

花厅里只剩下李鱼和第五凌若两个人。

"怎么样，她们还好相处吗？"

李鱼没有什么紧张拘谨，虽然第五凌若气质芳华，不可方物。

他可是见过这女子还是一个活泼伶俐、天真烂漫的少女时情态的男人。

第五凌若无奈地笑："我倒没什么，就是大娘和吉祥姑娘她们，似乎不太……嗯，说不好，大家都像无话可说的样子。"

李鱼在她鼻头上刮了一下："谁叫你高贵如公主的？人家当然不适应。"

公主又如何？就算是天女，其实也并不想端着，她们也想在自己男人面前做一个受宠的小女人，在父母面前做一个慵懒随意的小女孩，所以李鱼这一刮，第五凌若便向他皱了下鼻子，撒娇地偎进了他怀里。

李鱼抚着她的秀发，第五凌若就像一只猫儿，被主人抚摸着她的脖颈，懒洋洋地眯起了眼睛，很惬意的样子。

"对了，有件事和你说。"李鱼有些兴奋。

"唔?"第五凌若猫儿似的张了张眼睛，又合上。

李鱼道："害你为我空耗十年青春，现如今你也二十有五了，我不想再等下去，年底之前，我迎你过门，怎么样?"

躺在他膝上的第五凌若没有动，只是原本轻松悠然的呼吸一下子消失了。许久，她轻轻地长出一口气，缓缓张开眼，坐了起来："成亲?"

"你不想?"

第五凌若摇摇头，又点点头，缓缓地斟酌着道："有些事，过去了就不会再回来，我们可以怀念，可以想象，但是无法再回去。如果按照曾经的愿望再走一遭，你也会发现那结果会很糟糕，和你曾经憧憬的一切，完全不一样了。"

李鱼皱了皱眉，他隐约明白第五凌若的意思，但一时还未捕捉到重点。

"我曾为人做妾，这是改变不了的事实。我的身子有没有给他不重要，这层身份，改变不了，我嫁到你家，什么身份? 如果抬妻，国法不容，而且也会让你被人耻笑。"

"我……"

"听我说下去。许多人都以为，我是常剑南的情妇。我不屑解释，也无法解释。而这名声，若是嫁到你家，难免还是会影响到你，我也不希望出现那样的一幕。"

第五凌若望了李鱼一眼，轻轻抚摸着他的眉眼："况且，我原本比你小的，现在却比你大了几岁。你以为我心里，不会把它当成一个负担?"

"我并不在乎的……"

"我在乎! 潘大娘在乎! 其他人在乎! 我们不是活在只有两个人的世界上。你不是那么天真的人，我也不再是……"

李鱼无言，满腔的欢喜，忽然变成了淡淡的愁绪。十年岁月，无踪无痕，但有些东西经过了岁月的打磨，它的烙印还是留下了。

第五凌若捧起李鱼的脸，在他唇上柔柔地一吻。这一吻柔美而妩媚，轻柔而动人，但那滋味，与她当年的青涩紧张却已全然不一样。

"况且，我现在有我的事业，如果骤然放下这一切，回到大宅门里，大门不出，二门不迈，每天睁开眼睛就是公婆、丈夫和子女，一切的重心，都只在那方寸之间，我也会很不习惯。"

"所以?"

"所以……"

第五凌若眉眼盈盈，有种美丽的娇羞和独立的妩媚："让我们做情人吧，除了那一个于我而言从此只是负担并无什么意义的名分，我们之间的一切，都与夫妻无异，这有什么不好？"

李鱼呆住，第五凌若娉娉婷婷地站了起来："我先走了，帮我向大娘想个托词。我留下用晚餐，她们又该不自在了。"说完摇曳生姿地走了，挥一挥衣袖，潇潇洒洒。

李鱼呆了半晌，才收拾了心情，又想起还有一件事没有解决：房子问题。

第五凌若回了自己住处，八大女金刚听她说起拒绝了李鱼的求婚，惊诧得嘴巴都合不拢了。

再没有人比她们更清楚，第五凌若的爱是多么深，可是，当她终于重拾旧爱，她居然放弃了想了十年的梦。

"现在的我，不再是十年前的我。现在的他，也不是十年前的他了。"

第五凌若叹息："所以，有些事情只能变一变，变了，我们在一起，才能甜甜蜜蜜的。如果一切执着于十年前所想要的，最后大家都会觉得无聊。"

面对八金刚依旧不解的眼神，第五凌若解释道："你们觉得，我能接受与几个女人争宠吗？我又该用什么样的手段去与她们争宠？还是这样轻松的关系，让彼此都更舒服。若他对我好，还是会对我好。而且他永远不会对我表现得不耐烦……"

"可是，小姐有想过……你老了以后怎么办吗？"

"怎么办？一样啊。如果和他有了儿女，我可以把他们安排得很好。如果他依旧对我好，一样会长伴我左右，如果他对我不好，就算守着个名分，还不一样是守空房？有什么问题？"

"有什么问题？"

八金刚想了想，这对她们、对大多数女人来说都是问题的问题，对第五凌若来说，的确不是问题。丈夫应该承担的一切家庭责任，她都可以解决得很好，甚至比男人解决得更好。

可是，这世上有几个第五凌若，有几个女人拥有这样的能力和财力、势力？所以对别人来说很成问题的问题，对她而言，实在不是问题。与其俯首帖耳事姑婆，还要与一群莺莺燕燕争宠，还真莫如此时的她，活得潇洒。

对第五凌若，李鱼此时真是充满了愧疚，而这势必要化作柔情呵护，用一生一世利滚利的方式来"还债"。活该，谁叫他招惹了这样一个心智若狐的女子呢？

晚膳的时候，他特意留住了杨思齐，提到了要买房、要搬走的计划，于是，又有了一个欠债对象。

"杨叔，皇上赦免了我的罪过，以后可以在长安长居了。这段时日，多谢你的关照庇护，我打算择选一处宅子，置办一个住处……"

"置办住处？在这儿住得不是挺好吗？何必再搬，折腾来折腾去的。"

"话不是这么说，我觉得……"

"不要搬了，你们就住这里吧。"

"可是，总要有个自己的宅子啊，也算一份产业。将来……"

"那行，我把我的宅子卖给你了。我便宜些，你意思意思付点钱就行了，我明天就过户，怎么样？"

"啊？"

"然后，我租间房，可以吧？我在后院租间住处就行了。要不，我把左右买下来，稍作改造，把宅子再扩大一倍，我搬到院角小院里去，不会影响你什么。"

"不是，杨叔，你这样，你让我……"

"就这么定了，一言为定了啊，不许反悔！"

眼看着杨思齐真情流露，为了留住他们，居然想出这样的法子，李鱼感动了，这是多……老实的人哪！

第五凌若也是这般的老实，苦候他十年，为了不影响他家庭的和谐，又宁愿放弃她守了十年的梦想。对此，他只能用一生的爱来回报。可杨叔这般付出，他能如何回报？

李鱼看看杨思齐，又看看欲言又止的老娘，心想："该托媒人给老实的杨叔找个伴了。"

图书在版编目(CIP)数据

逍遥游.5，十年缘/月关著.—杭州：浙江文艺
出版社，2022.7
ISBN 978-7-5339-6886-1

Ⅰ.①逍… Ⅱ.①月… Ⅲ.①长篇小说—中
国—当代 Ⅳ.①I247.5

中国版本图书馆CIP数据核字(2022)第097974号

责任编辑	张　雯
责任印制	张丽敏
封面设计	有点态度设计工作室
营销编辑	宋佳音

逍遥游5：十年缘

月关 著

出版发行	浙江文艺出版社
地　　址	杭州市体育场路347号
邮　　编	310006
电　　话	0571-85176953(总编办)
	0571-85152727(市场部)
制　　版	杭州天一图文制作有限公司
印　　刷	杭州杭新印务有限公司
开　　本	710毫米×1000毫米　1/16
字　　数	373千字
印　　张	20.25
插　　页	2
版　　次	2022年7月第1版
印　　次	2022年7月第1次印刷
书　　号	ISBN 978-7-5339-6886-1
定　　价	58.00元